影视文学剧本集

云冈
蒙山大佛

郭建华 著

山西出版传媒集团 山西人民出版社

图书在版编目（CIP）数据

云冈；蒙山大佛 / 郭建华著. -- 太原：山西人民出版社，2025.7. -- ISBN 978-7-203-13792-4

Ⅰ．I235

中国国家版本馆CIP数据核字第20252AV431号

云冈；蒙山大佛

著　　者：郭建华
责任编辑：吴春华
复　　审：吕绘元
终　　审：武　静
装帧设计：赵　冬

出 版 者：	山西出版传媒集团·山西人民出版社
地　　址：	太原市建设南路21号
邮　　编：	030012
发行营销：	0351-4922220　4955996　4956039　4922127（传真）
天猫官网：	https://sxrmcbs.tmall.com　电话：0351-4922159
E-mail：	sxskcb@163.com　发行部
	sxskcb@126.com　总编室
网　　址：	www.sxskcb.com

经 销 者：山西出版传媒集团·山西人民出版社
承 印 厂：山西省教育学院印刷厂

开　　本：787mm×1092mm　1/16
印　　张：25.5
字　　数：380千字
版　　次：2025年7月　第1版
印　　次：2025年7月　第1次印刷
书　　号：ISBN 978-7-203-13792-4
定　　价：158.00元

如有印装质量问题请与本社联系调换

序（一）

云冈石窟位于山西省大同市西郊17公里处的武州山南麓、武州河北岸。它是1500多年前北魏王朝鼎盛时期，由皇家敕建的享誉世界的佛教石刻艺术宝库。作为5世纪中西文化融合的象征，它依山开凿，绵延1公里有余，具有规模恢宏、气势雄浑的特点。它自东向西依序已编号的主要洞窟就有51个，附属洞窟209个，再加上众多小窟，整个窟群共有大小佛窟1100多个，其中精美的石雕佛像最高超过17米，最小仅为2厘米，大小造像总计51000余尊，蔚为壮观！

早在1961年，云冈石窟就被国务院公布为全国重点文物保护单位。40年后的2001年，它又被联合国教科文组织列入《世界文化遗产名录》。然而与之不太相符的是，在此之前尚没有一部以云冈石窟为主题或为题材的影视剧出现，这在我国著名历史文物景区的宣传造势方面，或多或少地成为一种缺憾……

郭建华先生是我的好友，我俩也是太原市武术运动协会的同事、同人。而且，我也知道他是一名作家。在一次小聚中，我随口问他："你会写文学作品，为什么不以武术为铺垫写写云冈呀？这样既能宣传咱山西、大同，又弘扬了中华传统武术！"他想了想，回答道："云冈，这个题目很大、很重要，我不一定能写好，试试吧。"

没想到，闲聊中我一个不经意的建议，建华竟然当了真——

几个月后的一天，他跟我说："胡主席，《云冈》写出来了。"说着，他还拿出一张版权证，我一看，这是国家版权局颁发的，号码是：国作登字-2024-A-00258040，并加盖着国家版权局鲜红的大印章。

我不禁有点意外，方才明白，怪不得他这几个月"消失"不露面啦，原来是独自宅在家里"闭门造车"呢！

建华就是这样的人。一旦他答应了什么，就会想方设法地做到。到目前为止（算上新近完成的《云冈》），他已经创作并出版了5部以国内重量级的古文物景点为题材、以历史故事为主题、以功夫武打为铺衬、以风景名胜为点缀的影视文学作品及长篇小说，加大了对山西省几个世界级的历史文物遗存的宣传。

作为一名中国武术的痴迷爱好者、习练者和传承者，郭建华先生在他的每一部文学作品中，都恰到好处地嵌入了中华武术的元素，不仅增添了每一个历史故事的激烈程度和可看性，更进一步弘扬了博大精深的中国功夫。例如，其在影视作品《蒙山大佛》和长篇小说《蒙山大佛传奇》中，描绘了形意拳初创阶段的起始形态；在《天龙山石窟风云》中，系统、全面地介绍、展示了形意拳；在《血祭晋祠》中，则传扬了傅山拳法，为挖掘、推广文化巨擘傅山先生的武学精髓起到一定的积极作用。

如今，好友郭建华先生又查阅了大量相关资料，精心创作了电影文学剧本《云冈》，使天下闻名的世界文化遗产云冈石窟首次以影视文艺作品的形式出现在大众文化生活中。在这部作品里，建华讲述了一个发生在抗日战争时期八路军指战员、广大人民群众及爱国僧侣，同仇敌忾，前仆后继，为了保卫故土、守护国宝而与万恶的日本侵略者浴血奋战的动人悲壮而催人泪下的精彩故事。同时，作为情节副线，建华又将明朝著名抗倭爱国将领戚继光编创的戚家拳作了精到的介绍与展示！该部文学剧作即将正式出版发行，作为同样是一名武术人的我，作为他多年的拳友，我真的感到无比高兴，并致以衷心的祝贺！

此为序！

胡旭春
2024年中秋

（作者系山西省武术协会副主席，太原市武术运动协会主席，武术名家）

序（二）

云冈石窟、敦煌莫高窟、龙门石窟、麦积山石窟、天龙山石窟、克孜尔石窟、榆林石窟、响堂山石窟……在我国所有的著名石窟中，云冈石窟无疑是靠前的。它在世界上的知名度，也与其排名一样，是举世公认的。许多国际友人但凡来中国，都要参观、游览甚至拜谒云冈石窟，以实现他们的夙愿。有的外国总统来中国访问期间，还专程赴云冈石窟瞻仰……这些都说明，云冈石窟作为古代超大规模的石刻凿建遗存，其历史价值、艺术价值和宗教文化价值之高，举世瞩目！

最近，我利用闲暇时间仔细阅读了拳友郭建华新近创作的电影文学剧本《云冈》，感觉这个文学脚本无论是从政治层面来考量，还是从文学艺术角度来衡量，都是比较成功的。文学剧本嘛，有别于（影视）工作台本，它是可以作为小说来读的，因为其文学性比较强。有句话"文学即人学"，意思是说，文学作品是塑造人物的。人物形象塑造得如何，能否在读者心中立起来、活起来，将直接决定了一部作品的成功与否。

我和建华一样，除了热爱武术之外，还比较喜欢文学，年轻时也曾自诩为文学青年。好友建华让我对《云冈》提些看法，在此，其他方面暂且不论，我单就这部剧本的正面人物刻画方面发表一些粗浅的看法。

这部剧本出场的正面人物并不多,其中贯穿全剧的主要正面人物也就四五个,总体来说,作者将他们塑造得很不错:有血有肉,可亲可爱;鲜明独特,各具特点。我是名女性,也许是同性相惜的缘故吧,在这几个正面人物中,我尤其对女主角玉儿这位女性形象印象最深、难以忘怀。剧本虽然对她的描写着墨不多,但作者显然是将玉儿定位为中国女性的代表来塑造的:善良贤淑、温润如玉,体态丰盈、妩媚婀娜、美丽大方。在看似几分柔弱的美好表象之下,她竟然还有不为人知的另一面:性格刚烈、爱憎分明,身怀武功、侠肝义胆。为了抗击日寇、保护国宝,关键时刻,她甚至愿意奉献年轻的血肉之躯!

新婚不久的女主角玉儿是名后天哑女,在整部剧中,她没有一句台词,顶多是在其激动或亢奋时,喉咙里发出几声"呃——呃——"。无话胜有话、无声又有声。正是这几句沙哑的"呃、呃"声,却仿佛代表了那个时代的最强音!这是中华儿女不屈不挠、奋起反抗侵略者的最强音!由此,我们可以发现作者在突出主题、塑造人物方面的别具一格和良苦用心。更为亮眼的是,作者于故事的末尾以点睛之笔为该剧插曲:

啊……云冈,云冈

你默默无言,矜持了许多年,
直到有一天,幸福来到你的身边。
我们听到了你的呼唤,
我们感受到你的思念,
我们知道你刻骨铭心的留恋!
啊……啊……
塞外的风沙再大,也眯不了你美丽的双眼,
北国的冰雪凛冽,只能让你的肌肤更加美艳。
生存的担子再重,也压不垮你丰腴的双肩,

你用婀娜的步伐，行走在长长的历史之间！

你默默无言，沉默了许多年，
直到有一天，强盗闯进了你的家园。
我们听到了你的嘶喊，
我们目睹了你的勇敢，
我们看见了你灵与肉的奉献！
啊……啊……
塞外的风沙再大，也眯不了你智慧的双眼，
北国的冰雪凛冽，只能让你的肌肤更加美艳。
生存的担子再重，也压不垮你丰腴的双肩，
你用婀娜的步伐，行走在长长的历史之间！

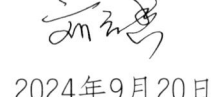

　　短小精悍的两小节歌词，篇幅不长，却含义深邃。显然，我们从该主题插曲中不难看出，作者使用的是拟人化的双关语，既是对云冈石窟标志性（20号窟）露天大佛的赞美，也是对主人公哑女玉儿由衷歌颂，将佛性赋予了人性，也将人性升华为佛性，从而使人与佛达到精神境界的完美统一。

2024年9月20日

（作者系山西省武术协会副主席，太原市武术运动协会副主席，太原市云翔武馆董事长兼总教练，武术名家）

目 录

云 冈

剧情简介	003
剧中人物	005
正文	007
参考文献	110

蒙山大佛

剧情简介	113
剧中人物	115
正文	119
参考文献	395

电影文学剧本

云冈

剧情简介

坐落于山西省大同市西郊17公里处武州山南麓的云冈石窟,是北魏王朝鼎盛时期由皇家敕建的享誉世界的佛教石刻艺术宝库。源于历史机缘,凿建之初,该石窟群内就典藏着一批极具价值的文物珍宝⋯⋯日酋、高级军事间谍板垣正咒浪在日本帝国主义发动全面侵华战争的前一年,在其进行军事情报的搜集过程中,意外地刺探到我国这一重要情报的大致信息。

七七事变后,该日酋以日寇某师团司令官的身份亲率日本法西斯军队侵入山西雁北地区,并派侄子——师团特情课长板垣苍雄少佐带领一支火力加强的四五十人的日军工兵小队进入云冈地区,实施其精心制定的"GPJ"行动计划,以进一步打探这批典藏珍宝的详细秘密并妄图非法攫取之。如果目的不能得逞或计划落空,日本强盗们还想丧心病狂地炸毁整个云冈石窟!

我八路军115师某团首长率领部队,在冒雨进军平型关的征途中,获知了敌人这一罪恶企图,立即授命团部侦察参谋、侦察英雄、团武术教官——戚国柱,挑选四名优秀侦察员,组成一个临时特别侦察战斗小组,火速尾随日寇工兵赶赴云冈石窟,依靠当地人民群众和地下党组织,执行粉碎敌人阴谋、保护国宝文物、相机歼灭这股日军的艰巨任务。

本来就是敌众我寡、困难巨大。令人意想不到的是,一股早已觊觎云冈石窟匿藏珍宝的山匪亦流窜于此,意欲趁乱抢宝。如此一来,敌我力量立刻呈现悬殊对比……

更加不幸的是,当戚国柱同侦察员们千里追踪,及时赶到云冈石窟群时,却出乎意料地中了诡诈狡猾之敌的毒辣圈套,特别侦察战斗小组人员全部掉进了日军工兵预设的大陷坑,坠入"死地",面临灭顶之灾……军用电台摔坏、一人负伤、报务员当场牺牲,与大部队失去了联系。如此复杂的形势,以及装备、数量均占优势的两股凶残习顽的敌人,严峻地考验着八路军侦察员们的智慧、耐力和战斗意志,最终他们能否完成上级交给的光荣使命吗……

本剧本以举世震惊的平型关战役为背景,以举世闻名的云冈石窟为发生地,以中国功夫戚家拳为铺衬,再现了中国共产党领导的八路军指战员、广大人民群众及爱国僧侣,在艰苦卓绝的抗日战争中同仇敌忾、前仆后继,为保卫故土、守护国宝,奋力与万恶的日本侵略者浴血奋战的可歌可泣的壮烈事迹。他们以勇于牺牲的大无畏民族气概,唱响了一曲伟大的爱国主义赞歌!

同时,本剧本还以影视文学的手法,大力弘扬了云冈石窟这一世界级文化遗产,并对其中历史最悠久、石雕艺术价值最高的、知名度最广的昙曜五窟的形制、体态、寓意、历史渊源和前世今生作了详细介绍和重点展示,使这颗人类石雕艺术宝库中的明珠放射出更加夺目的绚丽光彩!

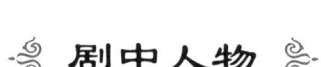

剧中人物

戚国柱：八路军115师某团团部侦察参谋，武术教官
玉儿：戚国柱妻子
玉嫂：玉儿母亲
陈青：八路军115师某团特别侦察战斗小组报务员
铁旦：八路军115师某团特别侦察战斗小组侦察员
春生：八路军115师某团特别侦察战斗小组侦察员
贵福：八路军115师某团特别侦察战斗小组侦察员
团长：八路军115师某团团长
政委：八路军115师某团政委
老村长：云冈村村长，中共地下党员
释宁：云冈寺住持
释静：云冈寺监院

释轩：云冈寺僧执

三板头：山匪大当家
麻秆儿：山匪二当家
大害货：三板头大儿子
二害货：三板头二儿子

板垣正咒浪：中将，日军参谋本部情报研究员，高级军事间谍，侵华日军某师团司令官，东京某跨国珠宝交易株式会社实际掌控人，板垣苍雄叔叔

板垣苍雄：绰号"驴头少佐"，侵华日军某师团特情课长，板垣正咒浪侄儿

多田龟：日军中尉军医
瘸翻译：胡瑾瑜，日军翻译官
三木尾崎：日军工兵曹长，上士
樱奈卅野：日军工兵军曹，中士

云 冈

序场1. 卢沟桥/旷野　日　外

　　华北某地。

　　（镜头扫视）一座沧桑古朴雄浑的大桥——

　　（字幕：卢沟桥）

　　（镜头切换）烈日下的旷野，

　　在阴森诡异的东洋《幕府军歌》音乐中，

　　"轰……"

　　"轰、轰……"

　　"轰、轰、轰……"

　　"轰、轰、轰、轰……"

　　……

　　随着一阵阵震耳欲聋的猛烈火炮声，以及远处（卢沟桥方向）伴随而来的阵阵剧烈爆炸声，一队面目狰狞的日兵及排炮映现。炮队旁，一个凶神恶煞的鬼子官佐挥舞着军刀，嘴里狂呼乱喊着（日语），正指挥日军炮兵疯狂炮击。

　　（镜头叠映黑体毛边大字幕）七七事变！

　　（旁白）（悲愤地、沉痛地）1937年7月7日，万恶的日本帝国主义悍然发动了全面侵华战争！

序场2.山西省北、中部（及周边相邻省份）壁挂地图

指北针指示：上北下南。

地图上标注有：天镇、南口、阳高、大同、浑源、怀仁、广灵、宣化、新保安、蔚县、灵丘、代县、五台、雁门关、忻口、平型关、娘子关、太原等地名。

一支蓝色箭头像蛇一样，自地图上标注的南口、阳高、天镇方向，沿铁路、公路线缓缓自北向南移动；

再一支蓝色箭头则自宣化、新保安、蔚县一线沿蔚代公路从东北向西南蜿蜒进逼广灵、灵丘，箭头对准平型关；

另有一支红色箭头，由五台直上东北方向，箭锋亦指向平型关，并且当头直趋第二支蓝色箭头！

（隐）

（镜头切换）一大队的日本兵，以飞机、坦克为前锋，端着刺刀枪咆哮着，在轰隆隆的炮声和鬼子军官的嚎叫声中，分别沿铁路、公路、山路汹涌地向前冲锋……

（旁白）1937年秋，日军首先兵分两路侵入山西：北面一路由日酋东条英机率关东军察哈尔派遣兵团南下；东面一路则由板垣正咒浪师团长（亦称"司令官"）统率日军某师团及独立混成某旅团西进。两路日军，企图以钳形攻势迅速拿下山西全境。在这中华民族危急之际，我八路军115师抗日健儿自五台山地区挥师东进，迎敌而上，决定于平型关下痛击日寇！

序场3.山西五台县境内　日（小雨）　外/内

天色阴沉，

细雨蒙蒙。

（字幕：五台山区某地）

一处河沟边的山路上，全副武装、斗志昂扬的八路军排成一路纵队，冒着淅淅沥沥的秋雨，正向指定战区开进。战士们虽然戴着草帽、斗笠等，但下半身的军装仍然是湿漉漉的。

行进的队伍旁有一座简易茅草棚。

（字幕：115师某团临时指挥所）

（画外）传来一阵"嘚、嘚、嘚……"的马蹄声。

（切）

茅草棚内，两位八路军首长正俯身桌旁，查看、比画着军用地图，另几个参谋、警卫、通信人员各自忙碌着，"滴滴答答"的电报声不时飘荡在空气中。

报告——

随着屋外的一阵马蹄声由远及近直至消失，一位全副武装的年轻八路军干部以立正敬礼的军姿，出现在茅草棚门口：报告团长、政委，侦察参谋戚国柱奉命报到！

八路军团长抬起头来，招呼侦察参谋近前：好好好！戚国柱，给你个新任务……

团政委也抬起头笑眯眯地望着戚国柱。

戚国柱走近桌边，兴冲冲地大声问：批准我带领尖刀连吗？团长、政委！

团长斜了他一眼：想得美！让侦察英雄打冲锋，你小子，小看我帐下无人？

戚国柱嘿嘿一笑：哪里哪里，团长，我是说，平型关伏击板垣师团，这是咱八路军对日作战的第一仗，我已圆满完成侦察任务了，但打仗时你们可不能把我落下呀！

政委接话：给你的这个新任务，也很重要……

序场4.同上　日　内

临时团指挥所里，

团政委还没把话讲完，戚国柱就从背上抽出大刀片，着急并带着情绪：政委，你看，这是我媳妇连夜给我绣的字，她叮嘱我，逮住日本鬼子，一定要多杀几个，为死难的百姓报仇……这次战斗，我可不能错过！（说着双手抖开刀彩，展示）

系于刀把的红绸（刀彩）上，呈现出用黄丝线织绣的几个醒目大字（特写）：

血海深仇

多杀倭寇

政委看了看点头：这个我知道，你是入洞房后第二天就赶回了部队。戚国柱，好样的！（朝部下竖起了大拇指）

团长抓紧给戚国柱布置任务：据日军高层反战人士提供的可靠情报，日寇师团长板垣正咒浪正在进军广灵的途中，他已派侄子——特情课长板垣苍雄少佐及翻译官和一个工兵小队，取道浑源、怀仁，抄小路窜往大同方向，实施代号"GPJ"的什么特别行动……戚参谋，你是当地人，熟悉当地的人文地理情况，现在派你去追查这股日军的行踪，摸清这小股鬼子到底想干什么，然后粉碎他们的企图！这也是一场战斗，而且很艰巨！

团政委介绍敌情：板垣正咒浪是个中国通，汉语说得特别好。一年前，这家伙打着探望日本士官学校老同学阎锡山的旗号来过山西。他只身骑着毛驴以商人身份，一路上假借旅游、拜佛的名义，遍游晋北周边山川关隘和名胜古迹。然而实际上呢，他是在预先侦察和刺探我们的军事、政治、地理、文化、交通等情报，为日本全面侵华、疯狂掠夺我国经济和文化资源做准备。

戚国柱紧盯着政委的双眼，专心致志地听着。

团政委继续介绍情况：板垣正咒浪乃老牌军国主义分子，在伪满洲国任职期间就劣迹斑斑，烧杀奸淫无恶不作。他的侄子板垣苍雄，跟着叔叔长期从事情报间谍工作，也是血债累累，我东北的抗日军民都臭骂他为"驴头少佐"。

戚国柱觉得好笑，咧了咧嘴角。

团政委严肃：还有一点需要特别注意，板垣正咒浪不仅是日本军界有名的战争贩子，而且还是个家族式古董贩卖集团的头子，他私下掌控着东京一家跨国珠宝黑交易株式会社……

团长又嘱咐戚国柱：政委讲的这些情况你都得综合考虑，仔细研判，认真对付！你带领三名侦察员前去，我再给你配备一部电台和一名报务员。

政委：电台于规定时段准时开机；如有特殊情况，可随时联系。

团长：你们组成一个精干的侦察战斗小组，急行军立刻出发。

戚国柱双脚并拢立正，依次向两位首长点头：能行！能行！不过，就给我这么几个人？

团政委将桌上的军用水壶递给他，指示并鼓励部下：平型关大战在即，战斗人员首先要充实一线部队。戚国柱，你不是还会拳术吗？你可是咱们团的武术教官呀。据说你家乡那一带民风尚武，流行晋派戚家拳，你们到达目的地后要紧紧依靠当地的人民群众和地下党组织。团党委相信我们的侦察兵勇士们对付四五十个小鬼子，虽然任务艰巨，但应该是没有问题的！

戚国柱接过水壶呷了一口，就着政委的话，手持大刀片退后两步，在草棚中间拉开架势，顺势舞了几个漂亮麻利的刀术动作：我是瞎玩——戚门刀法！嘀嘀嘀，（憨厚一笑表态）首长们放心，我保证完成任务！

政委颇为欣赏地勉励他：很好，很好！你们既要消灭掉这股日军，还要尽力保护好文物并粉碎敌人的阴谋！完成这个任务后，若你们能及时归队，再参加平型关战役也不迟。

戚国柱显得很是激动，他将大刀插回背后，两脚后跟使劲一磕，再行军礼：是！

眼见戚参谋已解决了思想问题，团长又指了指桌上的地图：戚国柱，你来看，距离大同市区17公里，就是那处世界闻名的古代石窟文物遗迹……

顺着团长的手指，戚国柱凑前观看，（特写）军用地图上，大同西郊，一处醒目的古迹地名标注逐渐放大：

（推出片名）云冈

（委婉沧桑的佛乐《楞严咒》奏响）

第5场.（正场　下同）空镜

在佛曲《楞严咒》奏鸣中，

一座20世纪30年代的城市鸟瞰。

（字幕：大同古城）

随着镜头移动，该城西郊，东西走向的一座山峦显现。

（字幕：武州山）

位于武州山峦的最高处，冈高入云、绝壁千仞——

（字幕：云冈）

（镜头扫视）

武州山云冈南麓，依山壁自东向西开凿着密密麻麻的大小石窟，绵延1公里有余……

〔字幕：云冈石窟（旧称石窟寺、云冈寺）〕

（镜头扫视）从历史中走来的古老石窟群，时下显得破败、沧桑。窟前周边，荒草萋萋、乱石嶙峋、瓦砾遍地；一尊标志性的、硕大的露天坐佛（特写：20号窟巨佛），造型伟岸、姿态雄健、气势磅礴……然而周身蒙垢。

（低沉音旁白）……20世纪30年代的云冈石窟，其面貌是这样的！

（切）

紧傍云冈石窟西侧是一片破旧简陋的村舍。

（字幕：云冈村）

一条河从云冈石窟和云冈村前面流过。

（字幕：武州河）

时值秋日，正逢雨季，武州河水翻涌着浊浪，滚滚向前，似乎要把不远处的一座小石桥与河边的龙王庙冲垮……

（镜头摇近石桥，特写）桥栏柱书"武州桥"字样。

（切）

龙王庙，山门额匾"龙王庙"。

（渐隐）

第6场.山野、沙丘前/山腰间　日　外

（画外）"嘚哒、嘚哒、嘚哒……"急促的马蹄声。

（入画）一行装备齐整的军人策马飞奔于通往云冈石窟的山路上。

（镜头拉近）侦察参谋戚国柱、报务员陈青（身背电台）、侦察员铁旦、春生和贵福，跨骥而行。他们人人英武、个个精神，臂章上的"八路"二字，分外醒目。

第7场.水泊边/树林旁　日　外

"嘚哒、嘚哒、嘚哒、嘚哒……"

戚国柱一行打马飞驰。

"嗡……嗡……"

天上传来飞机的轰鸣声。

戚国柱于马背上仰头注视：一架翅膀上标着太阳旗的小飞机，自天际而来盘旋在他们的头顶。

戚国柱扭头向后一招手：鬼子飞机，快隐蔽！

几个人迅速收缰落鞍，敏捷地牵马隐匿于山路旁的密林中。

第8场.空镜

（镜头扫视）云冈石窟群外景。

（20号窟露天大佛略作凸显）

（镜头拉近）5、6号窟外景全貌：

飞檐重叠的四层高大木构建筑阁楼，依山耸峙，巍峨壮丽，古朴沧桑，异常恢宏！

第9场.云冈石窟群5号窟前室/后室　黄昏　日　内

（镜头摇进，5号窟前室）

5号窟后室里，"嘀嘀答答"的电报声充斥着。

七八个日寇都很忙碌。从袖标、衣着和领章来看，他们有官佐、

士官、翻译官、传令兵、侍卫兵、医务兵等。靠近东壁的石桌前，一个通信兵在操作电台。靠近西壁矗立的大木柱上挂着皮鞭、铁镣、绑绳、烙铁等刑具。

这里显然是日军的临时指挥部兼刑讯室。

（字幕：云冈石窟5号窟后室）

三面窟墙佛龛盈壁，长明灯盏无数，灯光明亮。大小不一的石雕佛像林林总总，排列有序，大者如真人，小者仅盈寸。

正壁下方石条案上端置香炉，烟气氤氲。条案后支着一张行军床。行军床上仰面半躺着个精神不振、长头、长脸、立耳的日寇军官。

（字幕：侵华日军某师团特情课长板垣苍雄，绰号"驴头少佐"）

一个日军医官正在弯腰为板垣苍雄听诊。

（字幕：日寇中尉军医多田龟）

多田龟收了听诊器，一边轻轻给上司揉肚子，一边劝慰：问题不大，少佐先生，您是来了这边后由于水土不服导致的上吐下泻。（日语，随附画外汉语翻译音，下同）

板垣苍雄板着驴脸不吭气。

另一名医兵将板垣苍雄扶起，侍候他服西药片。

跟前一个挎指挥刀的鬼子将军用水壶递过来。

（字幕：日军工兵曹长三木尾崎，上士）

三木尾崎：课长，请喝水。

板垣苍雄没有接，问部下：我带的水早就喝完了，你们怎么还有水？

三木尾崎：我们在武州河里打的。

板垣苍雄摇头：嗯……河水发黄，卫生嘀不行！

莲花须弥座旁一翻译模样的人取下自己背的军用水壶，及时递上：太君，放心喝这个。

（字幕：瘸翻译）

板垣苍雄瞪大了驴眼：嗯？

身穿中式丝绸大褂、文质彬彬的瘸翻译赶忙解释：河那边有个龙王庙，院子里有个小泉眼，水量很小但很清澈，卫生大大嘀好！（又竖起大拇指）

板垣苍雄高兴，接过水壶。

瘸翻译献殷勤：我打来的，呵呵。

板垣苍雄：很好，很好。这个水源地很重要，需要保护。（喝水）

军医官多田龟又给上司递上一块三角御握（日式饭团），板垣苍雄大快朵颐。

多田龟：少佐先生，我在"满洲"时听说咱关东军里有个偏方，把当地活人的胃剜出来烤焦，研成粉末服用，治疗水土不服有特效。您的病虽然不重，但是也不能耽搁呀。

板垣苍雄：是一味中药偏方？

多田龟：是的，长官，它还有个中成药名字，叫舒胃散！

板垣苍雄：这个可以试试，不然会影响"GPJ"行动计划！那个小和尚招了有用的情况吗？

三木尾崎：没有，他说什么都不知道。

板垣苍雄又瞪起驴眼：先把他押进来开膛！

第10场．同上

服了西药并吃了饭后，板垣苍雄的精神稍振，他从行军床爬起来并下地，挂着军刀饶有兴致地观赏起窟内四壁丰富多彩的石雕造像（镜头扫视）。

文人模样的瘸翻译一旁认真作介绍：太君，云冈石窟年代久远，规模宏大，是闻名世界的佛教石雕艺术宝库。整个开凿工程分为三期，最先是460年北魏文成帝命著名僧人昙曜负责雕凿的；后来一直到北魏晚期的近百年间，总共开凿了51座主要洞窟，加上许多小窟，整个窟群共有大小佛龛1100多个，大小造像51000多尊，真乃一窟一极

乐，一佛一天堂哇！（日语，随附画外汉语翻译音，下同）

板垣苍雄很感兴趣地频频点头，夸赞瘸翻译：嗯，很好，很好，你很专业，很懂这个石窟。

瘸翻译伸出小拇指朝向自己：哪里哪里，我嘀不行，我嘀这个。您二叔板垣司令官，比我更懂！（伸出了大拇指）

板垣苍雄哈哈大笑。

室外有日军报告：小和尚押到！

板垣苍雄：带进来！

（画面转黑）

……

稍后，在日军临时指挥部里夹杂着"嘀嘀答答"的电报声中，一声凄厉的惨叫声传出！

第11场.云冈石窟群5号窟前室/后室　黄昏　日　内

窟内电报声停歇。日军通信兵关掉电台，摘下耳机拿起电文，走近板垣苍雄少佐，啪地立正敬礼。

日军通信兵：报告课长，师团部来电。（日语，随附画外翻译音，下同）

板垣苍雄接过电稿，仔细查看……

（画外，板垣正咒浪司令官公鸭嗓语调）据飞机侦察，有几个零散老八路尾随你们，即将进入目标区。为防其干扰行动，特命令：按原定预案处置！

板垣苍雄放下电文，转过脸面对墙角杵立的日兵：传令樱奈军曹，执行原定预案！

传令兵：哈依！（转身走开）

板垣苍雄咧嘴狞笑，继续饶有兴致地欣赏窟顶的藻井。

瘸翻译继续眉飞色舞地给板垣作着介绍：整个云冈石窟，要说历史最悠久、艺术价值最高的，那就是中区一期洞窟里编号16—20号的"昙曜五窟"。而咱们脚下的东区二期5号窟和隔壁6号窟，则是面阔洞深、内容丰富多彩、华美瑰丽的主要窟室，并且唯独这两个窟前，还建有非常漂亮大气的木结构阁楼，是云冈石窟中最引人注目的景观！

（随着瘸翻译的语音，镜头叠映）

（1）云冈石窟16—20号窟宏大外景扫视；

（2）略凸显20号窟露天大佛宏壮雄姿；

（3）5、6号窟口，巍峨的木构建筑阁楼高耸入云；

（4）沿着窟群东西方向，每间隔一段距离竖起一根木桩，顶端绑着（尚未点燃的）松明子。

第12场．云冈石窟6号窟前　黄昏　外

日本军乐《元寇》的聒噪音乐中，几个日军流动哨兵正在巡视。

另有一队日军自高大华美的窟前木构阁楼中，似机械人般地列队走出。

（字幕：云冈石窟第6号窟）

除了全副武装，日兵每人还配备袖珍军铲、军镐，有的背在背上，有的佩在腰间。

领头的鬼子也挎着指挥刀。

（字幕：日军工兵军曹樱奈卅野，中士）

这队鬼子兵在樱奈卅野的带领下，进入不远处的另一孔石窟。

第13场．云冈石窟　黄昏　外

一弯上弦月泛着淡淡的亮光，挂在天边。

朦胧天色中的云冈石窟群外景（扫视）。

石窟群东侧入口处，几个人影猫腰摸了进来，

打头的戚国柱停下脚步，端着二把盒子（短枪）隐身于一块大石头后面，警惕地将四周观察一番，没有发现什么。他再侧耳倾听，周边也没什么动静，便回身招手……

侦察员们尾随他沿着武州山根，贴着一个个窟室前壁的立面，绕

开脚下的乱石静悄悄地踮脚前行。

有人被乱石绊了一下，发出些许响声。

戚国柱回头压低嗓音：别出声，跟上！

八路军侦察员们，各持武器默默地尾随戚参谋摸向前方。

第14场.云冈石窟无名窟　傍晚　外/内

一孔门脸不大、位置又较隐秘的窟室。

八路军侦察员们敏捷地避开日军流动哨兵，鱼贯摸进这孔隐秘的洞窟。

洞窟前厅很大且宽敞，禅灯稀疏。

石壁立面上石佛林立，雕像无数。在摇曳的昏暗烛光下，一众石佛像面容不停地扭曲变换着，显得十分恐怖。

入得窟来，大家稍作聚拢，正待领受戚参谋的下一步指示，就听见"咔叽"一声，好像什么机关响动了，霎时脚下悬空，五个人都蒙了，还没回过神来，便同时呼地坠入一个深坑！

第15场.云冈石窟5号窟　日　内

"哈哈哈——"

"哈哈哈哈哈——"

5号窟后室里，日军特情课长板垣苍雄和两个下属军官放肆地仰头大笑，周围的几名日兵也憋不住地跟着大笑起来。

瘸翻译竖起大拇指，凑近板垣苍雄：队长，你嘀，高！

板垣苍雄斜了他一眼：不是我高，是板垣司令官情报刺探得好，提前一年掌握了云冈石窟的许多秘密！（日语，随附画外汉语翻译音，下同）

瘸翻译忙改口接着诌谀：这个我知道，我知道。可是您执行利用得好呀！（又竖起了大拇指）

板垣苍雄不再"谦虚"，自信满满地撇着嘴角，恶狠狠道：把老和尚押过来，继续审问！

第16场．云冈石窟无名窟陷坑　黄昏　内

"嗵、嗵！嗵！"

……

几名八路军指战员几乎同时坠落坑底，摞成一堆。

大家都被摔得呈痛苦状，面容扭曲。

戚国柱的大脑也是短暂一片空白，但他很快缓过神并爬起来（没有摔坏），逐个将战士们拉起来，赶紧离开垂直于坑洞口的下方。头顶的洞口现出微弱的光。

遗憾的是，报务员陈青面朝下且被压在最下边，摔裂的电台还背在后背——他被沉重的电台砸得口吐鲜血，已经壮烈牺牲！

戚国柱指挥大家抬着陈青的遗体迅速隐蔽于坑底四周。

陷坑上方传来杂乱的脚步声。随着一阵稀里哗啦的铁器摩擦地面的声音响起，头顶的洞口被盖上一扇粗重的铁栅栏，铁栅栏上又加压了几块大石。

第17场．云冈石窟12号窟（音乐窟）　夜　内

豪华大窟，

明窗、门拱及窟顶四周均雕有深目高鼻、身着圆领长袍、束腿长裤、足蹬黑靴的伎乐天。众伎乐天手持琵琶、横笛、排箫、埙、细腰鼓等乐器，似乎正在演奏着佛国天籁。

（字幕：云冈石窟12号窟，亦称"音乐窟"）

在悲凉梵呗《心经》音声中，一个不太老的老和尚被反绑在底层伎乐天的脚下。其袈裟被撕破，遍体伤痕，满脸青肿瘀血，双目微合。

（字幕：云冈寺住持释宁法师）

和着《心经》音声，窟顶的七个体型较大的伎乐天周身，出现了几条上下盘绕、摆首扭动的矛头蝮蛇（特写），其舞蹈诡异而曼妙。

释宁住持似有察觉，合十低声诵念：阿弥陀佛，阿弥陀佛……

（切）

在释宁住持的诵念声中，伎乐天周身的几条蝮蛇顷刻簌簌然遁形。

（切回）

两个凶神恶煞、满脸横肉的日军工兵闯进窟室，叽里咕噜地大声呵斥释宁住持。

释宁住持听不懂，任由倭兵从地上拽扯起来，被推推搡搡地押出音乐窟。

第18场．空镜

月光朦胧，

夜雨绵绵。

山路崎岖，

沟壑纵横。

（字幕：五台山区通往平型关的山间小路）

第19场．五台山区通往平型关的山间小路上　夜　外

"唰唰唰"的脚步声中，八路军115师某团的行军队伍。

一路纵队，前不见首，后不见尾，疾行在山路间。

指战员们个个都头戴南方式斗笠。

两位骑马的团级首长抖缰缓辔（入镜）。

他们身后跑步跟上来一位通信参谋。

通信参谋立正敬礼：报告首长，侦察战斗小组联系不上。

二位首长勒马驻足。

团长指示：连续呼叫！

通信参谋：已连续呼叫多遍，均没有回答……

二位首长皱眉，相互对视片刻。

团长焦虑状：难道戚国柱他们遭遇不测？

政委：不会！应该相信我们的同志有临危处置严峻情况的能力！

团长赞同状，略有所思，郑重点头。

"唰唰唰"的脚步声中……

前方,长长的行军队伍,渐渐隐没于夜色雨幕中。

第20场.空镜

云冈石窟群外景轮廓,

略凸显20号窟露天大佛。

第21场.云冈石窟　夜　外

夜色下,

（日本军乐中）

两个满脸横肉的日本兵端着刺刀枪,押解着释宁住持。

沿途的松明子火把已点燃,毕毕剥剥地闪着亮光。

排成纵队的三个迈着机械步伐的日军流动哨兵,迎面走来。

他们相向而行,交错后,又分别背向而去。

释宁住持戴着手脚镣铐,被日兵押着踉踉跄跄地沿石壁墙根行走,不时颠踬一下。

第22场.云冈石窟无名窟　夜　内

陷坑底下,

侦察员们猫着腰蹲在一处,定了定神后,几个人都明白了眼前的险恶处境。

戚国柱无奈地轻声自语:唉,还侦察英雄呢,这下倒好,大意失荆州,落入敌人圈套了。

小机灵鬼春生瞥了报务员的遗体一眼:出师未捷身先死……和团部的联系也断了。（抹了把眼泪）

高大粗壮的铁旦噌地伸直腰:戚参谋,和敌人拼了吧!

贵福平常言语不多,这当口也开了腔:怎么拼?憋在这个陷阱里,有劲使不出,连鬼子面都见不上,你说怎么个拼?

第23场.云冈石窟5号窟　日　内

后室，

多田龟侍候板垣苍雄服下一包中药粉剂——舒胃散。

在心理作用的驱使下，板垣感觉肚子不那么难受了，他朝多田龟竖起大拇指：这个活人胃焙制的偏方大大嘀好，很灵验，很灵！（日语，随附画外汉语翻译音，下同）

军医多田龟扬扬自得状。

板垣苍雄端坐香案后，手扶指挥刀，扬扬得意：八路已成瓮中之鳖，插翅难飞！

瘸翻译：下一步，怎么处理他们，课长？

板垣苍雄：不必管他们啦，加紧实施"GPJ"行动要紧！用你们《孙子兵法》的话说，这几个老八路已进入死地，把守好洞口，别让他们上来就行。

瘸翻译：对、对，不用皇军动手，八路自己就会饿死。

窟外日兵：报告课长，老和尚已押到。

板垣苍雄：押进来！

两个鬼子兵将释宁住持推搡入窟。

第24场.云冈石窟无名窟陷阱底　夜　内

戚国柱摁亮军用手电筒，向四下照视。

洞子口小肚大，阴森恐怖。洞壁有的地方光滑，有的地方凹凸不平，间有年代久远的不规则凿痕，不像是新挖的。几个人试着相互踩着肩膀叠罗汉地向上攀爬，无奈洞口太高、洞壁整体又呈凹弧状……试了几次都失败了。

突突突——

陷阱上面的敌人发觉下面有动静，从洞口铁栅栏缝隙间向下用机枪扫射。贵福被击中，左胳膊淌出血来，还好并未伤及骨头，春生赶忙拿出自己的急救包为他包扎。

戚国柱示意大家紧贴洞口的射击死角隐蔽。铁旦气呼呼地拔出二十响朝洞口上方就是一梭子，招来上面又一阵扫射。

戚国柱命令：不许开枪！子弹和跳弹会打坏上面的文物。

铁旦顶了戚参谋一句：那咱们就等死？

戚国柱压低嗓音：同志们，现在咱们的处境虽然很被动，但千万不能丧失信心！沉住气，我们一定要完成上级交予的任务，再大的困难，也吓不倒咱们八路军的！

第25场.云冈石窟5号窟　夜　内

……

严刑拷问没有任何结果，日军特情课长非常生气。

板垣苍雄少佐气呼呼（面对镜头）大叫：八嘎！你嘀，快快说出"紫"的秘——密——！（日语，随附画外汉语翻译音，下同）。

瘸翻译在一旁（面对镜头）用汉语帮腔：说了吧，老和尚，和皇军硬扛，皮肉还得受苦，弄不好还把命也搭上。

蜷曲在地的释宁住持气息微弱，坚定地念诵佛号：阿弥陀佛……什么"紫"呀"红"呀的，贫僧一概不知啥的秘密……没有什么好说的！（看来刚才被打得不轻）

板垣苍雄气急败坏，离开香案，走向地当间……

负责押解的两个日兵弯腰从地上再次揪起释宁，一人扯着住持的一条膀子朝后反拧着。释宁被迫头向前倾，脖颈僵直。板垣苍雄上前抡起巴掌，左右开弓，"啪啪啪"，不停地狂抽住持几十个耳光以解气。

瘸翻译都被鬼子队长的疯狂"气势"吓得垂手恭立。

释宁住持双目怒视板垣苍雄，两边嘴角鲜血流淌……

第26场.云冈石窟无名窟陷阱下　夜　内

戚国柱摩挲着洞壁，寻找可能的"出路"。铁旦、春生和贵福分别拿着小石块轻轻敲击周边，希望石壁能发出空洞的响声。忙活了一阵，终无所获，大家再次陷入焦躁不安的情绪中。正当几人失望地坐下来准备休息时，洞壁某处咔咔咔地轻微响了几下。戚国柱示意大家安静……"咔咔咔"，又响了几下……戚国柱起身将耳朵紧贴在响声处聆听……又响了，声音分明是从洞壁里面发出来的！

戚国柱赶紧拿起一个石块照准发出音响的部位咔咔咔地回敲了三下，里面随即有了回应！稍后，这块洞壁开始出现微动（特写），而且幅度慢慢加大，并且越来越大……最后，一扇小石窗被打开，眼前竟然呈现一个隐秘的洞口！

八路军侦察员们很是惊奇，个个瞪大眼睛注视着暗窗。借助手电筒的侧光，暗窗处闪现出一名和尚的面孔（特写）。

戚国柱十分惊喜，脱口而出：释轩法师！

显然二人熟稔。

（字幕：云冈寺执事释轩法师）

释轩法师打着手势：阿弥陀佛……快过来，同志们。

暗窗刚好能爬过一个人。

侦察员们终于都舒了口气，消除了焦虑。大家先把牺牲的同志缓缓运过去，然后依次爬过去，脱帽向报务员的遗体致哀……

释轩法师返身将石窗暗门恢复原位。

（悲哀佛曲中）释轩法师双手合十，轻轻诵念经咒，为亡灵超度：南无三满多、母驮喃、唵度噜度噜、地尾萨婆诃……

第27场.云冈石窟5号窟后室　夜　内

板垣苍雄自己也打累了，敞开军上衣，两手叉着腰喘气。

日兵又将释宁住持绑于西壁侧那段木桩上。释宁住持头颅垂在胸前，再次昏迷过去。

瘸翻译上前凑在板垣耳朵旁嘀咕了一阵……

一个日兵进来，提着一桶水泼向释宁住持。

释宁住持缓缓苏醒过来，抬起头，依旧用充满血丝的双眼一眨不眨地怒视着板垣。

释宁住持牙缝里呼着佛号：阿弥……陀佛……出佛身血……孽

畜,我要看着你……必遭恶报!

释宁住持目光如炬,逼得板垣苍雄倒退两步,惊叹:好厉害的一双佛眼!(日语,随附画外汉语翻译音,下同)

板垣恶狠狠地向身后的三木曹长做了个手势,大叫:采取生物手段,给老秃驴下猛药,让他看个够!

日本工兵曹长三木:哈依!

三木尾崎迈着机械的步子出窟。

第28场.云冈石窟地下暗道　夜　内

狭窄幽长的地下暗道,分别通向两个不同方向,侦察员们自然不辨东西南北。

释轩法师招呼大家:跟着我,阿弥陀佛,咱们朝西走。

借着手电光,大家在释轩法师的带领下摸索着前进。

释轩问戚国柱:你八路当得好好的,带人回来干什么?

戚国柱紧走两步挨近法师:鬼子已大举进犯山西,我们回来执行临时任务。(侦察兵的警惕性很高,戚国柱仍旧压低声音说)

释轩:放开嗓子说吧。这个暗道深凿于地下,上面根本听不见。你们是冲着这股日军而来的吧?

戚国柱:嗯。

释轩:你们一进云冈我就知道了。暗道东首有窥孔,石窟群东侧入口处的情况,一目了然。

二人边走边沟通。

戚国柱:你怎么知道我们掉进了陷阱,法师?

释轩:阿弥陀佛,是这边的枪声把我吸引过来的。这个暗道有一个排水口、两个出入口、三个进气口、四个排气口,还有五个窥孔,它们都被建造得巧夺天工、极其隐秘,从外面万难发现。每个孔道大小不一,各具功能。你们掉下来的陷阱是个大出入口,原本有长梯子供人上下的,日军来了糟蹋了一番,把梯子也给抽走了。

戚国柱停步,问:那怎么办?另外一个出口在哪里?

释轩：别急，这不正领你们去。

戚国柱复举步，又问：鬼子啥时候来的？

释轩：今晨天还没亮他们就进了云冈，一来就把释宁住持抓住，像是知道什么，有预谋地要拷问他。

戚国柱：咱们得尽快解救他！

释轩：是呀，晚了怕遭鬼子毒手。

戚国柱：寺里其他僧人呢？

释轩：一个小和尚失踪。其他几个青年跑得快，已通过武州桥进后山了。我刚好在无名窟参早禅，就近下了地道，随后感觉鬼子工兵在暗道口做了手脚……

戚国柱：敌人到这儿的目的是什么？

释轩：不清楚，看来他们要在这里住下。

戚国柱沉思片刻，感慨：若不是法师你搭救，我们就困死在这了。这个暗道……不是日军工兵挖的吧？

释轩法师：鬼子又不是神仙！

戚国柱：我说么，如此复杂的地洞坑道，工程量很大，短期内不可能建成。

第29场．云冈石窟5号窟后室　夜　内

日军工兵曹长三木尾崎复进来，手里攥着一条矛头蝮蛇，蛇身缠在他的臂膀上。他看着板垣苍雄，等待上司下令。

板垣苍雄朝绑在西壁侧木桩上的释宁住持望去，同时扬了扬下巴，狞笑着。

三木尾崎一步步地逼近释宁住持。

释宁被折磨过甚，头颅下垂于胸前。两个日兵一左一右拥上来扳起释宁的脑袋，三木尾崎右手掐着毒蛇的脖子，举起蛇头直对释宁住持的双眼……大蛇张开大嘴，露出两枚尖利的毒牙……三木尾崎右手使劲一捏，大蛇受痛，"吱"的一声，两股毒液径直喷射到释宁住持的两只眼睛里！

释宁住持不由得啊地惨叫几声,复又晕了过去。

第30场.同上

两个日兵架起释宁住持,准备拖出5号窟。

板垣苍雄命令:押回去继续修理他!先别叫他死,车轮战术、转换手法,连夜逼供!(日语,随附画外汉语翻译音,下同)

三木尾崎、瘸翻译(同声):哈依!

板垣苍雄:司令官有过交代,这个秃驴掌握着云冈石窟重要情况,尤其是"紫"的秘密!哪怕他是铁嘴钢牙,天亮前也要给我撬开!

三木尾崎、瘸翻译:哈依!哈依!

第31场.云冈石窟群西侧武州桥　夜　外

夜色下,一个蒙面瘦高个子蹑手蹑脚地趟过武州桥,在桥北头停顿片刻,环视一番,然后蹑手蹑脚地由西侧入口处进入石窟群。

第32场.云冈石窟　夜　外

日本军乐中,

两个日兵身背带军刺的步枪,拖着释宁住持,贴着石窟群墙根行走。

沿途每间隔一段距离,路边的松明子火把毕毕剥剥地燃烧,放着亮光。

刺刀在火把的光照下闪映出逼人的寒光。

迎面走来三个迈着机械步伐的日军流动哨兵。

(切)

蒙面瘦高个子出现在黑暗里,他躲过日军流动哨兵,藏身于一片乱石后,紧盯着释宁住持。

(切)

释宁住持被日兵拖行,双脚磨地,两行血迹沿着武州山南麓的石壁流淌。

第33场.云冈石窟地下暗道　夜　内

戚国柱和释轩法师正边走边说着话，坑道左手处出现一小片较为宽敞的扇面，侦察员们聚拢过来。

释轩法师：这儿有个窥孔。

释轩弯下身子，伸手小心翼翼地抽开扇面壁间一块楔形小石条，一条石缝呈现。

释轩法师贴眼于小石缝，屏气张望片刻，回身招呼戚国柱。

释轩：你来看——

戚国柱上前观察……

第34场（戚国柱从石缝里俯视的情景）云冈石窟6号窟　夜内

油灯盏的光照下——

（字幕：云冈石窟6号窟）

（洞壁）墙根支着一排兵器：有三八大盖步枪、歪把子机枪、掷弹筒、六〇炮、炸药包等。

宽大的窟室内，横七竖八地挤满了二十多个鬼子兵：有坐着的，有躺着的，有吃东西的，有喝水的。樱奈卅野曹长靠在佛传故事"降伏火龙"龛窗下吸烟……

日军工兵小队，正在休息待命。

四面洞壁上的佛像、罗汉等面部表情，似乎都带着惊恐状。

内门石拱下，有鬼子双岗站哨，刺刀尖在灯光下熠熠闪光。

（渐隐）

第35场.云冈石窟地下暗道　夜　内

侦察英雄戚国柱紧贴石缝暗孔观察一番，看罢倒吸一口冷气。

释轩法师封好窥孔，带领大家继续摸索前行。

戚国柱神色严峻，自言自语：这是一股加强火力的鬼子工兵小队,需认真对付……

释轩回头瞥了戚参谋背上的大刀片一眼:阿弥陀佛,弄不好你们几个人还要吃亏的。

铁旦拍拍腰间的手榴弹袋:戚参谋,从暗孔给鬼子塞几颗铁甜瓜不就得啦!

戚国柱与释轩法师同声:那可使不得。

戚国柱回头剜了铁旦一眼:你胡说啥?那不把满洞窟的珍贵文物全毁了!

铁旦自愧,吐了一下舌头。

侦察员春生和贵福在队尾抢道:不管咋说,咱们得赶快出去,消灭他们!

戚国柱回头命令:安静,别说话啦。

前面墙根儿忽然响起一阵"窸窸窣窣"的声音。戚国柱执手电筒一照,妈呀!四条矛头蝮蛇分作两对儿,相互缠绕着身体,正在交尾,挡住了人们的去路。戚国柱抽刀上前正欲砍杀。

释轩制止:不要杀生,阿弥陀佛,长虫在佛教中乃护法大神之象征,它们栖居于岩窟,可保佑我等脱离险厄,免受外来邪恶的侵袭,阿弥陀佛……

释轩法师边念佛号,边从直裰内掏出一管鹫鹰翅骨制作的精致小骨笛,放置嘴边轻轻吹奏。

随着幽玄阴靡而独特的曲调飘出骨笛,两对毒蛇很听话似的,簌簌然匿入岩缝消失,让开了通道。

戚国柱收刀,继续前行。他满腹狐疑地问释轩:法师,云冈地下这个神秘的暗道是怎么来的?

释轩法师边走边讲:年代久矣,可上溯到一千四五百年前的南北朝北魏时期。你可知道佛教史上"三武一宗"灭佛的事?

第36场(释轩僧执答疑解惑讲述画面,下同)北魏皇宫　日　内

皇宫大殿上,

群臣俯拜。

宝座之上，一位君王英武盖世，气冲霄汉！

（字幕：北魏世祖、太武帝拓跋焘）

殿前，宦官依旨颁布诏令（默声）……

（释轩法师画外音）445年，北魏太武帝拓跋焘下旨在全国各地灭佛，勒令沙门还俗，违者格杀，庙产籍没，以充盈国力！

第37场.北魏（几座）庙/庵　夜/日　内/外

寺院，

北魏兵众横刀举钺冲入山门，逮住一群和尚，手起刀落，又劈又砍。

一众沙弥死的死，伤的伤，哭爹喊娘。

（切）

尼庵，

北魏武士持弓仗剑闯进禅堂，不由分说，见人就射，见尼就刺。

沙弥尼们血染禅堂，魂飞魄散，没死的四散奔逃……

（切）

庙宇，

北魏军丁执锤荷铲，砸佛像、烧经幢、斫莲台、拆浮屠。

一队队僧人被皮鞭、棍棒"侍候"，强迫劳动。

……

（释轩法师画外音）一时间，北魏政权所及地域，捣毁佛像，诛杀佛徒，一片腥风血雨……此乃中华佛教史上的第一次法难，使得佛教在中国的传播遭受巨大挫折！

第38场.北魏皇宫/云冈石窟/石窟群地下　日/夜　内/外

皇宫大殿，

群臣叩拜。

宝座之上，一位年轻有为的少主登基主政。

（字幕：北魏高宗、文成帝拓跋濬）

殿前，宦官奉旨颁发诏告（默声）……

（切）

武州山南麓高耸的石壁立面间，脚手架林立，无数匠人贴身岩壁艰苦劳作。叮叮当当的凿錾声不绝于耳，响彻云霄。

（释轩法师画外音）聪慧明达的北魏文成帝拓跋濬即位后，励精图治，当时呈现政通人和的局面。兴安元年（452），文成帝颁诏重新恢复佛教，并敕命开凿云冈石窟！

（切）

云冈石窟群地底下，

老少僧人穿着袈裟、直裰等破烂的僧衣，挥汗如雨，镢挖钎凿，万般艰辛，秘密修建暗道……

（释轩法师画外音）云冈寺随后的几代当家人，为了防范灭佛灾难的再度发生，便秘密地接力，在石窟群下面悄悄挖掘了这条暗道，以备大祸再次降临时供僧人们逃生之用……

（释轩法师讲述画面结束）

第39场.（现实）云冈石窟地下暗道　夜　内

戚国柱边走边听，顿时恍然大悟：嗯，明白了，法师，但是为何我以前从来没有听说过这事呢？

释轩：这是云冈寺的秘密之一。

几位侦察员很是好奇。

春生：还有其他秘密吗？

释轩法师：有，只有寺里极少数管事的师父知晓。

戚国柱问释轩：还有啥的机密？都由谁掌握着？这些情况，或许对我们完成任务有用。你是僧执，一定心知肚明。

释轩法师口念佛号：阿弥陀佛，贫僧明白咱八路军乃真正抗日的仁义之师，是保卫人民、保护文物的，我岂能不配合？

戚国柱：那请你详细说说吧。

释轩法师：云冈石窟的机密分为"青""蓝""紫"三级，由云冈寺三大纲领分别掌握，一人掌管一部分机密。"紫"级机密是顶级秘密，保密等级最高。

戚国柱着急：保的啥秘密？

释轩法师：是关于昙曜五窟里的顶级秘事，由释宁住持掌控。"蓝"级机密保密等级次之，由我掌握，是关于咱们脚下这条暗道的整体情况，这我在前面已经给你们说啦。而释静监院则掌管着"青"级机密。

戚国柱："青"级机密是什么内容？

释轩法师：释静监院分别知晓昙曜五窟和暗道的部分机密。例如，关于暗道，他只知道无名窟有个暗坑，然而关于暗道的全貌以及它的进出口、窥孔等，释静监院一概不知。

戚国柱：这么说昙曜五窟里最重要的"紫"级秘密，你一点也不了解？

释轩法师：不了解，一概不知，如同释宁住持一点也不知道地道的秘密一样，我们都是各人尽各人的保密责任，从不横向沟通，即便班首换届，也是纵向沿袭下传。这个寺规我们已代代相传了近1500年，从无僭越。阿弥陀佛。

戚国柱听着，边走边颔首并凝眉思索。

释轩法师：云冈寺纲领班子如此分别掌握机密，完全是为了慎重，也是为了释家三宝"佛、法、僧"和整个云冈石窟国宝的安全！

戚国柱：好，云冈寺佛门先辈们保密工作做得很好，设计很周密！（加快了脚步）

铁旦、春生、贵福几名侦察员则边走边感慨：

——还怪有意思的。

——云冈石窟神秘兮兮……

出家人也真不容易呀，得罪了官家，说不准啥时还得掉脑袋！

……

第40场.云冈石窟12号窟（音乐窟）后室　夜　内

悲凉梵呗《心经》音声中，

两个满脸横肉的日兵将释宁住持拖回音乐窟后室，掼到地上，又开始了拳打脚踢。他俩打累了，便出窟休息……

（切）

又换了两个大胡子日兵进来，挽袖摩拳，扑向释宁住持……

第41场.音乐窟前室　夜　内

前室，

那个蒙面瘦高个子出现于窟室顶部，他藏身于伎乐天后，阴狠地注视着下面发生的一切。

第42场.云冈石窟12号窟（音乐窟）后室　夜　内

悲凉梵呗《心经》音声中，

释宁住持蜷缩在一摊蒲草上，昏迷不醒，被毒瞎的双目暗淡无光，似睁非睁状。

瘸翻译溜进了这个窟。他蹲在释宁住持的面前，不放心地将手掌贴近释宁眼前晃了晃，见释宁没有任何反应，又将手指放在释宁的鼻孔下不动——尚有微弱气息。

瘸翻译捏着嗓子叫：师父、师父。

释宁住持没有反应。

瘸翻译再叫：师父、师父……

半响，释宁住持身体微动，嘴唇干裂，只是嚅动，发不出声音。

瘸翻译摘下身背的军用水壶，把仅有的几口水灌进住持的嘴里，继续叫：师父、师父、师父……

释宁住持嘴唇微启，似醒非醒，喉咙里开始嘟囔：你……谁呀……？

瘸翻译：释静！师父，我是释静呀。

释宁住持身体抽搐了一下：你是释静？声、声音怎么不像呀？

癞翻译：师父，我这几天上火，嗓音有些变调……不过，我、我确实是释静哪。

释宁住持：噢……释，释静监院呀……阿弥陀佛，我的眼睛看不见啦……

癞翻译：对、对，师父，我就是释静监院。您眼睛看不见不要紧的，您是得道高僧，心明如镜！

释宁住持：唉……东洋妖孽，出佛身血……为师我已快……魂归西天了……唯有一事放心不下……咽不了这口气……

癞翻译赶紧也躺下，与释宁住持并排：师父，有什么话，您就……跟我说好了。

第43场.音乐窟前室　夜　内

蒙面瘦高个子已从窟顶下到室壁中腰，他双腿盘住内门石柱，头朝下紧贴石拱门楣，偷听后室里的动静……

第44场.云冈石窟12号窟（音乐窟）后室　夜　内

释宁住持稍顿，还有些不放心：那，你真是释静吗？你不是已经圆寂了吗？

癞翻译：没有，师父，我没有圆寂。您是被妖孽所害，意识模糊啦。您现在感觉怎样，好点了吗？

释宁住持微颔首：好点，可能是回光返照吧。

癞翻译：不、不，师父，您慢慢会康复的，快把您不放心的事，交代给我吧，啽？

释宁住持面容黑紫，懵懂状：……好吧，释静监院，你是知道的，为保全佛宝、保护佛门，咱们云冈寺自古以来就有个规矩：住持、监院、僧执，每人掌握着云冈寺部分秘事，互不通气……各人离任时，会将各自知道的秘密，依职依次纵向授受……

癞翻译：这个事我知晓，作为云冈寺监院，释静我焉敢失职忘却？

释宁住持：那就好……而今我横遭外夷虐戮，即将归西，来不及传及继任，必中止兹规……致使由我保守之机密失传，于寺于国……于僧于俗，罪过大焉！

瘌翻译迫不及待：那您快快告诉我吧，师父。

释宁住持快坚持不住了，强打最后精神：……释静监院哪，从前的事就不说啦……常言道：人之将死，其言也善，为师只希望你往后加强修持品行，以身作则严守教规……咱云冈古寺，唯此为大……阿弥陀佛……望你谨记于心，依规沿袭，妥为行事……"紫"级机密是这样的……

（渐隐）

第45场.同上

释宁住持刚交代完，脖子一歪，驾鹤西去。

瘌翻译一脸窃喜，正要起身，就听见窟前室有响动。

瘌翻译警觉地朝自己身后干咳一声，隐藏在他身后隐蔽处的两个大胡子日兵便循着响动冲过去，瘌翻译随即听到前室里油灯盏掉地的声音和老鼠的打闹嘶叫声，"吱吱吱……"。随后，两个日兵复进来，其中一人报告。

大胡子日兵：没有外人进来，翻译官先生。（日语，随附画外汉语翻译音，下同）

瘌翻译（朝草铺上释宁住持的遗体指指）吩咐日兵：按照课长的命令把老和尚的尸体扔到武州河里去吧。（拍拍屁股后面的空水壶）我去龙王庙打壶水，随后向板垣少佐汇报情况。

两个大胡子日兵：哈依，哈依。

第46场.云冈石窟地下暗道　夜　内

行进中的释轩法师及八路军侦察员又来到一处比较宽阔的地段。

释轩法师同样摸索着，于洞壁间打开了一个小石口子，告诉戚国柱：这里也是个窥孔。（贴前观察）

戚国柱随后观望一番，感叹：这个窟里也住着不少鬼子！

大家继续前行。

第47场. 云冈石窟群　夜　外

灰黑色天幕下的云冈石窟群外景。

（镜头摇近）

20号窟露天大佛凸显片刻。

瘸翻译一颠一颠趔趔向武州河畔龙王庙的背影。

（切）

两个大胡子日本工兵舁着释宁住持的遗体走向奔腾咆哮的武州河，他们的背影，渐行渐远，直至消失。

第48场. 同上

夜色中，蒙面瘦高个子自地面飞身攀上武州山云冈顶，自上而下回看冈底武州河，狞笑状。

随后，武州河方向传来"咕咚"一声。

第49场. 云冈石窟地下暗道西首尽头　夜　内

一袋烟工夫，释轩法师带领侦察员们来到一间状如小屋子的地方。此处丈把宽面积，四壁砖砌。

释轩法师没费多少劲儿就找着并打开一扇假门，紧挨着假门又是一道铁栅栏门，门鼻子上挂着一把古董大铁锁。戚国柱执军用手电筒照了照，看见铁栅栏门外有拐向斜上方的一段逼仄的石级步道。

释轩法师自腰间掏出一串钥匙，拣一把古董钥匙，插入古董大铁锁钥匙孔，一拧，拧不动，再拧，还是拧不动。

释轩法师：坏啦，锈死了！

侦察员贵福上前，持枪托砸了铁锁几下，依旧砸不开。

铁旦：你腾开！

铁旦将贵福推到一边，抽出自己的大刀片，甩开膀子劈向大铁锁。

"哐当"一声响,大铁锁稍稍抖动了几下,仍旧纹丝不动。

(特写)铁旦的大刀片反倒开了个豁口。

铁旦咬着牙,复举大刀正欲再次砍将下去,被戚国柱制止。

戚国柱:停!别搞出大动静,惊动了敌人。

铁旦收住举在半空的手,焦躁:那你说怎么办,戚参谋?

戚国柱:就不能想想其他办法?

铁旦:能有什么好办法?窝在这个坑道里,憋死人啦,迟早叫鬼子捉了鳖!

第50场.同上

铁旦话音未落,几声"汪汪汪"的狗吠声传进来。

大家正纳闷,一只狗出现在铁栅栏门外,它显然是顺着石级步道跑下来的。

戚国柱惊喜:小黄!

小黄在铁栅栏门外表现出激动的样子,频频向戚国柱摇着尾巴,作势欲吠的样子。

戚国柱:别叫!

小黄很听话,瘦小的身躯试图从铁栅栏的缝隙间钻进来,但钻了几次都失败了。它只能眼睁睁地盯住戚国柱,不停地摇尾巴。

戚国柱对大伙说:这是我家的狗狗,它大概闻到了我的气味,就跑来了。

三名侦察员都很不解状,互觑。

释轩法师告诉三位侦察员:咱们头顶上是云冈村的龙王庙,往西不远就是云冈村,你们戚参谋就是这个村的人。

戚国柱点头。三位侦察员也默默点头回应。

释轩法师面对戚国柱:咱们脚下就是地道最西边。这个暗道是自东向西蜿蜒开凿的,总体形状呈蛇形,东头起始处叫"蛇尾",这个地方叫"蛇头"。头顶的龙王庙紧挨着武州河,出了龙王庙你们就脱险啦。

侦察员春生：可是锁子锈死啦，铁门打不开，咱们还是出不去呀。

众人一时又都沉默了。

……

突然，戚国柱啪地拍了下脑门：嗨，好解决。

只见他快速抽下背上的大刀，解下刀把的红绸子刀彩……

大家都看到了红绸上绣的八个工整大字（特写）：

血海深仇

多杀倭寇

第51场.云冈石窟地下暗道西首"蛇头"处　夜　内

戚国柱隔着铁栅栏门，将红绸刀彩递出去，小黄懂事地伸嘴叼住。戚国柱轻轻拍了拍它的脑袋，小黄撒着欢儿原地转了两圈，扭头顺着来路跑了出去。

第52场.同上

释轩法师和八路军侦察员们盘腿坐在地上，一边休息，一边静等。

铁旦（疑惑地）：戚参谋，你玩的什么把戏？

戚国柱没有正面回答他，转问释轩：法师，村子里还有人吗？

释轩法师：日本人一来，估计村民都逃难去了。

戚国柱下意识自问：我媳妇玉儿，也不知道在不在家……

释轩法师接茬：不清楚，你媳妇不是一直在矿上做事吗？

侦察员春生望着戚国柱：嫂子在家就好啦，小黄能把她引来，帮咱们。

戚国柱：我家小黄，跟我特别有感情。

戚国柱回想状……

第53场.（戚国柱回忆往事）云冈村玉儿家　冬夜　内

北风呼啸，

天寒地冻，

茅草屋里却很暖和。

菜籽油灯的火苗跳动着，炕头墙上贴着大大的红双"喜"字。

新娘子玉儿婚妆打扮，宛若仙女，坐在灯下绣着一块红绸。

新郎官戚国柱身着崭新的八路军服，胸前的大红花还未摘下，低头磨着一把大刀。小黄卧在门旁，两只圆溜溜的眼睛一会儿看看新娘，一会儿瞅瞅新郎。

少顷，默默无语的新娘绣完了，正准备收针。

戚国柱的刀也已磨得锃光瓦亮，他停下，以大拇指肚试了试刀锋，起身问新婚妻子：快不？

新娘子玉儿（端庄秀丽、美艳动人）看了看刀刃，未作回答。她收了针，将绣好的红绸子款款地系在丈夫递来的大刀柄环扣上。

戚国柱接过大刀，就势在地当间麻利地舞了几招"戚门刀"的单操功法后，"哗啦"一声顺势抖开刀彩。

血红的绸子上八个大字绣工精美（特写）：

血海深仇

多杀倭寇

戚国柱赞叹：哇！好漂亮。他收了刀，挨到妻子身边。

戚国柱：咱妈到后山走亲戚去了，啥时能回来呀？连咱们结婚她都不在，我好想见丈母娘一面。

玉儿怔了一下，眼眶似有晶莹，她以手势回答丈夫——

（飘字幕：妈妈出远门……一时半会儿回不来）

戚国柱略显遗憾状。参军的喜悦还未散尽，他顾不上多想，也没有再问。

玉儿顿了顿，仍用手势吩咐丈夫——

（飘字幕：开开门，让小黄到院子里去吧）

戚国柱瞥了卧在屋门旁的小黄一眼：怎么？

玉儿期盼状，继续打着哑语手势——

（飘字幕：你明儿就要随队伍走了，今晚……）

戚国柱侧耳听听屋外"呼呼沙沙"作响的风雪声，贴近土炕拥住爱妻：院子里太冷啦，正下雪！就叫小黄在屋里待着吧，能碍咱俩啥事？

玉儿把崭新的被褥铺满炕席，将脸贴近新郎宽阔的胸脯，窝在他怀里幸福地打着哑语——

（飘字幕：嗯嗯，你心眼真好）

插曲《啊，云冈，云冈》音乐响起：

（男独）

你默默无言，矜持了许多年，

直到有一天，幸福来到你的身边。

我们听到了你的呼唤，

我们感受到你的思念，

我们知道你刻骨铭心的留恋！

啊……啊……

塞外的风沙再大，也眯不了你美丽的双眼，

北国的冰雪凛冽，只能让你的肌肤更加美艳。

生存的担子再重，也压不垮你丰腴的双肩，

你用婀娜的步伐，行走在长长的历史之间！

（同时映现云冈村周边的山川、树林景色以及小两口儿在劳动中由相识、相恋到成婚典礼的热闹片段）

（曲乐间奏）

你默默无言，沉默了许多年，

直到有一天，强盗闯进了你的家园。

我们听到了你的嘶喊，

我们目睹了你的勇敢，

我们看见了你灵与肉的奉献！

啊……啊……

塞外的风沙再大,也眯不了你智慧的双眼,
北国的冰雪凛冽,只能让你的肌肤更加美艳。
生存的担子再重,也压不垮你丰腴的双肩,
你用婀娜的步伐,行走在长长的历史之间!

(同时映现云冈石窟群风貌并突出20号窟露天大佛宏伟身姿)

(歌声住,镜头切回婚房)

卧在茅草屋门边的狗狗小黄望着土炕边的戚国柱、玉儿这对新人,似乎感激地摇着尾巴。

新娘吹灭了油灯……

第54场(现实)云冈石窟地下暗道西首"蛇头"处 夜 内

玉儿(村姑装束,楚楚动人)突然出现在铁栅栏门外,怔立片刻。

小黄依偎在她的腿旁兴奋状,直摇尾巴。

玉儿隔着栅栏门把刀彩递给戚国柱,她瞪着大眼睛望着久别的丈夫,惊讶地比画手势:

(飘字幕:你、你们……)

戚国柱将刀彩重新拴上刀把:啥也先别说,快点,帮我们打开这把锁!

玉儿隔着铁栅栏门迅速接过钥匙,然后伸进两只手准备开锁……

释轩法师和侦察员们紧张地注视着她那一双纤细的小手。

戚国柱帮玉儿把住锁头,随口问:咱妈还好吧?

玉儿抬头又怔了一下,盯住丈夫,没有回答,只是大眼睛里滚出两行泪珠,像断线的珍珠……随即她又咬住嘴唇,奋力开锁……

第55场.同上

玉儿鼓捣了半天,还是开不了锁。

玉儿自责状,停下手,摇摇头,打哑语——

(飘字幕:我把老村长也叫来了,在后面)

随着玉儿哑语手势,铁栅栏外阶道里再传来轻微的脚步声,一位五十多岁的老汉亦出现在铁栅栏门外,他伸进一只手。

〔字幕:云冈村村长(中共地下党员)〕

老村长兴奋状:国柱,你领着人马回来啦!

戚国柱跨前紧紧握住这只粗糙的大手,激动得说不出话来。

第56场. 同上

老村长将大铁锁的锁眼儿从门鼻子上调整到朝向外面一侧,插进钥匙使劲开锁,还是打不开……

大家焦急地注视着他的动作。

戚国柱蓦然想起:能不能找点油来润一润锁头?

玉儿眼神一亮,打哑语——

(飘字幕:对啦,俺去找)

玉儿返身顺着来路出去。

不爱多话的侦察员贵福瞥了眼她消失的背影,遗憾状问戚国柱:这么漂亮的嫂子,是、是个哑……

他的"巴"字还没说出口,就被春生狠狠地怼了一句:你才是哑巴!

戚国柱向几个部下解释:我媳妇是哑巴。不过,她耳灵手巧。

隔着铁栅栏门,老村长同侦察员们分别握手,又同释轩法师互致合十佛礼,熟稔的样子。

戚国柱和老村长抓紧时间沟通信息……

戚国柱:咱村里还有别的人吗,村长?有民兵吧?

老村长:没啦。几位民兵保护乡亲们都进了后山啦,组织上叫我留下来监视敌人。你媳妇原本在大同煤矿食堂帮厨,煤窑上听说鬼子大部队要打过来,也停工好些天啦。玉儿告诉我她正收拾东西准备上山,恰逢小黄叼着你的刀鞘引着她直往这边跑,她顺便就把我也给喊来了。

释轩法师欣喜状:阿弥陀佛,善哉善哉。

几位侦察员很是高兴,直夸小黄。小黄盯着大伙,小尾巴摇得更欢啦。

铁旦:咱们的命运就拴在小狗的身上了。

春生:这次能不能完成上级交给的任务,全看小黄啦!

贵福:还不是全仗着戚参谋调教得好……

戚国柱没有高兴,眉头皱了皱,思考状。

老村长:还有个情况,国柱……

戚国柱:村长,你快讲。

老村长:方才我临近庙门时回头观察,发现武州桥上有一长溜黑影鬼鬼祟祟地过了桥,摸进了咱云冈村……

戚国柱:什么人?

老村长:没瞅清楚。不是日本人,看架势像是三板头的人马……

戚国柱不解状:三板头?三板头是谁?

老村长:噢,国柱,你参军走后不久,打绥远鄂博山地区窜来一股流匪,长期在咱们这一带活动。他们把云冈石窟盯得很紧,但凡过往商贾、游客,倍加盘查洗劫。他们好像得到消息,感觉这里有什么秘密和油水似的。

戚国柱:三板头是他们的头儿?

老村长:是,他的两个儿子也跟着他落草为寇。

释轩法师插了一句:二头领绰号叫"麻秆儿",是个大烟鬼。

戚国柱:这伙匪徒共有多少人,什么武器装备?

老村长:约莫有六七十号人。他们以冷兵器为主,也有几支鸟枪。匪头儿和二头儿使得一手好绳镖。

戚国柱:是一伙拳匪?

老村长点头:嗯,拳匪。

戚国柱:练的什么拳?

老村长:也是戚家拳。它和咱这里流行的拳种虽是同门,但不是一路,听说他们练的是河北派戚家拳……

戚国柱笑笑:拳打同门,高下立见。

侦察员铁旦掂了掂手里的大刀片，问：这伙拳匪偏偏这个时候进入云冈村，想干什么？

老村长：谁知道，糟蹋呗，可能和鬼子来这儿也有关联。

释轩法师：就是，趁火打劫。

侦察员贵福担心起来：这可麻烦啦，光日本鬼子就够咱们对付的，又添了这么多土匪。

春生：是呀，咱们太势单力薄了。怎么办？戚参谋！

戚国柱眉头却舒展开来，他使右拳头在左手掌里啪地砸了一下。

戚国柱：没关系！坏事可以变成好事，说不定是增援部队来了呢！

大伙儿都不明白地眨着眼睛。

第57场. 同上

玉儿的脚步声从上面的石阶传了下来。

玉儿返回，手里端着豆油灯，递给了老村长。她蛮高兴的样子打着哑语手势——

（飘字幕：家里拿的）

老村长接过玉儿递来的油灯盏，摘掉灯芯，朝着古董大铁锁的锁孔灌……

第58场. 云冈石窟地下暗道西首/龙王庙　夜　内

"蛇头"里的人先后走出铁栅栏门。

老村长和戚国柱打前，其他人随后，小黄不知疲倦地一会儿跑前，一会儿跑后。大家静悄悄地顺着向上延伸的坡道，循石阶拾级而上。大伙拐了好几道弯，终于出了坑道，再钻过一堵夹壁墙的破洞，这才进入龙王庙的龙王殿。

龙王殿比较破败，后墙有几处走风漏亮的地方，可以观察外面。

主神龙王，身着龙袍，头戴龙冠，端坐龙王殿正位，两旁虾兵蟹将齐全。

戚国柱和释轩法师正要带领大伙走出殿去，老村长摇手示意且慢。

老村长：我先出去看看。

第59场.云冈村龙王庙院子/庙门外　夜　外

夜色下，

老村长来到不大的院子里，蹬着一株树干轻轻爬上院墙，朝院子外面左右观察。

（切）

地势较低的云冈村轮廓完整，进出村子的两条小路清晰可辨。此刻静悄悄的，没有任何动静。

（切）

昏暗月色里，龙王庙门口，一边一个，站上了双岗！

老村长（画外纳闷声）：山匪？行动好快呀。

不对，老村长揉揉眼睛仔细瞅瞅——是日本人！戴着遮屁帘战斗帽，三八大盖步枪插着刺刀，刀尖闪着寒光。

第60场.云冈村龙王庙龙王殿　夜　内

老村长返回龙王殿，讲完情况，问：怎么办，国柱？

大伙隐蔽在龙王神像左右，目光一齐注视着戚参谋。

戚国柱思索状。

铁旦：把院门口的鬼子干掉，冲出去！

老村长：那样的话势必惊动鬼子。

释轩法师：惊动了也不怕，只要冲过武州桥，你们就脱离了险境。

戚国柱：冲出去一跑了之倒是容易。我们来这儿干啥？游玩吗？上级交代的任务不干啦？

戚国柱顿了顿：这样吧，咱们还得回"蛇头"商议商议，稳妥行事，相机出动。

释轩法师领前，一行人无奈地又掉头逐一钻过夹壁墙根的破洞，进入暗道。

戚国柱走在最后，吩咐侦察员贵福：你留下，注意观察外面的动静，特别是云冈村的土匪。

贵福颔首领命，重新于龙王殿内找个暗处隐蔽起来。

第61场.云冈石窟地下暗道"蛇头"处　夜　内

大伙半蹲着，一筹莫展、情绪低落的样子。

老村长：情况复杂啦，村子来土匪啦，石窟被日本人占了。咱出去也不是，不出去也不是。

侦察员春生：老虎钻进了笼子里，陷入绝境。

铁旦舞了几下大刀片：浑身的劲儿没处使，憋死我啦。

只有玉儿依偎在丈夫身边，一副温馨的样子。小黄更是无忧无虑，轮番盯着众人不停地摇尾巴。

释轩法师：阿弥陀佛，我去东面另几个窥孔看看鬼子的情况。

玉儿听见，起身主动向戚国柱打哑语手势，要求：

（飘字幕：我也去）

还未得到回答，玉儿已随释轩法师而去。

众人目送二人端着油灯摸索东去。

小黄摇着尾巴紧随。

第62场.云冈石窟　夜　外

夜色下，

云冈石窟外景全景。

（镜头拉近）

20号窟露天大佛近景（特写），阅尽沧桑的释迦牟尼佛巍然端坐，面容蒙尘。

日本军乐中，

一组日本流动哨兵往来巡逻。

第63场.云冈石窟地下暗道"蛇头"处　夜　内

看到玉儿他们走开了,戚国柱问:老村长,我丈母娘是咋回事?怎么一提这个,玉儿光流泪却什么也不告诉我……

第64场.(闪回)云冈石窟地下暗道"蛇头"处　夜　内

……玉儿隔着铁栅栏门迅速接过钥匙,然后伸进两只手开锁……

释轩法师和侦察员们紧张地注视着她那一双纤细的小手。

戚国柱帮玉儿把住锁头,随口问:咱妈还好吧?

玉儿抬头又怔了一下,盯住丈夫,没有回答,只是大眼睛里滚出两行泪珠,像断线的珍珠……随即她又咬住嘴唇,奋力开锁……

第65场(现实)云冈石窟　夜　内

老村长:唉,惨呀,那还是在你参军前……我也没亲眼看见,那几天我去后山开会。事后我听寺里的释轩法师和咱云冈村的其他人说,是这么回事:去年,也是这个季节,一个日本商人来到咱这儿……

第66场(老村长回述场景,下同)云冈石窟　日　外

秋日雨季的武州河——宽阔湍急。

武州桥上,

一个塌鼻子下面留着一小撮"板刷胡"的日本人,骑着一头小毛驴过桥。

(字幕:板垣正咒浪)

这家伙五十出头年纪,(特写)矮胖身形、长脸,虽然是商人装束,骨子里却很有一副(日本军阀的)军人派头。

第67场.武州河武州桥　日　外

板垣正咒浪来到武州桥的北桥头,爬下驴背左顾右盼……

左首,有个小村落。

（字幕：云冈村）

村外靠河滩，盖了个庙宇。

（字幕：龙王庙）

右首，是敕凿于武州山南麓千仞石壁间一字排开的石窟群，呈东西绵延状坐落，气势撼天震地！

（字幕：云冈石窟）

板垣瞥了左首不起眼的小村庄一眼，扭头抬脚，走向右首沧桑古朴的云冈石窟群。

第68场.云冈石窟无名窟　夜　内

无名窟后室，

几盏"求利灯"火苗跳动。

在昏暗灯光的闪烁下，上下左右的石佛像呈现诡秘面容。

更为诡谲的是两个人正躲在西壁忍冬纹的雕饰下私相交易。

（字幕：板垣正兕浪）

（字幕：释静监院）

释静监院双手合十：阿弥陀佛，板垣先生，白天我提供的秘密，你得给二百块现大洋！

板垣正兕浪（流利中国话）：不行，不行，顶多值一百五。

释静监院：怎么着也得一百八！

板垣正兕浪：那你得把顶级机密说出来，给你二百五！

两人比画着手指头讨价还价，争得面红耳赤。

释静监院：二百五？这钱倒是不少！（作苦笑状）可惜山僧我没那个福气挣哇……

板垣正兕浪：为什么？你堂堂云冈寺监院，不会不知道吧？

释静监院：板垣先生，实话实说，我还真的不清楚。"紫"级机密，只有释宁住持一人掌握。我在寺里不被重用，有职无权，"青""蓝""紫"，我只知道"青"，释轩僧执掌握"蓝"。

板垣正兕浪不明白状：什么青蓝紫、红黄绿的，你啥意思？

释静监院：我们云冈寺的秘密分三个等级，我只分管"青"级，也就是寺里一些不太详尽的秘事。

板垣正咒浪：那你还要二百大洋？

释静监院：虽然不详尽，阿弥陀佛，但是也很重要哇。比如脚下这个窟有陷坑，再比如昙曜五窟里藏有稀世珍宝……贫僧我若不告诉你，你能知道吗？

板垣正咒浪：这倒是。

释静监院：其他秘密和顶级机密，也就是陷坑里还有啥蹊跷，稀世珍宝具体藏在昙曜五窟的何处，怎样才能完整拿到手，有什么机关，这些你最好找其他人打探，山僧我只能帮到这一步啦。

板垣：释宁住持、释轩僧执好说话吗？他们爱财吗？

释静：谁知道呢？就看先生您的运气啦。（向板垣伸出右手）阿弥陀佛，给钱吧，板垣先生。

板垣正咒浪无奈状，自腰里掏出一只哗哗作响的布袋，交予释静监院。

板垣：喏，一百七，一块也不少。

释静：阿弥陀佛，就这样吧。

释静监院接了一百七十块现大洋，正要塞进腰间，就听见"嗖"的一声，一支锋利、闪着亮光的带索镖头瞬间扎进了释静的喉咙！

（字幕：戚门绳镖白蛇吐信）

释静监院朝后一撒手，装满银圆的袋子也哗啦啦地掉到了地上。

第69场．同上

释静监院来不及哼声，身体后仰，"咚"的一声直挺挺地跌倒在地。随即，窟壁半腰间鸠摩罗天石像后嗖地窜出一个蒙面瘦高汉子。

（切）

与此同时，窟壁最上方飞天石像后，还有个和尚的模糊身影朝下面偷觑着这一切（隐隐约约像是释轩法师）。

（切回）

蒙面人落地，站定，手一抖拖回镖头，收了绳镖，一股污血从释静监院项下的血窟窿里喷出。

板垣正咒浪目睹此情此景，立时吓得张口结舌、魂飞魄散，还没反应过来是怎么回事，嘴里就被蒙面人塞了一团破袜子并用镖索反捆了双手。

蒙面人拾起掉在地上的装有银圆的布袋并掖在腰间，执住滴血的镖头，牵了板垣，拽出无名窟。

第70场.云冈石窟群西侧　夜　外

板垣正咒浪被蒙面人连推带搡，一路胁迫，逼向武州桥方向。

板垣挣扎着，憋红了脸试图吐出嘴里的异物。

蒙面人持锋利的绳镖三棱镖头咋呼他：老实点，小心老子弄死你！还有什么钱财全部交出来！

板垣摇着脑袋，老实下来，不再挣扎。

第71场.云冈石窟群西侧武州桥头　夜　外

板垣正咒浪被蒙面人押到武州桥头。

板垣心里明白，过了这座桥，他的下一个"目的地"无疑是匪窝子，必定凶多吉少……他暗暗将口中的破袜子用舌头顶着，啐地吐了出去，双手也挣脱了绳索，撒开腿刚要跑，就被蒙面人使铁扫帚（出字幕：戚家拳铁扫帚）扫倒在地，随后板垣腿上又狠狠地挨了一脚（字幕：戚家拳罗汉脚）。

蒙面人啐了板垣一口：贱货，叫你跑！

板垣正咒浪倒地不停地呼叫：

——来人哪，劫匪，绑票啦！

——救命……

第72场.云冈石窟群西侧云冈村玉儿家　夜　内

茅草屋里，玉嫂（玉儿娘）盘腿坐在炕席上忙着绣工。

油灯下，玉嫂有着与玉儿一模一样的脸形，焕发着中年妇女特有的成熟光彩。一有空闲，她就给女儿准备嫁妆，手中的洁白绸子是绣一对枕套的物料，刚绣好花边，就听见屋外传来隐隐约约的呼救声：

——有人绑票啦，救命啊！

——救命啊……

……

玉嫂停下活仔细聆听，确实是有人呼救！

玉嫂放下针线，一改娴静，顺手从炕墙上摘下一把单刀，行侠仗义般跳下炕头，拽开屋门冲出院子，循着呼救声而去！

第73场.云冈石窟群西侧武州河武州桥　夜　外

玉嫂提刀疾步奔向武州桥。

蒙面人发现村里跑来了人，慌忙地狠狠跺了板垣正咒浪膝盖几脚，回头应对来人。

见是个女的，蒙面人轻蔑道：你来送死？

蒙面人摆出赤手夺刀架势——

（字幕：戚家拳顺手牵羊）

玉嫂不屑答话，虚晃一接招，化掉对方招式，连着发了几个快速缠头劈刀……蒙面人大意了，没想到这娘们出手挺冲，刀法挺精，只得左躲右闪规避锋芒，最后一刀他躲闪不及，竟被玉嫂削掉了一只耳朵，头套也耷拉下来。

蒙面人啊地哀叫一声，甩掉头套亮了相（特写）。

（字幕：土匪二头领麻秆儿）

玉嫂：好你个麻秆儿！又来杀人越货！

玉嫂举刀又砍向绑匪，麻秆儿疼得一手捂着血流如注的耳朵根儿，一手拾起地上的绳镖，以手臂紧紧护住腰间的钱袋子，左顾右盼，连连后退，很怕云冈村再出来人……一溜烟狼狈地逃跑并过了桥，消失在夜色中。

第74场.云冈石窟群西侧武州桥上　夜　外

玉嫂走近吓傻了的板垣正咒浪，拽他的胳膊，见他一身商人装束，以为是个做买卖的。

玉嫂挥了挥手：起来快走开吧，别再让劫匪盯上了。

板垣自地上爬起，试着踅了几步，一瘸一拐的。夜色中，他忽然发现救他的这个女人丰满匀称，别有姿色。

板垣邪念顿生，扑通跪倒在玉嫂面前：救命的活菩萨，我的腿被土匪踢坏了，今晚走不了啦。

玉嫂摸了摸他的膝盖，红肿，未伤及骨头，安慰他：我看不要紧嘛。

她这一摸不要紧，板垣浑身骨头都酥了，按捺不住，乞求：活菩萨，您救人救到底，到你家给我上点药吧。

玉嫂迟疑。

板垣从暗兜里摸出三块大洋：只剩这了……我在"满洲国"新京有大买卖，回头还要报答你，重重地谢你！

玉嫂见他可怜兮兮状，伸手推开他的钱：别来这套，俺不为这个。你跟我来吧，家里正好有点跌打损伤药……

第75场.云冈石窟群西侧云冈村玉儿家　夜　外/内

板垣正咒浪跟着玉嫂走进院子，进了茅草屋。

玉嫂点着油灯，将单刀倚门放好，侧身到炕柜里找药。

板垣正咒浪四处左顾右盼，发现没有旁人，啪地反手闭住房门，扑向玉嫂……

玉嫂没防住，身子前倾，额头"咚"的一声撞向炕柜边角，（特写）太阳穴部位顿时鲜血溅出。

玉嫂艰难转过身捂住伤口，扇了板垣两记耳光！

玉嫂秀目圆睁，头晕目眩状愕然面对板垣：你、你……

板垣正咒浪：嘀嘀，美人……（又扑上去）

玉嫂被板垣压在炕沿，后又被掀上炕席……玉嫂极力反抗许久，无奈头伤严重，力有不支。

板垣正咒浪撕掉玉嫂的上衣，开始撕扒她的裤子……

玉嫂拼命挣扎，"啐啐啐"吐他，咬牙痛骂：畜生！畜生！畜生！人家例假在身……

板垣：哈哈哈，这才更刺激！

玉嫂咬着牙继续挣扎。

板垣压在玉嫂的身上顺手扯过炕头的一块白绸（枕套料），握成绳状勒住了玉嫂的脖颈……玉嫂渐渐不再动弹……板垣再用白绸擦去玉嫂脸上的血迹，又将这块白绸子随手垫在玉嫂下体……

板垣正咒浪兽性大发……一边发泄，一边还自语连连：嘿嘿嘿，这么好看的脸蛋，我岂能放过你！哈哈哈哈……

第76场.云冈村玉儿家　夜　内

板垣正咒浪发泄完，爬下炕。见玉嫂一息尚存，他到屋门边拿起那把单刀，返回炕前照准玉嫂正欲砍下去，就听到外面远处嘈杂声响起，似乎有不少村民朝这边走来。板垣大惊，失手"哐啷"一声丢刀于地，噗地吹灭炕桌上的油灯，仓皇出屋溜出院子，消失在黑暗夜色里。

第77场.云冈村玉儿家　夜　外/内

听到这边动静的六七名云冈村民相继进院入屋。

玉儿家茅草屋里的惨烈景象令众人大吃一惊，惨不忍睹。

男人们背过身去……

女人们抢救的抢救，收拾的收拾——可怜的玉嫂不幸遭此奇耻大辱，并且被灭绝人性的畜生糟蹋得下体大出血……鲜血流满炕席，染红了一大块白绸缎！

第78场.云冈石窟群西侧云冈村　日　内

玉儿家屋子里，

得到噩耗的玉儿从煤矿赶回家来，半跪在母亲炕前。

玉嫂已是气息奄奄，她挣扎着抬起一只臂膊指了指墙上……

玉儿会意，噙着泪将炕墙上挂着的单刀摘下，呈到母亲面前。

玉嫂双手颤抖地抚摸着刀柄，自枕头边将那块已被鲜血染红的白绸子，款款系于刀柄尾端环扣上……紧咬牙关向女儿交代了最后的遗言——

玉嫂：血海深仇……多杀倭寇……

玉儿咬紧牙关点头，向母亲报以哑语手势！

（飘字幕：血海深仇，多杀倭寇）

玉嫂含恨离世，

玉儿泪流满面。

（渐隐）

（老村长回述场景结束）

第79场.（现实）云冈石窟地下暗道"蛇头"处　夜　内

老村长回述到最后，已是声音哽咽、老泪盈眶，但他强忍着没有流出来，只是抬起袖口直擦眼角。

侦察员们的情绪则是愤懑到极点的沉默，个个死死地攥紧了手中的刀枪。

侦察参谋戚国柱双目喷火，一言不发地展开手中刀柄上的刀彩，久久地凝视着刀彩上的两行刺绣大字：

血海深仇

多杀倭寇

八路军战士铁旦、春生，亦紧盯着这八个用黄丝线精心绣就的字，不约而同地挤出同一句话：

——血海深仇，多杀倭寇！为嫂子母亲报仇！

老村长：后来听说那个商人是日本军阀、大特务，仗着会说中国话，提前到咱们山西搞侦察的。这次鬼子大部队进犯山西，据说就是他带领着，还升了什么司令官。

戚国柱：这个老鬼子本来就是个师团司令官，私下里还是个珠宝文物黑贩子！他欠着中国人民的血债！

这当口，"沙沙沙"的脚步声从暗道东边传过来。

释轩法师端着油灯打前，急颠颠地同玉儿返回。小黄摇着尾巴跟在玉儿的屁股后面。

释轩法师急匆匆地开口：坏、坏啦！情况更严重啦。绝、绝对出不去啦！

戚国柱：怎么啦？慢慢说，别着急。

释轩法师咽了口唾沫，缓了缓：阿弥陀佛，我们到东边几个窥孔轮流看了一下……

第80场（释轩法师描述透过各窥孔观察到的情况，下同）云冈石窟群东侧　夜　外

下弦月，

乌云逐月，夜色时明时暗。

东侧入口处，

一块巨石旁边，趴着两个鬼子：一名射手，一名弹药手；

还架着一挺歪把子机枪。

第81场.云冈石窟群西侧入口处　夜　外

月色里，

西侧入口处，

一株古杉树下，

两个鬼子趴着，

也架着一挺机枪。

该处出入口亦被封锁。

（释轩法师描述敌情结束）

第82场.（现实）云冈石窟地下暗道"蛇头"处　夜　内

戚国柱：看来鬼子封锁了石窟群！

释轩法师：就是，另外，6号窟里的敌人还在休息。鬼子流动哨加强了巡逻！

铁旦：这下可麻烦啦！老鼠钻进了死胡同，我们插翅难飞。

戚国柱怼他：你怎么老说丧气话？综合目前敌情，我看我们还是必须坚守这个死胡同！飞什么？往哪里飞？上级交予的任务不完成啦？

春生：戚参谋说得对，出去敌众我寡，力量悬殊。

释轩法师：咱没有胜算，鬼子占绝对优势。

戚国柱：坚守坑道，我们反而有优势！就在洞里，我们可以把劣势转化为优势。

铁旦：咱们像地老鼠似的，有啥优势？

老村长：知己知彼，也是一种优势。

戚国柱：对，化不利因素为有利因素！敌人在明处，我们在暗处，这就是最大的优势。鬼子看不到咱，咱却能观察到他们，不难抓住敌人的薄弱环节，咱们瞅准时机加以利用、随时出击，就能以少胜多！眼下，首要的是搞清楚敌人"GPJ"行动计划的具体内容……

"嗒、嗒、嗒……"

铁栅栏门外，通往地面的石级步道上响起了轻微的脚步声。

第83场．同上

侦察员贵福下来报告：戚参谋，有个人一颠一颠地从石窟群方向朝龙王庙这边走来，看装束像是敌人的翻译官。

戚国柱：带着武器吗？

贵福：挎着王八盒子，好像还背着两只水壶。

戚国柱：云冈村的土匪有异动吗？

贵福：没有发现。

戚国柱略一思考，给大家打了个手势。

众人会意，各自准备……

第84场. 云冈村　夜　外/内

夜色里,

一处比较讲究的四合院,土匪占据着。

有人值更,抱着杆破鸟枪。

东西厢房里隐隐约约挤满了人。

蒙面瘦高个子从院墙翻下来,经过西厢房进入正房。

正房里,一幅下山虎中堂画下面,一个脑袋板板的雷公脸汉子窝在太师椅一边抽料面儿(大烟土)一边打瞌睡,面前的桌上放着烟具和一盘绳镖。

(字幕:土匪大当家三板头)

蒙面瘦高个子进来,摘掉面罩,露出被玉嫂削去一只耳朵的脑袋。(特写:麻秆儿)

麻秆儿叫:老大,老大!

三板头一激灵,清醒了,揉揉眼睛:老二,你回来啦?

麻秆儿正待回答,突然接连打了几个哈欠,原来是大烟瘾犯了,他俯身在桌上扭曲颤抖不止,鼻涕水也流了出来。三板头赶忙将烟枪推给他,急问:怎么样?

麻秆儿抄起烟枪,"嗞儿、嗞儿",狠吸了几口大烟,缓过劲来:没问题,秘密全搞清楚。

三板头惊喜状:"紫"秘——探到啦?

麻秆儿:探到啦,云冈寺住持亲口说的。日本人也要下手。

三板头:那咱们还干不干?

麻秆儿:干!错过这个机会,若让日本人全拿走,我们屌毛儿也摸不着啦。(顺手摸了摸自家光秃秃的左耳根子)

三板头:有把握不?

麻秆儿:有,咱比鬼子人多,冷不防抢先下手,乱中取胜!

三板头:对!他娘的,一不做二不休,扳倒葫芦洒了油!

随后,二人比比画画,开始谋划。

(渐隐)

第85场.武州河边龙王庙门口/庙院　夜　外

瘸翻译一瘸一瘸、摇摇晃晃地上台阶。

门两边的岗哨日兵见是自己人，立正放行。

瘸翻译进院。

（特写）南墙接近根部有几堆立石，石头缝里滴滴答答地向下滴着水，下面聚成一个小水池。瘸翻译走近，解下背着的水壶准备接泉水。他一偏头的瞬间，目光瞥过龙王殿，无意中发现殿门口站着个身材婀娜的女子，在夜色映照下，只见这女人眉目如画、面若满月，美丽至极！

色心和好奇心相加，驱使着瘸翻译拔出手枪壮着胆，一步一步地登上殿台的石级……美女一扭身进了龙王殿。

瘸翻译提枪跟进。

第86场.龙王庙龙王殿　夜　内

瘸翻译正迈龙王殿门槛，刚抬腿还没落稳，就"扑哧"一声趴在地上来了个嘴啃地皮，手枪也被甩出老远。他刚要喊叫，嘴里就被塞进了毛巾。他还没明白怎么回事，眼睛就被蒙上了，同时两臂朝后地被反绑起来，接着被几个人连推带拽，钻进洞内。

第87场.龙王庙庙门口/庙院　夜　外

在庙门口把守的两个鬼子兵，都戴着高度近视眼镜，感觉到庙里有动静，便端着枪猫着腰傻头傻脑地进了庙院，把枪栓拉得哗啦哗啦响，嘴里哇啦哇啦地大叫着走向龙王殿。

留在龙王殿继续监视敌人的侦察员贵福，机警地闪身殿门后，持枪以待……

第88场.龙王庙龙王殿地底下石级步道上　夜　内

侦察员铁旦和春生押着瘸翻译走在前面，玉儿走在后面。小黄跟在玉儿后面跳跃着下台阶。

玉儿隐隐听见头顶鬼子的咋呼声，蹲下身子拍了拍小黄的脑袋，再指指头顶。小黄狗聪明极了，欢跳着顺来路返身而上。

第89场.龙王庙院内　夜　外

小黄从龙王殿跑出来，于院子里飞快地转了一圈，日兵还没反应过来，小黄已敏捷地贴着鬼子脚边，蹿出了龙王庙，没了踪影……

两个鬼子兵看见是条狗在作祟，便收了枪，傻头傻脑并骂骂咧咧地出了庙院，站岗去了。

第90场.龙王庙外面　夜　外

月光下，小黄在龙王庙外转了几个圈后正准备重新溜回庙里，突然它转身驻足，两只灵敏的耳朵警觉地竖起，朝向云冈村方向……它似乎隐约听到什么动静，随之机警地向着村子溜过去，消失在夜色中。

第91场.云冈石窟地下暗道"蛇头"处　夜　内

铁旦、春生押着瘸翻译，玉儿随同，又返回了这里。

戚国柱朝玉儿、老村长、释轩法师摆摆手，指指暗道深处，让他们先避开一下。

众人会意，各自隐蔽起来。

第92场.同上

临时"审讯室"，

瘸翻译被带到这里跪在地上。侦察员铁旦、春生手持大刀片站在两边看着他。

戚国柱拽出瘸翻译嘴里的毛巾，解下他的蒙眼布。

瘸翻译抬头，哆哆嗦嗦地瞥了眼前的几个军人：你们……是？

戚国柱对着他亮了一下臂章（特写）：共产党，八路军！

瘸翻译又低下头：八……八路老爷，饶……饶命。

戚国柱：你是中国人吗？

瘸翻译：哦……是，是。

戚国柱：那为什么要替日本人做事？

旁边铁旦在瘸翻译面前挥了下大刀：说！

瘸翻译战战兢兢：是……是他们强迫我的。

戚国柱：强迫？狡辩！

瘸翻译咚地给戚国柱磕了个响头：八路长官……是、是他们强迫我的呀。我原先在新京板垣正兕浪开的珠宝行当大伙计。战争升级后，日本人的军队缺翻译，板垣正兕浪见我日本话说得好、知识面又广，就让我到他的师团特情课做翻译。开始我是拒绝的，不愿意帮日本军队杀中国人。他们就毒打我，生生地打瘸了我的一条腿！我没办法呀，只好就范。我跟他们也有仇哇，喏，你们看……

瘸翻译挽起半条裤腿，展示伤疤。

戚国柱：得、得、得，甭提你的光荣历史啦。不管怎么说，你也是替日本人干了坏事，欠下中国人的血债！今天把你请到这里，你要老老实实交代，供述所知道的一切！否则，明年的今天，就是你的忌日！

唰！唰！铁旦和春生各自挥刀，在瘸翻译面前又劈了一下。

铁旦：哼，你若不老实，俺八路军就要砍掉你的脑袋为中国人锄奸！

瘸翻译吓得脖子一缩，声音发抖：明白，明白，我交代……八路老爷，我交代，但凡我知道的，全都交代……

第93场.云冈村匪窝　夜　内

四合院正房，

山匪骨干聚集，各自拣高低不同的位置错落地坐着。他们服装杂乱，腰系麻绳，所持冷兵器也都是一些破烂老旧的刀枪剑戟，其中以绳镖居多。

三板头位于上首，麻秆儿次之。三板头的两个儿子（均二十岁左右，一胖一瘦，脑袋也都是板板的）守护在其父身后。

（分别出字幕：匪首大儿子大害货，匪首二儿子二害货）。

三板头训话：弟兄们！咱的苦日子快熬到头啦。咱二当家已经探到了最新情报，云冈寺里确确实实藏有稀世珍宝，足够咱弟兄们吃喝抽一辈子，这是咱弟兄们天大的造化！日本人也想和我们抢宝，咱要和小鬼子抢时间！闲话少说，咱们四更造饭，五更动身！

麻秆儿纠正他：老大，不能做饭，一冒烟鬼子就发现啦。

三板头：对、对，不能做饭，四更吃干粮，五更干活儿！

土匪们禁不住嗷嗷乱叫。

第94场. 云冈石窟地下暗道"蛇头"处　夜　内

瘸翻译态度不错，戚国柱上前给他松了绑，问：你们把释宁住持关押在何处？他现在的状况如何？

瘸翻译的声音有些颤抖：释宁……住持，已经被日本兵……打死啦。

八路军侦察员们沉默片刻。

戚国柱：板垣苍雄率领日军工兵此番来云冈，最终目的是啥？

瘸翻译：没有别的，就是实施"GPJ"行动计划。

戚国柱："GPJ"计划是什么？

瘸翻译：板垣正咒浪一年前买到一条重要信息，说云冈石窟里藏着稀世珍宝，其价值足以再编练两个甲种师团，如果搞到手倒卖给帝国，利润非常丰厚。

戚国柱顿悟状：唔，那么，"GPJ"这几个英文字母，就是"Grab the Precious Jade"的缩写，也就是"攫取宝玉"的意思喽？

瘸翻译：首长猜得没错，就是这个意思。（讨好地伸出大拇指）

戚国柱：日本人的"GPJ"行动，有哪些步骤？

瘸翻译：整个计划制订得非常周密。第一步，不择手段从释宁住持嘴里套出"紫"级秘密，确定标的物；第二步，严密封锁云冈石窟，不得进出，否则格杀勿论；第三步，先采取偷梁换柱的柔性方案撷取宝玉，可能的话，尽量维护皇军声誉；若柔性方案行不通，索性就强取豪夺，这就是第四步计划，进行针对性的爆破，不计后果地干；最后第五步最厉害，如若办法都用尽却仍然一无所获，就用炸药把整个云冈石窟群全部炸掉，来个玉石俱焚！具体施行何种方案，到时候还得听从司令官的指令。

戚国柱暗暗吃惊，顿感责任重大，但他不露声色：这么说，你们已经用卑劣的手段从释宁住持口中套出了"紫"级秘密了？

瘸翻译低下脑袋，充满负罪感地点了点头。

戚国柱：那你赶紧供述"紫"级秘密的具体内容！

瘸翻译：是，是。与世界上其他著名石窟相比，云冈石窟更具特色的是，最先开凿的16—20号窟，即昙曜五窟的各尊主佛，是当时在位的文成帝拓跋濬下令按照北魏太祖拓跋珪及以后的五帝尊容雕凿的，每一尊巨大石佛都代表着北魏的一位皇帝，其中一位就是他自己！

戚国柱：这些佛教知识我还真不知道，这与"GPJ"计划有关吗？

瘸翻译：有关联，您听着。更为奇特的是，这五尊巨大帝像石佛，其"颜上足下，各有黑石，冥同帝体上下黑子"，也就是说，帝相石佛身上镶嵌着一些黑石头，而嵌有黑石头的部位，正是皇帝身上长痣的地方！

侦察员春生不屑道：封建帝王，无聊加古怪。

铁旦则不以为然地狠狠瞪了瘸翻译一眼：这有啥稀奇的，不就是些黑石头吗？

侦察参谋戚国柱倒听得津津有味，制止铁旦和春生：你们别插嘴，（催促瘸翻译）你继续讲来！

瘸翻译：是，是。关键的秘密就在这里，这些黑石头里面，有一半可不是一般的黑石头呀……

第95场.云冈村匪窝　夜　内

四合院正房，

三板头猛拍了拍桌子：弟兄们，安静，别乱嚷嚷，听老子安排。二当家，既然你知道秘密，你给咱领着大部分人马直接干！我留下来统筹全局，在这里接应你们。

麻秆儿挺高兴：行，老大，没问题！我给咱打头阵，您就在这看好吧，我肯定将宝贝一个不落地全搞到手并呈交给你！

三板头：好！大害货、二害货——

三板头的两个儿子从他们的老子身后站到前面来。

三板头：你们弟兄俩紧跟着二当家，给你叔当下手帮忙！

大害货、二害货同声：行、行，爹，请您放心。

三板头面对众匪：小的们，你们给我听着，这是个大买卖，你们可得人人用命、个个争先。你们必须听从二当家的指挥，他有生杀大权！活儿干好了，弟兄们同享荣华富贵，每人先赏二两大烟土；若干砸了，你们都别给我回来！

众匪喏喏。

第96场.云冈石窟地下暗道"蛇头"处　夜　内

戚国柱问瘸翻译：不是一般的黑石头，那到底是些什么样的黑石头哇？

瘸翻译：绝对不是普通的黑石头，是采自新疆和田的墨玉！

侦察员春生：墨玉？

瘸翻译：对，知道吧，墨玉是一种罕见的自然资源，纹理细致、色重质腻、温润无瑕、漆黑如墨，为珍宝之中的上乘佳品，极负盛名。而昙曜五窟的墨玉均来自北魏朝廷最强盛时期的皇家宫藏，器物硕大，无与伦比，又是妥妥的举世独有的籽料，因此极其贵重！当初雕造昙曜五窟石像的能工巧匠们为了防盗，还采用了巧夺天工的独特嵌入法，将这些价值连城的宝贝分别安装到五尊帝像巨佛的身上，特别牢固。经过千百年来的浸润融合，这些宝贵墨玉从质地上已基本与大石佛像融为一体了，万难看出端倪，也不是轻而易举就能取出来的！

戚国柱：既能安装上，肯定就能拆下来，怎样防盗呢？还有，你说五尊帝像石佛身上的黑石只有一半是墨玉，这是什么意思？你先解释一下这个。

瘸翻译：行，我先解释这个。昙曜五窟自东而西16—20号窟，只有16、18、20号窟配嵌墨玉，17、19号窟主佛的身上都是普通的黑石头，也就是"双数有玉单数无，搞不清楚白辛苦"。若想盗窃宝贝，只有掌握这个情况才行。

戚国柱默默点头，思索状。

瘸翻译：即使掌握了嵌有宝玉的准确窟室，若盗取方法不正确也不会得手。一般来讲，怎么装上去的东西，只要反方向操作就能将它取下来。这些用巧技嵌入帝像石佛身上的墨玉，必须以同样的反方向技巧才能将它们完好无损地取出来。如若攫取方法不对，墨玉就会分崩离析，石像也会斫损，以致玉石俱毁，造成重大佛财损失……

戚国柱：啥拆装方法？

侦察员铁旦和春生异口同声：怪神秘！

瘸翻译：看似复杂其实容易，点破一层窗户纸，是这样的……

（渐隐）

第97场.云冈村北松柏林　夜　外

紧邻云冈村北面，是一片次生松柏林。

夜风吹过林木，发出阵阵"沙沙"的声音。

月色下，

一窝山匪（五六十人）猫腰撅腚悄悄地摸出云冈村，摸进树林子。

第98场.云冈石窟地下暗道"蛇头"处　夜　内

瘸翻译供述完毕。

瘸翻译：八路首长，上面我交代的这些，就是云冈石窟中的绝密，也就是所谓的"紫"秘。这是我知道的全部情况，都是实话，如有半句假话,天打五雷轰!

戚国柱:谅你也不敢说谎!我们共产党的政策是,死心塌地当汉奸,死路一条!改邪归正投靠人民,八路军既往不咎,仍旧会给你一条生路!你是个知识分子,想必知书达理,不用我多说。从个人来讲,你也要争取给自己留条后路!

瘸翻译:是、是,贵党政策英明,我先前在伪满洲就听说的。

戚国柱:上面这些情况,你向板垣苍雄课长报告了吗?

瘸翻译:还没来得及。(拍了拍背着的水壶)我正准备打上泉水后就汇报给驴头少佐……噢,就是板垣苍雄。不承想就被贵军……不、不,我再不能为虎作伥给日本人干事了,那边我也不想回去啦。

戚国柱:你听我说,那边你还得回去,情况也得报告给日本人。我们拟利用敌人"GPJ"行动计划,将计就计,全部消灭眼前这股日军和周边的土匪,为云冈石窟扫除安全隐患!希望你配合,为抗日立功。

瘸翻译顿了顿,然后点头:在下愿意效劳,愿意效劳,争取立功赎罪,重新做一名干干净净的中国人。

戚国柱:好!(伸出手和对方握了握)

瘸翻译又疑惑地看看眼前的八路军:将"紫"秘如实汇报给日本人吗?

戚国柱:你只要把"双数有玉单数无"改为"单数有玉双数无"就行了,其他尽可如实报告。

戚国柱边说边将缴获瘸翻译的手枪零件拆解开来。

戚国柱:不是我们不相信你,慎重起见,你还得写个投向人民的保证书。

侦察员春生又凭空挥砍了一下大刀片:你要敢耍邪心眼儿,我们就把你的保证书交给日军,让鬼子劈了你!

瘸翻译:不敢、不敢,我是真心不再当汉奸干坏事啦。

戚国柱掏出纸、笔,写下一张字条递给瘸翻译,吩咐他:你照此句子复写一份,签上你的名字。

瘸翻译照办，写好后将字条交给戚国柱。

戚国柱接过纸条观看（特写）：

我自愿投向人民，真心为共产党八路军办事，抗日到底！

胡瑾瑜
民国26年秋夜

戚国柱收了字条，将卸掉撞针的瘸翻译配枪连同子弹匣一并交还给他：你暂且回到那边去吧，希望你信守承诺戴罪立功，并且尽你所能保护咱们的云冈文物！

瘸翻译向戚国柱深深鞠了一躬：一定、一定。

侦察员贵福怀抱小黄下来，欲报告的样子……

贵福：戚参谋……

戚国柱朝瘸翻译摆摆手：好啦，你可以走啦！

侦察员春生：再委屈你一会儿。（顺手给瘸翻译的眼睛重新蒙上蒙布）

戚国柱（嘱咐铁旦）：送送胡先生。

铁旦拉着瘸翻译走出"蛇头"的背影。

第99场.武州河边龙王庙院子　夜　外

瘸翻译（眼睛蒙布已摘）背着王八盒子及军用水壶走出龙王庙院子的背影。

院门口的两个日兵立正，行持枪礼。

第100场.云冈村北松柏林　夜　外

山匪们执刀佩剑，身背弓箭等，穿行于浓密树林间。

打头的是个戴面罩的瘦高个子（麻秆儿），手里提杆鸟枪，腰里盘着绳镖。

三板头的两个儿子大害货、二害货紧贴麻秆儿的身后"看护"，镖械在手。

麻秆儿不时地回头压低嗓门吆喝：快点，跟上！

大害货、二害货也同样吆喝匪众：快点，跟上！

第101场．云冈石窟地下暗道"蛇头"处　夜　内

侦察员贵福报告：戚参谋，小黄不知被什么人打伤了，自云冈村方向拐着腿从龙王殿破洞里逃进来。

贵福将小黄放到地上。小黄的头部有伤，嘴巴也被人用绿豆绳捆住了，可怜巴巴地望着戚国柱，生命垂危。

戚国柱将小黄嘴上的绳子除掉，但是小黄已经呼吸微弱，喉咙已发不出声音了。

玉儿将小黄揽在怀里，心疼得满眼晶莹。

戚国柱：小黄肯定是在村里发现了什么，正要吠叫，就被人打伤并控制了。（问贵福）云冈村的土匪有动静吗？

贵福：进出村子的路口我一直盯着，还没有发现动静。

戚国柱：不对！这个谁也没想到，土匪一定有动作啦！我们大意了……小黄拼死逃出来给我们报信的。

贵福焦急状：那怎么办？

老村长和释轩法师也都围过来：怎么办，戚参谋？

第102场．云冈石窟5号窟后室　夜　内

日军临时指挥部。

瘸翻译点头哈腰：……太君，情况就是这些。老和尚临死前将云冈石窟所有的秘密都统统交代给我啦。（日语，随附画外汉语翻译音，下同）

板垣苍雄：嗯！大大嘀好，总算撬开老秃驴的嘴了。

瘸翻译：老和尚开始一直不愿意交代，军士们又把他打昏了，我通过欺骗手段才套出他的话来，阿弥陀佛，真不容易呀。之后，我又去龙王庙给您打水……（邀功状捧水壶递上）太君，您请喝水，真正的矿泉水，卫生大大嘀！

板垣苍雄接过军用水壶，又服下一包中药粉剂（活人胃烘干焙

制），仰脖灌了几口泉水后，朝身旁呆立打瞌睡的工兵曹长吼叫：巴嘎，天亮行动！

工兵曹长三木尾崎愣怔了一下，苏醒：哈依！

板垣苍雄又大喊着命令同样坐在石桌旁打瞌睡的通信兵：汇报师团部！

日军通信兵吓得一激灵，抓起电键（发报器），应声连连：哈依！哈依！哈依……

电报声嘀嘀答答地响起来。

第103场.云冈石窟地下暗道"蛇头"处　夜　内

戚国柱（面对镜头）：开始行动！

铁旦异常欣喜状，挥舞了一下大刀片：乖乖，可熬出来啦！

第104场.松柏林/峭壁/武州山云冈顶端/石窟群前壁　夜　外

匪众走出树林，突兀出现的峭壁横亘在他们面前。山匪们早有准备，将许多绳镖的镖索尾拴了飞钩，一根根地接起来，再甩飞钩钩住峭壁立面生长的树根、岩缝等，六七十个山匪顺着镖索连成的"天路"偷偷爬上了云冈最高顶。

麻秆儿俯视冈底……

（镜头扫视）

灰蒙蒙一片，只能看到左方5、6号窟前阁楼的顶部轮廓，以及星星点点的松明子火把光亮；稍远处的武州河在月色下泛着银光，像一条巨蟒，蜿蜒流淌。

麻秆儿一挥手，匪徒们将几盘绳镖的镖索连在一起结成长绳，随即一个个顺着绳子在夜色的掩护下贴崖壁缒了下去。

（切）

麻秆儿首先落地，接着又下来几个山匪。麻秆儿仰头观察，正仔细辨别昙曜五窟各窟的具体位置，日军流动哨兵走过来了。

麻秆儿赶忙示意已下来的喽啰们隐蔽在暗处，崖壁半空的山匪停止下缒。

第105场.云冈石窟地下暗道"蛇头"处　夜　内

戚国柱、侦察员们、老村长、释轩法师整好装束，相继走出铁栅栏门。

玉儿脱掉外套，轻轻盖住小黄的尸体，含泪最后离去。

紧身练功服更加衬托出玉儿矫健婀娜的身姿。

第106场.龙王庙山门　夜　外

老村长独自慢悠悠地出庙门，下了台阶，故意大声咳嗽了一声。

两个打瞌睡的日军门岗反应过来，挺枪上前呵斥：什么人，什么嘀干活？（日语，随附画外汉语翻译音）

话音未落，戚国柱、铁旦从后面赶过来举起刀……

（定格）

戚国柱刀柄环扣上的刀彩迎风展开，夜色下八个大字隐约可见：

血海深仇

多杀倭寇

（解定）

大刀挟带风声劈下（字幕：刀劈华山），瞬间削掉了两个倭寇的脑袋！

释轩法师面无表情地合十诵念：阿弥陀佛。

第107场.云冈石窟群西侧入口处　夜　外

古杉树下，

两个鬼子趴着，似睡非睡，歪把子机枪在他们手中伸着黑洞洞的枪口。

戚国柱、侦察员等以荒草、灌木为掩护匍匐前行，悄悄摸了上来。临近，停下，戚国柱捡了一颗小石子扔过去，两鬼子没有动静。戚国柱再重复以上动作，对方有了动静，传来拉动枪栓的"哗啦哗啦"声音……戚国柱左手持枪警戒前方、右手招手示意……侦察员春生、贵福悄悄从左右包抄至鬼子身后，挥起大片刀切西瓜似的"咔嚓、咔嚓"两声，鬼子机枪手和弹药手在懵懵懂懂中魂归东瀛！

（特写）释轩法师看见此状亦合十诵念：阿弥陀佛，善哉善哉！

（切）

戚国柱打前（腰里拴着三颗鬼子人头），铁旦在后，其他人紧随。六七个人的小队伍顺利越过云冈石窟群西侧入口处，沿着武州河北岸隐蔽前行，一路扑向东面。

第108场.云冈石窟群前　夜　外

间隔一定距离的一排松明子火把毕毕剥剥地燃烧，放着亮光。

日军流动哨刚过去，崖壁立面半空的匪众便齐刷刷地全部落地，随即敏捷地隐蔽于暗处。

第109场.昙曜五窟　夜　外/内

麻秆儿手提鸟枪，迅速查看16、18号窟室一番，然后登临露天大佛（20号）足面等处仔细摩挲……踌躇状摇头离开后，分拨匪众分别进入16、18号窟室。

第110场.武州河北河沿　夜　外

月光下，

（镜头扫视）正对面即是云冈石窟最负盛名的昙曜五窟（16—20号窟）的位置。

八路军特别侦察战斗小组（包括老村长、释轩法师、玉儿）一字排开，趴在武州河河沿上。借助河沿的掩护，戚国柱用望远镜极力观察着对面。

刚刚缴获的武器派上用场，歪把子机枪及三八大盖都架在河沿，枪口直指昙曜五窟！

释轩法师手不沾刃，双掌合十，嘀嘀咕咕地祷告着。

玉儿也抱一杆步枪趴在河沿警惕地注视着前方，眼角挂着泪花，怀念着自家的小黄……

戚国柱边观察对面边嘱咐大家：投鼠忌器，同志们！不到万不得已尽量不使用热兵器，避免文物受损！

众人默默点头，表示服从。

唯有操持机枪的侦察员铁旦噘着厚嘴唇小声嘟囔：拿着枪还不让放……哼，这仗太难打啦……

第111场.同上

戚国柱瞪了铁旦一眼：执行命令，少说怪话！

戚国柱解下腰间的鬼子脑袋，命令春生和贵福：丢到昙曜五窟前面去！

春生、贵福二人接过尚滴着污血的三颗鬼子脑袋，拽住耳朵提着，低头弯腰状绕着脚下的乱石前行。铁旦抱着歪把子机枪趴在武州河沿上作掩护。

第112场.昙曜五窟18号窟　夜　内

（镜头扫视主像）

（画外音）主尊大像两侧各有胁侍菩萨。主像高15.5米，为立像，面相浑圆，大目、高鼻、垂耳，威严、肃然，具有自信、庄重和抱负远大的表情；身子却是秣菟罗立式……罕见的是其所披的袈裟上雕满了千佛，为云冈石窟所特有。

（字幕：18号窟帝像大石佛代表北魏太武帝拓跋焘）

土匪大害货领匪众入窟。

十几名土匪持鸟枪及软兵器（绳镖）警戒在窟门和硕大的明窗两旁，余匪攀爬主像……

第113场.昙曜五窟16号窟　夜　内

（镜头扫视主像）

（画外音）主尊释迦大像，无胁侍，高13.5米，立于莲花台上，袈裟为厚重的毡披式，脸形瘦长，神情英俊，肉髻加水波纹发式，典型的犍陀罗佛像艺术风格，独特的云冈"人神合一"模式。16号窟为昙曜五窟最早开凿的一个窟。

（字幕：16号窟帝像大石佛代表北魏文成帝拓跋濬）

麻秆儿领二害货及匪众进窟。

二害货问麻秆儿：叔，露天佛咋不动手？

麻秆儿：它身上的"黑子"找不到，不好动手，咱们先把这两个窟搞定，那个随后再说！

正说话间，外面传来军靴走路的"咔咔"声——鬼子流动哨兵又过来了。

麻秆儿等人赶紧执鸟枪、弓箭、绳镖等于窟门后警戒。余匪散开隐蔽。

（切）

流动哨兵刚过去，麻秆儿、二害货等从窟门后窜出，照准日军后背，"嗖""嗖""嗖"，镖、箭齐发，最后面的一个日兵后心中镖应声倒地死去，前面的一个回头一望惊慌逃跑，中间的那个屁股中箭，未伤及要害正要逃跑，麻秆儿持鸟枪上前几步抢起枪托横扫过去，日兵低头一躲，臂膀挨了重重一击，三八大盖步枪掉地，也嗷嗷哀号夺路而逃。

第114场.云冈石窟5号窟后室　夜　内

日军临时指挥部，

长明灯烛光下，

电报"嘀嘀答答"的声音充斥着窟室。

日军通信兵抄收完毕，将电文恭敬地递予板垣苍雄：司令官回电！（日语，随附画外汉语翻译音，下同）

板垣苍雄接过，阅看：

（画外，板垣正兕浪公鸭嗓命令）天亮嘀不行！一刻也不能耽误,启用"柔性方案",马上行动!宝贝起出来后用煤矸石填充原位,以掩人耳目,尽可能维护帝国名誉!如偷梁换柱不成,就用炸药!

日军特情课长板垣苍雄阅毕电文,面对通信兵:给师团长回电,"卑职遵命,马上行动!"

板垣苍雄面对瘌翻译:你嘀,担任"GPJ"行动技术总指挥!

瘌翻译立正哈腰:哈依。

板垣苍雄面向工兵曹长:传令樱奈君,带领你们的人,马上行动!

三木尾崎立正:哈依!

板垣苍雄:任务明白吗?

三木尾崎:明白!

板垣苍雄:复诵一遍!

三木尾崎:先用住持老和尚透露的方法干,万一不行就爆破!

板垣苍雄:对,去吧!

日军工兵曹长转身,还未走出去,前头跑掉的那个日军流动哨兵就闯进来:报告少佐,土……土八路来啦,进了石窟,还杀死了我们的人……

板垣苍雄惊异:土八路?不会吧,是陷坑里的老八路爬上来啦?

日军流动哨:不、不,他们拿着鸟枪、弓箭……衣装不整,是一伙……土八路!

板垣苍雄转问瘌翻译:哪里来的?天上掉下来嘀?

瘌翻译直摇脑袋:不、不知道。

板垣苍雄正惊诧间,肩膀挨了一记鸟枪托的鬼子流动哨兵歪着膀子、屁股上露出半截箭杆,狼狈地进来报告:少……少佐,土八路杀掉很多皇军……脑袋都切下来扔在外面路上。您看……

日军流动哨兵捧上一颗血淋淋的同伴脑袋陈诉:报告长官,石窟外面……还有很多。

板垣苍雄恶心地头一歪:嗯……哨嘎!

板垣苍雄大怒，面部肌肉抽搐：土八路这时候来，有什么嘀意图？难道要和皇军抢宝不成？！

　　工兵曹长三木尾崎一旁插话：课长，宝贝要是让土八路抢走了，咱们可交不了差，师团长会把我们死啦死啦嘀……

　　板垣苍雄唰地抽出指挥刀，朝工兵曹长怒吼：火速集合，分头行动！宝玉快快搞到手给我送过来！土八路死啦死啦嘀！

第115场.云冈石窟5号窟口　　黎明前　　外

　　三木尾崎跑出5号窟前阁楼，掏出军哨，鼓起腮帮狠吹。

第116场.云冈石窟　　黎明前　　外

　　尖厉的哨音声中，

　　日军工兵军曹樱奈卅野带领下属自6号窟木阁楼里冲出，分为两股：

　　一股荷枪实弹地封锁了18号窟门。

　　一股涌向并涌进19号窟。

　　瘸翻译紧跟在樱奈卅野的身后。

第117场.云冈石窟　　黎明前　　外

　　尖厉的哨音声中，

　　日军工兵曹长三木尾崎指挥人马从另一窟室中冲出，分为两拨：

　　一拨荷枪实弹地封锁了16号窟门。

　　一拨由三木尾崎领着涌进17号窟。

第118场.武州河沿　　黎明前　　外

　　八路军阵地上，

　　戚国柱双手举持胸前挂着的望远镜，向对面观察……

第119场.（望远镜镜头中）昙曜五窟　　黎明前　　外

　　松明子火把光照下，

昙曜五窟16、18号窟门及明窗两侧的山匪与窟外的日军刀对刀、枪对枪，僵持对峙、一触即发的画面。

第120场.武州河沿　黎明前　外

八路军阵地上，

戚国柱放下望远镜，挥手正待发出指令，就听"嘎"的枪声在晨曦中脆响，紧接着枪声四起，哀号嘶叫声也从昙曜五窟方向传过来。

戚国柱再度端起望远镜观察……

第121场.（望远镜镜头中）昙曜五窟　黎明前　外/内

昙曜五窟外立面（内外），

僵持对峙的山匪与日军疯狂开打，相互对射，激烈交锋：枪弹横飞、绳镖穿梭、箭矢凌空、血光飞溅……双方阵垒不断有人倒下，又不断有人补充……哀号嘶叫声响成一片。

第122场.武州河沿　黎明前　外

八路军阵地上，

侦察员们远远望着激烈厮杀的昙曜五窟方向，纷纷摩拳擦掌。

铁旦憋不住了：快下命令吧，戚参谋！咱一个冲锋把鬼子和土匪一网打尽！

戚国柱放下望远镜，大手一抈，突然改变了主意：不！现在还不是收网的最佳时机，没有我的命令谁都不许擅动！

老村长点头，发话：对！敌我力量过于悬殊，贸然冲过去不仅消灭不了敌人，还会很快被敌人消耗掉，文物将遭受更大的损失！最好的办法就是坐山观虎斗……

大伙都安静下来了。

释轩法师：善哉，善哉。

玉儿怀抱一杆缴来的三八大盖趴在河沿，紧咬樱唇默默注视着前方。

第123场.昙曜五窟17号窟　黎明前　内

（镜头上下扫视）

（画外旁白解说）昙曜五窟17号窟主像乃交脚弥勒坐像，高15.6米。其面部虽风化毁容，但是身形仍然壮硕威严。整个内室窟小像大，咄咄逼人。

（字幕：17窟主像代表北魏景穆帝拓跋晃）

日军工兵们攀爬主像，他们备有各种奇怪的家伙什儿：镢头、洋镐、水平仪、布团等，甚至还有军用水壶、油壶等杂物。

工兵曹长三木尾崎很内行地快速找到目标：哇，宝贝在这里！在这里！

一拨日军围拢上去……

窟外人声嘈杂，刀剑相交的"叮咣"声不断，枪弹的"乒乓"响声不停。

第124场.昙曜五窟19号窟　黎明前　内

涌进19号窟的日兵围住主佛（石像）乱成一团，寻找"黑子"。

（镜头上下扫视）

（画外旁白解说）第19号洞窟主像坐佛，高16.8米，是昙曜五窟中的第一大佛。石佛呈浅浮雕衣纹，右手舒展、五指当胸，左手置膝上，微握如拳状，面容庄重，充分显示成道者庄严法相和圆满的福德形象。

（字幕：19窟主像代表北魏明元帝拓跋嗣）

有的日兵高兴大叫：找到了、找到了，宝石在大佛像的脚上！（日语，随附画外汉语翻译音）

日军工兵军曹樱奈卅野拎着个炸药包，安放在大佛巨大的脚面上，就要拉导火索！

第125场.昙曜五窟19号窟主佛脚面　黎明前　内

瘸翻译赶忙制止：樱奈君不能这样搞呀，会把佛像炸坏的。

窟室外激烈的打斗声传进洞来……

樱奈卅野指着外面：土八路厉害，形势紧张，必须抓紧时间！这样干快快嘀就能交差！（日语，随附画外汉语翻译音，下同）

瘸翻译苦苦阻拦：不能爆破，不能爆破……这样会同时损坏墨玉嘀！

樱奈卅野：不会、不会，墨玉质地细腻，硬度远超石像质地的碳酸盐岩、砂岩、泥岩，只要装药量合适，宝贝不会受损嘀。

瘸翻译：但是那样一来石像就完啦！樱奈君，课长指定"GPJ"行动最后的实施由我具体负责，课长要求先用"柔性方案"取宝，最好不要将破坏古迹的名声落到皇军身上！

樱奈卅野：那……那个偷梁换柱的方法灵吗？

瘸翻译：灵！妥妥地能完好无损地起出宝贝来。我们中华民族的祖先很早就会利用物体的热胀冷缩现象，解决生产生活中的实际问题。

樱奈卅野：好吧，那就试试，不行的话就用炸药！

第126场.昙曜五窟19号窟　黎明前　内

主佛像巨大的脚面上，

（特写）一个状如甜瓜般的"黑子"呈现。

（镜头从主像头部俯视）隐约可看到瘸翻译正在指导几名日军工兵操作：用一条浸满灯油的毛巾把"黑子"围起来，再用若干冷水浸湿的毛巾，遍敷"黑子"周边的石质部分……最后樱奈卅野摁着打火机凑前，伸手点燃围住"黑子"的油毛巾，火苗立刻燊燊……不大一会儿，"嘭"的一声，闷响过后，受热膨胀的"黑子"竟然完整地"跳"了出来！（特写）留下的黑洞被日兵用事先准备好的黑石头填塞，修整如旧。末了，几个鬼子工兵又朝主像身上另一处"黑子"围拢过去，忙活开来……

窟室外面，仍旧"乒乓哔啷"不止——冷兵器打斗声铿锵，热兵器射击声凌乱。

第127场.昙曜五窟16号窟　　黎明前　内

　　正在窟门口指挥喽啰与日军对射的麻秆儿喝令手下：你们给我顶住！

　　说完这句话，麻秆儿返身跑入窟里，二害货紧跟其后……

第128场.昙曜五窟18号窟　　黎明前　内

　　窟门左右，大害货领人正与洞外的鬼子斗狠，忽然罢手吩咐左右：继续给我打，别放一个日本人进来。随后，他闪身入内……

第129场.昙曜五窟16号窟　　黎明前　内

　　（字幕：昙曜五窟16号窟）

　　随着"嘭"的一声闷响，麻秆儿从主尊释迦大像脚下的莲花台上，双手捧起一颗新疆哈密瓜般大小的墨玉，热乎乎的宝石烫得他龇牙咧嘴并不自主地松手，墨玉脱手后，二害货适时从腰里解下一副褡裢，张开褡裢口将墨玉接住。

第130场.昙曜五窟18号窟　　黎明前　内

　　大害货从主佛上跳下，与其弟二害货一样，肩膀上也搭着一副褡裢。褡裢前后的口袋里皆鼓鼓囊囊的，有货。

第131场.昙曜五窟16号窟　　黎明前　内

　　麻秆儿与二害货同时从主佛莲花台上跳下。

　　二人同时落地。

　　几个山匪小喽啰看见二害货肩上的褡裢鼓囊囊的，红了眼，不管三七二十一纷纷围上来七手八脚地抢夺二害货的褡裢……

　　麻秆儿凶狠狠呵斥：住手！谁也别动，谁敢抢，老子弄死他！

　　土匪喽啰们没听见似的，继续下死力抢夺。

　　麻秆儿上去，揪住一名喽啰一个掏心拳（字幕：戚家拳）打过去，该土匪立刻瞪眼倒地；麻秆儿再朝另一人使一记窝心脚（字幕：

戚家拳），这名小喽啰亦被踹得飞向窟壁，后背贴墙，口吐污血……

几个眼红下手抢宝的山匪喽啰全被二当家麻秆儿干死，二害货被解围。

麻秆儿向二害货伸出手：把东西拿来！

二害货肩上搭着褡裢，眼里露出贪婪的光芒：凭啥？不给！

麻秆儿央求状：给我吧，叔还得给大当家交差。

二害货眼里露出凶光：不用，俺直接交给俺老子！

麻秆儿气愤不已：你、你……（也上去抢）

二害货护住褡裢硬是不给，二人各亮功夫招式（戚家拳，下同），于洞窟内开打……

第132场．云冈石窟5号窟后室　黎明前　内

在两个日兵的护卫下，日军工兵曹长三木尾崎上士怀抱一只形似骨灰盒的木匣子进来。

三木尾崎：报告少佐，17号窟宝贝成功获得！（日语，随附画外汉语翻译音，下同）

板垣苍雄一骨碌地从行军床坐起，眉眼大开：哈、哈、哈，快拿来我看！

第133场．昙曜五窟　黎明前　外/内

各个窟门、明窗处，日兵与山匪还在对打、对射。

时而日军冲入，又被山匪击出；

时而山匪冲出窟外，却难敌鬼子凶猛的火力，旋即又缩回窟里；

……

整个昙曜五窟外的地面上，喊声不断，厮杀不停，硝烟不断……

第134场．云冈石窟5号窟后室日军临时指挥部　黎明前　内

瘸翻译、日军工兵军曹樱奈卅野二人，在几个日兵的保护下，各端着一个"骨灰盒"进来，与先前到达的三木尾崎列成一排。

瘸翻译和樱奈卅野同声：报告少佐，19号窟也成功得手！（日语，随附画外汉语翻译音，下同）

板垣苍雄大喜过望，肚子也不觉得疼啦，轮流抢过几只木匣观看：哈哈、哈哈哈，完美收官，完美收官！大大嘀好，大大嘀好！

板垣苍雄命令通信兵：立即向司令官汇报，我部"GPJ"行动，顺利完成任务，请求返程。

（切）

"滴滴答答"的电讯声中，西壁石桌前的日军通信兵结束了与师团部的联络，将一份电文递给板垣。

日军通信兵：司令官回电！

板垣苍雄接过电报，阅看：

（画外，板垣正咒浪师团长公鸭嗓语调）言完成，尚太早，你部必须确定是真货，再返回大本营。

板垣苍雄阅毕上司的电文后命令通信兵：回复司令官，我部坚决执行！

板垣苍雄指指几只盛"墨玉"的木匣，转问三木尾崎、瘸翻译等：确定是真货吗？

樱奈卅野吭吭哧哧，首先回答：报告少、少佐，我感觉……不太对劲。

板垣苍雄吃惊状：怎么个不对劲？

三木尾崎嗫嗫嚅嚅地接话：课、课长，按照您的意思，偷梁换柱成功……但是凭我的经验，我们起出来的墨玉和填进去的石头质地一样，都是煤矸石。

板垣苍雄存疑：有根据吗？

三木尾崎小心翼翼：这里条件有限，无法化验……但是课长，你知道我与樱奈君战前都是东京帝国大学地质学的学生，请您相信我们的眼力和判断。

板垣苍雄大怒：巴嘎！

板垣苍雄转问瘸翻译：你嘀，怎么搞的？听错了？！

瘸翻译略显惊恐：我，我没听错，一定是住持老和尚欺骗了我……

板垣苍雄愤怒极了，一拳照着瘸翻译门面打去：你嘀，统统不可靠！

瘸翻译声嘶力竭地申辩：我，我对皇军的忠诚大大嘀！

第135场.昙曜五窟16号窟　黎明前　内

麻秆儿与二害货拳来脚往徒手缠斗十几回合……不分胜负。麻秆儿急了，从腰间解下绳镖，来了一招挂肘发箭（出字幕），镖头径飞对方咽喉直夺其命！二害货也非等闲之辈，即刻应招老鼠作揖（出字幕）低头躲过，旋即随手取下肩头褡裢，也不管什么招式不招式的，照准麻秆儿头部挥甩过去——麻秆儿没防住他这王八拳乱招，脑袋被褡裢里的大块墨玉狠狠砸中，眼冒金星，倒地不省人事。

二害货面露得意之色，嘿嘿一笑，蹿上明窗，跳出窟外……

第136场.云冈石窟5号窟后室　黎明前　内

日军临时指挥部，

情况不容乐观。板垣苍雄强打精神从行军床坐起"办公"，大光其火，挨个地咒骂下属，并伴以耳光"慰劳"之。

瘸翻译失宠受冷落，于稍远处低头恭立。

三木尾崎上士和樱奈卅野中士皆被板垣长官发火的气势吓得战战兢兢。

少顷，板垣苍雄发泄累了，复跌坐行军床上歇息。

樱奈卅野款款凑前：少佐先生，我判断，真货，一定是叫土八路给拿到啦……他们在那两个窟里干得很起劲，坚守不出，拼死抵抗皇军。（日语，随附画外汉语翻译音，下同）

三木尾崎凑前附和：对、对，据我判断……也是这样！

瘸翻译也附和了几句。

板垣苍雄哗啦地抽出指挥刀，面容扭曲（面对镜头）愤怒大叫：

气死我啦,气死我啦……全、全体集合,增兵!快快给我占领那两个窟,把土八路赶尽杀绝,将宝贝给我抢回来!

第137场.昙曜五窟18号窟　　黎明前　　内/外

　　大害货肩扛手护着褡裢自主像膝部跳下地,正欲跃出明窗开溜,协助他盗宝的几个老匪也纷纷从主像身上蹦下来挡住了其去路。

　　其中一老匪:嘿嘿,大公子想独吞不成?

　　其他几个匪乱嚷嚷:不给老弟兄们分点……

　　——小子,你出不了这个门!

　　……

　　不承想,这大害货可不是吃素的,还没等众匪拿起兵器,大害货已飞起几通罗汉脚(出字幕)将老匪们蹬翻。

　　大害货夺门而出,又有几个日兵围上来,大害货抡起褡裢照日军横扫过去,鬼子们被击打得原地转圈,晕头转向。大害货又挥舞褡裢抡灭了几根松明子火把,趁黎明前的黑暗背了褡裢从角斗着的人群缝隙间溜之乎也。

第138场.云冈石窟5号窟口　　黎明前　　外

　　三木尾崎跑出5号窟前阁楼,再次掏出军哨,鼓起腮帮子狠吹。

第139场.云冈石窟东侧入口处　　黎明前　　外

　　尖厉的哨音声中,

　　封锁东侧入口处的鬼子机枪手和弹药手也从地上爬起来,提起装备笨拙地跑向昙曜五窟。

第140场.云冈石窟无名窟　　黎明前　　外

　　尖厉的哨音声中,

　　无名窟里值守的一群日军亦奔了出来,加入昙曜五窟前面一群疯狂的鬼子中。

第141场.云冈石窟5号窟口　黎明前　外

鬼子指挥部里的勤务兵、医务兵、传令兵等闲杂人员也跑了出来，加入夺宝战斗……

第142场.云冈石窟昙曜五窟　黎明前　外

16、18号窟口，

鬼子增兵了，架起了机枪，搬来了迫击炮、掷弹筒。

这两个洞窟内剩余的山匪拼命往外跑，大部分都被枪弹打死，有几个逃进稍远处的无名窟。

（切）

三木尾崎指挥日军迫击炮手及掷弹筒兵，瞄准无名窟……

（字幕：无名窟）

各种炮弹的尖厉呼啸声过后，"轰、轰、轰"，一阵爆炸，无名窟被炸毁，碎石满地。

第143场.云冈石窟　黎明前　外

黎明前的黑暗中，

二害货在前，大害货在后，两人各自掮着褡裢，拼命逃向云冈村方向。

第144场.云冈石窟18号窟　黎明前　内

樱奈卅野领日兵进入18号窟，搜寻一遭，空无一人。他攀上主佛察看"黑子"处，（特写）只留下空空如也的黑窟窿。

第145场.云冈石窟16号窟　黎明前　内/外

三木尾崎和一群鬼子叽里呱啦地叫着进入16号窟搜查，晕倒在主像脚下的麻秆儿被吵醒，他动了动脑袋，立刻就被三木尾崎和另两个鬼子从地上揪起，押出了洞外。

洞窟外，麻秆儿挣扎着左突右闪想跑，却因围捕的日军人数多而终不得脱。麻秆儿无奈弯腰从地上一具日兵死尸腰间拽起两颗无柄手榴弹，甩手就朝鬼子两队人群扔出去。随着亮光闪耀及"轰隆""轰隆"两声巨响，日兵躺倒了两大片，三木尾崎曹长肩膀挂彩，险些丧命。他满脸烟熏火燎，狼狈不堪。麻秆儿自己也被碎弹片"光顾"，浑身多处流血不止。

麻秆儿被残余日军押向第5号窟前阁楼的背影。

第146场.武州河沿　拂晓　外

晨曦初露，

八路军阵地上。

侦察员们和其他人仍旧趴在各自的战位上，耐心坚守，仲秋的露水浸湿了大伙的衣服。

侦察参谋戚国柱手持望远镜，聚精会神地观察对面云冈石窟群的情况变化……

第147场.（望远镜镜头中回放）云冈石窟群　拂晓　外

（云冈石窟前的景况依次在镜头里依稀闪过）

山匪二害货、大害货一前一后肩捯褡裢溜着边儿逃向云冈村；

日军机枪扫射退出昙曜五窟16、18号窟的山匪；

日军迫击炮和掷弹筒轰毁了无名窟；

山匪二当家麻秆儿被日兵押出16号窟；

麻秆儿朝日军人群丢手榴弹；

亮光闪耀、两声巨响过后，昙曜五窟前，死尸遍地——山匪不见了踪影，疯狂的日本兵也所剩不多了……

第148场.武州河沿　拂晓　外

戚国柱收起望远镜环顾同志们，命令：准备战斗！老村长带领铁旦、春生为一组，出击目标云冈村方向——消灭残匪、保卫文物，其余同志跟我来！

戚国柱举起大片刀跃出河沿，高呼：冲啊！

晨风吹开鲜红的刀彩——

（定格）

八个大字遒劲而夺目：

血海深仇

多杀倭寇

（解定）

大伙同时自武州河沿跃身而起，冲向目标：杀啊——！

喊杀声中夹杂着玉儿尖细而坚定的嘶喊：呃——呃——！

释轩法师跟在队伍最后，一边跑一边还默念着佛号为同志们祈祷：阿弥陀佛，阿弥陀佛，阿弥陀佛……

第149场.云冈石窟5号窟后室　拂晓　内

日军"GPJ"行动临时指挥部。

一名日军伍长急匆匆进来：报告少佐！正面武州河方向，发现有老八路冲过来。（日语，随附画外汉语翻译音，下同）

板垣苍雄大惊：纳尼？天上掉下来的？有多少人？

日军伍长：人不少，像是大部队。

板垣苍雄吼叫：你们给我顶住！

日军伍长：哈依！（返身出窟）

日军曹长三木尾崎等押解麻秆儿进来。

三木尾崎：报告少佐，土八路，捉了个活的！

板垣苍雄瞪着麻秆儿，攥起两拳头狠狠砸在桌子上：土八路，大大嘀厉害！宝贝玉石被你们弄到哪里去了？嗯？你嘀说！

麻秆儿骨头也硬，一副爱搭不理和满不在乎的样子，看来不准备回答。

板垣苍雄气急败坏地咬牙切齿：给我用刑！

三木尾崎等日兵应声围上前……可还没等他们动手，只见麻秆儿忽然自行倒地变态似的蜷缩身体、手舞足蹈、口吐白沫、浑身颤动不安……

日军中尉医官多田龟戴上白手套，蹲身翻了翻麻秆儿的眼皮：他是毒瘾犯了，打一针吗啡就好。（多田龟给麻秆儿注射）

麻秆儿恢复正常，三木尾崎等将他从地上拽了起来。

板垣苍雄继续吼问：快说！宝贝被你们弄到哪里去了？说出来鸦片嘀给！

三木尾崎举着一杆大烟枪在麻秆儿眼前晃了晃。麻秆儿立马来了精神，伸手就要接烟枪。三木将手缩回，呵斥：快说，宝玉现在何处！

麻秆儿：宝……墨玉……叫我们大当家的小兔崽子，拿走啦。

板垣苍雄：巴嘎！跑去哪里了？

麻秆儿：云冈村，离这儿不远。

板垣苍雄命令樱奈卅野：你带人去追，快快嘀！

樱奈：哈依！（出窟）

板垣苍雄指指墙角恭立的瘸翻译，继续审问麻秆儿：这个人你见过吗？他跟你联系过吗？

麻秆儿不明就里状摇摇头：没有，没有。

板垣苍雄指指三木尾崎手里的大烟枪：嗯？说实话！欺骗皇军鸦片嘀不给！

麻秆儿：是实话，是实话，不敢有假，我不认识他。

板垣苍雄朝瘸翻译点了点头：哨嘎。（接着又问麻秆儿）你知道哪个窟还有宝贝？嗯？从实招来！

三木尾崎再次朝他晃了晃大烟枪。

麻秆儿张口刚要回答，突然又倒地，四肢大抽搐，口中流涎，失去意识。多田龟又翻起他的眼皮查看。

多田龟报告：少佐，这家伙脑震荡啦，出现间歇性癫痫和失忆。

板垣苍雄厌恶地摆手：拉出去扔河里！

三木尾崎凑前立正，进言：少佐先生，先拉出去等一等再扔。这个人像是个头头，很可能掌握着对我们有用的重要情报……

第150场.武州河沿至5号窟间开阔地/5号窟前　拂晓　外

戚国柱率侦察员贵福、玉儿、释轩法师冲锋。

5号窟前,日军伍长挥舞着军刀指挥日兵:给我顶住!(日语,随附画外汉语翻译音)

日兵射击,枪声急促。

窟前至河沿开阔地上,冲锋的勇士们充分利用满地的乱石、树桩等障碍物,边隐蔽边跳跃前进。

第151场.云冈石窟群西侧入口处附近　拂晓　外

二害货在前,大害货于后,两山匪一前一后地各自掮着褡裢吃力地往云冈村逃奔。

大害货褡裢里所装东西少些,很快追上了弟弟。

大害货:拿来,兄弟,哥替你背!

二害货扭回头充满不信任:不用!

大害货动手抢,二人开始撕扯缠斗(出字幕:戚家拳)……

第152场.云冈石窟群西侧至云冈村间　拂晓　外

大害货、二害货兄弟俩生死打斗一阵,不分胜负,大害货急了,掣出绳镖用镖索瞅准对方空当套住了二害货的脖颈,使劲一拽,勒死了他。二害货倒地,肩上的褡裢也掉在地上,里面塞的宝贝墨玉也随即滚落一地,只见:

(特写)颗颗漆黑如墨、温润如脂、锃光瓦亮、形状各异:有的如哈密瓜两头尖、有的似甜瓜滴溜圆、有的像萝卜一头大一头小中间弯……真个爱煞人、喜煞人!

自感发了大财的大害货激动万分,颤抖着手紧赶着将地上散落的墨玉都往自己的褡裢里装。

第153场.空镜

远处响起了"轰隆、轰隆"的滚雷声,后山下起了大雨。

奔腾的武州河水暴涨!浑浊的山洪推拥着朽木、树干等杂物,顺着河槽奔腾而下！

第154场.云冈村东口至武州桥头间　晨　外

天色破晓，晨光初露。

山匪大当家三板头领着一彪心腹土匪自云冈村子里跑出来接应墨玉，远远瞅见自家的两个"活宝"为争夺"死宝"而反目，大打出手、骨肉相残，气得大喊：王八蛋，都是畜生！

大害货背着褡裢正欲退上武州桥窜往后山，刚好被他老子及手下人截住……

（切）

东南面：八路军侦察员铁旦、春生在老村长的带领下自武州河沿冲过来……

（切）

偏东北方向，日寇军曹樱奈卅野率一拨日军从昙曜五窟方向朝这边追过来……

第155场.武州河武州桥北桥头周边　晨　外

三板头截住大害货：王八蛋，竟敢勒死你弟！

大害货顶嘴：我不弄死他，他就要弄死我！

三板头拉开架势（出字幕：咸家拳）准备揍自己的孽种：给老子把墨玉交出来，王八蛋！

大害货回骂：就不给！我是王八蛋，那你就是老王八！

大害货肩捎褡裢腾出手来应招（出字幕：咸家拳）对付他老子……

其他山匪喽啰见头儿父子斗狠，不好插手，只好面面相觑，在旁边傻站着看"热闹"。

第156场.武州桥头及周边　晨　外

三板头、大害货一老一少两悍匪，父子展开对决，一会儿从桥头下面打到桥上，一会儿再从桥上打到桥头下面去……一个年轻、一个老辣，功夫都不低，难分高下。

武州河的洪水不时冲上桥面，浪花飞溅。

（切）

这当口，八路军和日军同时赶来，狭路相逢。

八路军两人外加老村长总共三人，首先和鬼子拼起了刺刀，每人分别对付两三个日兵，被鬼子围在中间，却毫无惧色……

侦察员春生虽身形瘦弱，但拼刺功夫很高。他首先退出枪膛里的子弹，来了个"跨步突刺"动作，干掉前面一个鬼子！紧接一个"外拨转身刺"又干掉后面一个日兵，剩下的一个鬼子搞偷袭将刺刀捅进春生的左肋。英勇的八路军侦察员春生忍着剧痛将自己的刀尖插进了敌人的心脏后，壮烈牺牲！

侦察员铁旦更是占了牛高马大、膀阔腰圆的优势，三八两下就刺死了围住自己的几个小个子日军工兵，立马赶过来帮助处于危险境地的老村长……最终他和老村长的两把枪刺同时扎入一名日兵的胸腔，又同时拔出来，刀尖一齐指向最后一个鬼子——樱奈卅野！

日军工兵军曹樱奈卅野吓坏了，扔掉手中的单兵武器，撒丫子扭头就朝来路奔逃……

第157场.同上

老村长和铁旦对付完日军，挺起枪刺直趋掮着鼓鼓囊囊褡裢的大害货和三板头。

大害货急于开溜，眼见八路军也来提他，担心自己的褡裢被夺走，情急之中蹲身使招扫堂腿将其爹三板头扫了个趔趄，紧接着抱起褡裢一端砸向老爹，不想被褡裢另一端给牵扯住，砸偏了，自己反倒闪翻在地……三板头夺过褡裢一端，朝大害货的脑袋猛砸，结果了自家生养的"不肖子孙"。

三板头杀了儿子，抢走褡裢搭在肩上，火速转身又意欲上桥过河遁入后山，铁旦和老村长已及时赶过来拦住了他的去路，同时三板头的几个不知死活的心腹手下各执鸟枪及冷兵器，迎着铁旦和老村长围上来，想要解救大当家……侦察员铁旦手疾眼快，先发制人连开数枪击毙了几个拿鸟枪的山匪后，飞快跑向武州桥，去抓已经逃到桥中间的三板头……

（切）

这边剩下的两个持冷兵器的山匪自知不是八路军的对手，惊慌认怂，一头扎向不远处的龙王庙躲难……老村长奋起直追！

第158场.武州河边龙王庙　晨　外

两个残余山匪逃进了龙王庙院子。

老村长手持缴获的日本三八大盖步枪，追进了龙王庙院子……

第159场.武州河武州桥　晨　外

武州桥西头，马上就要逃过桥的三板头，被铁旦捉住，意欲反抗……

铁旦伸出大手欲先拿下三板头肩上的褡裢，三板头缩肩躲过，铁旦再伸手时，"哗啦啦"的一阵响声中，武州桥被山洪冲垮！二人同时跌入激流，身体于激流中时隐时现……

原本玲珑剔透的一座小石桥（特写），瞬间仅剩下两头的残垣。

第160场.云冈石窟5号窟后室　晨　内

日军临时指挥部。

三木尾崎曹长：报告少佐，那个大烟鬼缓过气来啦。（日语，随附画外汉语翻译音，下同）

板垣苍雄：带进来！

麻秆儿被重新架了进来。

这回，三木尾崎手里拿了一块不小的大烟土。

板垣苍雄：你说！还有哪个窟有宝贝？嗯？若从实招来，这块大烟土统统给你！你要是不说……（板垣苍雄指指旁边）

旁边，西壁侧大木柱上，又捆了个耷拉脑袋的山匪，已被开膛破肚、内脏掏空。

麻秆儿顺着板垣的所指瞅瞅，一副蔑视相。

三木尾崎掂掂手里的硬货，在麻秆儿眼前来回不停地晃。

麻秆儿可吃不消这招，贪婪的目光死盯着三木手里硕大的大烟土块，咽了口唾沫：我、我说，我说……2……20号窟，露天的那尊大佛……身上有……

板垣苍雄：胡说！皇军找过啦，那个石像的身体上没有"黑子"，无从下手。

麻秆儿结结巴巴地，不知是在撒谎还是怎么的：是……在，佛像……的……大肚子里！

板垣苍雄瞪大眼睛，眼里冒出绿光：真的吗？

麻秆儿：真的、真的，那个佛像肚子里的墨玉特别大，是、是云冈石窟里最大的一颗，号、号称"墨魁"！

板垣苍雄疑惑：那你们为什么不去拿？嗯？！

麻秆儿继续吭哧着诡谲地回答：我、我们没有办法呀……手、手头……又没有炸药。

板垣苍雄听到这里，高兴极了，朝三木尾崎挥手示意。三木会意，一手掂着大烟土，走近麻秆儿……

麻秆儿也很兴奋，伸开双手欲接大烟土块。没想到三木曹长另一只手竟抽出军刀直接捅了他个透心凉。

第161场.云冈石窟昙曜五窟前　晨　外

只身逃至昙曜五窟前的樱奈卅野架起迫击炮，对准龙王庙和武州桥方向，连连发炮……

第162场.龙王庙龙王殿　晨　内

两个持刀山匪刚逃进殿内，其中一个立刻就被随后追进来的老村长一枪刺给结果了。老村长拔出刺刀捅向另一名匪徒……此时几发迫击炮弹嘶儿、嘶儿地呼啸而至，"咣咣"的爆炸声中，龙王殿被炸塌，老村长身负重伤，倒在血泊中。

第163场．龙王庙　晨　外

迫击炮弹呼啸着纷纷落下，在连续的爆炸声中，龙王庙被夷为平地。

老村长为国捐躯……

第164场．武州河里　晨　外

三板头再次从洪水中露出头来，死命抱住漂浮在水面的一根朽木桩，他竭力将肩头的褡裢脱下来搭在朽木上……不远处的八路军侦察员铁旦奋力凫水过来，抢夺装满墨玉的褡裢，二人于水中一阵好打……三板头抵挡一阵后渐渐不支，连连呛水……铁旦伸出大手一把抓向朽木上的褡裢……

"咣、咣、咣！"几发迫击炮弹呼啸着袭来并在武州河中爆炸，黄色的水柱冲天而起！水柱消失后，水面的一切皆无影无踪，只剩翻滚的黄色波涛挟带着漩涡，汹汹涌向下游……

（悲壮佛曲《绿度姆心咒》起）

第165场．云冈石窟5号窟后室日军临时指挥部　晨　内

日军工兵曹长三木尾崎自麻秆儿腹腔拔出军刀，用白手套擦去刀锋上的污血，狞笑。挨了致命一刀的麻秆儿"噗嗵"一声，重重地摔倒在地，翻了白眼。

板垣苍雄面对通信兵：马上联系师团部，汇报"墨魁"这个新情况！请示应对措施！（日语，随附画外汉语翻译音，下同）

"滴滴答答"的电报声响起。

少顷，日军通信兵捏起一份电文交予板垣。

板垣苍雄接过电文，仔细看：

（画外，板垣正咒浪司令官公鸭嗓音语调）采取第四步举措，硬性夺取"墨魁"，确保成功！

板垣苍雄放下电报，命令三木尾崎：你，立刻派人向20号窟搬运"TNT"，药量一定要足够！

（角落里的瘸翻译显焦急不安状）

工兵曹长三木尾崎耸了耸受伤的肩膀（裹着绷带），报告：少佐先生，我皇军大部已战死，所剩的兵力阻击老八路都很困难……实在无兵可派啦。

板垣苍雄咆哮：你亲自去！立刻就去！

第166场.5号窟前至武州河沿开阔地间　晨　外

开阔地上，战斗正酣。

打光了迫击炮弹的樱奈卅野跑来支援日军伍长，他挥舞着指挥刀，同日军伍长一起，指挥窟前负隅抵抗八路军冲锋的残余日兵，反击八路军：托粗给嗑依！（出汉语字幕：冲啊！）

鬼子们呀呀地狂叫着扑向八路军。

（切）

八路军与残存日军迎头相撞。

侦察参谋戚国柱、侦察员贵福以及玉儿奋勇同鬼子展开厮杀，释轩法师也执根棍棒施展棍术自卫（字幕：戚门棍）……

戚国柱高举大刀腾空跃起——

（字幕：戚门刀大鹏展翅）

晨风吹开鲜红的刀彩——

（定格）

刀彩上八个大字遒劲而夺目：

血海深仇

多杀倭寇

（解定）

戚国柱稳稳地落脚于日兵群中——

（字幕：狂飙天落）

戚国柱掣大片刀左右前后上下急速舞动，只见一团银光闪烁，挟风掣电，呼呼作响，难觅人影——

（字幕：闪电挽花）

（旁白）戚家拳，是明代著名爱国将领、民族英雄戚继光所研创的，用以教习士卒抗击倭寇。该拳集各家所长，刚柔相济，锋芒凌厉，注重实战。其拳系包含徒手拳，刀、枪、棍、棒、剑、斧、锤、矛，绳镖、飞镖等长短软硬各种拳、械套路，主要流行区域为当年戚家军战斗或驻守地区、戚继光故乡及其后裔聚居地：山东蓬莱，浙江台州、温州，北京通县，河北巨鹿以及山西等地。宗门传承分为浙、晋、冀等派系……

围在戚国柱周边的日本鬼子都看花了眼，端着刺刀枪一个个傻愣愣地，呈无从下手状。

（大刀进行曲旋律中）戚国柱收了闪电挽花招式，就势平推刀锋，金鸡独立地旋转七百二十度，来了个更绝的招式——

（字幕：横扫千军）

瞬间，围着戚国柱的几个鬼子脑袋瓜纷纷落地！

立马，另几个日兵又冲戚国柱围拢过来……

第167场. 云冈石窟20号窟　晨　外

（镜头扫视）露天大佛。

（旁白）整个云冈石窟群的标志性造像，就是这尊露天大佛！它乃释迦坐像，代表着北魏开国皇帝道武帝拓跋珪。其通高13.7米，雄伟壮观、法相庄严，宽阔的双肩给人以稳健之感；神形豪放、气势恢宏，慈祥的面容充满睿智与宽容。它是云冈石窟中最为引人入胜的景观！造像雕刻手法简练概括，完美诠释了佛的"三十二相、八十种随形好"的精神风貌，见证了佛教在中华大地的辉煌成就，展现了佛像雕凿艺术的巅峰水准，被公认为世界石刻艺术精品中的精品！

（切）

自6号窟木阁楼方向，一个猥琐而邪恶的身影向这里移动过来。

（特写）肩膀受伤裹着绷带的日军工兵曹长三木尾崎，吃力地搬运"TNT"标识的炸药包。

第168场.5号窟前至武州河沿开阔地间　晨　外

释轩法师本不愿亲手杀生，只是以棍术防招被动自卫，怎奈却被一个凶悍日军撵得左躲右避，久久不能脱身，没办法他只得舞起手中的打狗棍，以攻招回过头来与鬼子拼命。日本兵腿快，追到了跟前，释轩法师急中生智，干脆将手中的棍子杵到日兵两条腿之间，日兵收不住脚猛然跌倒，并依惯性在地上打滚，手中的步枪也乱栽跟头且与主人栽到了一起……巧得很，该名日军最终被自己的枪刺"自伤"而亡，肚破膛开，肠子都流了出来。

释轩法师看着鬼子的尸体双手合十：阿弥陀佛，罪过、罪过……

第169场.5号窟前开阔地　日　外

这边，有个日军盯上了玉儿，见是个女的，又长得俊，便嘻嘻哈哈地挺着刺刀逼上前来。玉儿原本也是端着刺刀枪，但是使得不得劲，便扔掉步枪，随手从地上抄起一柄山匪丢弃的七星宝剑高擎在手，剑诀直指鬼子，细嗓子发出"呃——呃——"，拉开了一式功架——

（字幕：戚门剑仙女降妖）

鬼子笑得更厉害了：哈哈，花姑娘是哑巴嘀。（日语，随附画外汉语翻译音）

玉儿愈发叫喊，"呃——呃——"，与这鬼子缠斗十几回合，不落下风。另几个日兵亦赶过来，几把军刺直戳玉儿下盘，玉儿连使几招歇步劈剑——

（字幕：披荆斩棘）

玉儿逼得日兵连连后退，他们随即又一齐拥上前将玉儿围在中间，几把军刺同时照着玉儿的头部突刺过来……危急时刻，玉儿不慌不忙，缩胯弓腿蹲马步，平握剑身举于顶，甩腕云剑头上方——

（字幕：法轮高转）

只见玉儿手持的七星宝剑在她的头顶和手掌心里，好比直升机的螺旋桨般滴溜溜地飞转不止，剑刃的强大力量再加上惯性，将几个日兵的枪刺如同树枝般哗啦啦地全都拨开！玉儿就势坐盘反撩一剑——

（字幕：金猴卷尾）

玉儿刺死了一名鬼子，与此同时，另一个鬼子的刺刀也刺入她的大腿，鲜血直流，玉儿倒地昏了过去。

第170场.同上

侦察员贵福看见玉儿倒地，便跑过来欲救护她。日兵军曹樱奈卅野从斜刺里扑过来截住贵福，举起军刀就劈……贵福"咔啦"一下退出上了膛的枪弹，收后半步来了个标准的"防左突刺"，一刺刀结束了樱奈卅野的性命！

第171场.云冈石窟5号窟后室日军临时指挥部　晨　内

日军伍长丧魂落魄地跑进来报告：长、长官不好啦！老八路攻势太猛，快打进来了……樱、樱奈军曹也被老八路弄死啦！（日语，随附画外汉语翻译音，下同）

板垣苍雄气急败坏，驴眼瞪得滴溜圆，（面对镜头）歇斯底里地命令：给——给我发报！呼叫飞机支援！消灭老八路……轰炸云冈石窟！快快嘀！！

石桌前的日军通信兵迅速接通电台，手执电键，"滴滴答答"，刚发出一组电码……旁边的瘸翻译悄悄贴过来，双手各拿一只军用水壶，底儿朝天地将水倾倒于电台，"噼噼啪啦"，一阵电火花闪过后，"嘭"的一声，电台短路爆燃，日军通信兵顷刻扑倒在石桌上，上半身被烧焦成黑炭。

板垣苍雄愣怔片刻后，歇斯底里地举起指挥刀对着瘸翻译吼叫：奸细大大嘀！你们统统死啦死啦！

板垣苍雄丧心病狂地顺着瘸翻译的右肩膀狠力劈了下去……

第172场.5号窟前至武州河沿开阔地间　晨　外

贵福冲到受伤的玉儿身边大声呼唤：嫂子——嫂子！

戚国柱收拾掉那边几个日兵后也急忙跑过来，为玉儿包扎好伤口。他抱起妻子心疼地连呼：玉儿、玉儿……

玉儿秀目微启，嘴里发出"呃——呃——"的嘶哑声，颤抖的手微微打着哑语……（飘字幕：不要管我，多杀倭寇！）

玉儿说完头一歪，因失血过多又昏了过去。

戚国柱在贵福的协助下，将妻子抱至20号窟，安置在露天大佛侧旁的左胁侍佛脚后的隐蔽处。他们刚将玉儿安顿到这个较为安全的地方，"嘎嘎嘎、嘎嘎嘎……"的声音顿时响起。

5号窟前阁楼方向，响起炒豆般的歪把子机枪声！

第173场.5号窟阁楼前开阔地　日　外

5号窟木阁楼，

日军临时指挥部前，一挺新的机枪出现了，正朝外疯狂地喷射火舌。

戚国柱、贵福、释轩法师隐蔽于对面乱石、树桩后，前进不了，后退不得，很是被动。

贵福端起步枪瞄准阁楼内的日军机枪火力点，正要射击，又被戚国柱制止：不能朝窟里打枪！

戚国柱从地上拾起一盘土匪丢弃的绳镖，在头顶抡了几圈后飞掷出去——

（字幕：百步穿心）

（旁白）绳镖，为软兵器之王，亦属暗器。其攻击速度迅猛凌厉，杀伤力强，防御不易，可有突袭之效。武行俚语：短的不如长的难，长的不如弯的难，弯的不如软的难……足见该功法在器械类的习练与实战中，掌握难度大，技巧性强。

戚国柱抛出的锋利镖头拖着镖索嗖嗖地直飞敌人的机枪射击阵位，阁楼里传出"啊"的一声后，机枪哑了。还没等戚国柱将绳镖收回，贵福已挺着刺刀跃身冲向5号窟阁楼……可是，此刻受伤的鬼子伍长又挣扎着继续射击，机枪声"嘎嘎嘎嘎"复起，喷射出更毒的火舌，英勇的八路军侦察员贵福瞬间被鬼子的机枪射倒，为祖国奉献出年轻的生命。

眼看着又一名战士在自己身边壮烈牺牲，戚国柱朝面前的树桩狠砸一拳，痛心疾首：可恶的鬼子！

戚国柱着急地问身旁的释轩法师：残余敌人钻在洞窟里不出来，这可不行，怎样才能把鬼子赶出来？

第174场.5号石窟前开阔地乱石后　　日　外

释轩法师自直裰内掏出那管精致的鹫鹰翅骨制作的小骨笛，放置嘴边轻轻吹奏。

诡谲阴靡而独特的曲调飘出骨笛，高频率声波音量虽不大，却足以扩散至周边，很有穿透力……

第175场.云冈石窟5号窟后室　　日　内

日军临时指挥部，

5号窟后室。

板垣苍雄身边仅剩中尉医官多田龟在伺护他。

板垣苍雄吩咐多田龟：你出去看看，战况如何？老八路、土八路消灭得如何了？（日语，随附画外汉语翻译音，下同）

多田龟正要出去，一阵幽玄怪异的笛声自外面传了进来。随之，板垣苍雄的视野里，几条肥大的矛头蝮蛇和着骨笛乐曲从洞壁上几尊石像后露出头来，吐着分叉的血红信子，边扭动上身边簌簌爬下来，大有攻击人的意思。

板垣苍雄死盯着蛇，从行军床上仰起身子，下意识地叫喊：这里不能待了，快快扶我出去。

多田龟还未注意到蛇：少佐先生，您的身体还没完全恢复，贸然出去，八路会对您造成伤害的。

板垣苍雄命令多田龟：关系嘀没有！你，快快给我打一针强心剂！稍斯嘎……我要出去和老八路拼了！

板垣苍雄抬起胳膊，多田龟立即给他打了一针强心剂……

此刻，外面诡异的笛子声越发加剧，随之从后室内壁上下左右间石像中前前后后爬出的剧毒蛇越来越多，窸窸窣窣地纷纷朝地当间涌来……多田龟刚推完针管，冷不防地就被一条大毒蛇狠咬一口，当即倒地抽搐、口吐白沫。

板垣苍雄大惊失色，强心剂也即时发挥功效，他立马像打了鸡血似的，精神大振，噌地从行军床跳起来，一把抓过指挥刀，抽出利刃剁死几条挡道的矛头蝮蛇，冲出5号窟后室。

临出窟门，板垣苍雄看到更为恐怖的一幕，（特写）俯身隐藏在木阁楼一层旮旯里的日军伍长抱着挺歪把子机枪，面容黑紫，已经死去，周身爬满了蠕动的毒蛇，左腰间斜插着一支锋利的绳镖镖头……

第176场．云冈石窟20号窟露天大佛　晨　外

三木尾崎歪着受伤的肩膀，继续往这边搬运炸药。

第177场．云冈石窟5号窟前空地　日　外

（骨笛音声中）

板垣苍雄举着指挥刀，嘴里嗷嗷地叫着冲出洞窟，扑向他无比憎恨的老八路。他近乎疯了，一把揪掉"遮屁帘"军帽，面容扭曲，状态更加猖獗，身边已经没有一个兵……

（切）

向敌人指挥部发起最后冲击的侦察英雄戚国柱，身旁还有释轩法师助威！戚国柱高举大刀主动迎击板垣苍雄，释轩法师跟在后面依旧不间断地口吹骨笛……失去理智的板垣苍雄似乎更加厌恶这首笛子曲调，又特别憎恨这里的和尚。他摇摇晃晃地躲过了戚国柱迎面而来的致命一砍，专拣释轩法师的天灵盖，举指挥刀直劈下去……

释轩法师头部遭受重创，撒手骨笛，临了还嘟囔着佛号：阿弥陀

佛……阿弥……陀……（仆地圆寂）

第178场.5号窟前空地/阁楼　日　外/内

目睹爱国僧侣瞬间丧命于泯灭人性的东洋鬼子屠刀之下，戚国柱双目喷火，大吼一声，跃身挥刀再次向板垣苍雄连连出招杀去——

（字幕：戚门刀）

板垣苍雄不甘待毙，疯狂顽抗，以东洋刀法应对——

（字幕：居合斩）

二人刀来刃去，于5号窟阁楼前大战三十余回合……

（略）

板垣苍雄渐感气馁，为扭转颓势，急忙祭出他的倭刀看家刀法——

（字幕：左右肩两斜袈裟斩）

戚国柱敏捷地闪避，成功化解对方攻势后，也祭出自家戚门刀法的绝招——

（字幕：阎罗剃头）

"嗤"的一声，板垣苍雄来不及躲闪，径直被戚国柱削掉天灵盖的一层头皮，板垣苍雄顿时满脸污血，双膝触地平托刀锋以"受流姿势"假意求饶，妄图以退为进，再使居合斩刀法添水突阴招取胜……戚国柱不等他施展这等东洋套路，旋即腾身跃起，高举大刀用千钧之力照着他的头颅中缝直直劈将下去，要为释轩法师报仇！

不想，戚国柱用力过猛，举起的大刀恰巧碰到旁边已熄灭的松明子火把柱子，"咔嚓"一声，竟将木柱斫断！戚国柱手中的大刀也被碰落地上。

吓破胆的板垣苍雄，趁机逃回5号窟阁楼里。虽然骨笛声不再，蛇群匿迹，但是板垣苍雄也不敢再进内室，而是径直蹿上二层。

第179场.云冈石窟20号窟露天大佛　晨　外

三木尾崎陆续将炸药搬到这里。

炸药包上均标有"TNT"字样。

第180场.云冈石窟5号窟前阁楼　日　内

二楼，

板垣苍雄仓皇逃上来。

戚国柱紧随其后，紧追不舍。

板垣苍雄绕着二层墙根溜边转了一圈，寻不到个钻处，只得再往上蹿，上了三层。这回他没有犹豫逗留，直接再上了四层。

戚国柱也追上了宽敞的四层！

板垣苍雄甩不掉这个尾巴，只得强打精神困兽犹斗，频频举刀向戚国柱劈来，戚国柱双拳对刀，不落下风，一阵好打——

（字幕：戚家拳）

……

（略）

二人大战数十合。戚国柱斗志旺盛，越战越勇。板垣苍雄进无可进、退无可退，仅剩招架之功。最后，戚国柱掣出两盘绳镖，收放自如地左右开挂，只见两枚镖头在戚国柱的手里上下左右一晃即刻作高速圆周飞旋，且嗡嗡作响、银光四闪，犹如两盘车轮飞转，直直地将舞镖人密不透风地包裹在中间——

（字幕：左右车轮）

"车轮"滚滚向前追撵板垣苍雄，板垣反抗的刀锋屡屡被两个飞转的"车轮"碰撞得叮当作响、火花四溅，丝毫伤不着戚国柱……眼看"车轮"就要碾到自己，板垣急疯了，抡起指挥刀改向身边阻挡自己退路的阁楼木结构疯狂发泄，一阵"哗啦啦"的响声，四层多处檩断椽折，木屑横飞……板垣苍雄好不容易退到木楼梯口。

戚国柱见状愤怒无比，陡然收了上面招式，双手各攥握一枚镖尖于掌，指向楼梯口予以封锁，恰巧板垣拖刀奔过来正欲逃下楼去，戚国柱的两支飞镖先后已到——

（字幕：连环镖）

一支镖头"当啷"一声首先击落了板垣的屠刀，另一支又击穿了他的手臂……紧接着，戚国柱再将两股镖索放长，抖动着镖索从正反两个方向同时绕捆于板垣苍雄的腰间——

（字幕：仙索缠腰）

随之，戚国柱左右两手分别用力开、阖——日酉板垣的身体立刻随着戚国柱的手动节律和镖索一缠一放地摆动，如陀螺般逆时针、顺时针不停歇地忽左忽右旋转开来——

（字幕：耍木猴儿）

板垣苍雄被转得晕头晕脑、眼冒金星，索性躺倒在地开始摆烂装死……戚国柱执镖头一步一步顿步上前正要查看，板垣苍雄忽地爬起来又逃，挣扎着趔趄至阁楼窗户边欲跳，往下一看，又吓得缩回头，戚国柱及时上前飞起一脚，将这个驴头少佐踢出阁窗！紧随其后，他也跃出阁窗，就势骑在了正在下坠的板垣苍雄身上——

（字幕：果老骑驴）

两人一上一下呈自由落体式下坠……

第181场.云冈石窟20号窟　日　外

露天大佛结跏趺而坐于礼佛台上，其左右两个巨大的腿弯处，已经被放置了不少标识为"TNT"的炸药包。

日军工兵曹长三木尾崎正歪着受伤的膀子自6号窟方向吃力地走过来，继续往这边搬运炸药包。

第182场.云冈石窟20号窟　日　外

露天大佛双手施大日如来"禅定印"。

三木尾崎重复搬着炸药包自6号窟方向过来。他将炸药包先放到礼佛台下，喘了口气后，又搬起炸药包吃力地爬上礼佛台，把"TNT"炸药另行安置在大佛贴近腹部的硕大掌心、肘弯等处。

三木尾崎掏出打火机，丧心病狂地点燃了导火索……

第183场.云冈石窟20号窟　日　外

露天大佛目光微垂，神情黯然。

左胁侍立佛脚下侧后，玉儿仍然昏迷不醒，鲜血已染红了身边的岩石。

远天边传来后山"轰隆隆"的滚雷声，且愈来愈大，昏迷中的玉儿被惊醒，接着近旁一阵"嗤、嗤、嗤……"的奇怪声响连续不断地钻进她的耳朵，玉儿顺着来声一看，眼前出现可怕的一幕：露天大佛周身已被码放了一摞摞炸药包！日军工兵曹长三木尾崎点燃导火索后，背对着自己正欲逃离……玉儿立刻明白了，一股神圣的力量促使她不顾一切地忍着剧痛霍然爬起来，抓起一块带棱角的碎石，砸向三木尾崎的后脑勺！这个鬼子哼了一声，陡然倒地，玉儿赶前一步，又抱起一坨更大的石块，奋力再砸下去！三木尾崎脑壳迸裂，脑浆流了一地。

玉儿更加艰难地往露天大佛身上爬……

第184场.云冈石窟5号窟木阁楼前　日　外

半空里，

戚国柱骑在板垣苍雄的背上。

伴随着呼呼作响的风声，二人下坠的速度越来越快……

第185场.露天大佛／20号窟至武州河沿间　日　外

（秒表的"咔嗒、咔嗒、咔嗒……"声中）

玉儿爬上露天大佛的腿弯部。

"嗤、嗤、嗤"的声音依然冲击着玉儿的耳膜。

在巨大的露天大佛的腿弯部，玉儿纤细的小手奋力地拍打着导火索的索头，却怎么也拍不灭火芯，（特写）导火索依旧嗤嗤怪响，闪烁着火星燃向根部……玉儿清秀的眉宇间、额头上沁出细密的汗珠……忽然，她紧咬樱唇，尽力抱起这捆插有导火索的炸药包，拖着一条伤腿，吃力地爬下来并爬离露天大佛，艰难站起身来，径直朝着武州河沿方向，踉踉跄跄竭力向前冲去……

　　插曲《啊，云冈，云冈》音乐响起：

　　（女独）

　　你默默无言，矜持了许多年，

　　直到有一天，幸福来到你的身边。

　　我们听到了你的呼唤，

　　我们感受到你的思念，

　　我们知道你刻骨铭心的留恋！

　　啊……啊……

　　塞外的风沙再大，也眯不了你美丽的双眼，

　　北国的冰雪凛冽，只能让你的肌肤更加美艳。

　　生存的担子再重，也压不垮你丰腴的双肩，

　　你用婀娜的步伐，行走在长长的历史之间！

　　（演唱中，露天大佛与玉儿庄重、瑰丽之形象，在镜头中反复转换映现）

　　（曲乐间奏）

　　你默默无言，沉默了许多年，

　　直到有一天，强盗闯进了你的家园。

　　我们听到了你的嘶喊，

　　我们目睹了你的勇敢，

　　我们看见了你灵与肉的奉献！

　　啊……啊……

　　塞外的风沙再大，也眯不了你智慧的双眼，

　　北国的冰雪凛冽，只能让你的肌肤更加美艳。

　　生存的担子再重，也压不垮你丰腴的双肩，

　　你用婀娜的步伐，行走在长长的历史之间！

　　（同时叠画闪回：日寇侵占云冈石窟诸恶行片段，八路军侦察员

们、玉儿、老村长、爱国僧侣等与日军战斗的画面）

（秒表的"咔嗒、咔嗒、咔嗒……"音中，歌声住）

导火索火头呲呲蹿燃、火星迸散（特写）；

紧紧抱着"TNT"炸药包的玉儿脚下：（慢镜头）一块乱石绊了她一下……玉儿趔趄……婀娜的身姿缓缓倒下……慢慢俯身于这片曾经养育了她的神圣大地上……

（秒表的"咔嗒、咔嗒、咔嗒……"声音越来越大）

第186场.云冈石窟5号窟阁楼下　日　外

"啪"的一声闷响，板垣苍雄像一头笨驴似的凌空重重摔到地上，七窍喷出污血，仅剩一丝气息。戚国柱则因为身下有个肉垫子，完好无伤。他从板垣身上跳起，顺势绰起自己掉在地上的大刀，一股劲风吹开鲜红的刀彩……

（定格）

刀彩上绣工工整的八个金黄大字遒劲而夺目（特写）：

血海深仇

多杀倭寇

（解定）

戚国柱举刀大吼一声：报——仇——！

云冈石窟群的每个洞窟里，都传出共鸣回音：

——报——仇……！

——报——仇……！

——报——仇……！

……

回音经久不息，

回荡在云冈石窟群的上空，

回荡入云霄！

……

（大刀进行曲音声中）戚国柱以雷霆万钧之力挥刀劈下！板垣苍

雄的驴首被砍了下来，滚到一旁。其无头尸身却仍在颤动抽搐着……
戚国柱挥手又来了几招漂亮的戚门刀法的"缠头、裹脑"剁、切动作——

（字幕：戚门刀砍瓜切菜）

八路军侦察英雄戚国柱，最终将这个疯狂的日本军国主义分子斩为数段！

第187场.云冈石窟群前／20号窟前　日　外

"轰隆"一声巨响。

戚国柱循着巨大爆炸声扭头一看，20号窟前面十几丈开外，一团火球腾空而起，跟着升起一团巨大蘑菇状烟云……

爆炸声渐渐远去，硝烟散尽，现场除了满地乱石，一切荡然无存。

（特写）云冈石窟的标志性造像——露天大石佛形象泰然，完好无损！佛像周身上下被飞溅了许多殷红的鲜血……！

戚国柱跑过去，嘶喊：玉儿！玉儿——！

绵延的武州山、挺拔的云冈峰发出共同的回音：

——玉儿！

——玉儿！

——玉儿！

……

戚国柱怀着悲愤的心情遍寻烈士遗骸……无果，最后仅在地上一片乱石缝间，发现一截爱妻玉儿的小手指——

（特写）小手指被鲜血浸泅，唯有晶莹剔透的指甲，洁白如玉！

第188场.（几个短镜头）云冈石窟群前／露天大佛　日　外

太阳越升越高，

戚国柱将玉儿的小手指紧紧攥在手心。

（切）

云冈村外松柏林，新添一座新坟，戚国柱在爱妻的衣冠冢前深深鞠躬默哀。

（切）

龙王庙残垣前，

戚国柱脱下军帽，为抗日献身的同志们致哀！

（切）

武州桥残址旁，

戚国柱摘下军帽面对武州河，向被激流冲走的铁旦致哀！

（切）

武州河堤一侧，

戚国柱安葬了老村长、侦察员战友们的遗体及释轩法师的肉身。

戚国柱把日军其余的"TNT"炸药包咕咚咕咚地全部丢进滔滔洪水中。

（切）

戚国柱于搏杀后的凌乱战场，自一具日本兵尸体手里捡起一支步枪，从刺刀上拽下一面膏药旗……踩着一架大木梯爬上20号窟主像，用手中的日本军旗，擦拭露天大佛满脸的尘垢与硝烟。

（切）

戚国柱缓缓走向爱妻玉儿牺牲的地方，伫立片刻。

……

戚国柱回望云冈石窟20号窟一眼……

（镜头款款摇近，特写）北魏开国皇帝道武帝拓跋珪的化身、享誉天下的云冈石窟之象征、雄伟壮丽的露天大石佛，在东方冉冉升起的一轮红日的映照下，佛光四射！

戚国柱回眸，（特写）他取下肩背上的大刀，慢慢解下大刀柄上鲜红的刀彩，将玉儿的小手指轻轻地包裹在里面，掖进军装里，紧紧贴在胸口！

（渐隐）

第189场.云冈石窟至平型关征程中　日　外

（主题音乐《啊，云冈，云冈》奏鸣中）

八路军侦察参谋戚国柱跨马扬鞭向前疾驰，背上钢刀闪亮发光！

骏马跨越山岗、河流、草滩、密林……

远处，战马奔驰的前方，传来一阵紧似一阵的枪炮声——

"嘎嘎嘎……"

"嘎嘎、嘎嘎……"

"轰……"

"轰、轰……"

"轰、轰、轰……"

"轰、轰、轰、轰……"

……

（画外）响起嘹亮激昂的冲锋号声——

"嘀哩答、嘀嘀嘀——"

"嘀哩答、嘀嘀嘀——"

"嘀哩答、嘀嘀嘀——"

……

"嘀哩答、嘀嘀嘀——"

"嘀哩答、嘀嘀嘀——"

"嘀哩答、嘀嘀嘀——"

……

"——杀！"

"——杀！"

"——杀——啊！"

……

喊杀声震天而起！

（字幕）平型关战役总攻开始！！！

（渐隐）

（推出字幕）剧终！

（黑幕）

（随着"咔咔、咔咔……"敲击键盘的打字声，逐字出字幕）

此剧部分情节虽属虚构，然而，我英勇的八路军指战员和广大人民群众，在艰苦卓绝的抗日战争中，以鲜血和生命保护国宝文物的壮烈事迹，层出不穷、不胜枚举。他们永远活在中国人民的心中！

【全文完】

参考文献

[1]山西名胜[M].太原：山西人民出版社，1983.

[2]陈盛甫.扬眉剑[M].太原：山西人民出版社，1982.

[3]李立芬，郭静娜.彪炳千秋的北魏佛国：云冈石窟[M].西安：西安出版社，2020.

电视文学剧本

蒙山大佛

剧情简介

南北朝时期，是中华史上的大分裂、大战乱时期，也是我国佛教盛行发展的重要历史阶段。北齐崇佛佞佛、疆广物博、人口众多；北周排佛灭佛、地瘠人稀……双方互为宿敌，都想吞灭对方，进而一统天下。两国围绕着宗教、民族、政治、经济等深刻的社会问题，经年累月大动干戈、相互征伐不已……

北齐别都晋阳城西，蒙山大佛脚下的寺底村石匠冯晋宝，早年为雕镌大佛坠崖殒命，其一双孪生遗腹女被皇家寺院——开化寺的老方丈收养……长大后，天生丽质、国色天香的冯小怜、冯小悯姐妹俩，一个被北齐后主高纬看中，应召入宫封为淑妃（后进封左皇后）；一个则几经辗转嫁给了北周武帝宇文邕，她们的人生轨迹和命运同这两个王朝的前途紧紧地联系在一起……她们曲折而不平凡的身世、不尽如人意的感情波折及多舛的命运，反映出封建社会妇女的悲惨境遇。

男主角斛律光（北齐名将、开国元勋斛律金之后），是位列"中华名将"谱上的"落雕将军"，通过他的戎马生涯、忠烈事迹，更加衬托出一代昏君高纬的荒淫奢侈、庸劣暴虐……

本剧以蒙山大佛为贯穿线，以佛教文化、风景名胜为烘托，以北齐、北周两国分别奉佛、禁佛为背景，以两国间残酷的军事政治斗争为表现形式，通过发生在蒙山大佛脚下的这些古代真实人物（斛律光、冯小怜、高纬、周武帝、卫元嵩、杨坚、韦孝宽、高长恭等）的传奇故事，展现出一幅波澜壮阔的历史画卷……

本剧在立意上突出了民族融合、中华大一统的主题思想；同时寓意了关注民生、成由勤俭破由奢、反腐倡廉等理念，是一部弘扬正能量的作品。

剧中人物

北 齐

斛律光：字明月，大将军，咸阳王，左丞相（敕勒族）

冯小怜：淑妃，后主宠妃，后敕封左皇后

高纬：字仁纲，北齐后主（鲜卑化汉人）

穆提婆：权臣，录尚书事，城阳王

高阿那肱：权臣，右丞相，淮阴王

高长恭：兰陵王，司州牧，定州刺史

邓长颙：内侍太监，侍中

宇文妃：后主前宠妃（北周陇月公主）

继鸾方丈：皇家寺院开化寺住持，后升座为方丈，御敕国师，冯小怜养父

净昙法师：开化寺维那

刘桃枝：御前都尉，羽林领军

秀　秀：冯淑妃及前宇文妃贴身女婢

李柱儿：斛律光亲兵

陈　凯：斛律光亲兵

斛律金：北齐名将，开国元勋，斛律光父

邓宣文：齐宫太医

裴玑书：开府，左光禄大夫

姜雕：开府，国子祭酒

冯晋宝：石匠，凿佛民夫班头，冯小怜生父

刘氏：冯小怜母

冯张氏：冯小怜奶奶

老石匠：凿佛民夫

小石匠：凿佛民夫

瘦厨娘：民夫

高延宗：安德王，并州刺史

高思好：南安王，朔州刺史

金祚：字神敬，车骑将军

慕连猛：开府，骠骑将军

侯莫贵乐：驸马都尉

相里僧伽：武卫将军

唐邕：并州大中正

沮山：尚书令

段畅：右卫将军

韩贵孙：龙骧将军

王显：宁远将军

呼延族：平西将军

张默言：卫将军

慕连延长：武卫将军

兰芙蓉：武卫将军

万俟扎达：左卫将军

韩胄胡：开府，平西将军

薛孤延：征虏将军，恒州刺史

刘洪徽：抚军将军，肆州大中正

崔景嵩：晋州刺史

侯之钦：晋州行台左丞

尉相贵：开府，海昌王

元景安：开府，右卫将军

和阿于子：沭阳王

侯莫陈相：车骑将军，显州刺史

斛律丰乐：骠骑将军，幽州刺史，斛律光弟

鲜于世荣：开府，领军将军

侯莫陈洛州：开府，右卫将军

莫多娄敬显：仪同三司，领军将军

北　周

宇文邕：字祢罗突，周武帝（鲜卑宇文部人）

卫小怜：妍妃，武帝宠妃

卫元嵩：还俗沙门，望气者，后任沙门统，封蜀郡公

韦孝宽：上柱国大将军，大司空，郧国公

杨坚：骠骑将军，随州刺史，后敕封柱国大将军，隋国公

梁雄：字卜布娄，柱国大将军，庸国公

何泉：侍中，近侍太监

姚僧垣：字法卫，太医

惠惠：妍妃贴身婢女

小豆子：妍妃亲信小太监

王轨：内史中大夫，上开府

宇文孝伯：字胡三，宗师中大夫，开府仪同三司

宇文神举：骠骑将军，护军领军，清河郡公

沈重：字德厚，露门博士，开府仪同三司

尉迟迥：字薄居罗，领军将军，尚书左仆射，宁蜀公

卫蒿：字炎中，殿前校尉，后升奉骑都尉，卫元嵩侄

达奚武：字成兴，车骑将军，郑国公

司马消难：字道融，大后丞，荥阳公

尉迟勤：虎威将军

颜之仪：字子升，小宫尹，麟趾学士

宇文宪：字毗贺突，齐炀王，雍州牧

慕容俊伟：字赤奭，扬威将军，伐齐粮草都督

于翼：字文若，镇南将军，禁中宿卫，常山郡公

斛斯征：字士亮，司乐中大夫

令狐熙：字长熙，吏部中大夫

李穆：字显庆，武卫将军，申国公

宇文贤：字乾阳，毕王，华州刺史

宇文英：征东将军，开府仪同三司

宇文纯：字堙智突，陈惑王，岐州刺史

宇文招：字豆卢突，赵僭王，雍州牧

宇文盛：字立久突，越野王，相州总管

宇文亮：杞国公，

宇文俭：字侯幼突，谯孝王，益州总管

薛禹生：抚军将军，仪同

韩延：骧威将军

窦恭：伏波将军，武当公

尹升：镇东将军，乌氏公

宗挺：平东将军，开府

丘崇：平北将军，广化公

薛回：镇远将军，广宁侯

越勤世良：扬烈将军

侯莫陈琼：宁远将军，周昌公

亡名法师：益州野安寺僧，卫元嵩师父

老鸨：翠春楼妓院女老板

蒙山大佛

片 头

蒙山北峰间　晨　外（景）

"当——当——当——"

雄浑的晨钟声中，层峦叠嶂、朝曦初露。

深谷旷野，郁郁葱葱。飞瀑、深潭、苍松、翠柏；小桥、流水、村庄、古寺；浮屠、碑林……（依次从镜头前摇过）

一尊依山而凿的巨大石佛，由远而近，由朦胧而清晰——

释迦牟尼至尊像，坐北面南，拔地而起，雄健伟岸、等同山高，端庄肃穆、云烟缭绕。

悠扬的佛乐《普安咒》乍然奏起，由低渐高，回响于山川……

推出片名：

蒙山大佛

片头曲《泱泱中国尽舜尧》起：

（男中音豪放、苍凉地）

泱泱中国出舜尧，

茫茫神州遍英豪。

群雄逐鹿佛教盛，哟佛教盛……
战乱最是那南北朝！

泱泱中国多舜尧，
古老九州遍英豪。
东魏、西魏分天下，哟分天下……
宋、齐、梁、陈它各领风骚！

泱泱华夏尽舜尧，
沧桑大地遍英豪。
北齐、北周决胜负，哟决胜负……
晋阳城头争"妖娆"！

同时，（以大佛为背景）飘出主创人员名单及主要演员剧情照。
歌声住。

（字幕，配画外音）南北朝时期，是我国佛教盛行、发展的重要阶段，同时，也是中华历史上的大混乱时期。南北分裂，战乱频仍：南朝，是腐朽没落的汉族封建势力残余，偏安一隅；北朝，饥民遍地、起义不断，各游牧少数民族建立的政权残酷镇压百姓，且又相互攻伐……致使生灵涂炭、民不聊生，社会生产力遭到了极大的破坏。

（随着话外音）庄重、安详的大佛头部面容，即刻幻化出一幅幅血雨腥风的战争场面——

牙旗猎猎，
烽烟滚滚。
人喊马嘶，
短兵相接。
浴血搏杀、人头滚落、断肢横飞。
……

（渐隐）

第一集

1-1. 山丘间　黄昏　外

残阳西垂，

晚霞如血。

一队人马正在夺路狂逃，残破的军旗上，隐约可见"周"字。

另一队人马尾随其后追击，呐喊声震天。为首一员先锋猛将，铜盔铜甲，骑一匹黄鬃马，双手挥舞一对雌雄宝剑，率军掩杀过来……

1-2. 大河边　黄昏　外

突然，前面狼奔豕突、一路狂逃的兵马被一条大河挡住去路。

（字幕：汾水）

败军们个个面面相觑。前有大河、后有追兵，上天无路、入地无门，顿时哀叫声响成一片。情急之下，队中几名将领呼喝、驱赶逃兵收住阵脚，背靠湍急河水，汹涌号叫着，返身反击，犹作困兽一斗，大有置之死地而后生之势！

只顾埋头追奔的人马完全没有料到这一着，愣怔间，前队官兵已被截杀不少，由追变溃……

一名大龅牙周将趁势咋呼：齐军败啦，齐军败啦！

后面的追兵不明就里，兵势亦颓，稀里糊涂地自相践踏，被迫后退，战场形势瞬间出现戏剧性逆转，逃兵反而占了上风……

铜盔铜甲的猛将也被对方一群将校兜头截住，团团围定厮杀；

但他毫无惧色，力战群敌，连砍数人！更多的对手围上来……刀来剑往、戈来戟挡，火星迸溅、斫声铿锵，猛将大战几十回合，终因身单势孤，体力渐渐不支，只有招架之功，渐无还手之力。一名对手瞅住空当，举枪刺中他的右臂，猛将跌落马下……

众敌将举刀围拢上来，嚷声嘈杂：捉了他！

——杀死他！！

1-3.同上

（画外）一声巨吼：住手——杀——！

危急关头，一员银盔银甲大将（入画）纵马霹雳般赶来，一杆宿铁长槊使得上下翻飞，三下五除二，反把围住铜甲猛将的众武士连连搠死一片，没有死的，哭爹叫娘，复又逃向河边……大将回身，指挥背后重新振作起来的士兵们，又潮水般地再次压向敌人，展开围歼。而后，这员大将下马扶起受伤猛将，交由随后赶到的亲兵护理，然后飞蹬跨鞍，驱马驰上一处高岗，张开硬弓，箭无虚发，"嗖、嗖、嗖"，一气连放，把对方剩余败将悉数射杀于沙滩之上（内有大龅牙）。最后一箭，竟射断了对方旗手手中的旗杆，那面残破的"周"字军旗，黯然随风飘落河中。

漩涡汹涌的汾河里，周兵死尸漂漂，血水泛泛。

高岗上银甲大将面向残阳（背对镜头），横槊立马，默默注视着眼前一切，慢慢转过身来，亮相——

（特写）一张饱经战争硝烟锤炼与熏陶的中年面孔，难掩的俊朗潇洒，透溢着坚定刚毅神情。

将军身后，战旗飘飘；

一面绛色绣旗，上书"大将军斛律光"。

（字幕：北齐名将，大将军，咸阳王斛律光，字明月，敕勒族）

斛律光身披霞光、面蒙战尘，一手按剑，一手拎须，疲惫而犀利的眼神缓缓移向一名士卒手中的黄色锦旆，眉宇间现出一丝欣慰……

黄色锦旆，上书一大字"齐"。

（"齐"字旗背景下，出字幕，配画外音）北朝。公元532年，即北魏孝武帝永熙元年，鲜卑化汉人高欢历经数年血战，拥兵坐大，权倾朝野。他坐镇晋阳，遥控洛阳，实际掌握了北魏政权。两年后，他又从晋阳亲率二十万精锐大军南下，渡黄河进入魏都洛阳。高欢为了进一步控制朝政，改立十一岁的北魏皇裔元善见为帝（东魏孝静帝），并将国都东迁于邺。与高欢分庭抗礼的关西枭雄宇文泰，则于次年在长安拥立皇裔元宝炬为帝（西魏文帝）。自此，北朝又分裂成东、西两魏，他们各自自诩正统，指称对方为"伪朝"，双方攻伐更甚，连年争战不休……至公元557年，宇文氏后代废魏立周，史称"北周"；而在此之前，高欢的次子高洋已于公元550年（东魏武定八年）逼迫孝静帝禅让帝位，自立国号为齐，史称"北齐"。由此，周、齐两国又开始了新一轮的旨在吞灭对方的战争较量……

（特写）"齐"字大旗，迎风飒飒。

1-4.晋阳城　日　外/内

士卒手中的"齐"字大旗，幻化成插在城楼上的"齐"字大旗。

城壕、吊桥、护城河，敌楼、马面、女儿墙……雄伟的城池，城郭巍峨而坚实，大有铁瓮金汤、虎踞龙盘之势。

（随着镜头推近）城楼门额上显现出两个遒劲的小篆大字"晋阳"。

（字幕：北齐别都晋阳城）

城中，

一座华靡奢丽的宫殿，丝竹声声、琴瑟和弦；轻歌婉转、伎女蹁跹……

（字幕：晋阳宫宣德殿）

殿内举行盛大筵乐，

文武群臣，分坐两厢。（内有斛律光等）

上首打坐几名高僧，面前条案上素果盈盘；

辉煌的御座上空空如也，座旁恭立几名太监；

舞池一隅，一队宫廷乐工和一队身穿袈裟的乐僧分班而列，同奏一首优雅柔和的佛曲《普庵咒》。

乐僧班列中，有一位很是显眼：身着衮服，头戴平天冠，脖颈吊一串佛珠，怀里抱一支曲项琵琶，正摇头晃脑忘情专注地弹拨着，冠冕上的玉旒串儿也随同节律颤动⋯⋯

（字幕：北齐后主高纬，字仁纲，鲜卑化汉人）

（画面定格）

（话外音）公元565年，北齐帝位传至后主高纬，改元天统。这是一位多才多艺、行为怪诞的皇帝。

1-5.晋阳宫宣德殿　日　内

乐舞继续，

舞池中央，曼妙婀娜的舞姿和美女们性感暴露的上身，一些臣子〔穆提婆（男）、高阿那肱等出镜〕看得目瞪口呆，嘴角流涎⋯⋯

一曲未了，高纬似乎不够尽兴，戛然停下演奏，站起来，面对众舞女挥手大吼：好啦、好啦，统统下去！

曲乐戛然而止。

舞女们收手窸窣退下，只剩一名漂亮的领舞，盈盈而至帝前，俯首而拜——

（字幕：高纬宠妃宇文妃）

一个贴身袖珍人（侏儒，下同）女侍尾随宇文妃的身后，为她轻提裙裾——

（字幕：婢女秀秀）

宇文妃：皇上万岁！皇上有何谕旨？

高纬双手握拳高挥：鼓乐！鼓乐！

1-6.同上

〔画外：昂扬激越的晋阳锣鼓（太原锣鼓前身）曲牌《慢流水》《快流水》奏鸣〕

（入画）舞池一隅，已换成一队锣鼓乐班，也由僧众各司立鼓、边鼓、小鼓、钹、铙、锣等，组成一支晋阳锣鼓演奏阵容。

高纬位列队中，面前一盘大鼓（领奏鼓），他挥动双臂，奋力擂击；

宇文妃则双手挥动两面小彩旗，站立队前，改任鼓乐指挥；

隶属于太乐署的一队男女袖珍艺人，各身着僧尼服饰，和着鼓乐，跳起矮子舞。

（特别展演）

极具地方特色的晋阳锣鼓，徐缓时如潺潺流水，急骤时似大浪奔腾，秃头锃亮的僧人演奏者情态激奋，时而齐奏，时而分击，时而单奏；忽而抛镲亮相，忽而怀抱金瓜，交织融汇，引人入胜。

袖珍艺人们以诙谐的舞步动作，夸张的丑角面容，表现着僧尼们的寺院生活：撞钟、早课、用斋、挑水、打坐、唪偈……别致、滑稽。

宇文妃潇洒自如的指挥艺术、形体技艺的展示，优美而震撼。

高纬十分投入地领奏，形态亢奋、到位，冠冕上的玉旒串儿疯狂地来回摆动……

鼓乐与舞蹈有机结合，相映成趣。

1-7.同上

锣鼓点改奏更加激越的曲牌《狗相咬（七）》；锣鼓班列正中奏的大鼓鼓手换成了宇文妃，不见高纬的踪影。

舞池中央，两个戴面罩的光头和尚（一白脸、一黑脸），踩着鼓点正表演《二僧摔跤》："两"人撕扯在一起，你给我使一招"兔子蹬鹰"，我给你出一招"羊角顶虎"；你给我来一手"夹颈背"，我给你还一手"过肩摔"；你把我蹾了个"狗熊仰八叉"，我把你整一个"饿狗扑屎"……激烈的角力过程中，"两"人各有输赢，令人揪心而又诙谐无比。最后，白脸和尚将黑脸和尚摔倒并压在身下，取得胜利。

在众人的喝彩声中,跷手卸下绑在身上的道具,脱掉僧装,摘去面罩——原来是天子高纬一个人演的独角戏:以假乱真的晋阳道具舞!

高纬自得其乐:哈哈、哈哈哈……

大殿上下,同声欢呼:吾皇神技!

——陛下万岁!

——娘娘千岁!

(大殿娱乐气氛空前高涨)

1-8.同上

龙椅上,"哈哈哈",高纬依旧得意地连声大笑落座,重戴皇冠,兴致不减,举觥饮酒;被揽入怀中的宇文妃温柔地为他揩去额头汗水……

高纬(冲殿下摆了摆手,欢呼声骤停;他又端起觥):诸位爱卿,此番周兵侵扰我蒙山佛地,还没进山,就被全歼,折将十余员……哈哈,朕今天甚为高兴!这一仗,全靠咱们斛律大将军指挥有方,勇猛善战,我军方能获此完胜!来、来,明月将军、众卿家,痛饮痛饮!

众人举觥,君臣同饮。

席间,一臂缠绷带的武将起身面君施礼:陛下所言极是,若非大将军及时解救,微臣此役恐怕早就为国捐躯啦,哪能还在此享用皇上的赏宴?

(特写)正是斛律光从敌围中救出的那员猛将——

(字幕:兰陵王高长恭)

高长恭:大将军英武盖世,堪称我齐国又一道长城嘞!(说着,向斛律光投去钦佩和感激的目光)

高纬:诚如卿言。这一仗,你二人功劳都不小,理当重赏。邓长颥——宣旨!

邓公公(趋前躬身面君):老奴承旨——

（字幕：内侍太监邓长颢）

邓长颢（转过身展旨而呼）：奉旨宣谕！大齐皇帝诏曰：兹大将军斛律光、兰陵王高长恭，辄临战阵、身先士卒，杀敌无数、扬我国威。各敕赏百金、赐锦袍玉带、增邑千户，钦此！

斛律光、高长恭御前叩首：谢吾皇恩赏！（退下）

轻歌曼舞再起；

高纬（边喝酒边赏舞，优哉游哉，渐有醉意，龙心更悦）：明月……将军，你是当今天下第一壮士，我朝擎天一柱，威震敌胆！齐国有汝，朕无虑哉。来来来，寡人再亲赐爱卿御酒一卣，以示……嘉勉……

两名太监又搬出一卣陈酿美酒。

（特写：贴标书"老白汾"）

高纬起身，意欲离开龙椅，亲把御盏，不料有些头重脚轻，龙体微晃，怀中的宇文妃赶忙起身将他扶定，挽复入座。

斛律光（感动不已，复虎步趋前，躬身又拜）：下臣一家，世受国恩，保境安民，实乃本分，怎敢有劳圣驾！（言毕，端过大酒卣，一饮而尽）

文武百僚，莫不赞誉：

——英雄豪爽！

——真海量矣！

一高僧为首双手合十：大将军忠勇盖世，国之栋梁、佛门护神也，阿弥陀佛。

（字幕：开化寺维那，净昙法师）

僧人们（同声随诵）：阿弥陀佛！

阿弥陀佛！

也有的朝臣（脸部特写）表情阴然，面露妒意——

（字幕：录尚书事，城阳王穆提婆）

（字幕：右丞相，淮阴王高阿那肱）

1-9.同上

佛乐袅袅,

穆提婆：吾皇万岁万万岁！我朝自神武皇帝（指高欢）创立基业始，广兴佛教；显祖文宣帝时，又敕凿高二百尺之大石佛于晋阳西山，历经二十余载不懈！而今，举世无双的释尊真颜——蒙山大佛，终于在陛下您的手中雕镌完成……

净昙法师：阿弥陀佛，此千秋伟业，冠绝瀛寰，佛界仰止！

高阿那肱：是呀、是呀。我主登基以来，举国上下，凿窟造像不止，建塔立寺无数，弘法度生，善行浩浩啊！

高纬（越发高兴，手扩佛珠，怀拥美人）：哈哈哈，本来嘛，佛教乃外来胡教，朕高氏一宗，本就胡人，理应信仰胡神，为祖宗社稷祈福。

穆提婆：陛下英明！陛下以倾国之力，弘扬佛教，功德无量、福德无涯！尤自我蒙山大佛凿成开光以来，臣观乾象：蒙山上空，帝星煌煌；每每祥云缭绕，瑞气蒸腾；愈渐扩旷，弥漫晋阳，大有笼罩天下之势……

高纬：如此这般，有何征兆？

净昙法师：吾皇洪福，堃天贤主哇……阿弥陀佛！

高阿那肱：回陛下，净昙法师说得对。此乃江山永固、万邦臣服、四海一统之兆啊！

穆提婆：不错，正是如此。今我大齐武运强盛、屡挫顽敌，正应于此。所有这些，莫不依仗吾皇圣明、蒙山大佛护佑！如果说我们做臣子的对江山社稷能有什么贡献的话，相对于陛下您的功绩而言，实在是挂一而漏万哟！

穆提婆奏完，斜瞟了武将席一眼。

斛律光、高长恭等武将，也向穆提婆、高阿那肱二人白了一眼，不好作声。

文官席间，有人（脸部特写：一老臣）亦顾眄穆提婆等，面露不屑——

（字幕：开府，左光禄大夫裴玑书）

高纬：哈哈哈哈，穆爱卿讲得在理，讲得有理。不过，你们大家也都不是白吃饭的，都有用的哈。诸位卿家，如此看来，寡人"崇佛奉佛"之基本国策，已收到一定实效，今后更要大力推行！

穆提婆：是的，陛下。百多年前，南朝汉家天子宋文帝就曾说，"如果百姓都信了佛教，则天下太平，朝廷就没那么多麻烦事了"。

高纬：是吗、是吗？此言甚合朕意。果能如此，普天之下的刁蛮汉奴，岂不个个安分守己，为我大鲜卑所役使，再无人造反谋逆了。咱们更有工夫打猎、游玩、宽心寻乐子！哈哈哈……

高纬笑着，一时兴起，把手伸进宇文妃的胸前乱抓起来，更加狂喜连连，眼泪都流了出来……

穆提婆等也附和着干笑。

净昙法师将头扭向一边。

宇文妃被抓得心慌，看着高纬笑得前仰后合的样子，挺着脯子也尖声乐将起来……

高纬（戛然煞住狂笑，朝向宇文妃）：汝傻笑什么？

宇文妃：臣妾见皇上笑，自己就好开心啊，难怪民间都称陛下为"无愁天子"，呵呵呵……

高纬（张目假嗔）：无愁不好吗？

宇文妃（收住笑）：好，好。

高纬：倘若天天发愁，那多没劲啊！

——哈哈哈哈……（帝、妃、宠臣们一起神经质地放声大乐）

1-10.同上

裴玑书（看不下去了，起身面君揖礼）：陛下容禀，老朽愚钝，以上所议话题，老朽有些不同看法，唯望陛下允言……

高纬：准言，朕今日心情颇佳，大家对于时政，尽可发表意见啊，畅所欲言，不无不可。

裴玑书：谢陛下。老臣认为，我朝虽系鲜卑所立，然"普天之下，莫非王土；率土之滨，莫非王臣"，汉族等民族同为陛下臣民，理应一视同仁。为人主者，断不可唯胡独尊、抬此压彼、自构嫌隙、扩大壑沟；唯有诸族融合、互补长短，方可相濡以沫、休戚与共，同建大齐江山万万年！

高纬不悦。

斛律光等群臣，领首赞同。

裴玑书：同样道理，有关佛、道、儒三教，本相通汇；单奉一家，失之偏颇；即便独尊，也大可不必痴迷崇佞过度、劳民伤财——得了佛心，失了民心，反于社稷造成祸患……

高纬脸色发青。

两厢众人，都为裴玑书捏了把汗。一臣悄悄摇手送目，示意其缄口。

（字幕：侍中，国子祭酒姜雕）

穆提婆（仰观高纬的脸色）：陛下，裴大人所言并不符合吾之国情。况其出言不逊，大有诬蔑圣上、煽情惑众之嫌。依微臣之见，这样的人，才是社稷祸患。

高纬（脸色铁青）：裴——玑——书，你胆子不小啊，竟敢坏了寡人的好心情！你诬朕得了佛心、失了民心，可有依据？

裴玑书：回禀陛下，别的不说，单就雕凿蒙山大佛，所耗资财，难以匡算；人牛死伤，不计其数；仅举一例：一夜燃油万盆，光照宫里……经年累月，其量何巨？这烧掉的，都是大齐的民脂民膏啊！小小一个寺底村，老少负徭、妇孺摊赋、衣不遮体、食不果腹，十室九空、田园荒芜……全国境况，足见一斑！百姓怨声载道，权臣趁机贪腐，国力民力早已不堪重荷啦……

高纬（龙颜大怒）：住口！汉家佬儿，越说越离谱了，你、你知道个屁！

穆提婆：危言耸听，陛下，真是危言耸听啊。裴大人妄语，完全不是事实……

高阿那肱：启奏陛下，裴玑书倚老卖老，口气狂悖；歪曲民情，诋毁朝廷,其罪难容!

高纬:裴玑书,你知罪吗?

裴玑书(仰天冷笑):……老臣心系社稷,何罪之有?可悲可叹哪,陛下宠幸奸邪,阻塞言路,佞佛疏政,喜怒无常,心思全用在吃喝玩乐上,整日里疯疯癫癫,哪有个做天子的样子?陛下践祚承嗣父祖,有道是"江山易得,人心难得"!如若再执迷不悟,只怕是祖宗基业……

高纬气急败坏,起身摔觥于地,一把推开怀中宠妃,捏拳大呼:来人哪,快将老贼推出去凌迟处死!啊呀呀,反了反了,简直是反了!

(定格)

(画外音)北齐皇帝大多昏暴荒淫、庸劣纨绔、杀戮忠臣,尤以后主为甚。

1-11.同上

几名武士悬刀而入,押了裴玑书。其中一名官佐模样的,身高面恶,随手摘去裴玑书的冠冕,就要拽出……

(定格)

(字幕:御前都尉,羽林领军刘桃枝)

净昙法师浑身战栗,双掌合十:阿弥陀佛……阿弥陀佛……

斛律光、高长恭等朝臣早已离席跪倒一片,为裴玑书求情。

斛律光:我主息怒。裴大人乃先皇老臣,犯颜直谏,一时过激……恳请陛下开恩,切莫刑戮……

高纬:哼,既是先皇老臣,早该去辅佐先皇!任何人敢再多言,同罪!刘领军,送老家伙上路!

刘桃枝:喏!(率甲士架裴而出)

……

殿外,裴玑书的冷笑声不绝……

众人愕然。

1-12. 同上

　　高纬（气性不减）：姜——雕——！

　　姜雕（周身一颤，出列稽首）：下、下臣在，下臣恭请……圣安。

　　高纬：方才，你做什么小动作来着？

　　姜雕：下、下臣……不敢……

　　高纬：嗯，还敢不承认？右丞相——

　　高阿那肱（御前顿首）：微臣恭聆圣谕！

　　高纬（拖着长腔）：天朝典法律条——

　　高阿那肱：回禀陛下：君前举止佻佚……是为大不敬之罪，按律当斩！

　　高纬：没的说，肃正典刑。

　　刘桃枝（趋前揖礼）：遵旨！

　　刘桃枝率几名武士，不由分说，拖起姜雕，复架出殿。

　　……

　　大殿外，传来姜雕的一路惨叫声：……昏君哪……远超桀纣……

1-13. 同上

　　乐僧舞伎，早已不知去向。

　　文武百僚，莫不惊悚。

　　太监侍婢，噤若寒蝉。

　　净昙法师等闭目默念不止，为亡者超度……

　　宇文妃满斟美酒一觥，跪奉驾前。

　　高纬（落座，气消）：来来，诸位卿家，咱们继续饮宴。明月将军，不是朕不给你面子哪，实在是这些汉儿天生骨轻发贱、狗胆欺天，太不给寡人面子呀！养痈遗患，不如早除！冒一个朕就杀一个，看他们谁还敢不守臣节！

　　斛律光沉默无语。

　　高纬：大将军哪，你是功高近戚、社稷柱臣。我朝上至百官、下至百姓，都知道朕"武靠光，文靠婆，神神靠的是大佛"……卿乃寡人之倚重，寡人很想听听你对时局的看法。

斛律光（揖礼长叹）：唉……光乃武人，陋识薄才，只有死战之躯而无济世之能。陛下，臣今唯有一言，想借着酒劲冒犯天威，据实相陈……

高纬：只管奏来。

斛律光：纵观当今天下，我与陈之国势早已大不如前；而我之宿敌、先前远不及我的周之国势反倒见长。更可虑者，如今彼主宇文邕略远谋深，其心勃勃、其志咄咄，大有吞鲸咽象之心，不可等闲视之。

高纬：我们，不都打胜了吗？

斛律光：常言道"不怕贼偷，就怕贼谋"，彼既存亡吾之意，无论阳攻阴损，必无所不用其极……吾皇切忌掉以轻心。

高纬：唔……

斛律光：近段时期，敌我边关摩擦不断；此次贼兵更侵入我蒙山边缘一线；另据继鸾方丈派人报称，蒙山腹地一带，迩来也时有诡谲之徒隐现……

高纬：哦？不会是周人的奸细吧……

斛律光：蒙山地势扼要。自古云："得蒙山而得晋阳，得晋阳而得天下。"种种迹象表明，敌人似乎有所企图……

高纬：嗯……晋阳乃我朝别都，军事重镇、国之根基；蒙山又为晋阳屏障、佛门净土圣地；还有大佛这尊国宝，更是我朝龙脉所系，都应当确保安全、万无一失！大将军，朕命你务必严加防范，若出了岔子，朕可拿你是问！

斛律光：臣谨遵圣谕！陛下放心，光即在，誓保大齐国脉无虞！

高纬：好！有汝此言，朕就能安稳睡觉。再过几天就是清明节了，寡人在宫里待烦了……过了清明，朕意欲亲赴蒙山围猎，散散心，顺便御览咱的蒙山大佛，以奉香火。斛律爱卿，你护驾同往吧。

（渐隐）

1-14.晋阳城门　晨　外

朝阳辉映下，城门额上"晋阳"二字苍劲雄浑。

（字幕：晋阳城五龙门）

銮铃叮当，马蹄声碎；

仪仗林立，锦幡飘飘；

圣乐齐奏。

天子銮驾排开，出城。

大道两边，百姓跪伏，莫敢抬头。

1-15.蒙山开化沟口　晨　外

黄罗盖伞下，高纬头戴远游冠，骑马背弓，一身戎装。马前猎犬猇猇，马后侍卫彪彪；羽林虎贲，列队严整，进山。

斛律光、刘桃枝等仗剑悬刀雄赳赳地左右护驾；

邓长颙、穆提婆、高阿那肱……一班臣宦驾鹰提鸟紧随；

一干人马沿沟底官道，引辔而上，威风凛凛。

1-16.蒙山北峰间　晨　外

钟灵毓秀，气象万千。

（佛曲背景音乐起）

蒙山大佛，结跏趺足而坐，高耸云天。

近处，奇株异树；

远处，仙云潺潺；

顺山谷俯瞰山下，

汾水如玉带般蜿蜒流向远方，雄峙于汾水之畔的晋阳城，城内街肆宫阙、凤楼麟阁依稀可辨。

大佛对面山腰间，一高阜平台之上，绿树掩映、山花簇拥之中，坐落着一处宏伟梵寺，山门上书"开化寺"。

（字幕：北齐皇家庙院，敕额开化，佛教净土宗早期道场）

寺院红墙匝绕，

古木参天。

经堂僧舍，

殿宇隐现。

几个僧人正在山门里外洒扫庭除。

1-17.蒙山沟谷间　日　外

军士们排开围场，

骏马驰骋，

人声沸扬。

猛犬咆哮，

猎鹰盘旋。

一只獐子从树丛里被赶出来，高纬打马直追，斛律光等驾后跟随……

高纬骑术差，眼见越追越拉开了距离，着急喊：拦住它！

斛律光等夹马而上，超越天子围追上去，很快就把猎物兜头截住。那獐子被逼得慌不择路，一头撞向一块巨石（特写：石上刻"甘泉沟"三字），跌倒。高纬赶到，射之，正中獐腿。

臣下们聚上来，七手八脚地将猎物捆了，向帝踊跃欢呼：

——万岁！

——万岁！

——万岁！

1-18.蒙山甘泉沟甘泉娘娘庙前　日　外

甘洌的清泉自泉眼汩汩喷涌，泉眼上坐落着独殿庙宇，供奉着"甘泉娘娘"。泉溪周边，水草蕃秾。

草丛中惊出一群雉鸡，扑棱棱地乱飞，几名将校连连放箭……

雉鸡飞落到树杈间、庙檐上，穆提婆等文官陪高纬举着粘竿上前张捕，活捉不少，拴挂于马头……

君臣欣悦。

1—19. 蒙山桃花谷　日　外

满坡满沟的桃树，花朵累累，如云似锦，弥漫山谷。

（字幕：桃花谷）

一只金钱豹正在攀树。

树上嬉闹的猕猴群吱吱地惊叫，从树枝间跳跃逃散，孤留攀在树干半空的豹子。

君臣们赶过来四下围拢这棵树，纷纷张弓搭箭，瞄准树干上的金钱豹——

"嗖嗖、嗖嗖……"

君臣们弩箭齐发，将金钱豹射死于树下。

高纬在马上看着刘桃枝献上来的死豹，咧嘴狂笑……

四周军兵臣子，挥舞猎具，高呼"万岁"，声音不绝。

1—20. 蒙山开化寺（下寺；以下无注明者皆为下寺）　日　外

山门前，

鸟语喊喳。

梵呗声声，

一高僧手搭凉棚向山下张望着……

（字幕：开化寺住持继鸾方丈）

另一僧随之也在观望……

（字幕：开化寺维那净昙法师）

一僧徒前来禀报：师父，圣上已至御驾桥。

二高僧点头，复向山下翘盼……

（定格）

〔片尾曲起，见167—168页《僧衣难裹女儿身》（略）〕

（第一集完）

第二集

〔片头曲《泱泱中国尽舜尧》（略）〕

2-1.蒙山御驾桥　日　外

御驾马乘，一路弥狩，来到桥前。

（字幕：御驾桥）

大伙人蒙尘马沁汗，多有疲色。

上得桥，君臣正待歇息片刻，忽一只美丽的五彩大鹦鹉从林翳间翩翔飞来，"扑唥"地落于汉白玉桥栏之上，瞪眼盯着高纬，喉咙里咕咕有声，引得高纬童心大发，下马趋前欲捉。鹦鹉也不惧人，眼看即将逮住，忽又一只更硕大的鸟从西南方向悄无声息地俯冲下来，一爪抢先抓住鹦鹉，继而扶摇直上，转瞬直蹿云天……

高纬愣怔一下，随即大叫：朕要鹦鹉，快给寡人捉住！

众人愕然。

斛律光听得帝唤，不慌不忙，拉满弓弦往天径发一箭……

随着半空一声惨叫，那大鸟早已坠入桥下涧边。穆提婆吆喝猎狗叼来，众人视之，是一只大金雕。

（特写）飞箭正中其颈！金雕已死，一只爪还攥着那只鹦鹉不放。

高纬（高兴，对斛律光）：早听人说爱卿神箭，今日亲见，果然名不虚传，真可谓"落雕将军"！

斛律光（揖拜）：陛下过奖，雕虫小技耳。

高纬：快把大鹦鹉拿来，还活着吗？

穆提婆（忙递上）：陛下，还活着，翅膀有些许伤，不碍事。

鹦鹉在高纬的手中微动翅膀，启喙学语：……陛下……活着……活着……

高纬（大为开心）：嘿嘿，乖乖，还会说话！今偶得一灵鸟杀一恶雕，其兆若何？谁知道？

穆提婆（想了想，眼珠一转，七拉八扯）：回禀陛下，佛经上说，鹦鹉乃佛陀的过去身。吾皇今救此鸟，必永得佛祖护佑加持，洪福齐天！这大雕嘛……"雕"者，"周"字旁也，又是自西南方向飞来，自然是喻……想灭我者反被我灭，示齐兴而周必亡之兆！

高纬：嗯，有道理，很有道理。穆爱卿，有才！如此说来，须将这鹦鹉好生养着，先把它放到那只画眉的笼中，回宫后，朕还要好好训练它说话呢。

穆提婆：原先那只画眉呢？

高纬：扔了喂狗。

穆提婆遵旨照办。

2-2. 蒙山谷间　日　外

过了御驾桥，君臣信马由缰正行间，忽然一阵柔风飔飔拂来，大家正觉凉爽惬意时，头顶上飘来一串隐隐约约的歌声，众人竖耳细听，原来是一女子在唱山歌：

（音乐起，晋阳民歌调）

歌声随风势，时大时小，断断续续送入众人耳中——

（出字幕，女声唱）

山高难遮大佛身，

林密难掩我佛心。

佛光熠熠（啊）照凡尘，

接引芸芸天下人……

接引芸芸（啊）——天下人。

……

一曲未了，余音绕空，久久不绝。

越是听不清，越想听清。银铃般的歌喉撩拨得君臣侍从们心旌摇曳，驻马不前……

静默片刻，

高纬仰首环顾头顶山峦，瞠眼发火：何人大胆在此聒噪？快与朕拿下！

部分臣下及侍卫们定定神，钻山爬坡，循声四下分头寻找那唱歌女子。

2-3.同上

（过了半个时辰）

臣下们又都气喘吁吁、灰头土脸地从四下钻出来，空手而归，其中几个还被树枝、峭岩划破了衣裳。

穆提婆（也一副狼狈相，趋至御驾前嗫嚅）：启禀陛下，奴才们无能，没、没有找到人。

高纬：既然无人，哪来的声音？

穆提婆：恐、恐怕是天籁吧……

2-4.蒙山山坳里　日　外

一道山梁后，水草丰美的一面山坡上。

七八头梅花鹿正悠闲地低头啃食青草。

远处，蒙山大佛的侧影，披着彩霞，熠熠生辉。

蜿蜒的山路，自近而远，隐没在座座山梁背后。鹿群机警地抬头观望，复又低头咀嚼。

山梁后悄然转出几骑坐骑。刘桃枝弯弓搭箭，"嗖"的一声，一头雄鹿应声倒地，四蹄抽搐不已，血洒绿茵。鹿群即刻惶恐地"呦呦"惊鸣，四散奔逃。有几只吓昏了头，毫无方向地在草坡间无头苍蝇似的乱窜……

斛律光招呼高纬：陛下，快快放箭！

高纬却手忙脚乱，箭箭落空。

醒过神来的梅花鹿转瞬逃逸，消失在四周密林中。

斛律光指着一头小鹿最后逃走的方向……

斛律光：陛下，咱们追！

高纬情绪不高，叹息着，策马赶去。

2-5.蒙山山涧飞瀑下　日　外

小鹿逃到一处山涧。

涧溪潺湲，瀑布飞挂。

飞瀑之下，一潭碧水，倒映着青山绿树、红日彩云、佛影灵塔……

潭边，一小群珍稀的大型山鸡正在饮水啄食。

（字幕：褐马鸡）

一名小僧人（背对着镜头），不时向褐马鸡群撒喂着饲料，一边在潭水旁浣洗着什么。

高纬一手牵着御马，一手持弓箭，汗渍淋漓地追到水潭边，小鹿却神秘地不见了踪影。

高纬失去目标，左顾右望的，甚为窝火。他无处发泄，便气急败坏地朝褐马鸡举起弓箭……

小僧人似乎觉察到什么，本能地扑向前去，伸开双臂护住鸡群。

高纬忿忿，咬牙切齿地铆足劲，锁定目标，往小僧人的后心就是一箭。

斛律光拍马张弓赶到，急唤：陛下……（同时放箭）

"铛！"一声金属脆响，火花迸溅！

斛律光急发利箭将帝箭击落，两支飞矢同时在小僧人的后背处坠地，深深扎入地下，其尾翼颤颤有声……

2-6.同上

斛律光滚鞍下马,御前稽首:臣冒犯天威,罪该万死!

高纬面有愠色,正待发作,"咯、咯、咯",一串银铃般的笑声吸引了他的眼球……

逃过一劫的小僧人转过身来,看着眼前一切,似乎明白了什么,却无半点惧色,反而禁不住直乐……

高纬眼睛一亮,脸色马上由阴转晴——这位小和尚朱唇一点、碎玉轻启、柳眉杏目、玉肤冰肌,说沉鱼落雁不为过,喻人面桃花正相宜。原来是一美艳女子!

高纬越看越想看,目不转睛,张嘴流涎,痴痴地上前走去,伸掌欲牵女子的纤手。谁知那女子急忙绾好刚洗完的长发,匆匆扣上一顶僧帽,一转身,随手从地上拎起一只空鸟笼,小嘴里轻叱一声,领着一群褐马鸡飘然离去……她只回眸瞥了斛律光一眼,便仙然隐没于绿树山花丛中,随风又甩过来一串"咯、咯、咯"的笑声。

望着那位僧衣女子的背影,高纬的魂魄仿佛都出窍了,呆呆地瞅着她消失的方向……

随后赶到的近臣们迭迭连声:陛下,陛下……

高纬却怎么都回不过神来……

2-7.北周长安　日　外/内

(画外)哈哈哈哈……

哈哈哈哈……

随着阵阵笑声,一座城郭(入画)于雾雾中显现,

城门额上书"长安"。

城楼上,牙旗飘飘。正中一面锦旆随风劲摆,上绣大字"周"。

(字幕:北周国都长安城)

城中,

皇宫,

一座庄严的大殿。

（字幕：皇宫紫极殿）

殿内，质朴简约。

文武群臣分立两班，大家正轻松爽朗地笑着……

朝堂上一派和谐宽松气氛。远远望去，御座上的天子瘦小清癯，圣颜被通天冠上徐徐摆曳的玉旒遮隐，难觑其容……

（字幕：周武帝宇文邕，字祢罗突，鲜卑宇文部人）

宇文邕：……方才，只是给大家讲了个战国时期的笑话，望卿等引以为戒。现在咱们言归正传，既然这位"无愁天子"如此佞佛荒政，对吾（国）而言，不啻幸事——兴周灭齐，吾周大业有望！然眼下高齐治政虽乱，兵力素强，非一举摧毁彼大军，终难将其廓清底定。从最近几次战事来看，皆我殆贼狂……虽说胜败乃兵家常事，但是毕竟耗我军资民财、损我大周国威，朕食不甘味呀！

一老将出班启奏，

（字幕：大司空，郧国公，上柱国大将军韦孝宽）

韦孝宽：陛下，敌之于我，虽兵多将广，但因朝纲混乱，其整体士气、将佐斗志都已远不及我。唯有贼首斛律明月，仍彪悍异常、锐气不减。其箭术奇精，天下无二，凶顽无比。前几次征讨，我军皆因遭遇此人而折将损兵……历数我朝良将勇佐，尚无一人能与之匹敌，此人实乃我国心腹大患！老臣苦思冥想，至今无有制敌良策……

一将领闪出，年壮气盛。

（字幕：北周猛将，柱国大将军梁雄，字卜布娄）

梁雄：韦大人切莫长他人志气灭自家威风，末将不才，却从不把他斛律光放在眼里！吾愿立军令状：克日率兵讨之，誓生擒此贼献于天子，否则甘愿受死。

另一青壮将军出班。

（字幕：随州刺史，骠骑将军杨坚）

杨坚：梁兄不可轻动。对付如此悍敌，只有我等同心协力，从长计议，方可应对。

梁雄仍不服气，还想力辩……

宇文邕（发话）：众爱卿不要争了。杨将军说得好，咱们从长计议吧，欲速则不达嘛。唉，骨鲠在喉哇……

其他武将皆面面相觑，谁也没有什么好办法。

（字幕：齐炀王，雍州牧宇文宪，字毗贺突）

（字幕：郑国公，车骑将军，同州刺史达奚武，字成兴）

（字幕：宁蜀公，领军将军，尚书左仆射尉迟迥，字薄居罗）

（字幕：清河郡公，骠骑将军宇文神举）

（字幕：荥阳公，大后丞司马消难，字道融）

文臣班内站出一人。

（字幕：开府仪同三司，露门博士沈重，字德厚）

沈重：圣上，我朝自从革新制度，兴儒学行周礼，广泛吸纳先进的汉文化以来，政通人和，府库充盈，国力大增。而我主胡汉一家、各族平等之国策，更上应天意下合民心，不仅使百姓安居乐业，又大大拓展了朝廷兵源，我军才能以小渐大，以弱渐强，震慑四方！这已实属不易。但是我国毕竟地狭民稀，人力物力有限，目前军力几近极限，短期内想要征服东房，委实困难，只有徐图之，还望圣上戒焦免虑，以安龙体为要。

宇文邕无奈点头。

班内有人大呼：其实不然！

声落影出——此人披发蓄髯，连鬓浓密，装束另类（非僧非俗、接近道士）。

〔字幕：还俗沙门，望气者（打卦算命的）卫元嵩〕

卫元嵩：吾皇万岁万万岁！在下的上书不知皇上御览否？在下还是那个观点，大周国力远未达到极限。恰恰相反，若依我言，短期内就可将军力提升数倍，进而大举挞伐！荡扫天下，有何难哉？

两厢里众人交头接耳，翘望天子……

宇文邕（疲困）：朕想听听大家的意见，众卿随便议议吧。

韦孝宽：元嵩有何高策？

卫元嵩：诸位知道，如今各国佛教大盛。就以齐、周为例，彼国户口两千万人,僧侣就占二百万人,拥有寺院三万余座。而我国人口不足千万,却庙宇万余,佛徒竟逾百万之众!

沈重:此言不虚。

卫元嵩:寺院据地占田,消耗物财。僧众不事耕织、嬉游坐食,既免丁役,又免课输……凡此状况,实为富国强兵之障孽!

韦孝宽:元嵩的意思是……?

卫元嵩:很明显,一句话,意欲灭齐,必先灭佛!

此语惊人,大殿上下,瞬时静默。

2-8.同上

杨坚(首先打破沉寂):元嵩兄所言切中时弊。信佛信道,本无可指摘,但如今佛势确实膨胀过甚,几至富可敌国,制约了国力发展……也该刹一刹车了。

韦孝宽:对!应该提倡儒、道二教,禁废佛教;没收庙产,僧侣还俗、劝课农桑;正所谓"求兵、赋于僧众之间,取地、资于塔庙之下"是也。

一文臣迅疾跃出班列。

(字幕:麟趾学士,小宫尹颜之仪,字子升)

颜之仪:不可不可!启奏陛下,此举万万不可!

宇文邕:为何?

颜之仪:佛早已是普天之下万民崇奉的大神!为人主者,更应因势利导、广扬佛法、教化众生,岂可反其道而行之?

宇文邕:之仪爱卿,朕之鲜卑宇文部,祖出神农氏,亦炎黄之后,并非五胡。而佛生于西域,本是胡神,朕对他并无敬心。相反,卫元嵩所言,倒是甚合寡人励精图治之意!

颜之仪:皇上明鉴,卫元嵩其人,行为招摇、言语癫狂,善标邪立异、意在哗众取宠,不可轻信哪……

宇文邕:何以见得?

颜之仪:回陛下,别的先不说,且看他出身沙门,反言灭佛,足见其叛反无定、奉仰无常，难免居心叵测！况且佛法无边，如若我们造次……死后会下阿鼻地狱的啊……

卫元嵩：颜大人好胆量，谤我且谤，何故诅咒圣上，就不怕陛下降罪？

颜之仪正欲反唇相讥……

宇文邕（手势制止）：罢了、罢了，众爱卿皆朕股肱之臣，虽然意见相左，大可不必争争吵吵。寡人历来主张朝堂之上言无不尽，只要出于公心，即使骂朕，何罪之有？

满朝文武：皇上贤达！

颜之仪：谢皇上不罪之恩！（退回班列）

宇文邕：不管他是什么人，其言可行，何乐不为？只要于国有利、于民有益，朕宁可死后下阿鼻地狱！

群臣百僚（欢呼）：

——吾皇旷世明君！

——吾皇万岁万万岁！

卫元嵩（亢奋起来）：我主虚怀纳谏，矢志进取；臣子却抱残守缺，固步畏难；殊不知天下大势瞬息万变，眼下敌情紧迫，时不我待！若想成就一番伟业，必主动出手！岂可畏葸坐等？

班列里，霎时众议喊喊：

——出言不逊！

——危言耸听。

——有啥新情况吗？

……

2-9.同上

卫元嵩（绘声绘色）：启奏圣上，在下夜观天象，我东北方向的齐国上方，迩来晖晕炜炜、星曜倍明；而我国境内却一反常态，顿然星宿晦暗、云气凋淡……

宇文邕：什么原因？

卫元嵩（指手画脚地）：回禀皇上，据在下扶乩并遣派谍人探侦核实，彼于晋阳蒙山秀峰岩崖间凿成一尊巨佛石像，高遏云天、举世无二。此佛占尽风水，极聚王气，大有彼气压我我欲摧之势，对我周国可是极大不利呃。

宇文邕：如何规避之？怪不得我们近来用兵屡屡受挫、斛律光气焰愈加嚣张……

卫元嵩：被动规避无济于事，只能加剧对我克妨之害！

宇文邕：那，依汝之见，如何破解？

卫元嵩：圣上勿忧，欲从根本上破解之，倒也不难。陛下，在下请旨，于我境内马上颁诏灭佛，同时出奇兵，尽快将彼蒙山大佛及其周边寺、塔、庵、院尽皆隳毁，即可根绝我周之大患；尔后大举王师征讨，齐地一鼓可夺矣！

宇文邕：看来你是力主灭佛，继而再行东伐……众卿以为如何？

韦孝宽：回陛下，灭佛可试行，出兵须慎之。

杨坚：末将赞同韦司空所言。

梁雄等将僚：臣等支持卫元嵩高见，恳请吾皇定夺。

颜之仪（出班又奏）：使不得！陛下，灭佛万万使不得。现今皇太后尚健在，还有辅政皇兄……他们可都是佛门信徒，虔笃至极呀……

宇文邕（扼腕）：噢……这倒是个实际问题……

卫元嵩：陛下容禀。凡事最好干脆果决，瞻前顾后，当断不断，反受其乱！

宇文邕：非也，卫卿不知朕之难处哇……不着急，俗话说："穿衣看气候，煲汤看火候"，目前在我大周境内大行灭佛，还不是时候，至于他国嘛……

一老太监趋至驾前。

（字幕：近侍侍中何泉）

何公公：启禀陛下，妍妃娘娘煲好了莲子燕窝汤，恭候皇上内殿用膳。

宇文邕（拂袖）：众爱卿，之后再议吧。（起驾）

何泉转身宣呼：退朝——

2-10.长安皇宫崇义宫　午后　内

女婢、太监恭立宫门内外，

殿内陈设简洁明快。

（字幕：长安崇义宫，卫妍妃寝宫）

透过几层纱幔垂帘，隐约可见卫妍妃倚坐凤榻边，一勺勺地给宇文邕喂汤。

宇文邕半仰，躺靠在床头进食，只闻其声，不见其颜。帝妃很是恩爱，帐内不时传出二人的戏谑声及妍妃美妙的笑声……

宇文邕：爱妃大胆，我们君臣正议事呢，你怎敢将朕唤下朝堂？后妃干预朝政，你就不怕被打入冷宫？

宇文邕边说着话边喝汤，不小心被噎了一下，使劲咳起来。

妍妃咯咯地笑了，慌忙为帝轻轻捶背。

卫妍妃：才不怕呢，这也算干政？陛下龙体天生羸弱，操劳过甚，臣妾心疼……人家才使人叫你的。有什么军国大事，非得商议到这般时辰，延误了进膳？

宇文邕：唉，真是妇道人家，不当家，不知柴米贵、家务烦。（他有些无奈，一边冲门外）来人哪，给朕传韦司空！

门口何泉朝殿外：宣大司空韦孝宽觐见——

2-11.同上

韦孝宽跪于御驾帐帏外。

韦孝宽：老臣参见陛下。

宇文邕（帏帐内，下同）：平身，赐座。

何公公手持拂尘，拂座示意韦孝宽入座。

韦孝宽：谢陛下。

宇文邕（开门见山）：韦爱卿，汝一向以使间著称，你看眼下我们与伪齐兵战不济，用间若何？

　　韦孝宽：禀陛下，老臣也正在思考这个问题……

　　宇文邕（对妍妃）：寡人今儿个甚饥，佳羹亦颇顺口，一碗下去，仍不果腹，有劳爱妃，可否再为朕精烹一碗？

　　卫妍妃（高兴）：当然可以，臣妾遵旨！

　　（卫妍妃出帏，亮相）

　　（特写）姣美的面容，左脸颊的一颗美人痣，颇为醒目。

　　（字幕：宇文邕宠妃卫妍妃）

　　韦孝宽（起身施礼）：老臣参见妍妃娘娘。

　　卫妍妃：韦大人免礼，安坐。（出殿）

　　韦孝宽：娘娘走好。

　　宇文邕（转对韦孝宽）：卫元嵩的经历甄审清楚否？

　　韦孝宽：已了然。

　　宇文邕：详细奏来。

　　韦孝宽：禀陛下，其远祖为河东人，后迁蜀。元嵩少时，聪慧饱学，自命奇人，心高志狂。成年娶妻后，他因无子嗣，嘱其妻屡入庙堂拜佛求子，不想被一寺僧借机勾搭，诱奸致孕……

2-12.（韦孝宽讲述情景画面，下同）蜀地某寺庙前　黄昏　外

　　暮鼓声声，

　　（字幕：蜀地某寺庙）

　　一少妇腹部微隆，顾盼左右后溜进庙门。

　　卫元嵩（青年）躬身弯腰，悄悄尾随其后，跟进……

2-13.寺庙正殿　黄昏　内

　　少妇进殿，掩门，进香，假意礼佛，同时媚眼流盼。

　　一壮和尚自旁门出来，搀扶起少妇。二人相拥，顾盼左右后，从旁门溜出正殿。

　　卫元嵩扒门缝尽窥其情，蹑脚而随……

2-14.寺庙后院/僧舍里　入夜　外/内

壮和尚拥少妇隐入后庙院内，溜入一间僧舍……二人急不可耐，解衣上榻抱作一团。

壮和尚：想死我了，小美人儿……

少妇（抚摸着和尚秃脑瓜，尽享温情）：看把你憨的，好没羞，大光头……

"砰"的一声，卫元嵩持短刀破窗而入。

壮和尚骇然欠身正要吹灯，背上已被攮撅几刀，滚地而亡。

卫元嵩（怒不可遏提起少妇）：好个淫妇！怪不得不在家好好保胎，时时要来礼佛还愿，原来如此！

少妇：还不是开头受你唆使？你怨谁？活该！

卫元嵩（气急）：荡货！吾如此威猛之男，你还要偷汉？

少妇（不惧）：谁叫你当不了孩子他爹？你不也是常在外偷吃，倒来管我？

卫元嵩：贱人，叫你再嘴贱！（手起刀落）

"扑哧"一声，

（特写）鲜血喷溅到佛案头一本展开的黄卷上。

"当啷"，卫元嵩丢刀于地，吹灭青灯，越窗而遁……

（韦孝宽讲述情景画面结束）

2-15.（现实）北周长安皇宫崇义宫　日　内

宇文邕半躺在榻帷内静静地听着。

韦孝宽：卫元嵩杀人后躲官出逃，流落天涯。饥寒交迫倒卧山间时，他又被路过的僧人相救……

2-16.（韦孝宽讲述情景画面，下同）巴蜀某山路上　日　外

雪飘满天，

几名僧人挑水上山，忽见路边倒卧着一名乞丐，蓬头垢面、衣衫褴褛……

众僧停下来上前扶起他，喂水。

（特写）此人正是卫元嵩，面容枯槁，污发如毡……

2-17.巴蜀益州一梵寺山门前　日　外

（韦孝宽画外音）无奈之下，卫元嵩隐姓埋名，入益州野安寺，师从亡名法师，出家为禅门弟子。

沦为乞丐的卫元嵩在几名僧人的牵扶下（入画），走进一座寺庙门。

（字幕：巴蜀益州）

卫元嵩抬头仰望，

门额上书"野安寺"。

2-18.巴蜀益州野安寺大雄宝殿　日　内

香火缭绕，

磬音阵阵，

唪偈声朗朗。

一老僧（字幕：亡名法师）击奏木鱼，正在为身着僧服的卫元嵩进行剃度、烧戒疤仪式。

卫元嵩面无表情，目光狡诡……

（韦孝宽讲述情景画面结束）

2-19.（现实）北周长安皇宫崇义宫　下午　内

宇文邕：咦，想不到，这个人与佛门原来有如此恩怨情仇……甚是曲折。

韦孝宽：算是有孽缘。他从小就自私自负，谲诈张扬，特殊的经历更强化了其出人头地的欲望。在野安寺没多久，卫元嵩就感觉不足展怀，又与大家处不来，多受众僧讥讽，便起离意，遂离寺游走；他先是远游塞外，逢遇战火又逃回齐地；后来不知何故，又辗转返回我周境，在京城长安一带混迹……境遇逐渐好转，开始结交权贵、攀附名流……

宇文邕：嗯，是这样一个人……不管怎么说吧，时下总还是有他的可用之处……

韦孝宽：但须防范。

宇文邕（点头）：还有，妍妃，真是他的亲侄女吗？

韦孝宽：这个……回禀陛下，妍妃倒是打小就跟着他来长安的，具体不详，待臣继续了解。

宇文邕：不必啦，这些个小节……并不重要的。

（画外）卫妍妃：陛下，汤熬好了。

卫妍妃又端来亲手煲制的羹汤款款而入，床前侍喂。

卫妍妃：陛下今天的胃口真是不错哎，臣妾好欣慰哦，咯咯咯。（媚笑）

宇文邕（边吃边谈）：亏得爱妃一手好厨艺。孝宽啊，前些时卫元嵩曾上疏本，朕初浏览，觉得不错，有待斟酌，故留中未批，结合今日朝议，再回头阅之，更觉得有价值，特召你来，共同商榷。

（随手将一奏折递予妍妃，妍妃出帏帐，转递给韦孝宽）

韦孝宽双手接过，仔细阅毕，沉思……

宇文邕：怎么样？

韦孝宽：回陛下，其基本要义，也就是卫元嵩先前在朝堂上所阐述的观念。老臣已表态，同意他的某些观点。疏上，他对齐帝的评价也很中肯——既无文韬，又无戎机，所持之才，不过用于玩乐而已。

宇文邕：内中一句有关齐国朝野议论高纬的话，朕忽有感悟，不知爱卿注意与否？

韦孝宽（眉头微蹙，忽眼睛一亮）：……武靠光，文靠婆，神神靠的是大佛？

宇文邕：正是这句，既然高纬的朝廷如今赖此支撑，我们何不针对性地制定几个策略？

韦孝宽（击掌）：拉婆—除光—毁佛！

宇文邕：甚合朕意，若先能将穆提婆拉过来为我所用，可顶十万兵。其次，结合灭佛，相机毁掉他的蒙山大佛，铲其龙脉，摧垮其精神支柱，亦破解了克我大患。再者，也是最重要的，务必先把斛律光除掉！此人不除，伪齐难平，朕寝食不安、如芒在背啊！

韦孝宽：毋分先后，皇上，咱们多管齐下，见机行事吧。

宇文邕：也可，先解决哪桩都行，最好尽快见效！

韦孝宽：老臣就依这个思路，马上回去好好筹划，妥当安排与布置。（起身）

宇文邕：嗯，卫元嵩在齐多年，熟悉齐国情况。朕想让他协助你实施。待朕先召其谈谈，回头你们具体研究、落实。

韦孝宽：喏，老臣告退。（拜辞出殿）

宇文邕（朝帏帐外）：何泉——

近侍何公公驾前承旨：老奴在！

宇文邕：传卫元嵩——

何公公（面朝殿外）：圣上有旨，宣卫元嵩觐见——

（定格）

〔片尾曲起（略）〕

（第二集完）

第三集

〔片头曲（略）〕

3-1.北周长安皇宫崇义宫　下午　内

卫元嵩：奴才叩见吾皇，吾皇万岁万万岁！

卫元嵩跪于帏外，礼毕，朝帐里偷觑一眼。

宇文邕：平身。

卫元嵩：谢陛下！

宇文邕（对妍妃）：赐座，上茶。

卫妍妃掀帘出帏，使香帕抹了一把几案及座位，又捧上御茶一杯，并向卫元嵩抛去一个媚眼（返身帏内）。卫元嵩亦瞟了妍妃一眼，嘴唇翕动……

宇文邕：元嵩哪——

卫元嵩（一哆嗦）：奴、奴才在。

宇文邕：自从你进献卫美人后，还未曾加官封爵。这样吧，既然你出身沙门，谙熟佛事，暂且委屈一下，朕封你为沙门统，全国寺庙、资财、佛徒及一切相关僧务，统统由你署理。待天下大定、四海归一后，朕再论功行赏，如何？

卫元嵩（受宠若惊）：奴才谢陛下隆恩！（忙不迭地起坐俯身稽首）

宇文邕：听说你还有一个远房侄儿在川边从军，他叫甚么名字，

履何职？

  卫元嵩：回、回陛下，犬侄单名一个"嵩"字，任军厨苍头……

  宇文邕：噢，敕谕卫嵩进京效命，提拔为殿前校尉。

  卫元嵩（纳头再拜）：下臣……代犬侄叩谢陛下皇恩！

  宇文邕：且慢，为往来方便，议事快捷，今后特敕汝可骑马进宫，带刀上殿。朕另拨羽林军一队归汝辖制。

  卫元嵩：感蒙吾皇天恩，吾皇万寿无疆！

  卫元嵩感激涕零，如捣蒜般地磕头。

  帐帏内传出卫妍妃的嘻嘻窃笑声……

  宇文邕：免礼吧，卫爱卿。

  卫元嵩：陛下如同奴才的再生父母，奴才甘愿为陛下当牛做马！（言罢噙泪欲退）

  宇文邕：卫爱卿切莫激动，正经事还未议，慌甚？

  宇文邕示意卫元嵩贴近帐幔前，如此这般，密谈一番……

  ……

  卫元嵩：下臣明白了，下臣定效犬马之劳，纵使赴汤蹈火，亦在所不辞！

  宇文邕：很好！具体细节，由韦司空向你布置。就这样吧，你回去准备一下，近期内就持节使齐……

  卫元嵩（再频叩首）：微臣遵旨，陛下万岁万万岁！（退下）

  何公公奉谕送卫元嵩至殿外。

3-2. 北周皇宫崇义宫门口 下午 外

  何泉目送卫元嵩渐渐远去的背影。

  殿内传出帝妃的调侃声……

  （画外，下同）卫妍妃：哟，敢情陛下只能玩得转这二韦（卫）呀……

  宇文邕：瞎掰，朕，文臣武将人才济济，怎会只玩他二人？

  卫妍妃：那怎么只见皇上使唤他俩，其他人都是吃闲饭的？

宇文邕：胡说！朕量才用人，其他臣子自有其用，还不到时候……你再"干政"，看朕不把你打入冷宫，永不召幸！

卫妍妃：臣妾看陛下舍不得吧……咯咯咯。

宇文邕：嗯，此刻是舍不得，爱妃实在是太迷人了……尤其左脸上的这颗美人痣，长得委实动人，天下无双……

卫妍妃：那陛下还不快亲它一口？

……

——咯咯，咯咯。

殿内又飘出一串串银铃般的笑声。

何公公竖起耳朵，听着，老脸做了个鬼脸，也会心地笑了。

3-3.北齐蒙山开化寺下面山道上　日　外

旌旗蔽日，

仪仗林立。

狩猎的马队蜿蜒盘径而上。

前面，羽林护卫和近侍宠臣簇拥着圣驾。

后面，军兵人等肩扛马驮，斩获颇多：獐、獾、兔、獭、雉、雁、鹳、鸭……无奇不有。

一路人马风尘仆仆地满载而行，径向梵刹而来。

3-4.蒙山开化寺山门前　日　外

候驾多时的僧众早已排列齐整，在净昙维那的主持下，撞起钟鼓，以迎圣驾。

继鸾方丈身披大红袈裟，立于队前。其鹤发童颜，眉慈目善，器宇不凡。

打前站的斛律光首先来到方丈面前，恭敬地鞠躬施晚辈大礼。继鸾方丈还礼后扶起斛律光。（看得出二人相当熟稔，关系非同寻常）

御乐奏起，

圣上驾临。

斛律光和穆提婆一文一武、一左一右地搀扶高纬缓缓下马。

继鸾方丈跨前几步,率领众僧,倒身俯伏接拜。

继鸾方丈:恭迎我主驾临,蒙山披祥,大佛添光,吾皇万岁万万岁!

不远处的蒙山释迦牟尼大石佛,似乎也在感激这位塑身造体的帝王,垂目缄默,低首恭迎。

高纬(扫一眼跪了一地的和尚,不屑道):诸僧平身。

继鸾方丈:恭请圣上寺内小憩,以奉茶点。

高纬不置可否,虽经鞍马颠沛有些劳顿,可是毕竟年轻劲足,他眯起双目远远端详着对面依山而立的蒙山大佛,突然拍手狂笑不止,就好像在欣赏一件自己家族的传世杰作,不无感慨。

高纬:好一尊蒙山大佛!长老呀,此佛非彼佛也,实乃国之瑰宝、镇国之佛!嗯,朕觉得,还是应先去拜谒为要,礼毕再憩不迟!你说呢?

继鸾方丈:谨遵圣意,阿弥陀佛。

3-5.蒙山拜佛小道上　日　外

开化寺通往蒙山大佛的一段曲径幽阶,三步一兵,五步一勇,站满了荷枪持戟的锦衣羽林。

斛律光仗剑于前,邓长颙、穆提婆、刘桃枝及一干内侍太监捧箧于后。

已换一身僧服的高纬在继鸾方丈的陪同下,意得志满地,一边信步而行,一边侃侃而谈,时不时地还驻足瞭望大佛,兴致颇高。

高纬:有如此大佛,朕何虑之有!冀望汝等严持戒律,广修供养,以佑我大齐国运昌盛!老方丈坐镇蒙山诸寺,切莫辜负朕意啊。

继鸾方丈:理当,理当。陛下敕命老衲住持国庙,为国祈运、为主祈福,乃吾等佛徒首要之义!臣僧必当刻骨铭记,敬请圣上放心勿虞。

高纬:如此甚好,哦,快到啦,快到啦,哈哈……

3-6.蒙山大佛前　日　外

（佛乐轻起）

红日沐浴下的蒙山大佛近景，

金光湛湛，彩雾辉辉，神韵万千。

（画外解说音）中国晋阳蒙山大佛始凿于公元551年，依山镌刻，结跏趺足而坐，双手施禅定印；佛体厚胛肥肩，体态雍容，具有典型的北朝风格；佛高二百尺，略低于四川乐山大佛（弥勒佛），但比乐山大佛早162年，是世界上有确切记载的开凿时间最早的露天摩崖大佛，也是目前世界上最高最大的释迦牟尼本尊石刻大佛。

（伴随着画外音）在大佛脚下宽大华贵的玉墀（台阶）上，北齐后主高纬一步一拜，拾级而上；身后两侧各有一名内侍提着其宽大袈裟的两角；猩红的地毯上落下了高纬虔诚的汗水。

继鸾方丈及邓长颙、穆提婆、斛律光等跟随其后。

上至墀台（龛前空地），众人站定。御用香案、香炉、蒲团等礼佛法器早已摆设齐备。墀台下，可见到下面的埠场（下面做法事活动的空地）上，众僧兵各自列队，悉数跪拜于地。

道场上下四周，宝幢悬、玉幡垂……各色庄严一应俱全。整个山间，好一个偌大的佛家道场！

净昙维那静立香案旁，看一眼继鸾方丈，继鸾方丈朝他轻轻点头回应……

净昙维那抬高嗓音庄重宣诵：大齐皇帝礼佛御典——开始！

奏乐——

3-7.同上

钟鼓齐响，

法号呜呜，

佛乐激昂大作。

穆提婆首先代表朝廷，将无数金银元宝、钱财帛物等御赐供养——敬献佛前，摆上香案。

硕大香案前,

高纬绾袖并在金匜净手后,漱口、端正仪冠,身心寂定、默念合掌,眼观佛像、诚静供养……接着,他拈起御香,点燃并持于胸前,口中喋嚅有词……放香之后,高纬顶礼佛陀三拜、回向、双手合十、恭敬高声偈诵祈愿:愿以此功德,普及于一切,朕等与众生,皆共成佛道;愿我佛,保佑大齐江山万万年,万万年!

大佛似颔首微笑。

群山回声荡漾:……大齐江山万万年……江山万万年……万万年……年……

(镜头随之由近及远)

蒙山一片迷蒙……

3-8. 蒙山开化寺　下午　外/内

佛乐中,

和尚们在寺前排成两列,唯喏连声。

高纬在众人的陪侍下,跨入开化寺山门。

寺里寺外,禁卫森严。大将军斛律光、领军刘桃枝亲率羽林军,往来巡护。

方丈精舍内,

高纬歇息,几案上摆满了精美的斋点果蔬。一名侍僧正为高纬揉捏筋骨。

继鸾方丈亲捧茶盏进来,献上,再次俯身叩拜。

继鸾方丈:臣僧给陛下请安!

高纬:平身。

继鸾方丈:谢陛下。

高纬:大师呀,按照佛规教礼,"沙门只拜'三宝'不拜王者"嘛,汝以后见朕就不必拘礼了。

继鸾方丈:我主万岁!我并非拜天子,乃是礼佛耳。

高纬:嗯,此话怎讲?

继鸾方丈：老衲深知能弘道者唯人主也。我主践祚，罢黜异教、唯兴佛法，倾注国资、宏远功德！在老衲眼里，我主即佛、佛即我主，岂有不拜之理？

高纬：唔，可也是啊。但是有人却说朕"得了佛心，失了民心"，老方丈如何看待这个问题？

继鸾方丈：启禀陛下，在老衲看来，民心即佛心、佛心即民心——我主真心事佛，必体恤民情，定"二心"俱得，社稷永固，顺理成章。

高纬（听着不太顺耳，有些不耐烦）：好啦、好啦，此事不再提啦。适才于蒙山间行猎时，寡人偶遇一奇诡女子，不知端底……大师可曾知晓此女子？

继鸾方丈：噢……请问陛下，是否一着僧装，活泼开朗的女娃？

高纬：正是、正是，好像她还会唱山歌，蛮好听的。

继鸾方丈（合十揖礼）：阿弥陀佛……臣僧有罪，臣僧有罪。

高纬（纳闷）：汝有何罪？

继鸾方丈：陛下容禀，彼乃臣僧之女也，定是小女少礼不逊，冒犯了天威……唉，都怪我管束不严、调教无方，罪过，罪过。

高纬（愣怔一下，仰天大笑）：哈哈、哈哈，笑煞朕也。朕只知道汝乃佛门阇梨，自幼出家，从未听说你还有个女儿？哈哈，人家都是"金屋藏娇"，莫非长老你还是个花和尚，"僧屋藏娇"不成，嗯？

继鸾方丈（惶恐）：阿弥陀佛……岂敢、岂敢。情况是这样的，陛下，这个女儿是老衲早年收养的民女。

高纬：唔，你领养的民女？如此说来，那她的亲生父母是谁，何方人氏？

继鸾方丈：启奏陛下，他们乃是本寺脚下寺底村人。此女出生时父母即亡，身世甚为可怜。因此，臣僧自小呵护惯养，宠得她生性无束、天真烂漫，却也聪颖伶俐、乖巧性善，极讨人喜欢。阿弥陀佛。

高纬：那后来呢？现在呢？她在哪儿？

继鸾方丈：一个女儿家，除了教习琴棋书画外，不忍强求其皈依佛门，便任由其性，想事佛就学经，想务农就稼穑……完全由她自由发展，不承想却害了她，到如今弄得个非尼非俗、不伦不类，她终日里游走山水间，养鸟饲鸡，唱唱跳跳，好不快活。

高纬：哦，倒跟寡人有些相似……能否唤来与朕一见？

继鸾方丈：我主圣明！有道是佛家"慈悲为本，方便为门"，小女一向行踪不定，倒是听说近日回返蒙山，怎奈千沟万壑，也不知她昼食何寺、夜宿何村……陛下，一时半会儿，老衲恐难寻觅，阿弥陀佛。

高纬：嗨！说了半天……也罢、也罢，你且下去吧。来人哪，速传大将军斛律光觐见！

高纬已歇过神来，嚯地挺身坐直了腰板，直把正给他揉腰眼的侍僧碰了个趔趄，跌了个屁股蹲儿。

3-9.同上

继鸾方丈唯喏而退。

斛律光应旨叩见。

斛律光：臣参见圣上。

高纬：爱卿免礼。大将军，你记得咱们上午在潭边见到的那个小女娃吧？

斛律光：是那个女扮男装的小和尚吧？回陛下，臣记得。

高纬：看清她的模样了吗？

斛律光：还可以吧。

高纬：那就好、那就好，朕命你把她给朕找来。

斛律光：去哪里找？

高纬：你问寡人，寡人问谁去？不管！

斛律光长跪，面有难色，正踌躇间，内侍邓长颙进来。

邓长颙：陛下，右丞相求见。

高纬：宣。

邓公公（朝门外宣呼）：宣右丞相高阿那肱觐见！

高阿那肱应声而入，御前叩首。

（字幕：右丞相高阿那肱）

高阿那肱：启禀圣上，驿马奏报，突厥国主遣使求婚和亲。靺鞨、高句丽、契丹等国各遣使来朝，均已到邺城。

高纬：知道了，你和穆提婆准备一下吧，明日起驾赴邺都。

高阿那肱：臣领旨。（叩退）

高纬（转向斛律光）：朕天黑前就要下山，这里有刘领军护驾就够了。给你几天时间，哪怕翻遍蒙山的每一块石头、每一棵树，你也要将那个女子找到，务必给朕送进宫里，不得有误！

斛律光俯伏稽首，"喏喏"连声，大气也不敢出一口。

（渐隐）

3-10.（几个远景）蒙山沟谷间　日暮　外

落日的余晖映泻蒙山，层林尽染。

小溪边，

碧潭旁，

密林里，

山坳间……

到处都留下斛律光将军寻觅的身影，两名同行的贴身军士（字幕：亲兵李柱儿、陈凯）已失去信心，步态踉跄。

3-11.蒙山沟谷间　夜　外

"咚，咚，咚""咚，咚，咚"……

夜幕下，斛律光伸手敲一座寺庙的大门。两名亲兵牵着马、高擎着火把，火光照耀下，能看到山门书"上开化寺"。

"吱扭"一声，寺门开了道缝，一老僧出迎。

斛律光上前询问（默声），

老僧合掌摇头，

斛律光等告辞。

3-12.蒙山沟谷间岩崖下一个小山村　夜　外

月光如水，

村前崖壁上隐约可见"寺底村"三字。

一个农家小院，石碹的窑洞，残缺不全的篱笆，一位白发老妪身披破短袄，拄拐立于院门，和蔼地摆着手……

斛律光等施礼谢别。

3-13.寺底村外　夜　外

斛律光三人迈过一道门槛，失望地走出一处殿堂。

一名小出家人提着灯笼将他们三人送至门外，返回身，咣啷地关闭了大门。

月辉下，门额上书"观音堂"。

3-14.蒙山山间　黎明　外

晨曦初露，

林间，树木丛生。

斛律光在前，二军士在后，三人披荆分棘，漫无目的地溜达着。

李柱儿：大将军，我们已经找了一天一夜，什么时候才能找到哇？

斛律光：你问我，我问谁去？怎么，不耐烦啦？

陈凯：是呀，大将军，咱们咋摊上这种差事呀？真不如跟您上边关打仗来得痛快。咦，你们听，那个声音又出现了，窸窸窣窣的，好像有人老是躲在暗处偷窥我们……

李柱儿：可等我们过去搜索半天，又是鬼毛一根也没有！

陈凯：咱俩这回分头包抄过去，大将军从正面堵，没准能抓住她。

斛律光（警觉地打手势制止，好像明白了什么，故意抬高嗓门）：算啦！山高林密、人地生疏的，你们两个不用找啦，本将军免你二人苦差！（又压低嗓音）命你俩先行下山，到山口开化村住下歇息，等我。

二亲兵伸舌相互对视，抱拳作揖，异口同声：喏，遵大人令！

李柱儿、陈凯牵马，双双先行下山而去。

3-15.蒙山林间崎岖小道　上午　外

斛律光踽踽独行，双眼机警地扫视四周……

3-16.蒙山溪流边　日　外

顺着林间羊肠小道，斛律光来到一条溪边，潺潺碧水如玉液般流淌。

斛律光提起裤管，踮着脚，踩着水中不甚规则的石块，摇摇晃晃地跳跃着，眼看即将过河，欲迈出一大步跨向对岸……

——站住！

忽然一声尖叫声传来，斛律光不禁大吃一惊！这一惊可不打紧，他脚下一滑，"扑通"一声，一只脚早踩进水里，陷入泥中。

斛律光好不懊恼，正想发作，却听见对岸灌木丛中"咯咯咯"的笑声大起……随之一倩影婀娜而出，一双纤纤玉手早就伸将过来，搀其拔腿上岸。

斛律光定睛一看，不是别人，正是那个要找的她！

斛律光：好哇，你个剪径的小恶和尚，知道就是你！放羊的咋呼割草的，吓我作甚？

看着斛律光将军一身水半身泥巴的狼狈相，"小和尚"捧腹大笑，笑了好一阵，方才止住。

"小和尚"：将军息怒，将军息怒。本僧只想略逗您一下，开个玩笑，谁知天下无敌的堂堂大将军，却是如此胆小如鼠，能怪我么？

斛律光：那你也不该幸灾乐祸吧？我这只脚有些战伤，这下又崴了，你居然高兴得很！

"小和尚"：是吗、是吗？哎呀，这可怎么好，快来给我看看。

"小和尚"愧疚地说着，忙不迭地扶着斛律光坐到草地上，为他脱去了军靴，洗涮好，放到旁边的石头上晾晒。她又抢抱斛律光那只湿漉漉的脚，心疼地启唇哈吁着，轻轻地揉抚着。

斛律光不好意思，欲抽腿过来，无奈"小和尚"抱得甚紧，他只好任由她抚揉。

斛律光：不妨事、不妨事，你做事倒蛮细心的。

斛律光这才正眼瞅着她。"小和尚"虽说脸上新涂了几道黑灰，但仍难掩端庄秀美。

斛律光：嗯？你可真是个怪女娃，女扮男装不说，咋的还脸上又抹了锅底黑？

"小和尚"：不告诉你，这是本僧的机密喽。

直到将斛律光的脚揉好了并轻轻放下，"小和尚"才到溪边掬一捧清水净面——顿似出水芙蓉，娇媚可人。（特写）

3-17.同上

斛律光：你一个人在林子里干啥，总不会是在找我吧？

"小和尚"：算你说对了，就是找你。

斛律光：那怎不早点露面呢？暗中监视我们，还是玩捉迷藏？像个细作似的，害得我们好苦！

"小和尚"：咯咯……人家想单独跟你在一起嘛。你那两个小护兵，像跟屁虫似的，寸步不离……咯咯咯，你早该把他们撵走！

斛律光：你知道我是谁？

"小和尚"：嗌，盖世闻名的"落雕将军"，谁人不知，谁人不晓？

斛律光：可我并不认识你，你也没见过我呀？

"小和尚"：除了大将军您，天下谁能有那般神箭？

斛律光：那，你找我干吗？

"小和尚"：……也没什么事，别紧张。嗯，对啦，找你讨还我的东西呀。

斛律光（纳闷）：我何时拿你东西啦？

"小和尚"：别装糊涂，小鸟呀！你们把我的鹦鹉逮走了吧？（朝旁边树杈上挂着的空鸟笼努努嘴）那可是本僧心爱的精灵，嘴巴巧着呢。

斛律光：为啥不看好它，让它飞了，差点喂了老雕！

"小和尚"：这么说您还救了它，那快还给我吧？

斛律光：皇上……喜欢这只鸟，这下它享福了。

"小和尚"（假嗔）：哼，拿别人东西送人情？好没羞！

斛律光（两手一摊）：圣命难违，我也没办法，找我就这事？

"小和尚"：还有，就是……（低头捏弄着衣襟，眼眶里闪出感激的泪滴）有恩不报非君子嘛，将军救小女一命，不说结草衔环吧，总该当面道谢啊。

斛律光：没啥，别往心里去。咦？你里面怎么还穿着花花衫（注意到她宽大的直裰领口露出寸把宽粉红花袄边边）？你看看你，不伦不类的，有这般装束的僧尼吗？

"小和尚"（扑哧一乐）：将军休怪，小女并未正式出家，佛门管不了的……嗳，大将军，您救下小女，那个人就没处罚你吗？

斛律光：哪个人？

"小和尚"：就是你那个主子——天下百姓背后都戏称的"无愁天子"呀。

斛律光（忙去捂"小和尚"嘴，下意识瞅了瞅四周）：别胡说，给圣上起外号，大不敬，使不得，会招来杀身之祸的……

"小和尚"：哟！这么认真？怪不得国人都说：当今天下武靠光、文靠婆、神神靠的是大佛，皇上只管吃喝玩乐！看不出你斛律光还真是个旷世忠臣哪。

斛律光（一脸正经）：光一家累代为将，世受国恩，理应效忠朝廷，鞠躬尽瘁。

"小和尚"：效忠归效忠，但不可愚忠，望大将军谨记。

斛律光：愚忠？

"小和尚"：谁不知现今朝中奸佞充斥，天子周围群小争宠？你自洁身处污泥，过于耿直，小心被恶人所谮。

斛律光：不至于吧，我对圣上赤心一片，日月可鉴，执掌兵事，出入战阵，谁能奈何我？

"小和尚"：可小女早有耳闻，说你们将相不和，多有龃龉，是吧？

斛律光：唉，穆提婆这些小人哪（提起朝中人事，斛律光颇为愤愤），结党营私，谄谀君上，卖官鬻爵……朝政再任由他们这帮城狐社鼠把持，大齐非亡国不可，我就是看不惯他们的行径。

"小和尚"：打住，打住。咱们莫谈国事，好吗？以免徒惹将军不快。常言道："利剑易豁，直木易折"，您多多提防便是。

斛律光（点点头）：小小年纪，见识倒不少。

"小和尚"：嗯，小女比不上将军金戈铁马驰骋疆场，毕竟也走过南闯过北，天下事还略知一些。（"小和尚"也不谦虚，看看晾晒的东西基本干了，便上前收了，帮斛律光穿好靴，扶他站起）

"小和尚"：天色还早，咱们随便走走，如何？

斛律光没再说话，顺从地帮她背起行囊。

一个魁伟的身影，被一个纤巧的背影搀扶着，一瘸一瘸地逐渐隐没于林中。

3-18.蒙山间密林中　日　外

阳光透过繁茂的枝叶，穿射泻入林间，光影斑驳陆离。

斛律光与"小和尚"你搀我扶的身影，漫步在林中坡坡坎坎间。

3-19.同上

被二人惊起的野兔、山雀等小动物，仓皇逃窜……

不时还有调皮的小松鼠，在大树枝杈间跳来跳去、蹿上蹿下，旁若无人。

3-20.蒙山间密林边　下午　外

一处密林边缘。

密林外,是一片高山草甸。

气爽风清,云淡天高。

牧坡起伏,一望无际,绵延天边。

和煦的阳光下,斛律光盘腿坐在一棵树根下,倚靠着。

"小和尚"半趴在一旁的草地上,一双小腿向上跷起,两只小脚有节奏地相互磕碰着,很是惬意。

二人都在慢慢咀嚼着什么……

"小和尚":哎,大将军,现在该我问您了。春围也结束了,可你还领着两个小豆兵一直在蒙山里转悠个啥,总不会是在寻找我吧?

斛律光停止咀嚼。

"小和尚":将军总不至于要抓住小女,当礼物送给那个人吧?

斛律光不好回答,张口结舌状。

"小和尚":回话呀,别光顾着吃!

斛律光(咽一口食物):你个鬼精灵,知道了也好——圣上降旨,要召你进宫哩。

"小和尚":进宫干吗?当嫔妃?陪王伴驾?本女子可看不上他!

斛律光:不一定吧,也许是为陛下养宠物,或者唱歌跳舞吧……嗳,那日是你在山间唱歌的吗?

"小和尚":好像是吧,将军想听吗?

斛律光:想,怪好听的,就是没听清楚唱的是啥。

"小和尚":那你这阵子可要听好喽。

"小和尚"好像很有表演欲,爽快站起身,清一清嗓子,扬起头,和着林中婉转的鸟鸣……

(音乐起,晋阳民歌调,镜头慢慢切换至蒙山大佛近景及远景)

"小和尚"(唱主题插曲兼片尾曲《僧衣难裹女儿身》):

山高难遮大佛身，

林密难掩我佛心。

佛光熠熠（啊）照凡尘，

接引芸芸天下人……

接引芸芸（啊）——天下人。

（曲乐间奏，镜头切回）"小和尚"娇媚的面容，及僧衣下露出的花袄边边（特写）。

"小和尚"（继续唱）：

僧衣难裹女儿身，

清规难锁女儿心。

佛门净土（啊）望红尘，

菩萨不度无缘人……

菩萨不度（啊）——无缘人。

……

一曲终了，百鸟来朝。

（定格）

（第三集完）

第四集

〔片头曲（略）〕

4-1.蒙山间　下午　外

几只美丽的褐马鸡不知从何处钻了出来，围在斛律光、"小和尚"四周，啄食嬉戏。几只雄鸡甚至还打斗啼闹着……"小和尚"就近抱起一只，从其尾部拔下一根美丽的五彩羽翎，顺手插在斛律光的头盔上，细细端详……

（画外音）褐马鸡为三晋吕梁山脉一带特有的珍稀野生禽类物种，其雄性好斗。中国古代武士也喜欢在战盔之上插褐马鸡翎做装饰，以示善斗无敌。

（斛律光凝视一对打斗的褐马鸡出神）

"小和尚"：大将军好英武嘞！嗳，你盯着鸡儿发啥愣呀？

斛律光（回过神儿）：我看它们的啄斗架势挺有趣……噢，你的歌声也很美妙。

"小和尚"：将军也会唱歌吧？

斛律光（摇头）：光乃武人，不谙此伎。

"小和尚"：过谦了吧。鼎鼎大名的敕勒歌神斛律金将军之后，不会唱歌，谁信？

斛律光：真是个鬼精灵，什么都瞒不过你。

"小和尚"：那当然，有其父必有其子嘛。

斛律光：想听什么歌？

"小和尚"：当然是民歌喽。最想听令尊大人作的那首《敕勒歌》，我要听斛律家族吟唱的、原汁原味的！

斛律光：小鬼头，好吧，我班门弄斧了。

（镜头摇起）

看着面前繁茂如毯、碧绿连天的大草甸，斛律光仿佛回归到祖居之地——广袤无垠的塞外草原，敕勒部落先民们逐水草而徙、食肉饮酪、衣革被裘的游牧生活浮现眼前……斛律光不禁心潮澎湃，慷慨激昂，引吭高歌……

（音乐起，游牧民族古曲，字幕出）

斛律光（唱主题插曲《敕勒歌》）：

敕勒川，

阴山下，

天似穹庐，

笼盖四野。

天苍苍，

野茫茫，

风吹草低见牛羊。

……

随着歌声，"小和尚"遥望草天相连的远方，也陷入沉思……浑朴沧桑的男中音停了好大一会儿，她才回过神来，欢快地连连拍起小手。

"小和尚"：太好听了，这才是真正的天籁！

斛律光（顿住嗓，收住遐想，仍望远方，神情庄重）：家父追随神武皇帝征战一生，他生前最爱唱的就是这首民歌。无论是军情危急之时还是凯旋班师之际，他老人家都要唱起这首《敕勒歌》，以励士气，以壮军威！

"小和尚"（点头）：真好听，这是我们汉族的歌吗？

斛律光：不是。

"小和尚"：那我听着怎么是汉语呢？

斛律光：曲是我们游牧族的，歌词是汉语。

"小和尚"：噢，我明白了，汉词胡调呀，真是珠联璧合，怪不得这般好听、动人！咯咯咯……我也会唱了！

斛律光：是吗？

"小和尚"：不信？咱俩一块唱！

（雄浑而幽婉的古乐再起，镜头切放塞外广阔大草原景象）草天一色、牛马奔腾、羊群如云……

（字幕出）

合着节拍，斛律光、"小和尚"男女声二重唱（声荡苍穹）……

（女）：敕勒川，
　　　　阴山下，
　　　　天似穹庐，
　　　　笼盖四野。

（男）：天苍苍，
　　　　野茫茫，
　　　　风吹草低见牛羊。
　　　　……

（男）：敕勒川，
　　　　阴山下，
　　　　天似穹庐，
　　　　笼盖四野。

（女）：天苍苍，
　　　　野茫茫，

　　　　　风吹草低见牛羊。
　　　　　……
（合）：天苍苍，
　　　　野茫茫，
　　　　风吹草低见牛羊，见牛羊，见牛羊……
　　　　……

歌声中，天色渐渐暗了下来。

4-2. 蒙山密林中　黄昏　外

"小和尚"扶着斛律光，深一脚浅一脚地向前走着。

斛律光：不好意思，我一大老爷们，反倒让你小女孩照顾。

"小和尚"：客气啥？你脚伤了嘛，怨我。

路过一片怪石嶙峋的乱石岗子。侧旁，一壁断崖下面，隐约还有个半人多高的洞口，像一只巨大的怪兽卧着，张着黑黢黢的大嘴。

天渐渐黑了下来。

斛律光点燃一支松明子，照着，二人继续赶路。

远远传来滚滚春雷声，时不时地还夹杂着一两声野兽的吼叫……

斛律光：怕么？

"小和尚"：我从小胆子就大，有你，更不怕了。

斛律光：咱们啥时能走出这片林子，今晚住哪儿？

"小和尚"：谁知道呢？尽快走吧。那阵子唱歌高兴，我居然记错路了……

4-3. 蒙山密林中　夜　外

天完全黑了，淅淅沥沥地下起了难得的春雨，而且越下越大。

雨点打在树叶上，"唰唰唰"，很有节奏感，挺好听。

脚下又是一片乱石山坡，斛律光、"小和尚"二人艰难地走着。

斛律光一手举着松明子，探身照着。

斛律光：咦？怎的又来到了这里？

"小和尚"（冷得嘴唇有些哆嗦）：可……可不是嘛！还是这片乱石岗子，咱们绕了一圈，又回这里了……

斛律光：倒霉，白走了，你这个向导呀。

"小和尚"（泄气，很累了，一屁股坐在一块石头上，指指崖壁下）：要不，咱们到那个石洞里避避？

斛律光（看着她湿漉漉且在滴水的头发）：行。

4-4.蒙山山洞里　夜　内

斛律光、"小和尚"猫着腰进了山洞。

斛律光执松明火把照视一周——洞内宽丈余，深两丈，石块、枯枝凌乱。二人归置一番，于当中架起一小堆干柴。"小和尚"从行囊中取出火镰，燧出火种，引燃篝火，顿时焰烛洞壁。

斛律光插佩剑于地。二人刚刚围火坐定，准备烘烤衣物，就听身后"嘶嘶……"的声音，并伴有一股冷气袭来……

"小和尚"一扭头：不好，有蛇……

"小和尚"一激灵，顺势倒在斛律光的怀里。顺着她的目光，斛律光果真看见洞底石缝中探出一马勺大的蛇头，正吐着血红的信子，盯着前面的火光和两名不速之客……

斛律光霍地站起，一手搂护住"小和尚"，一边迅疾拔剑在手，使一个"夜叉探海"招式，正用剑尖就要点劈那蛇头七寸……

"小和尚"连忙摁住斛律光的持剑之手：不要，将军切莫伤它。我们鸠占鹊巢，侵入人家的阵地，扰了人家的安稳觉，难道还要再取人家的性命么？

斛律光点头，收住架势（仍警惕注视着）。

那大蛇倒也知趣，似乎也察觉到某种危险，懒洋洋地自石缝中爬出——好家伙，原来是一条金花大蟒蛇，足足碗口粗、丈半长！但它性情温和，此刻抬着头，摆着尾，嘶嘶地伸吐着分叉的舌信，友好地缓缓围着二人（及火堆）绕行一周后，才顺墙根极不情愿地簌簌蜿蜒爬出洞口，消失在雨幕中。

4-5. 同上

"小和尚"看看斛律光,看看洞口,双手合十轻声诵念:阿弥陀佛……

洞口外,黑暗里不时传来狼、豹、枭、鸦的嚎叫嘶鸣……

有惊无险,经这一番折腾,二人睡意全无。

斛律光:这下好了,放心吧,大蛇不会回来了。

"小和尚":为啥?

斛律光指指燃烧的火堆:怕火。

"小和尚"点头。

斛律光于火堆旁收拾出一块地方,铺上干草,叫"小和尚"躺下歇息,自己则守在洞口,抚剑半卧。

4-6. 同上

"小和尚"(躺着,睁眼盯着洞顶出神):大将军……

斛律光:嗯?

"小和尚":你,也进里面来吧。

斛律光(侧了侧身,面对她):这里空气好些,里面很憋闷。

"小和尚":将军我怕……

斛律光:我看你没有一点怕的意思。

"小和尚":……也是,其实,虎豹狼虫的确并不可怕,你只要不伤害它,它也不会伤害你。相比之下,我们人类才更可怕些,大将军,您说是吗?

斛律光:唔,是吧。

"小和尚":反正也睡不着,我们随便聊聊,好吗?

斛律光:唔,好吧。

"小和尚"爬起,往火堆里添了几根树枝,遂又躺下。

"小和尚":我想起来啦,以前听父亲讲过,我有个叔叔早年曾在一个山洞里面壁修行多年,说不定,就是这个洞子呢。

斛律光:你叔叔?

"小和尚"：嗯，不是亲的，是家父当年在逃难路上救下的异姓兄弟。

斛律光：逃难？异姓兄弟？

"小和尚"：对呀，我爹年轻时在北边呢，因为打仗才逃到这里的……

4-7.（"小和尚"讲述情景画面，下同）北齐北疆大道上　入夜　外

人嚷马嘶，

路面坑坑洼洼，弃物零乱。

远处，烟火袅袅；

近处，土沙泛扬。

不时有受伤的兵队或扶老携幼的难民从前方流散下来，撤向后方。

一中年僧人（脸蒙尘埃，难辨其容）背着褡裢，夹杂在人群中踽行。走过路旁一堵残垣时，他看到一年轻和尚，僧衣破烂，倒卧断壁下……中年僧人急上前，见其还有一丝幽气，忙取水灌给他喝，其渐渐苏醒。中年僧人又从褡裢中取出干粮袋，解开（特写：只剩两块粑饼），便拿了一块大的慢慢喂给他吃。食毕，其精神略增，坐了起来。

破衣和尚：……阿弥……陀佛，多谢……师兄搭救……

中年僧人：不必多礼，阿弥陀佛。听汝口音并非北人，你在何寺修持，来此好久？

破衣和尚：四处漂泊，一言难尽……躲避兵灾流落至此，至于多久已记不清了……只知道，我已三天水米未沾矣……

中年僧人：师弟欲投向何处？

破衣和尚：不知道，走到哪里……算哪里吧。

中年僧人：如此一说，你我明早结伴而行吧？

破衣和尚（双眼不时地偷觑着对方的干粮袋）：甚好、甚好，阿弥陀佛……

二人躺卧在断壁下；

中年僧人脱下自己的直裰外套，盖在破衣和尚身上。

4-8.（同上）大道边　翌晨　外

中年僧人因冷与饿而醒，推了推仍蜷缩着的新伙伴：你吃点东西赶路吧。

破衣和尚已醒，却不搭腔，仍装睡，眯缝着眼偷觑对方。

中年僧人取出干粮袋，打开，一瞧——

（特写）空空如也。

中年僧人看着这位新结识的师弟，无奈地摇了摇头，扶起他，上路同行……

（"小和尚"讲述情景画面结束）

4-9.（现实）蒙山山洞里　夜　内

斛律光：哈，就认了这么个异姓兄弟？他姓什么？

"小和尚"：姓卫。

斛律光：叫什么？

"小和尚"：叫元……什么……呃，对，叫元嵩。

斛律光：卫——元——嵩？我对蒙山沙门较熟，怎么不知道这个人？

"小和尚"：噢，我爹说，我这个叔叔不成器，六根不净心术不正。后来，他叛教而去，人间蒸发了。那时我才三四岁，隐隐约约记得父亲可生气了。

斛律光：你父亲是谁？你，又是谁？

"小和尚"：这你别管，你先看看这个后再问。

"小和尚"说着，解开上衣领口，从脖颈上取下一枚项坠，看都不看，便掷予斛律光。斛律光一把接住，就着火光一瞅，十分惊讶。

斛律光：你，你是继鸾方丈的女儿？

斛律光一骨碌地爬起来，冲进洞，双手扳住"小和尚"的肩胛，端详开来……

斛律光：不错，腮边的这颗痣还在，只是，更好看了。你果真是冯小怜？

"小和尚"：这还有假？

斛律光（捏住她的双肩摇了摇）：真是女大十八变呀，我都不敢认了！

"小和尚"：看你大惊小怪的……

"小和尚"头一歪，就势靠上斛律光的肩膀。

（特写）"小和尚"娇媚幸福的笑脸，一双杏眼满含晶莹——

（字幕：冯小怜）

冯小怜（似有委屈）：哼，你是皇上的红人，心里只有国家呀、天子呀，哪能记得我们草民？

斛律光：嗨，快别说这些了，我仅仅在你四五岁时见过你一面，一晃十多年过去了，怎可一下子认出？再说你这身行头，不伦不类的，谁能想到是你？

冯小怜：我只是气你，老长时间都不知道问一句人家是谁！

斛律光：对不起了，小怜。

冯小怜（轻抚着斛律光的手臂，见他处处有伤，恻隐）：也难怪，将军年少从军，戎马倥偬，终年征战沙场，稍有闲暇，也都忙于国事。唉，都怨这个世道，各国相安无事不打仗该有多好！这些个当国君的，干吗非要打来打去，毁了多少人的好日子？

一谈到打仗，斛律光忽然觉察到自己的失态，他恢复了严肃神情，推开冯小怜，正襟危坐、烤火。

斛律光：周齐两国，自立国始，就是一对死冤家，不是你吃掉我，就是我吃掉你，没有调和的余地。作为大齐臣民，我们只有举国一致、同仇敌忾彻底打败伪周，才有可能一统山河，偃息干戈，安居乐业。

冯小怜点头，默默接过斛律光递还的项坠。

（特写）这是一枚琥珀质地的护身符（形制为蒙山大佛的微缩

版），雕琢精细、晶莹剔透。琥珀正中有一只夏蝉，薄薄的蝉翼仿佛还在振动，似乎正在鸣叫不休，活灵活现。一只鲜活的小生灵，因为某个千载难逢的机缘，就这样永远地定格在刹那间。

　　斛律光：好好收藏，别遗失了。

　　冯小怜用衣袖擦擦虫珀，噘着小嘴嗔怪：到底是你们斛律家的东西，一下子便认出来了，看来比我这个人值钱喽……将军，听说你还有一个，真是么？

　　斛律光点点头，顺手自腰间玉带摸出一只同样形制（蒙山大佛）的护身符，只是器形较大，内中包闭的动物，竟是一只小黄雀，栩栩如生！（特写）它瞪着一对机敏的小眼珠，似乎正准备扑啄什么……

　　冯小怜也接过，比对着两枚奇物，煞是惊异：这么好玩的传家宝，怎么舍得给人？老人们的交情一定很深吧？

　　斛律光：是的，很深，很深……

　　斛律光盯住熇熇跳动的篝火苗，陷入沉思……

4-10.（斛律光讲述情景画面，下同）塞外大草原　黄昏　外

　　跳动的篝火苗幻化成熊熊烈火。

　　远处，

　　一些军帐、毡房正在燃烧。

　　（字幕：塞外莽原）

　　近处，

　　大批车马、军械、辎重七零八落，焚烧殆尽。

　　原野上，尸横遍野（显然，这是一次大战后的场景）。

　　"嘚哒、嘚哒、嘚哒……"（画外）马蹄声骤急。

　　一彪悍将军策马拖槊驰过（镜头）。

　　（字幕：北齐名将，开国元勋，斛律光父亲斛律金）

　　一队骑兵狂追，军旗上书"柔然"，一名军将挥弯刀大呼：生擒斛律金者，赏千金封万户侯！

　　众胡兵骑呼啸蜂拥而过。

（斛律光画外音）东魏孝静帝天平年间（534），家父在一次抗击柔然的恶战中，只身冲入敌营，斩蠕蠕（柔然国别称，下同）主将于帐中。后来，他被敌兵所围，寡不敌众，不得已奋力冲杀出敌军包围圈，逃至一胡杨林边的寺庙前时，受伤战骑再也跑不动了……

4-11.胡杨林边寺庙外　黄昏　外

斛律金骑马（入画），坐骑口吐白沫、臀部插着几支箭，淌血不止……

（画外）追兵呐喊将至；

斛律金夹马，不前。

斛律金滚鞍下马，横槊意欲一拼……

危急时刻，寺庙内年轻的继鸾和尚闻声走出山门，见状，朝马屁股狠击一禅杖，马痛，径往胡杨林深处小跑而去。

继鸾和尚急拽斛律金将军入寺门。

4-12.寺庙内甬道及主殿　入夜　外/内

继鸾和尚执斛律金将军手通过甬道，疾入主殿。

主殿内，继鸾和尚领着斛律金，匆匆绕过主尊释迦如来佛塑像，至右边阿难尊者塑像后，打开莲座下的暗门，将将军藏于暗室，蠕蠕追兵已破门而入。

（镜头拉起，自佛像头部俯视）佛殿内烛光摇曳，香烟缭绕，木鱼声声，几名僧人正做法事。

蠕蠕军将比画着询问着（默声），

继鸾和尚摇头作答，合掌念诵不止。

蠕蠕军将着兵搜索殿堂，无果。临了，自己亦跪倒在蒲团上，虔诚礼拜后，遂率众兵退出。

4-13.寺庙山门外　夜　外

蠕蠕军将率兵退出山门。

门外，一胡兵迎上前来单腿跪地禀报（默声），并手指树林方向及地上血迹。军将抬头看看一弯上弦月，上马驱兵尽皆追去。

山门沉寂。

片刻后，（雄浑的主题曲《敕勒歌》乐音低起）一身出家人装束的斛律金将军摸出山门，亦抬头望望苍苍天空一钩弯月，遂朝敌兵追去的相反方向隐去，消失在灰暗的茫茫原野上。

（背景音乐渐强）

（画外）一男低音只哼调，不吟词。

（《敕勒歌》一曲哼毕，音乐戛然而止）

原野深处，

穹庐下，战火映天……

（斛律光讲述情景画面结束）

4-14.（现实）蒙山山洞中　夜　内

原野上的火光幻化为洞中篝火，

火苗映红了斛律光、冯小怜的脸庞。

斛律光：就这样，他们成了生死之交。后来，蠕蠕侵占了我国北疆那片土地。正如你方才给我讲的，继鸾师父逃离北方来到晋阳布教，随后经家父引荐，入蒙山皇家寺院做僧执。至于大师在路上还收留了个卫元嵩，我就不清楚了。

冯小怜（嘻嘻一乐）：好巧啊！原来，我老爹还救过你老爹呀。

斛律光（颔首）：大师没说起过？

冯小怜（摇头）：没，佛门慈悲为怀，有甚好说的。（看看手中蝉珀，又深情凝望着斛律光刚毅的脸）为答谢相救之恩，令尊大人就把这玩意送给了我爹，是吧？

斛律光：嗯。不过，它可不是一般的玩物，这是一套高祖神武皇帝御赐的琥珀石珍品，产自蒙山三福坡黑松林。它在民间名气蛮大，被渲染得神乎，流传很广，很多人都想得到它！琥珀的成因你知道吧？

冯小怜（点点头）：略知一些。

斛律光：这一组虫珀石，最初成形于遥远年代的同一瞬间。这样的机缘，恐怕在宇宙间也是绝无仅有的。再看它们的成色、品相，堪称天作之合！只是，原本一共三枚，一个比一个大点，应该还有一枚中等的胸坠，里面包闭的是一只螳螂……当时，家父全部赠予恩师，只因大师执意收下两枚小些的，这枚黄雀珀腰坠方才传于我手。若三枚俱在，就是完整的一套虫珀极品组合，愈加珍稀无比。

冯小怜（又点点头）：是的，我父亲曾说起过，那枚螳螂佛符，在我的小妹手里，如果她还在人世的话……

斛律光：你小妹？

冯小怜：嗯。

斛律光：你还有个妹妹？

冯小怜（微微颔首，眼神眺视着洞外夜空，心情沉郁）：……没错，我还有个可怜的同胞妹妹……

4-15.（冯小怜讲述情景画面，下同）蒙山大佛开凿工地　日（夏）　外

一阵阵"叮叮当当"的凿錾声，响彻山谷，鸟惊兽散；

无数金属与岩石碰撞的音符，合奏出一曲交响的轰鸣（此起彼伏中，切入如下画面）……

烈日高照，

炎热如炙。

陡峭险峻的崖壁上，错落简陋的脚手架上下，爬满了赤身露脯的丁匠。他们大多只穿一条褴褛短裤，草草遮蔽下身，便无休止地使用原始工具重复着机械劳作。他们个个汗如雨下，不时地用搭在肩膀上的黑手巾擦拭着。尽管如此，曲回的崖根下，也已是滴汗淋漓，几近成溪。

众多军士监工全副武装，不停地在岩壁上下、周遭来回巡视，看谁稍有懈怠便立即鞭如雨下……

悬崖边的窄坡道上，无数倒运渣土及运送木料、石材的民夫，步履艰难地上上下下。

一名瘦弱者面露菜色，负重摇摇晃晃地挪着步子，慢慢倒下了，背篓中的碴石撒了一地。

一名军士走过来，挥鞭将倒地者一顿暴挞。被打者浑身血汗交融，挣扎欲立，还没爬起来，就又倒下了……军士招手又呼来几名监工，众兵抬脚乱踢一气，将该民夫踹下悬崖。

沟底，传来微弱的惨叫声……可隐约看见人畜尸横、白骨累累。

（冯小怜画外音）天保二年（551），文宣帝敕凿蒙山大佛，征召天下丁匠民夫无数，他们被逼终日劳作，视同牛驴……

4-16. 同上

（冯小怜画外音）我的生身父亲当时正值壮年，又是寺底村有名的石匠，手艺超群，自然躲不过苦役。

（画面切入）崖壁脚手架顶端，一壮年石匠正用布巾揩去额头的汗水。

（字幕：冯小怜父冯晋宝）

冯晋宝挥锤使錾，精心凿刻着大佛头部轮廓。

忽然，身旁工友甲（字幕：老石匠）劳累过度，失足滑下架板，只剩一臂勉强钩住架杆吊着，双腿悬空胡乱蹬动，眼看就要支撑不住跌下崖壁……

工友乙（字幕：小石匠）眼尖，惊呼：快救人——

（说时迟，那时快）众工友闻声停下活计看时，冯晋宝早已伸出一只有力的大手，一把将老伯拽了上来。

老石匠惊魂未定，含泪：晋宝，谢了！

众人唏嘘：好险！

见到这边有骚动，崖上一监工军士走来，结结巴巴地呵斥：停……停下干吗？快……快……干活！

一监工头领模样的人奔跑过来，举鞭就抽：混蛋，偷什么懒！

众工匠很快恢复了劳作，

监工头举起的鞭梢停于半空。

（监工头面部特写）一张囊肉柿饼子脸。

（字幕：穆提婆，年轻时）

（画面定格）

4-17.蒙山大佛开凿工地　晨（冬）　外

（冯小怜画外音）这年腊月，连降几天暴雪……

（入画）朔风凛冽，天寒地冻。

沟谷、莽林、村舍、庙殿……尽皆披银裹素，皑皑漫漫，宇宙间仿佛只剩下这一种颜色。

工地岩壁前，早已是冰的世界。

岩壁上，

脚手架到处裹满了冰凌，挂满了冰柱，千姿百态，蔚为壮观。

崖壁下，穆提婆和几名手下正指指点点，欣赏着冬景。

民夫们见到眼前情景，个个目瞪口呆。大家仍旧一身单衣，小石匠冻得面皮紫绀，两行鼻涕长流，袖筒里揣着的两只手瑟瑟发抖。

冯晋宝领着众人小心翼翼地来到监工头领面前。

冯晋宝：大人，您看这天气……

穆提婆：天气怎么了？很好哇！雪停了，不是吗。

冯晋宝：大人您看，到处有冰凌，我们实在无法上去哪……

穆提婆：放屁！你们已经歇了好几天了，还想偷懒？你领头给老子上！

老石匠（拨开人群凑上前，跪倒求情）：穆大老爷，行行好吧，冯领班家中有瞎眼老母、待产孕妻，万一他有个好歹，家眷可怎么办呀……

穆提婆：这我管不着。本官只是奉旨而行，延误了工期，你这把老骨头担待得起？滚开！

冯晋宝还想说什么……

穆提婆（拔刀在手，指着冯晋宝）：住嘴！想造反不成？你给我上去，先把冰凌剔掉！胆敢违命，以抗旨罪论处，就地斩首！

众军士鞭抽矜戳，驱赶人群上工。

4-18.蒙山大佛开凿工地 晨（冬） 外

冯晋宝后背挨了重重的一戳，趔趄着，将工具别在腰间，开始攀爬挂满冰柱的脚手架……

（定格）

〔片尾曲（略）〕

（第四集完）

第五集

〔片头曲（略）〕

5-1.蒙山大佛工地前面窝棚里　日（冬）　内

监工头领穆提婆身着皮衣裘氅，正同几名手下围着火盆烤火喝酒。

那名"结巴咳"军士急匆匆闯入：大，呃大，大人……

穆提婆（放下酒盏，瞪了他一眼）：慌什么？

结巴军士：禀、禀大人，冯、冯石匠自悬崖……坠落，摔……呃摔死岩下。

穆提婆（愣了一下）：……死了？

结巴军士：死、死了，当、当时就……就七窍出血。脑呃脑浆迸流……而亡……

穆提婆（一仰脖，吱地灌下一口酒，嚼着一块肥肉，满嘴流油）：死了就死了吧，有什么大惊小怪的？念他多有辛劳，埋了算了！

5-2.蒙山寺底村外坟地　黄昏（冬）　外

乌鸦在枝头凄啼，"哇——哇——"

（冯小怜画外啜泣音）……父亲……死得真是……太惨了……

（入画）涧河旁的树林边，墓地里又添一座新坟。

坟头丧幡飘曳，

坟茔前插一破木牌，上书"亡夫冯晋宝之墓"。

一妇人怀六甲，着重孝，披头散发跪爬坟头，哭声撕心裂肺。

（字幕：冯晋宝妻刘氏）

刘氏直哭得声音嘶哑，死去活来，悲不忍聆：

——晋宝呀，你死得好恓惶……呜呜……

——晋宝呀，你好命苦啊……一生做石匠，死了连一片墓碑也没挣到……

——我腹中的孩儿可由谁管啊……呜呜……

5-3.寺底村冯晋宝家　晚　内

一间破烂的小石房，家徒四壁。

土炕上，冯妻刘氏同一双目失明的耄耋老妪相拥哀恸，其声悲切。

（字幕：冯晋宝母冯张氏）

冯张氏形容枯槁、颤巍巍地伸出瘦骨嶙峋的手，为儿媳抹去眼角泪水，断断续续地劝慰着：我儿莫哭，别哭坏了身子……腹中胎儿……要紧……（说着，自己愈加老泪纵横）

忽然"咚"的一声，门被什么人踢开……

穆提婆率军士恶狠狠地进来。

穆提婆：行了、行了，哭一哭就行了，人死不能复生，你下来跟我们走！

刘氏一怔：去哪儿？

婆媳二人吓得直哆嗦；

穆提婆（瞪起眼）：你揣着明白装糊涂吧？这"户抽一夫"的政策可是朝廷定的！你男人死了，你家理应再出一人顶上，总不能叫瞎老太去吧？

刘氏（爬下炕作揖求饶）：青天大老爷呀，我一个妇道人家，即将临盆，能干什么呀……求求您……

穆提婆：少说废话！大灶上正缺人手，你就去帮厨吧，重活儿干不了，打个水、洗个菜、淘个米，总行吧？这已经很照顾你啦！

刘氏（一把鼻涕一把泪，直磕头）：青天大老爷开恩吧，您看我夫君新亡、重孝在身；婆母年迈多病、需人照料；您就发发善心，放过我们孤寡吧……

穆提婆：这是什么话！我好心给你找个吃饭的好去处，还不领情？休得啰唆，你赶紧收拾收拾走人，民工们还等着开饭哪！

刘氏（已干哭无泪）：……呜呜呜……放过……我们吧……

穆提婆朝手下使了个眼色，

二军士拖起刘氏出门。

身后寒窑内，冯张氏既瞎又聋，抽搐着昏厥于地。

5-4.蒙山滴水岩前　日（冬）　外

岩上冰柱剔透，垂晶挂玉。

四周树冠雾凇，景致玲珑。

冯晋宝的遗孀刘氏挺着大肚子，同另一位瘦厨娘在岩下接水。

（字幕：滴水岩）

（冯小怜画外音）母亲被抓走后，奶奶又冻又饿又气，惨死在土炕上，几个月无人掩埋……寺底小村……村里人，但凡能动弹的，都被抓夫了……

水接满后，二人抬起水桶，瘦厨娘尽量往自己这边分担着重量。她们吃力地拐上（特写）冰雪覆盖的山间台阶，蹒跚而上。

5-5.蒙山大佛工地灶棚　日（冬）　内

雾气蒸腾，

男女厨工们穿梭不停，各自忙碌着。

棚外不远处传来阵阵凿岩声及军士们的呵斥声。

刘氏挺着大腹，艰难地择菜、洗菜。

瘦厨娘停下手中活，递过一只小凳子，招呼她坐下来干活。

5-6.蒙山滴水岩前　日（雪）　外

（冯小怜画外音）除夕这天，又下起了鹅毛大雪……

刘氏同瘦厨娘又在岩下打水，身上、头上落满雪花。

（特写）刘氏面容憔悴，身体虚弱。

二人抬水，

刚上台阶没几步，刘氏脚下一滑，身子软绵绵地倒下，瘦厨娘紧抓一把却没抓住，刘氏骨碌碌地径直滚下石级。

（特写）一大摊殷红的鲜血顺着台阶流淌。

瘦厨娘傻了眼，大呼：快来人哪！

霎时，雪地上洇红一大片。

（继而，红色弥漫了整个镜头）

……

长时间寂静无声后……

一声婴儿尖厉的啼哭，划破霾空……

5-7.蒙山大佛工地灶棚　黄昏（冬）　内

（冯小怜画外音）我，就这样提前来到了这个人世间，半个时辰后，妹妹也降生了……可苦命的妈妈，却永远离开了我们。民夫叔叔、伯伯、阿姨们用面糊喂养着我俩……

（入画）灶棚角落里，一个装碴石的旧箩筐内，包裹着两个女婴，她俩小脸蛋冻得红扑扑的，但是黑眼珠却滴溜溜地瞪着大家，煞是喜人。

工友们围了一圈，你一言，我一语……

小石匠：双胞胎小妹妹真可爱，分不出谁是谁，长大肯定都好看！

民夫甲：给你娶一个。

众人笑。

小石匠（脸红红，忙辩白）：我不是这个意思，真的。

众人又笑。

瘦厨娘（叹道）：就是不足月，唉，看这小胳膊、细腿儿瘦的。

民夫乙（调侃她）：长大可别像了你。

瘦厨娘（打他一下）：贫嘴！看人家的这小脸蛋，多富态，一个左脸、一个右脸，腮边还都长了颗小黑痣，将来肯定有福气！哪像我这张瘪荞瓜脸，一辈子穷婆子一个！

众人又大笑。

不知谁却惋惜：唉，有啥福气？这么小就没了爹娘！

老石匠：没法子，生不逢时，能保住小命就很不错啦……

5-8.同上

棚门上草帘一动，监工头穆提婆闯进灶间，扬手挥鞭，没头没脑地一顿乱抽，嘴里骂骂咧咧……

穆提婆：好哇！我说近日怎么不出活，原来都钻在这里！（看到筐里的婴儿，更凶了）他娘的一群刁民，叫你们把这俩崽子处理了，怎么还藏在这儿？嗯？

两个女婴吓得哇哇悲啼。

瘦厨娘弯下身子忙着哄护孩子，背上已猝不及防地挨了两抽；

众人跪下一起求情。

老石匠：穆大人呀，这是冯领班的遗门骨血，看在他们夫妻双双为朝廷效力而亡的分上，您老人家就高抬贵手吧……

穆提婆：老骨头，就你心好！皇家工场，非同小可，岂能滞留无关人等？影响了进度，谁吃罪得起？你们不想要脑袋，我还要呢！

老石匠：求求您再宽限两天吧，容俺们想想办法，看能否托人找个奶妈……

穆提婆：不行，今天非得给老子处理掉不可！否则，扔下崖沟！！（言罢甩袖扬长而去）

5-9.蒙山大佛工地灶棚门外　傍晚（冬）　外

老石匠等，步履沉重地走出来，个个摸着身上的皮鞭印，摇头叹息。

昼短夜长，天色已黑下来。

对面山腰的开化寺，烛光一闪一烁地渐次亮了起来。

暮鼓亦咚咚地擂响。

寺僧们的唪偈声也随着寒风缕缕飘来，

老石匠下意识循声望去，心头一亮……

（佛乐奏响）

5-10.蒙山开化寺山门前　入夜（冬）　外

继鸾住持（已升座为住持）、净昙维那（年轻时）、卫元嵩等几名僧人，手执念珠，肃立于寺门前台阶上。凿佛丁匠、民夫们恭敬地站在台阶下面。

……

听乡亲们讲述完，继鸾住持深感怜悯，快步走下石级，从老石匠、瘦厨娘手中接过婴儿。

一僧人上前：……阿弥陀佛，孩子蛮值得同情的。只是，一下子收养两个女婴于寺内，恐有诸多不便吧……

净昙维那（谓继鸾住持）：我看没什么，换换衣服，权当男孩收养好了，阿弥陀佛。

继鸾住持两手各抱着一个孩子，郑重点头——慨然赞同。

老石匠：多谢佛师搭救，老身替她们有礼了。（遂领众人跪倒一片）

继鸾住持（将孩子交由身后的侍僧，扶起老石匠）：阿弥陀佛，施主们快快请起！利济众生离苦得乐，佛门责无旁贷！

瘦厨娘：烦请师父给小姐俩赐个法号，她俩就此皈依佛门……

继鸾住持：这个……以后再说吧，她们有俗名了吗？

老石匠（摇头、为难）：刚出生就成了孤儿，我等又目不识丁，还望佛师费心……唉，可怜的孩儿……

继鸾住持（双手合十）：人生凄悲，苦海无边……就叫小怜、小悯吧，阿弥陀佛。

小石匠：冯小怜——，冯小悯——，好听！

小石匠流着清鼻涕，一个人呱呱地拍起手来……

（特写）襁褓中，小姐俩冻得红扑扑的小脸蛋儿笑靥着。

5-11.开化寺后堂院内　日（暮春初夏，下同）　外

（冯小怜画外音）继鸾大师收养了我们。转眼三四年过去了，一天，我和妹妹正在院子里玩耍，继父捧着一只精致的小匣子走了过来……

（入画）院内花圃旁，两个乖巧漂亮的小姑娘正在嬉戏。

（字幕：冯小怜、冯小悯）

继鸾住持跨出后殿门：小怜、小悯，快过来，看爹给你们拿来什么了。

小怜：爹爹——

小悯：爹爹——

姐妹俩像两只小鸟一样立马飞到继父身边。

继鸾住持：明天是浴佛节，爹送你们一人一个礼物。

小怜：什么叫浴佛节呀，爹爹？

继鸾住持：浴佛节就是纪念佛祖诞辰的节日，也叫佛诞节。

小怜：佛诞节……是佛爷爷过生日吗？

继鸾住持：宝贝儿真聪明。没错，是佛爷爷过生日的节日！每年四月初八，这是咱们佛家和信众百姓的殊胜节日，可热闹啦，我们要采香草、煎七香汤；要浴佛、念经；还要闹红火、赶庙会、演社火……

小怜还想问，小悯拍着小手直嚷嚷：噢噢，我要礼物，我要礼物！

继鸾住持蹲下身，爱怜地亲了亲她们，然后从匣子里拿出两枚饰件。

小悯：我要大的！

继鸾住持：行行，你要大的，给姐姐一个小的。（一人一个，分别挂在女孩们的脖子上）

小怜摆弄着项坠饰件：谢谢爹爹，真好玩。爹爹、爹爹，这是什么呀？

5-12.开化寺后堂院花墙外　日　外

一个僧人的背影,正诡异地爬在花墙上,从空格孔间向里专注地窥探……

5-13.开化寺后堂院内　日　外

小悯(也好奇地端详着自己的胸坠):看,里面还有活虫虫,爹爹、爹爹,这是什么玩具呀?

继鸾住持:这是琥珀石做的佛爷爷护身符,它能保佑你们平安长大……你们要注意爱护哟,可别弄丢了。

小怜、小悯(同声):嗯。(听话地将佛符饰件掖进肚兜)

……

花墙外,有个人影一闪……

继鸾住持(诧异,起身探看):谁呀?

5-14.开化寺后堂院内　日　外

那人躲不及,现身,应:师……师兄,是我。

(字幕:卫元嵩)

卫元嵩进院。

继鸾住持:哦,元嵩呀,你不是在摩崖洞坐禅吗?怎么回来啦?

卫元嵩(眼光乱瞟):噢……师兄呀,洞中甚潮,我浑身关节酸疼,这不,出来晒晒太阳。师兄您,身体可好?寺中进项不错吧?小侄女……真水灵呀。

卫元嵩七拉八扯地还在絮叨……

继鸾住持(打断他,合掌):阿弥陀佛,少说一句话,多念一句佛……元嵩呀,参禅须屏息诸缘、一念不生,凝住壁观、无自无他;如若六根不净,又吃不得苦,何能修成正果?阿弥陀佛。

卫元嵩尴尬:拙弟明白,拙弟明白。我歇缓歇缓,这就回去。

5-15.空镜

开化寺上空,

一只隼在盘旋。

树梢、天空相继映星。

（冯小怜画外音）平静的日子没过多久，一天……

5-16.开化寺后殿西寮房小耳房　午（夏）　内

两张小床上，小怜、小悯午睡正酣，小鼻孔微微一张一翕，仿佛做着甜美的梦。

院子里的老槐树上，几只蝉正进行歌咏比赛。

突然，小耳房窗棂上的窗户纸被人舔开一个小洞，小洞里随即显出一只诡谲眼球，朝屋内左右偷觑一番，随后消失。过了一会儿，一个蒙着面的僧人轻轻推开窗棂，跳进屋来，蹑手蹑脚地走到床边，顺手抱起一个熟睡的女孩儿（脖子下吊挂着一枚较大胸坠）。他又至另一床前，勉强再抱起另一个，转身欲出（行动不便），却腾不出手脚越窗开溜，急得他在耳房内没头苍蝇似的转了几圈后，无奈只得放下一个孩子，一只手去摘她脖子上（较小的）那枚饰物……无奈这个女孩被折腾得似乎要醒，一只小手揉着眼睛，小嘴呢喃着，另一只小手拽住饰坠，怎么也不松手！蒙面和尚一急，使劲扯了一下，也没扯下来，反倒把孩子扯得哇哇大哭……

蒙面和尚一惊，赶紧撒开手，抱牢怀中那一个，返身慌慌张张地翻窗循原路遁去。

外间堂屋寮房内午睡的净昙维那听见动静醒来，急入耳房，见状失色。

净昙维那（大呼）：糟了，快来人哪，有贼人偷孩子啦——

众僧纷至，

各持扁担、禅杖、扫帚等在手，追出门去……

5-17.开化寺山门外　午（夏）　外

众僧持械追出山门，急撵一程，怎奈天色已晚，遥见一穿僧衣者已翻过寺后山梁，落荒而逃。

众人悻悻而返。

恰巧外出、刚刚返回的继鸾住持,从净昙维那的手中接过剩下的孩子,立于山门石阶之上,痛心疾首:没有追上?

净昙维那(拍着自己头顶)愧然:没……嗨!

继鸾住持忿忿然:何人如此猖獗,光天化日之下,竟入佛寺妄为!

僧人甲:大概是内部人,了解情况。

僧人乙:看背影,像是卫元嵩……

继鸾住持(跺脚连连):佛门败类、佛门败类呀!罪过、罪过哪!

(冯小怜讲述情景画面结束)

5-18.(现实)蒙山山洞中　夜　内

篝火燊燊,

斛律光、冯小怜皆沉默。

……

斛律光(叹口气):……原来这样呀,想不到,你们的身世,真挺苦的。

冯小怜:你们大人物,高高在上,怎知民间境况、百姓疾苦?

斛律光:也知道些,却不知如此之甚……这么说,那个卫元嵩拐走小悯后,至今没有音讯?

冯小怜默然。

斛律光:我明白了。你女着男装,扮作游行僧遍旅江湖,意在寻觅妹妹的踪迹吧。

冯小怜:将军只说对了一半。

斛律光看着她,不解。

冯小怜:也为着能得遇见将军。

斛律光瞪眼盯着她,更加纳闷。

冯小怜:这也是继父的意思。他说,你是这个世上为数不多的靠得住的男人。他还交代,见了你后,拿出护身符,你定会了然于心。但是……看来他老人家想错了。

斛律光：嗯，我确实已有家室，这你应该知道。再说……

冯小怜（打断他）：别说了，小女仰慕大人久矣，宁可做妾室为将军执箕帚，也不愿进那个宫的……

斛律光：难得你的一片衷肠。其实，进宫也不是坏事，有享不尽的荣华富贵，总比跟着我一介武夫强？

冯小怜：怜只爱英雄，一向视富贵如粪土，更不要说那个"无愁天子"了。

斛律光：看看，你又来了，"无愁天子"怎么了？不管什么天子，毕竟是天子。有句话："君叫臣死，臣不得不死"，况乎他哉……

冯小怜（又打断他）：虽然是这么个理儿，可我，不想它从您嘴里说出来。

斛律光：为什么？

冯小怜：不知道！

二人又沉默。

篝火即将燃尽，

斛律光起身，欲添柴……

冯小怜（冷不丁地一把抱住他，噘起小嘴）：要不是怕连累继父和你，怜……宁可一死……

斛律光（轻轻推开她，走回洞口，倚洞壁半躺下）：小小年纪，净说傻话，有道是圣命难违呀，你如若封得个名位，能够贤助圣上，辨忠奸、勤国政，乃社稷幸甚，黎民幸甚！

冯小怜（打个哈欠）：唉，你呀，真拿你这个忠臣没办法，只怕是我无娄太妃之才，他也无高祖神武帝之德哟……

斛律光：那倒不一定。

……

洞里，冯小怜静悄悄地，没有了反应。

洞外，淅淅沥沥的雨声，住了。

斛律光也迷迷糊糊地闭上了眼睛。

5-19.蒙山山洞中　凌晨　内

喔、喔、喔……

一阵阵的山鸡打鸣声,夹杂着几声熊嚎传进洞来。

冯小怜睁开眼睛,

篝火已熄灭,

洞口露熹微,

一件男人的戎衣苫在自己身上,

斛律光已不见了踪影。

仔细听,外面还有一种"扑嗒""扑嗒"的奇怪脚步声……

冯小怜连忙起身,披好衣服,走出去。

5-20.蒙山山洞外　拂晓　外

洞口外的一小块平地上,斛律光伸胳膊蹬腿,正在边揣摩边做着一些奇怪的动作,只见他——

似金鸡独立,又伸颈鹤啄;

继而滚腰摆首,蜿蜒而行;

转而塌肩弓背,双掌猛扑;

忽而猴手猴脚,连抓带挠;

再而展臂如翅,犹鹞腾空;

继而瞎熊挥掌,顺风贯耳。

……

5-21.同上

冯小怜出了洞口,呼吸着雨后格外沁人心脾的空气,心境明显好了许多。她看着斛律光怪模怪样的"表演",颇感好笑。

冯小怜:鬼抽什么筋儿呀,大将军?

斛律光(停下,回头):我活动活动身子骨,你醒啦?

冯小怜:嗯,你的脚刚好了些,就折腾?

斛律光:我抻着劲呢。没事。

冯小怜：练什么功夫呢？

斛律光：谈不上功夫。几天来，我看见这满山的各种动物捕食、打斗时，扑、撕、钻、扫、叼、啄、扇、咬……动作矫健、身手不凡，各有克敌制胜的高招，这些我们人类天生都不如它们！因此，我很受启发，突发奇想——何不模仿这些野兽的动作，编练一套徒手武舞来教习官兵？一来能强身健体，二来更可增长一些杀敌技能！

冯小怜：将军真是有心之人，一心扑在行伍上。想法不错呀，它就叫……"形兽舞"吧？

斛律光：可以，编出来如果竞技性强，叫"形兽拳"也行。

冯小怜：好，有空我也能帮着你编排。天亮了，咱们走吧？

斛律光：这片杂木林，漫无边际，怎么也找不到出去的路？

冯小怜（打趣）：哼，真该把你一人丢在这儿，我溜之大吉，看你咋向主子交代！

斛律光：怕是，你也走不出去了吧……

冯小怜：没那一说，在蒙山，只要能望到大佛，就不会迷路的。

冯小怜说着，三下两下，爬上岩壁顶，挑中一棵高大的毛白杨，娇姿腾挪，几下攀了上去，极目远眺……

5-22.雨后蒙山　拂晓　外

（空镜）

整个蒙山仙境，像被圣水洗过般洁净清新。

遥远处山峦重叠，蒙山大佛身披薄雾，绽放五色光芒，俯视群巅。

5-23.山洞外　拂晓　外

斛律光还未明白冯小怜的用意，她已轻盈欢跳下地。

冯小怜：这儿叫九窑十八洞。（手指方位）那边是南大沟，左边是小西沟，右边是蒙山寨。咱们往西北走，不出四五里，就能看到蒙山晓月（古晋阳八景之一）！

斛律光：嘿，不愧是石匠的女儿。没想到我们未来的贵妃娘娘，还有爬高下低的猢狲绝活!

冯小怜:没想到吧,好几手呢。嗳,我可告诉你,以后别跟我提什么嫔呀妃呀的,小心人家不理你了。

斛律光:好、好、好,遵命、遵命。那,咱们快走吧,贵妃娘娘。

"咚",斛律光宽阔的后背挨了重重一拳。

冯小怜自己倒疼了,收回小手启唇哈吁起来,一双秀目死死地瞪着斛律光!

斛律光下意识地摸摸自家后背,咧开大嘴,不好意思地乐了,"嘀、嘀、嘀"……

5-24.蒙山晓月溪畔　拂晓　外

斛律光、冯小怜的倒影出现在一泓碧水之中。

(随着镜头,二人现身碧水之滨)

(字幕:蒙山晓月)

冯小怜:怎么样,这里?

斛律光:真是个好地方!

(镜头依次摇动)水中游鱼翩翩,水草萋萋,清澈见底,犹如天上瑶池;四周芦苇、翠竹片片,奇花异草簇簇,宛若人间仙苑;水面如镜,倒映着西天边一弯明月;偶有涟漪微泛,月影随波闪烁,真叫人分不清究竟是月在水中还是水在月中……

斛律光(天上水下来回瞅瞅,倏忽发现什么问题似的,惊异):啊?怎么东方已经显露曙光,西边月亮还老高的?

冯小怜:没见过吧?这就叫蒙山晓月,正是此地独特之处。这里的月亮,比别处升得早,却比别处落得晚。你瞧,这儿的水也很特别,爽而不凉,温润无比。女儿家常用它洗脸,丑也会变美呢。

冯小怜于水畔梳洗。

斛律光(也掬一捧水净面,感叹):果真、果真,确乃好水!

冯小怜:好吧?据说,即使百年大旱,此水也不会干涸呢。

斛律光:为啥?

冯小怜：与东海相连呗。

斛律光：我不信。

冯小怜：骗你干吗？真的，相传这一带的水脉底下有暗河，连同上面的净池，都与汾河相通哩，汾水又连着黄河，黄河直泻大海……

斛律光（探身看着水底）：噢，这么个连法呀，哈哈、哈哈！

冯小怜：……咯咯、咯咯。

冯小怜见他笑得灿烂的模样，自己也乐了。

冯小怜：你笑啥，不信？

斛律光（抿着嘴连连点头）：信，信。

冯小怜：明月将军——

斛律光：嗯，你还知道我的字？

冯小怜（动情地）：以往这个时辰，这里是两轮明月争光；今天，是三轮明月竞辉……

斛律光（不解）：又瞎掰，明明是两轮月亮，天上一个，水中一个嘛。

冯小怜：你傻，你不也是一个吗？还最靓（亮）！

（定格）

〔片尾曲（略）〕

（第五集完）

第六集

〔片头曲（略）〕

6-1.蒙山千层塔　晨　外

宝塔玲珑，风铃清脆。

冯小怜、斛律光，登上十三级舍利浮屠（千层塔），整个蒙山佛境，意韵尽览——

满目翠海绿浪，起伏涟涟。

簇簇青瓦红墙，点缀其间。

6-2.蒙山大佛前　日　外

冯小怜、斛律光崇敬地瞻仰大佛圣容。

冯小怜、斛律光将军，一同进香，跪拜礼佛。

6-3.开化寺山门前　日　外

继鸾方丈（已升座为方丈）双手各执斛律光、冯小怜的手，将二人送出山门。

老方丈面色沉郁，心情沉重，对两位晚辈充满无限的慈爱。

冯小怜已脱去僧衣男装，一身村姑装束，大方秀丽，神情难舍。

净昙维那自寺内牵出将军的坐骑四蹄踏雪玄青马，

斛律光接过净昙法师递来的缰绳。

一行人无言无语，

默默前行。

6-4.连理塔下　日　外

斛律光示意两位大德留步，

继鸾方丈缓缓停步。

老方丈看一眼冯小怜，又看一眼斛律光，慈悲无限、超凡脱俗的双眸，也泪花涌动。

继鸾方丈：适逢乱世，我儿珍重……将军保重……阿弥陀佛。

斛律光向两位高僧各深深鞠躬。

冯小怜跪地叩拜：父亲保重，师叔保重！

斛律光扶着冯小怜上马，

二人遥向立于山门前目送的众僧挥手致意，

斛律光执辔，下山。

6-5.寺底村外墓地　日　外

（悲怆的佛乐中）

四蹄踏雪玄青马甩着尾巴，在一旁吃草，

冯小怜在双亲坟前烧纸，跪拜祭奠，

斛律光将军随后在墓前鞠躬致哀。

6-6.蒙山御驾桥　日　外

桥上，二人下山的背影……

斛律光牵马于前。

冯小怜骑在马上，回头再往寺底村、开化寺、蒙山大佛方向看一眼，似有不绝情意，默默问：大将军，你爱……

斛律光动了动脖颈想回头看她，但忍住了，害怕她说下去。

冯小怜见斛律光头都不回，顿了顿话头：你爱……听我唱晋阳民歌，是吗？

斛律光：唔，是。
冯小怜：那我再给你唱，行吗？
斛律光：唔，行。你唱吧，我爱听。
冯小怜唱《蒙山怨》：

从小喝着你的乳汁——牙牙学话，
从小吃着你的高粱——蹦跳玩耍，
从小沐着你的——雨雪飘洒，
从小看着你的——山川如画，
蒙山啊，
你却留不住自家——亲生的娃。

斛律光听着，忍不住扭回头看了她一眼。
冯小怜迎着他的目光，继续唱：

从小就出生在——你的脚下，
从小就听着你的——钟声长大，
从小就跟着你——利生弘法，
从小就时时刻刻——把你牵挂，
大佛啊，
你却不懂得女儿——心里想啥……

斛律光听完，忍不住又扭回头看了她一眼。
冯小怜避开了他的目光，没再理他。

6-7.蒙山开化沟内石马坡口　日　外

坡口一卧石，状似驽马，上书"石马坡"。
二人经过卧石下山的背影……
斛律光牵着战马，汗湿戎衣；

冯小怜骑在马上,头也不回。

6-8.蒙山山口开化村边　日　外

——大将军!

——大将军!

官道旁,二亲兵陈凯、李柱儿翘首西望遥呼。他们身后路边,是一村落。(字幕:开化村)

见斛律光二人旋至,二亲兵遂自村口树桩上解下马匹,欲扶将军上马。

斛律光:你二人骑吧,我自己走走甚好。

二亲兵岂敢,面面相觑,不知如何是好。

冯小怜(在马上头也不回):你俩骑乘便是,莫管他,好在路也不远。

6-9.通往晋阳城官道　日　外

大路两边,牧坡连绵;

牛马如织,羊群如云。

路中央,几个人的背影……

冯小怜骑乘高头大马。(倩影袅娜而悲壮,配乐凄婉)

斛律光引辔于前,

二卒各自牵马,步履于后。

6-10.同上

冯小怜、斛律光及二亲兵行进的背影;

大道前方,滔滔汾水自天边而来,又向天边而去;

雄峻的晋阳城门楼隐约可见。

6-11.北齐邺都至晋阳山道上　日　外/内

崇山峻岭中,

（字幕：太行山）

群峰崚嶒，一条驿路依山傍水地蜿蜒伸展着。

几乘朝廷车驾居中，侍卫、仪仗前呼后拥，车轮滚滚，逶迤而进。

正中御辇内，高纬双目微合，脑袋随着车身轻轻颠晃，正举盏独酌。乘着酒兴，他嘴里叽叽啊啊地反复哼吟着几节不成熟的韵调，右手指还随律点击着车帮，饶有兴致。不一会儿，他撩起辇窗帷帘……

高纬（朝后吩咐）：传穆提婆，拿琵琶来，啊，对啦，还有纸墨……笔砚。

辇驾略停，穆提婆匆匆将钦点物品一一奉上。

高纬（指指身旁侧座）：穆卿就在这里坐下，路途尚远，寡人怪孤闷。

穆提婆：臣遵旨，那，再玩玩弹棋？（指指几旁的棋台）

高纬：昨儿个玩了一天，不想玩了……路也太颠，影响情绪，你先陪朕说说话。

穆提婆：是、是。

（辇外）

邓长颙：起驾!

车驾人马继续前行。

（辇内）

穆提婆：陛下，此番邺都之行可没白跑！突厥可汗同咱们改善了关系，北疆就安生多啦。

高纬：那是当然。寡人早就料到这一着，他突厥眼下同库莫奚、契丹打得正欢，岂能不与我修好？其他小国，还不是看咱们的眼色过活？仅凭他关西伪朝，能掀起什么大浪，啊？

高纬一副意得志满的样子，一时兴起，挚过琵琶，挑、滚、勾、抹……胡乱弹了一通不知什么曲子，遂又嘴里叽叽哝哝哼吟着，揉、推、挽、绞……忙着调音定调；忽而一把操过文宝，奋笔疾书起来……继而再操琴痴迷弹奏一阵……如此重复。其神其态、如狂如癫——随着其手指的（特写）动作，断断续续的音乐（不太连贯的一些音节）飘出琵琶音窗。

穆提婆（听着，一脸疑惑，小心翼翼）：喔，这几段散曲儿，倒听着好优哉游哉嘞……敢问陛下，您这是？

高纬：嘀嘀，心里高兴，随便编个曲子，自娱自乐哉。

穆提婆：陛下新编之曲，什么名儿？

高纬：就叫……"无愁之曲"，如何？啊？哈哈哈。

穆提婆（赶紧竖起大拇指）：高，确实是高！这个名儿，起得好！"无愁曲"，太贴切啦！咱大齐在您的文韬武略和佛祖的庇佑之下，四夷臣服，万邦来朝，真是何愁之有哇？我的好陛下，真不愧是知音谙律、多才多艺的治国经世之奇才哪！

高纬：爱卿过誉，爱卿过誉……这里也有你的功劳，你也没有白吃饭嘛！

高纬心里舒坦极了。

——哈哈哈，

——哈哈哈……

君臣开心的欢笑声，飘出辇驾外，顶风响十里。

6-12.北齐晋阳城门　下午　外

两排门禁挂刀握戟，左右肃立。

城门额书"晋阳""朱雀门"字样。

商贾、百姓进进出出，川流不息。

一乘轿舆沿官道风尘而至。舆前所插牙旗，上书"使"字。轿舆后，一溜几辆贡车，均是满载。

城门两边军士举起兵器交叉相架，将使节的队伍拦下。

卫元嵩持节下轿，掏出通关文牒，递上。

门将查验，放行。

周国使节车马，辚辚通过城门洞入城。

6-13.北齐晋阳城晋阳宫　日　内

——娘娘千岁！娘娘千岁！

一声声清脆悦耳似人非人的（画外）嗓音，逗得宇文妃芳心大悦，咯咯直乐。

（字幕：宇文妃寝宫昭信宫）

（镜头平移）一只鹦鹉（斛律光救下的那只）在鸟笼中踅来踅去，机灵可爱，羽色艳丽。一身婢女装束的冯小怜，正在鸟笼前精心饲喂、调教。秀秀及其他几名宫娥、女婢各司其事。

宇文妃（乐颠颠）：怪不得我教它，它都不说话，一见你就活泛了，原来是你入宫前走失的呀，真巧。这么大的鹦鹉本宫还没见过，是什么品种？

冯小怜：回主子的话，此鸟名"金刚鹦鹉"，个头能长得很大，非本地品种。这只还算是雏鸟，是天竺国高僧跋陀罗呔伽巡锡蒙山开化寺时留下的。它聪明舌巧，特别善学人语，一教就会。

宇文妃：哦，那它很挑食吧？前几天一直都不好好吃东西呀。

冯小怜：它认生，跟我有感情。而且，不能只喂精米精豆，还得多让它吃些草籽、蔬果、海蛎子骨粉等。另外，它也不可老被关在笼内，要时常让它出来在栖架上放遛放遛。

宇文妃：这些我还真不懂。噢，咱给它起个名字吧？

冯小怜：回娘娘话。它有名字，叫"蒙蒙"。

6-14.同上

（画外）陛下驾到——

门外太监大声宣呼。

鹦鹉蒙蒙（入画），在栖杠上跳来跳去，歪着头学舌：陛下驾到，陛下驾到。

宇文妃（紧赶着整束衣鬟，率众跪迎）：臣妾（奴婢）恭迎陛下！吾皇万岁万万岁！

高纬（风风火火进来，尚未落座，劈头问）：人呢？

宇文妃：什么人？

高纬：明月大将军送来的那个人，你把她藏哪儿啦？

宇文妃（亲自给高纬斟了一杯茶）：陛下是说冯小怜吧？哟，一个大活人，臣妾能往哪儿藏啊？就是有地藏，臣妾也没那胆子呢？

高纬（发火）：朕看你不仅有胆子，胆子还不小！没有朕的谕旨，你竟敢将她私留为婢，是何用意？

宇文妃：是她自己要求侍奉臣妾来着。也是的，看陛下给臣妾安排的这些残疾下人，一个个的，形同玩偶，只配取乐！

高纬：你懂个屁，侏儒精灵在我佛教中乃忠勇力神之象征，汝竟敢污蔑？放肆！

宇文妃：可使唤起来多有不便呀！臣妾早想再收个健全的贴身女婢了，见这个冯小怜做事麻利，就答应了她。她真是勤快能干呀，别的不说，穆大人拿来的那只气息奄奄的鹦鹉，经她一侍弄，立即机灵活欢，伶牙俐嘴，还望……陛下息怒。

蒙蒙也很争气，此时又摆头摆尾附和：陛下息怒。陛下息怒。

高纬（看了它一眼，并未息怒，冲宇文妃）：少说这些废话，人呢？是哪一个，都给朕抬起头来！

依旧跪着的众宫娥女婢吓得慌忙抬首——冯小怜面容出众，粉黛之中，冠压群芳。

高纬目光如炬，一眼便认出了蒙山围猎时那个曾经的"小和尚"，双眼直勾勾、旁若无人地呆视着。

高纬（失声自语）：哇！有人说"江山易得，人心难得"，依朕看是"江山易得，美人难得"！朕活了这么久，今日方才得到真正的美人！

鹦鹉蒙蒙（怪声怪调）：江山易得，美人难得……

宇文妃（用衣袖甩了一下鸟笼）：去！

蒙蒙吓得从栖杠跌落笼底，闭嘴、歪头、眨巴眼珠。

宇文妃（跪奏）：陛下呀，臣妾有心长留小怜于身边，一来想多教习她些音声乐理、宫闱礼仪；二来臣妾觉得使唤着称心顺手；再

者，在我身边，陛下也能时时见着她了……恳求陛下恩允。

高纬：哈，笑话！寡人见她，还要到你这儿见吗？

宇文妃语塞，半晌说不出话来……

高纬：哼，你教她？使唤她？怕是你还不配！朕看你连给她提鞋都不配，来人！

邓长颙（应声而入）：老奴承旨。

高纬：即刻宣诏！

邓公公：遵旨，（转身）冯小怜听宣——奉旨宣谕，大齐皇帝诏曰，敕封蒙山寺底村民女冯小怜为淑妃，行在隆基堂寝宫，钦此。

冯小怜悒悒无语。

邓公公（提示）：淑妃娘娘，还不快快领旨谢恩！

冯小怜（郁郁跪拜）：……民、民女，谢过陛下。

高纬脸上乐开了花。上前亲执冯小怜的笋手，扶起她。

高纬：爱妃平身，平身。冯爱妃，这些天朕不在晋阳，委屈你啦。你发挥你的特长，咱们每天唱歌跳舞，好好玩玩……爱妃先随邓公公到御衣坊更衣去吧，寡人随后陪你……噢，把咱的鸟鸟也带上，朕还要赐它个金笼子，正式册授它为开府（官名）呢。你的养父继鸾方丈，晋封国师！

6-15.同上

邓长颙手提鸟笼引领淑妃冯小怜退下。

被晾在一边的宇文妃，经不住这样的突然变故和万般羞辱，顿感一落千丈、颜面大丢，一把鼻涕一把泪……

宇文妃：陛下哪……臣妾毕竟是大周朝堂堂公主，并非普通嫔妃……皇上若是另择新欢，妾身甘当让宠。不过，请陛下以两国关系为重，还望尽早将我送回周国，省得妾身……去冷宫受罪。

啪——

高纬（一记巴掌掴在宇文妃的脸上）：呸！什么狗脚公主？你明明是汉奴所生的普通宫女而已。宇文邕小子假汝以姓，册封为陇月公主,冒充亲生,和亲我国蒙骗于朕,你当寡人不知?

宇文妃(一手捂住脸)急了:不知怎样?知又怎样?汉人怎么了?汉人、胡人,不一样是人?陛下您还不是汉人?

高纬(瞪起眼):你、你胡说什么?朕看你是疯了!

宇文妃(性本刚烈,今日反正是跌倒葫芦洒了油,豁出去了):陛下才疯了呢!天下百姓嘴上不敢说,心里谁人不知?你高家一门祖上原本也是汉人,不过在胡地住了些年,生吃了几天膻肉,反倒自诩胡种,欺宗忘祖起来,不是疯了,又是怎的?

高纬(恼羞成怒):啊呀呀!你你,小贱妇你吃了豹子胆?竟敢揭朕高家老底儿,反了你了!(径直到宫门外,从御前侍卫腰间抽出一柄腰刀,直取宇文妃)

宇文妃(浑身一凛,直往后退):陛下……别……别……若把我怎样了,只怕周国大兵一到……

高纬(愈怼,冷笑):嘿嘿,你还敢拿关西伪朝吓唬朕?可惜寡人偏偏不怕!

"咔嚓"一声,

鲜血喷射。

可怜宇文妃一语未尽,早已被气急败坏的高纬手起刀落腰斩劈为两截,尸身于血泊中,久久扭动不止。

众宫女惊恐呼喊,四下逃窜。

高纬(浑身溅血,大叫):来人哪!

太监、侍卫奔入,见状,不忍目睹,呆愣……

高纬:快快拖去喂狗!气死朕了,传谕太乐署,给朕把她的髀骨剔出来,做一把琴!

6-16.晋阳城穆提婆宅第　晚　内

奢华豪邸,富丽堂皇。

(字幕:穆提婆府宅)

厅堂,穆提婆歪斜在太师椅里,悠闲地品茶,并同成群的妻妾们

调笑。几名丫鬟围绕着他为其捏腿捶胯。

一名管家模样的人走进来：禀老爷，有外使求见。

穆提婆懒得说话，摆手拒客。

管家凑前，递上一帧名帖及礼单，嘀咕窃语：老爷，此使原本是我齐人，早年为开化寺僧，仰慕您老威名久矣，万求一见。

穆提婆勉强接了帖子和礼单，读着，点了点头。

管家会意，朝门外招呼：有请周国使臣谒见！

门口，两名婢女掀起锦帘……

卫元嵩进来，向后一招手，几组驺从抬箱捧箧鱼贯随后，将重礼摆放当堂，堆如小山。

众驺从退下。卫元嵩上前，揭开其中一只箱盖——珠光宝气，辉映四壁！

穆提婆和妻妾们眉眼大睁，笑逐颜开。

穆提婆：管家——

管家上前：小的在，请老爷吩咐。

穆提婆：东厢房设宴，为周国使臣接风！

6-17.穆提婆府宅东厢房　晚　内

（画外）杯盘碗箸磕碰声、男女喧哗笑声……

（入画）卫元嵩、穆提婆及几个陪酒女眷正在席间推杯换盏，都已有几分醉意。

穆提婆：……贵使客气，嘀嘀，穆某无功受禄、却之不恭啦。

卫元嵩：区区薄礼，不成赘敬、不成赘敬。鄙使久仰阁下大名，今日得见，果然人间圣贤！鄙使再敬穆大人一觞！

穆提婆（喝酒）：本官也早有耳闻，卫沙统在周国亦非等闲之辈哪。

卫元嵩：不敢、不敢。您是齐国枢密重臣，堪比高天鸿鹄！在下一小小使节，形同燕雀，岂可同日而语？

穆提婆：哪里、哪里，贵使不必过谦，有缘同桌畅饮，就都不是外人嘛。

卫元嵩：大人所言甚是。想当年小的初在蒙山，就有心拜访大人。无奈彼时的我只是一穷山僧，而大人已是监凿蒙山大佛的朝廷命官！嵩自惭形秽，无颜高攀大人哪……

穆提婆：现在好了，你我各自为官，同处衡轴——金子，迟早会放光的嘛！啊？嘀嘀嘀……

卫元嵩：阁下真痛快人也，元嵩相见恨晚！如蒙不弃，元嵩愿尊阁下为大哥，以示仰慕，不知穆大人肯否屈尊赏脸？

穆提婆（想了想）：嗯……也好，也好。我国皇上庸顽寡断、外强中干，我也早想留条后路……如今天下纷争，世事难料，你我各事其主，彼此也能有个照应……来！贤弟，喝酒，喝酒。

卫元嵩（擎筋高举）：穆大哥同饮！诸位嫂子同饮！

6-18. 同上

酒过三巡，

穆提婆（剔着牙）：贤弟不妨……再去拜谒一下右丞相高阿那肱大人，凡事也好有个斡旋……

卫元嵩：承蒙大哥指点，都有准备、都有准备。

穆妾甲（插科嬉笑）：奴家敬叔叔一盅！

穆妾乙、穆妾丙（媚眼打诨）：叔叔请满饮此盏……

卫元嵩（一一豪饮，借酒兴，诳辞大发）：多谢诸位嫂娘！穆大哥真是好福气，回家娇妻美妾，上朝一手遮天，一人之下，万人之上，实乃当今巨擘！元嵩今得高攀结附，三生有幸！

穆提婆（大口喝着酒，脸红）：唉，也不尽然。贤弟有所不知，朝堂之上，也还有人不买我的账的……

卫元嵩（假惺惺）：不会吧？当今齐国，谁不知道您主沉浮？满朝文武都得看您的眼色行事，还能有人不识时务？

穆提婆（打了个酒嗝）：嗳，你可别说，还真是有人，敢跟咱叫板。

卫元嵩：是？还有这人？他是谁呀？长三头六臂？

穆妾甲：……除了那个斛律光，还能有谁！

穆妾乙：人家是大将军！倒没长三头六臂，可长（掌）着兵权……哼，从不把我家老爷放在眼里。

穆妾丙：还、还得让着他三分哩！

卫元嵩（盯着穆提婆的眼睛，一副不相信的表情）：真的，穆大哥？这，不至于吧？

穆提婆（无奈摇摇头，醉眯着眼，摊开两手）：怎么不至于？咱一家人了，不怕你笑话，斛律光那家伙……还就是常跟老子过不去，我没少受他的气！

卫元嵩：小弟不信。

穆提婆：远的不多说，给你举个最近的例子……

6-19.（穆提婆讲述情景画面）晋阳宫　日　内

朝堂上，

（字幕：晋阳宫德阳殿）

高纬（笑眯眯望着文臣班列穆提婆等）：……新增税赋之事，你们做得不错，甚合朕意。国务有卿庀理，寡人无忧矣！

穆提婆：承蒙皇上信任，理当尽瘁效命。

高纬：卿等辛苦了，朕今个真高兴，要重重犒赏你们！

穆提婆：我主如此体恤下臣，着实令微臣感激涕零……陛下……

（穆提婆嗳嗫，欲言又止）

高纬：有什么想法，有什么困难，尽管直陈好了，穆卿不必拘泥。

穆提婆：陛下，微臣家口偏多，资用偏紧……祈请圣上——能否将晋阳城西蒙山脚下的部分土地恩赏于臣，伏望天慈，不胜惶恐……

高纬：好，就将那里的良田敕赐爱卿千亩，高阿丞相八百亩。

穆提婆、高阿那肱双双俯拜：叩谢我主隆恩！

武将列内，斛律光即刻出班拦阻。

斛律光：陛下，不可不可，万万不可！此处官田肥沃，自本朝高祖神武帝以来，专种苜蓿粟禾饲哺军马万匹，如若割分私人，必定有损国家防务，恳请陛下以社稷为重，收回成命！

高纬：哦，既然如此……那暂缓再说吧。

邓公公宣呼：退——朝——

穆提婆、高阿那肱盯着斛律光，暗自咬牙……

（渐隐）

6-20.（现实）穆提婆府宅东厢房酒筵上　夜　内

卫元嵩：这也太狗咬耗子和欺负人啦！天子都发话啦，他斛律光算个屁，又不是他家的田！

穆提婆：谁说不是！我早相中那片地，眼看到手，竟让这个搅屎棍给搅黄了！唉，没办法，这样的事多了去……

卫元嵩：大哥筹谋天下，跺跺脚，齐国地震，收拾个把人应该不难吧？

穆提婆：权且忍耐。总有一天，他会犯在老子手里，老子就不信抓不住他的小辫子！

卫元嵩：那也不能老让他当咬毯的圪蚤！小弟真替您抱不平，如若用得着，小弟愿帮大哥尽快出这口窝囊气！

穆提婆：着急不行，不是那么简单。斛律光在齐国也是树大根深，想要快速扳倒他，谈何容易？你，可有啥好办法？

卫元嵩：不瞒大哥说，我国君臣早对这个人恨之入骨，期冀除之！小弟此番来……

卫元嵩顿住话头，环顾左右；

穆提婆向妻妾们扬扬手（穆眷及侍婢们知趣地讪讪而退）。

卫元嵩凑近穆提婆密语……

（画面转暗）

6-21.晋阳城晋阳宫　日　内

琵琶乐《无愁曲》完整旋律。

（字幕：晋阳宫仁寿殿）

（镜头）由几根弹奏着的男人手指，慢慢移至演奏者的脸上——高纬臂缠念珠，怀抱琵琶，摇头晃脑，于殿上自得其乐。

（画外）鹦鹉蒙蒙的声音：穆提婆来啦！

穆提婆的声音（画外）：给开府大人请安！

蒙蒙的声音（画外）：免礼，免礼。

殿正中（舞池内），淑妃冯小怜身着舞裙，正耐心编导、教习一班袖珍舞伎排演舞蹈剧《观音菩萨降妖魔》第一幕：《欢乐人间》。

男女袖珍演员们（领队为淑妃的贴身侍婢秀秀）在冯小怜的带领下，诙谐地走着矮子步起舞《欢快劳动》集体舞，分别表现出狩猎、放牧、采桑、织布、耕种、收割等劳动场面……

穆提婆进殿，御前顿首：启禀圣上，周国遣使朝觐，现在宣德殿朝堂外候驾。

高纬（停奏）：不必了，朕懒得去，就在此接见吧。

穆提婆：臣遵旨。（叩退）

高纬朝殿下一扬手，冯小怜及袖珍艺人们退去。

琵琶音声又起，高纬边弹边哼哼……不一会儿，邓公公近前……

邓长颙：陛下，穆大人禀报，周使已在殿外候旨。

高纬（懒洋洋）：宣吧。

邓长颙转身朝殿外：宣周国使臣觐见——

（定格）

〔片尾曲（略）〕

（第六集完）

第七集

〔片头曲（略）〕

7-1.晋阳城晋阳宫　日　内

周使卫元嵩持节上殿，御前施礼。

（其脸部特写）

卫元嵩：周国使臣卫元嵩参见齐国皇帝陛下！

高纬弹兴正浓，头也未抬。

卫元嵩再禀：此乃敝国礼单，请大齐皇帝陛下御览！

邓公公接过，呈上。高纬扭头瞥了一眼，鼻子里嗯了一声。

高纬：赐座吧。（继续弹、哼曲乐）

卫元嵩：谢大齐皇帝陛下！

卫元嵩入座，尴尬，须臾，欠欠身，鼓起勇气觍脸诌谀……

卫元嵩：陛下琴不离手，曲不离口，才艺双绝、一代天骄，堪称当今帝王之佼佼者也！

这招倒是挺灵的。

高纬（马上歇手，搭腔）：哦？贵使也懂音律？

卫元嵩：敝人蠢笨，谈不上懂。请教陛下所弹何曲，如此妙绝？

高纬：此朕新谱拙作，名曰《无愁曲》，贵使可有兴趣雅正？

卫元嵩：不敢，能聆听陛下龙吟大作，乃敝使之耳福也。

高纬大悦，遂一招手，几名身材婀娜的佳丽款款移步舞池，伴乐

起舞……

7-2.同上

高纬调琴定音,悠扬过门儿,干咳一声,抚琴而歌:

(出字幕,高纬唱《无愁曲》)

江山社稷,
兀自拥有……
日月星辰,
轮回不休……

无愁,无愁,
试问天下谁无愁?
无愁,无愁,
贵为天子朕无愁!

大块吃肉,
大碗喝酒,
佛珠绕衣袖,
丽人伴左右……

今日无愁,明日亦无愁,
贵为天子,永、无、愁……
若想让朕愁,
除非汾河水——倒——流!

(音乐间奏,高纬歌喉渐次而高,如痴如癫)

佳馔珍馐,

吃了还有……
琼浆玉液，
汩汩长流……

无愁，无愁，
试问天下谁无愁？
无愁，无愁，
贵为天子朕无愁！

大块吃肉，
大碗喝酒。
佛珠绕衣袖，
丽人伴左右……

今日无愁，明日亦无愁，
贵为天子，永、无、愁……
若要让朕愁，
除非砍了大——佛——头！

（高纬怀抱琵琶臂缠念珠自弹自唱的同时，众佳丽时而翩翩伴舞，时而围绕高纬前后左右，忸怩作态，把盏举杯，呈现醉生梦死的画面。镜头亦间或回放汾河水波滔滔、蒙山大佛仪态巍巍画面）

佛珠绕衣袖，
丽人伴左右……
贵为天子
永、无、愁……

若想让朕愁，

除非汾河水——倒——流！

若要让朕愁，

除非砍了大——佛——头！

（高纬唱完）

7-3. 同上

歌毕（镜头拉回现实），

邓公公摆手，众佳丽退下。

高纬仍手拈佛珠，神情忘我，双目惺忪，傲慢地睥睨着阶下的敌国使者，等待他的赞美之词。

卫元嵩（呱呱拍手）：妙极妙极！鄙使聆之，简直飘飘上天矣……陛下，如此仙乐，何不请宇文娘娘亲自伴舞，岂不愈加珠联璧合、相得益彰哉？（这一下马屁拍到马蹄子上了，不提宇文妃还好，一提及，高纬脸色难看起来）

高纬：怎么？想见贵国陇月公主啦？她不是一直在殿上给贵使演奏着么？

卫元嵩眨巴着眼睛，左右环顾，不明帝意。

高纬手又一招，一班袖珍舞伎复出，于舞池内手舞足蹈开来。高纬拨琴伴之……突然骤停，就势将手中乐器飞掷阶下，喝叱：拿去看吧！

乐器不偏不倚，正入卫元嵩的怀中。

卫元嵩一怵，双手捧定，低头观看时，不禁魂飞魄散——（特写）原来是一把用女人大腿骨制作的琵琶，琴首还安着个骷髅头！

（特写：旁边舞池内一戴着魔鬼面具的袖珍男舞伎，向卫元嵩挤眉弄眼、龇牙咧嘴地频频扮演狰狞相）

卫元嵩毛骨悚然、手脚发冷、瑟瑟发抖。

高纬：贵使莫惊，宇文娘娘之前曾请旨返周，你既然来了，正好携其同归，也算了却了她生前凤愿。单就乐器而言，这把琴，乃我国乐匠高手精制而成，世间独一，音色上乘，方才你也亲聆了，不啻天界之物，就有劳贵使将它转交给宇文邕，权且算作朕的回赠之礼吧！

卫元嵩抱着人骨琵琶惊傻了。他定定神，一切都明白了……眼下首要之急，先保住小命，安全返周，可别惹得这个喜怒无常的君王把自己也草菅了。

卫元嵩：遵旨，遵旨，承蒙大齐皇帝的美意，鄙使一定转达，一定转达！不仅如此，鄙使回去还要奏明我国国君，另选一位更年轻貌美的公主呈送给陛下，嘿嘿。

高纬：这就免了。朕已有新欢。你们周国美女不行，比起我齐国自产的差远了！

卫元嵩（尴尬）：喔唷，如此说来，新人肯定是天下无双、美艳无比的喽！鄙使贺喜大齐皇帝陛下！

高纬转而高兴，正想在外人前显摆一下，便吩咐邓公公：唤淑妃出来见过周使，让他开开眼界！

邓长颢领旨而去，不一会儿，引领着凤衣凤钗、金枝玉叶般的冯淑妃盈盈而至。

卫元嵩一见，又傻了。

冯小怜见嵩，第六感触动，

四目以对，怔怔而视……

7-4.（卫元嵩眼中臆景）

冯淑妃、卫妍妃二人画面，以及十几年前他在蒙山开化寺小姐俩居室偷窃孩子的情景，不断交替闪烁幻化……

7-5.（现实）晋阳城晋阳宫仁寿殿　日　内

卫元嵩揉揉眼睛，有些头晕……

高纬：怎么？贵使难道认识朕的爱妃？

卫元嵩（一惊，神色回归现实）：啊啊，不，不。陛下，淑妃娘娘实在是太完美啦，太美啦，宛若天界仙姑、观音菩萨……在下肉眼凡胎，从未见过，从未见过，实在是看呆了！

　　高纬（得意地）：哈哈哈哈……

7-6.晋阳城门楼　日　外/内

　　卫元嵩的几辆使舆匆匆驶出城门洞。

　　（字幕：晋阳城白虎门）

　　守门将卒将其拦下，查检通关木棨，放行……

　　卫元嵩慌慌张张地坐在轿舆中，从后窗回望城头……

7-7.（卫元嵩臆景画面）同上

　　巍峨的晋阳城楼在卫元嵩的眼中幻化为一只巨大威猛的老虎头，阔敞的城门犹如老虎张开的大口，两排擎刀守门兵士则像虎口内锋利的牙齿……正咧嘴龇牙，跃跃似向前扑来……

7-8.（现实）大道卫元嵩轿舆上　日　外

　　（特写）卫元嵩惊惧的面孔。他回身夺过驭手长鞭，狠抽驭马：驾！驾！

　　一行使舆绝尘驰离晋阳城而去，消失不见。

7-9.黄河渡口　日　外

　　大河上下，黄波浊天。

　　（字幕：黄河）

　　广阔的河滩，

　　警卫森严的木垒栏楯码头，

　　卫元嵩坐在舆内，驺从们步行，通过栈桥上至渡舴。

　　船行中流，起风，一个恶浪狂扑上船，正好将卫元嵩一行掀翻卷下渡舴，船上船下顿时响起一片嘈杂的呼救声。

　　卫元嵩从水中挣扎冒出头来，拼死抱住漂在浪峰间的一只木箱。其他落水驺从在波涛间忽隐忽现，漂向下游。

宽阔的河面突兀收紧,状似壶嘴,水流骤湍!危急时刻,几名船夫甩掉短褂飞身跃入河心救人……拖着口吐黄水不止的卫元嵩和那只箱子,竭力凫向对岸……

一些落水者连同渡驳、车马轿舆被轰鸣的激流裹挟着,坠入一道浊浪滔天的巨大深渊——

(字幕:壶口瀑布)

(画面呈现)惊涛骇浪……

7-10.(一组短画面)北齐军营中　日　外/内

斛律光视察军营……

斛律光军列前训话(默声)……

(军帐中)斛律光探视伤兵……

斛律光与士卒同吃、同住、同劳动、同操练、同娱乐(席草地而坐,齐声高唱《敕勒歌》)……

7-11.北齐长城上　日　外

斛律光在边关长城上巡视,身后亲兵(李柱儿、陈凯)护卫,边将紧随。

斛律光等警惕地瞭望、注视着敌国境内……

(渐隐)

7-12.北周长安城　晨　外

城门箭楼,

"周"字大旗迎风招展,

兵士林立,戒备森严。

(字幕:北周国都长安)

7-13.北周长安城内　晨　外

街肆里,不时有校尉率领巡逻马队疾驰而过……一副厉兵秣马的气派。

7-14.北周长安皇宫　晨　内

早朝，

（字幕：长安皇宫大德殿）

"嘭！"

一支乐器从高处的御座上被狠狠摔下，掷于当殿，摔为数截——柄断弦连，从音窗内仍发出的"嗡嗡"声音（放大的），久久绕梁不绝……

（特写）正是高纬所弹的那支（宇文妃）人骨琵琶！

远远端坐龙椅的周武帝，真颜虽未露，但从朝堂的紧张气氛中就可以感知他此刻震怒异常。

（字幕：周武帝宇文邕，字祢罗突）

远远传来宇文邕沉闷的鼻音腔：……就这些吗？

卫元嵩（拜伏于当堂）：回禀陛下，微臣此次出使伪齐，基本情况就这些了。

宇文邕（拍案而起）：高纬小子丧尽天良，欺人太甚，分明是挑衅于我（国）！

分列两班的朝臣议论纷纷，群情激愤；

众武将更是摩拳擦掌，义愤填膺；

柱国大将军梁雄早已按捺不住，于臣列中抢先跨出一步。

（字幕：北周猛将，柱国大将军，庸国公梁雄，字卜布娄）

梁雄：陛下，臣请旨率兵五万，假道突厥，从漠北偷袭晋阳，打他个出其不意、措手不及！臣发誓荡平贼境，出出这口恶气！

达奚武请战。

（字幕：车骑将军，同州刺史，郑国公达奚武，字成兴）

达奚武：末将愿与梁将军同征，为陇月公主报仇，以雪国耻！

韦孝宽出班。

（字幕：上柱国大将军，大司空，郧国公韦孝宽）

韦孝宽：自漠北入齐极为险阻，且大将斛律明月未易可当，以前车之鉴，伐齐时机尚未成熟。陛下，元嵩此番使齐业绩斐然，臣等已有所布置，只是效果暂未显现，一旦得手，可有事半功倍之效。老臣以为，目前形势仍以静观待变为上，不宜盲目举兵。

梁雄：大司空所言着实不敢苟同！兵法云："由不虞之道，攻其所不戒"，胜券在握！老将军一味惧敌如虎，畏葸避战，会丧失诸多战机啊！坐等，能消灭敌人吗？

卫元嵩：静观待变、静观待变，静观待变也不能让人骑在脖子上拉屎！这回若再无动于衷，四邻各国恐怕全要把咱看作软柿子！堂堂大周就等着让人捏吧！（言毕归列）

杨坚出列。

（字幕：随州刺史，骠骑将军杨坚）

杨坚：启禀圣上，臣也赞同韦司空的意见。孙子曰："主不可以怒而兴师，将不可以愠而致战"，若因一时之愤而妄动，恐致事倍功半，抑或功败垂成……愿陛下慎思之。

宇文宪出班。

（字幕：雍州牧，齐炀王宇文宪，字毗贺突）

宇文宪：陛下，臣认为韦司空及杨坚将军的看法较为明智，如果眼下仓促出兵，难有几分胜算……

其音未落，宇文邕以手势制止。

宇文邕：卿等所言不无道理，然朕已等不及了！朕倾向梁雄的提议，尔等毋得再谏，忍受如此奇耻大辱而不出兵，必被视为软弱可欺，贻笑天下。退一步讲，即便咱们不能取得大的胜利，也要给那个"无愁天子"一些教训！朕决定，克日发兵十七万，御驾亲征，讨伐齐逆！其他人还有不同意见吗？

宇文邕扫视了文吏们一番（镜头逐一摇过）：

（字幕：开府仪同三司，内侍中大夫王轨）

（字幕：开府仪同三司，宗师中大夫宇文孝伯，字胡三）

（字幕：开府仪同三司，露门博士沈重，字德厚）

（字幕：吏部中大夫令狐熙，字长熙）

（字幕：开府，司乐中大夫斛斯征，字士亮）

……

王轨、宇文孝伯、沈重等文臣皆伏拜赞同：齐君暴戾，令人发指。我主举仁义之师，御驾亲征讨伐无道，可谓师出有名！

7-15.同上

宇文邕：众卿听宣！韦孝宽、杨坚、宇文宪、王轨——

韦孝宽、杨坚、宇文宪、王轨出班，整衣而跪：臣听旨。

宇文邕：敕命汝四人辅佐太子监国，署理朝政，镇守关防，朕亲征期间，一切军国大事均由尔等裁处！

韦孝宽、杨坚、宇文宪、王轨（同声）：臣遵旨。（归列）

宇文邕：卫元嵩——

卫元嵩又出班扑地而跪：微臣在！

宇文邕：你出使伪齐归途遇险且染恙在身，可专事调养，近期就暂免辛劳啦。

卫元嵩：多谢皇上体恤。微臣不能随驾出征，特荐犬侄卫嵩代为军前效命，为国出力，杀敌立功，以报效陛下皇恩！

宇文邕：准奏，擢升其为奉骑都尉。

卫嵩（御前顿首）：谢陛下！末将愿肝脑涂地，以效犬马！（叩退）

宇文邕：达奚武——

达奚武（出班）：臣在！

宇文邕：此次出兵拟分南北两路，朕命你为南路军总管，统精锐步骑五万，号称十万，东出潼关渡黄河北上。你路不得恋战，只可虚与委蛇、广张疑兵，如能引齐将斛律明月南顾，朕即立头功于你！听明白了吗？

达奚武：臣明白，臣谨遵圣谕！（入列）

宇文邕：柱国大将军梁雄听宣——

梁雄（出列垂首施礼）：臣恭聆圣谕。

宇文邕：你是我朝为数不多的常胜将军、开国元勋，屡建奇功。本次伐齐，兵马大都督之职非汝莫属！同时，你再兼任北路军总管。朕命你率精兵十二万，假道突厥自漠北入齐，千里奔袭其腹地老巢——晋阳。此途虽曰险阻，然对敌来说同样险阻！梁爱卿，快快接掌帅印吧。

近侍太监何泉捧印上前。

何泉宣呼：圣旨下，柱国大将军梁雄接掌帅印！

梁雄（跪拜）：臣遵旨接印，谢陛下隆恩！（归列）

何泉再呼：大周皇帝诏命！众将听宣：

宇文神举为护驾领军；

宇文孝伯总典机要；

慕容俊伟为粮草都督；

司马消难为南路军先锋，宇文贤副之；

宇文英为北路前军先锋，韩延、越勤世良副之；

尉迟迥为北路中军先锋，卫嵩、宗挺副之；

宇文纯为北路后军先锋，薛禹生副之。

……

钦此！

众将出班：谢吾皇陛下！！

7-16.同上

宇文邕：众爱卿，此次东伐，朕将随北路大军行动。战略构想是：两路大军，南北呼应；调虎离山，直捣中枢；歼其主力，隳其龙脉，为下一步彻底灭齐打下基础！

梁雄、卫元嵩、达奚武、宇文神举、尉迟迥、卫嵩等将同呼：我主威仪天下，胜算可期！

宇文邕：具体战术意图：一、我军北线一路，采取阴行疾进，以收突袭之效；二、南线一路则阳行缓进，虚张声势，示敌以攻取平阳之态势，以吸引晋阳敌之主力南调；北路大军乘虚一举袭占晋阳，断敌后路，继而人不卸甲马不卸鞍，旋即挥师南扫，会同南路军聚歼齐军主力于平阳地区；三、考虑到敌之狡诈，如南线我军不能吸引敌之主力南调，则应置平阳之敌于不顾，绕道北上，于预定时间内驱兵至晋阳城下，与北路大军会师，合力围攻该城。若此种局面出现，届时，我南北两支劲旅将犹如两条入海蛟龙，也能拿下晋阳这座乌龟壳，尽歼其主力于斯，并力争生擒敌酋斛律明月！

大德殿里，宇文邕越说越激昂。朝堂之上，平天冠下，剧烈晃动的串串玉旒后面，难觑其容，只闻其声。

宇文邕：以上作战意图达到后，我军遂转兵锋于晋阳西山一线，挟得胜之余威，顺势将这一地区的寺、庙、塔、像及蒙山大佛悉数捣砸殆尽，彻底驱散其王气，灭其所倚，毁其所恃！哼，高纬小子！朕虽不能使汾水倒流，就先砍了你的大佛头试试！

御座阶下，文武群臣跪倒一片，山呼：吾——皇——英——威——！

宇文邕：梁爱卿，军事上，你可有补充？

梁雄：没有！先取晋阳贼巢，后隳蒙山贼庙，陛下战策高明、无懈可击，下臣坚决拥护！

宇文邕：军纪还必须强调，一切行动，旨在撼击伪朝，不得侵害彼国百姓良民！

众将：谨奉明旨。

群臣：吾皇万岁万万岁！

7-17.黄河渡口　日　外

（画外）号角嘶鸣，鼙鼓阵阵。

河上，大水滔滔，樯帆林立，百舸竞发。

河岸，军旗蔽日，待渡精兵云集，战马奋蹄。

（字幕：风陵渡）

几面将旗下，北周南路大军总管达奚武于前，左右两员上将

（正、副先锋），披挂齐整。

（字幕：荥阳公司马消难，字道融）

（字幕：毕王宇文贤，字乾阳）

三将精神抖擞、虎虎生威，正指挥人马强渡，杀奔齐境而去。

7-18.塞外大漠　黄昏　外

黄尘咆哮，飞沙漫卷。

浩浩荡荡一支铁骑，前不见首，后不见尾——周军伐齐北路主力，正偃旗息鼓，逶迤而行。

中军，大都督梁雄踌躇满志，正协同宇文神举等拱卫着圣驾銮舆，一边督率金戈铁马的洪流（尉迟迥、卫寓等于队中亮相），艰难跋涉在漫漫沙海之中，径往齐国袭进。

7-19.空镜

"齐"字锦旆招展，

晋阳城楼轮廓。

7-20.北齐晋阳城晋阳宫仁寿殿　日　内

（画外）鹦鹉蒙蒙的声音：穆提婆又来啦！

（画外）穆提婆的声音：给开府大人请安！

（画外）蒙蒙：免礼，免礼。

金碧辉煌的大殿内，乐音袅袅，太监、宫女侍立。

廊柱上吊挂着一架纯金打造的鸟栖架，金光灿灿。蒙蒙正欢跳着啄食、饮水，憨态可掬，模样可人。

舞池内，高纬身着戏装，脸戴面具，扮作魔鬼，正在淑妃冯小怜的编导下（高纬自己谱曲），同一班袖珍舞伎们聚精会神地排演舞蹈剧《观音菩萨降妖魔》。

冯小怜（以手击掌，打着拍子）：……注意啦，现在开始排练第二幕"妖魔转世"。大家跟着我的动作，预备——走！咿，咿，吁……

　　高纬及袖珍舞伎们都认真学练起来……

　　右丞相高阿那肱恭立一旁观摩、欣赏配乐,不住地摇头晃脑,附和假笑赞许:娘娘真是天才……圣上的谱曲更佳!

　　穆提婆匆匆而入,见高阿那肱也在,二人会意互换眼神。

　　穆提婆(拜伏):启禀陛下——

　　高纬(停下,掀开面具):又有甚事?

　　穆提婆瞅了一眼冯小怜,欲言又止。

　　高纬(不耐烦):有屁快放,神经病!淑妃你还信不过?

　　穆提婆:是、是,陛下,臣已奉谕落实清楚了:城内五龙门一带街墙上,确实涂鸦着许多量升,但不像是凡人所画,更像天道为之,微臣亲自数了一下,不多不少,整整一百,正好应了那句童谣"百升飞上墙"。

　　高纬:童谣?就是前些时候高阿那肱丞相所奏,满城传唱的那首儿歌吗?

7-21.(高纬回顾画面,下同)晋阳城市井里　日　外

　　一帮小儿正在玩耍,

　　其中一名领头念唱儿歌:百升飞上墙,

　　其他几名接唱:明月照晋阳。

　　领唱:百升飞上墙,

　　接唱:明月照晋阳。

　　……

　　(如此反复)

　　渐渐地,其他玩耍的小儿也都围拢过来,并随声附和唱念。

7-22.晋阳城另一处街巷里　日　外

　　几个大些的孩子也拍着手,一起念唱同一首儿歌嬉耍:

　　——百升飞上墙,明月照晋阳。

——百升飞上墙,明月照晋阳。

……

(高纬回顾画面完)

7-23.(现实)晋阳宫仁寿殿　日　内

穆提婆:回禀陛下,正是这首儿歌——"百升飞上墙,明月照晋阳"。

高纬(纳闷):这两句话,具体有何所指?其兆若何?

高阿那肱(帮腔):很明了,陛下,这百升为一斛,即斛律光的斛,"明月"者,乃斛律光之字也。

高纬:唔,"明月照晋阳"……难道斛律光他……会有不臣之心,欲取朕而代之?

穆提婆:另据微臣乩观天象,近日城北斛律光的府宅上空,常有一片云气,其色青紫,此天子气也,不可小觑!

高纬用疑惑的目光看着两位臣子。

一旁舞池内,(特写)淑妃冯小怜面露不祥预感。

高阿那肱(趁机附会):不瞒皇上,此人还一贯善于收买军心——作战身先士卒,评功谦让部下,就连皇上御赐他的犒赏,他都要平分给官兵……以致长期以来,我大齐军中只知有大将军,而不知有陛下耶!微臣进一忠言,务必防患于未然哪!

高纬正乐于演戏,心思本不在政事上,禁不住此二臣一左一右、你一句我一语,直说得他心里发毛。

高纬:果真如此?依卿之见,如何是好?

二臣凑前,正要献计,旁边淑妃收住舞步,骤然哎哟地尖叫起来,双手捂腹下蹲。

冯小怜:陛下快来扶我,臣妾忽感腹痛难忍,哎哟!疼死我了……

高纬(闻言赶忙过来看她,怜香惜玉地):爱妃,怎么了?刚才还好好的,要不要请太医?

冯小怜（额头冷汗直冒，盯住高纬，娇然）：不用，可能是腹中胎儿……烦劳陛下把臣妾送回后宫，臣妾将歇一会儿就会好的，哎哟……

太监、女婢秀秀及舞伎们也赶忙过来争相侍护，都被淑妃的纤手挡住，不得近前。

高纬无奈，只得撇开二臣，亲自搀扶淑妃移驾后宫。

蒙蒙在鸟架上焦躁不安，振翅扑腾，终被脚上的金鸟链拴住。

穆提婆、高阿那肱面面相觑……

7-24.晋阳宫冯淑妃寝宫　日　内

（字幕：隆基堂）

淑妃安卧凤榻，一支玉臂伸向帷幔外，太医（字幕：太医邓宣文）稳坐床前正为她隔帐悬丝把脉。高纬关切地候立一旁。

须臾，邓太医（起身面君施礼）：陛下，娘娘贵体康健，腹中龙种亦安然。娘娘方才是胃脘抑郁气结，瞬时痉挛所致，微臣煎制一剂汤药给娘娘服下，舒胸理气，娘娘调理一下即可，并无大碍。

冯小怜（温柔地将高纬拽到自己床头，抚摸着他的手背娇嗔）：我说不用唤太医么，陛下还不信，怎么样？没事吧。

高纬（放心地坐下）：没事就好，没事就好。

太医邓宣文：娘娘饮食上仍需滋补调养，但须以清淡为主，可以适当活动通络血脉、筋骨，但切忌剧烈运动；其他尽可如常，请陛下放心。微臣这就去煎药，微臣告退。（拜辞而出）

高纬（此时正捏弄着淑妃的笋指，甚为欢欣）：爱妃入宫以来，今日首次主动亲昵于朕，朕好高兴啊！

冯小怜（咯咯一乐）：开始认生嘛，慢慢就熟稔啦，总得有个过程吧。

高纬：可朕不明白，朕每日安排山珍海味，铺金盖银，爱妃却还抑郁气结，是为何故？

冯小怜（噘起小嘴）：臣妾本是山野村妇，生就清肠寡肚，初乍入宫，水土不服，消受不了呗！人家慢慢才能习惯嘛。

　　高纬（仰面哈哈大笑几声）：那是，那是。爱妃实诚，来人——

　　近侍老太监邓长颥（应声而入，侍立一旁）：奴才在，奴才候旨。

　　高纬正要宣谕什么，刚张开的嘴早被冯小怜从后面捂住……

　　冯小怜：陛下欲召穆提婆等人进殿？

　　高纬（嘴和鼻子都被小手捂住，含混）：爱妃怎知？爱妃真聪明嘞！

　　冯小怜（哂笑着）：甭管我聪不聪明，到底是也不是？

　　高纬：那是，那是。爱妃玉体既无大碍，朕就处理一下政事。不过，朕叫他们前殿候旨，不让他们进后宫的……

　　冯小怜（咯咯一笑）：不要离开我嘛。陛下，臣妾今天心情很好，特别开心。不管前殿后宫，今儿你暂且都别叫他们来了，可好？

　　高纬：嗳。那是，那是。爱妃快快撒手、快撒手，憋死朕了。

　　见帝妃调笑戏耍开来，邓公公自觉不便，悄悄退出门外。

　　冯小怜（又乐了好一阵，这才撒手，转而一本正经地）：陛下，臣妾也有一句忠言，或许逆耳，不知皇上爱听否？

　　高纬（憋得脸通红，立起身，长吁气）：爱听，爱听！爱妃所言，岂能不听？

　　冯小怜：那好，陛下可听真切了——据臣妾所知，当今齐国，要说对陛下您忠贞不贰者，莫过于斛律光；要论英勇善战者，莫过于明月将军；还望陛下明鉴！陛下可不能轻易偏信一些捕风捉影的不实之词，冤枉了好人。臣妾来自民间，入宫前常听人讲，咱大齐君明臣贤，"武靠光，文靠婆，神神靠的是大佛"，大齐是万邦仰慕的天朝上国。如果你们君臣离心，只能使敌国高兴。陛下您想想，您若缺了一只主要臂膀，社稷根基还能稳固吗？再说了，如今强邻虎视眈眈，说不准哪天敌虏来犯，陛下身边，总不能连个肯舍命保江山的武人也没有了吧？

　　高纬（听着，不禁后背有些发凉，紧握住冯小怜的手，自言自语）：爱妃所言极是啊……这斛律家族数代辅佐我高氏，一贯忠心事主，立下汗马功劳，从未发现异心……抑或是穆提婆他们神经过敏？

（定格）

〔片尾曲（略）〕

（第七集完）

第八集

〔片头曲（略）〕

8-1.北齐晋阳宫冯淑妃寝宫　日　内

（字幕：隆基堂）

忽然，邓公公复入，径至帝前，忘却避讳，张皇顿首……

邓长颙：启禀陛下！八百里快马急报，周国骤起十万精兵，以勇将达奚武督率，司马消难、宇文贤为正副先锋寇边，现已渡过黄河进军北犯，往我腹地一路杀来，其势甚大！

高纬听了悚然一惊，慌忙接过边报，匆匆览毕，摔到一边，颓然跌坐于淑妃的床头，只觉得脊背冷汗沁出，下意识地紧紧攥住冯小怜的手不放开……

高纬（也不知是问她还是问自己，失声迭迭）：怎的突然兵燹突至？这可如何是好，如何是好？

冯小怜（看着高纬的样子，款款伸出玉手轻抚他的胸口）：陛下是有为之君，圣明无比，赶快降旨，敕命大将军斛律光挂帅御敌！

高纬（如梦初醒，转身叱对邓公公）：啊，对、对，还不快照淑妃娘娘所言制旨宣谕！（又踢他一脚）愣着干什么？快去呀！

邓长颙（吓得结结巴巴）：奴、奴才……承旨。（遂慌张叩退，临出宫门，却被高高的门槛绊了个大跟头，帽子都滚了老远）

帝妃二人又被这老奴滑稽的样子逗得大笑起来。

"处理"完国家大事，又乐了一阵，高纬已缓过紧张劲，紧紧拥住冯小怜，亲着，吻着。

高纬：……这里看来要打仗了……正好，昨儿邺城来人说太后近来身体欠佳……爱妃，要不赶明儿你陪朕同往邺都探视母后，如何？

冯小怜（迟疑一下，又爽快答应）：那敢情好，臣妾入宫以来，还未曾拜见母后呢，正好顺便游玩一下。皇上，邺都一定比晋阳还热闹吧？

高纬：没有，爱妃有所不知，那只是形式上和名誉上的都城。我朝实际上的国都，还是咱的晋阳城。要不，朕怎会不舍得让你住那里呢？

冯小怜：我也不想住在那里，还是这儿好，离寺底村娘家近，离蒙山、蒙山大佛也近。臣妾愿意住在晋阳城侍奉陛下，哪儿也不去！

高纬：那是、那是，都依爱妃就是。看来爱妃还是个性情中人，也很有才气，遇事不慌，处事又很果断……往后有难题，你就帮寡人出出主意，好吧？

冯小怜：能为陛下分劳解忧，以安圣心，实乃臣妾之幸。

说着，淑妃凑过香唇来，也在高纬的额头上甜甜地吻了起来……

高纬（兴起，浑身躁动，动手为淑妃宽衣）：冯爱妃，朕觉得你今天格外美丽，你知道自己哪里长得最迷人吗？

冯小怜（含羞）：不知道，愿陛下指点一二。

高纬（捧定淑妃玉面）：爱妃右脸颊上的这颗美人痣，长得最最动人了，天下无双……

高纬此刻龙心大悦，早就把"斛律光欲谋反篡位"一事给忘到爪哇国去了。他匆匆扒光龙袍，爬上凤床……

8-2.北齐驿道上　日及暮　外

（画外）"嘚哒、嘚哒、嘚哒、嘚哒……"一阵急促的马蹄声。

（入画）沙丘前、山腰间、树林中、水泊边……一骑齐国边关信使（身着"齐"字号衣）策马飞奔……

8-3.晋阳城大将军署衙门前 夜 外

岗哨林立,执矛持戟。

门上匾额"大将军署"。

门廊上四个大灯笼以及往来巡查军士的手提灯笼上亦书"大将军署"字样。

门前两侧的拴马柱上,拴满了喷嗣刨蹄的战马。

一股临战的紧张气氛。

8-4.晋阳城大将军署衙 夜 内

大堂上,帅旗下,斛律光端坐于堂案后。一方黄绢包裹的帅印高置于左案头。二亲兵陈凯、李柱儿侍立身后,两厢里,气氛紧张肃穆,分坐两排将校(镜头逐一扫视):

(字幕:兰陵王,司州牧高长恭)

(字幕:安德王,并州刺史高延宗)

(字幕:南安王,朔州刺史高思好)

(字幕:车骑将军金祚)

(字幕:骠骑将军,开府綦连猛)

(字幕:领军将军,仪同三司莫多娄敬显)

(字幕:征虏将军,恒州刺史薛孤延)

(字幕:驸马都尉侯莫贵乐)

(字幕:抚军将军,肆州大中正刘洪徽)

(字幕:平西将军呼延族)

(字幕:右卫将军,开府元景安)

(字幕:车骑将军,显州刺史侯莫陈相)

(字幕:龙骧将军韩贵孙)

(字幕:领军将军,开府鲜于世荣)

(字幕:宁远将军王显)

(字幕:安西将军,幽州刺史,斛律光弟斛律丰乐)

(字幕:卫将军张默言)

……

斛律光：大家的分析都很有道理。不过，敌人虽然来势汹汹，但也没什么了不起，大家大可不必惊慌。依我看，周兵此次犯境不同以往，有诸多蹊跷……

斛律光起身离座，沉稳举步踱至堂下沙盘前，手执指示杆，点示着沙盘上的敌（周）我（齐）山川态势……

斛律光：其一，敌之东略，出潼关渡河北上，撼动我中枢根基较难，而自蒲津渡河东出较易。现其舍易趋难，似乎有悖情理；其二，敌远道而来，补给困难，求战在速，但其来势虽大，进展却显迟缓，其阵势与进军速度不成比例，似乎在等待什么；其三，敌号称十万而欲取平阳，渲染太过必有失真实，似乎在吸引我军注意力，其最终所图，恐怕还是晋阳；其四，就算敌真有十万之众，欲克我晋阳坚城，兵力亦显不足，这是双方主帅都明白的……凡此种种，此一路敌似有疑兵之嫌。另外，根据敌之战术动作及战役部署，不像是咱的老对手韦孝宽的手法。我判断，极有可能是周主亲征……综上所述，我认为，另有一路敌军主力，已向我境偷袭而来。

众将听着，频频点头。

斛律光：为此，我命令——

斛律光离开沙盘坐回堂案，从容发布军令：金祚将军——

一老将起身施礼。

（字幕：车骑将军金祚，字神敬）

金祚：末将听令。

斛律光：命你领兵三万南下，至高壁岭（地名，今灵石县南）分兵五千据之。其余部众全部开至平阳北扎寨安营待敌。而敌来攻，不得不出战时，只可遣小股部队趁夜袭扰之。你们的任务，主要是监视并牵制南来之敌于高壁岭以南，使其不得再北上一步，同时与我平阳守军形成策应之势，令敌不敢妄动攻城。

金祚：末将领命，这就去准备。

斛律光（笑了笑）：且慢，敌军尚远，慌什么？会后你们好好睡一觉，明日白天再作准备，黄昏时行动也不迟。李柱儿——

身后一亲兵上前施礼：小的在，请大人吩咐。

斛律光：速将本署节钺仪仗及我的踏雪骏马送至金祚将军的营中待用。

亲兵李柱儿：喏。（领命而去）

金祚不解，看着斛律光。（狐疑）

斛律光：金老将军，此次南下，你要打出我的号旗，骑乘我之坐骑，无论行军还是扎营，皆要大张旗鼓，大造声威，完全装扮成我军主力的模样行动。明白吗？

8-5.晋阳城北门　夜　外

（字幕：晋阳城玄武门）

一骑哨马飞驰而来。吊桥上的军兵上前拦问，马鞍上的信使挥汗如雨，顺手拔下背上插着的三角"信"字旗一挥，门卫们立即放下吊桥，闪身让出大道。

城门大开，信使双腿力夹马腹，一溜烟飞骑入城。

8-6.晋阳城内大将军署衙门前　夜　外

哨马疾驰而至，大汗淋漓……收缰，军马在门前踅转几圈后停下，前蹄腾空长嘶一声……信使翻身下马，向迎上前来的门将施礼后，高举插有羽毛的边报径入。

8-7.晋阳城大将军署衙　夜　内

堂前，金祚正面向斛律光拱手：末将明白，末将遵命！

报——（画外哨马大声吆喝）

金祚方才落座，信使急入，堂下跪禀：报大将军，我恒州（今大同）边关发现敌大部队行动踪迹……

斛律光：有多少兵力？

信使：少说十二三万……

众将哗然。

斛律光接过边报仔细观看。

一将领起身施礼。

（字幕：骠骑将军，开府綦连猛）

綦连猛：果然不出大将军所料！大将军，末将请缨，愿率大军北上迎战，拒敌于国门之外！

话音未落，又一将奋袂而起请缨。

（字幕：兰陵王高长恭）

高长恭：某愿同往迎敌，誓报伤臂之仇！

斛律光看罢边报，搁置一边：綦连将军真是豪气冲天哪，命你领兵一万……

綦连猛（颇疑惑，打断斛律光）：什么、什么？才一万？敌人有十几万哪！恶战在即，大将军何故如此小气？

斛律光：小气？我还觉得有些多呢。

綦连猛：莫非让在下前去送死不成？

斛律光：此言差矣，綦连将军，今命你率军北上，但可不是拒敌于国门之外呃。你驱兵至阳曲东北七十里的石岭关即可。敌兵至此尚需时日，在此期间，你可督率士卒将关上的土城改为石筑，增其牢固，据险戍之……

綦连猛（性急，又打断斛律光）：明白了，请大将军放心，我一定将贼寇阻击于石岭关下，使其不能越雷池半步，确保咱晋阳城无虞！

斛律光（摇头）：将军休急嘛，待我说完——敌人欲收突袭之效，必轻兵前行、粮秣于后。你尽可放其主力过关，然后锁关落钥，回过头来专门截取其辎重部队，其余莫管！

綦连猛（恍然得悟，不好意思地伸伸舌头）：原来如此，末将记住了。（接令落座）

斛律光：北线恒州、朔州、显州诸镇将听令——尔等须连夜赶返边塞，各自坚守城池，深沟高垒，无须出战。敌军假道，尽可佯装不知;西线肆州、南汾州、西汾州诸城务须坚壁清野、枕戈待旦,一旦发现有自西向东续送粮秣辎重之敌军,即刻出击予以歼灭,夺取物资为我所用,拿不走的,就地焚毁;各部参军、哨马、细作俱应加强敌情探侦,如有异动,火速奏报毋误;其他方面,根据战事进展随时部署。好啦,诸位如果没有补充之事,那么散会,并各自执行!

众将起身,井然揖退。

仍旧孤零零站着待命的高长恭,此时一肚子不满,冲斛律光直发牢骚:大将军,看来我真成了个废人,没什么事啦!

斛律光瞅了瞅他仍旧缠着绷带的胳膊,微笑:哪里、哪里,还要派给你大任务哩。长恭,自明早起,你每日按时来本署当值,不得贻误,好吗?

8-8.北齐石岭关　日　外

"齐"字幡旗飘扬在陡峭的关隘上。

(字幕:晋阳北门户石岭关)

一面书有"綦连"大字的军旗下,

骠骑将军綦连猛仗剑注视着关下险峻的大路。在他的身后,年轻军士们抬石的抬石,运木的运木,正忙碌地加固关隘。

8-9.北齐高壁岭　日　外

两山夹峙一道,一岭突兀扼之。

(字幕:河东锁钥高壁岭)

岭上营栅壁垒,鹿角叠嶂,兵阵严整。

军寨门前,一裨将向岭下挥手相送……

岭下旌旗蔽道,一支劲旅于谷间迤逦而行。"斛律"皂纛麾下,金祚将军假扮的"大将军斛律光"提缰执辔,率军马不停蹄地继续南进。

8-10.晋阳城大将军署衙　日　外/内

署衙门前桎梏屏列,军兵林立,戒备森严。

署衙内大堂之上，"忠君卫疆"匾额高悬。左厢座榻间摆置一硕大石棋盘，丰腹高隆、庳根四颓，平如砥砺，滑若柔荑。

斛律光正与高长恭聚精会神地对坐弹棋（当时的一种棋局，具体玩法现已失传）。

亲兵陈凯、李柱儿一旁侍立，泡茶、续杯。

斛律光根据对方所摆棋势，时而使"拨"、时而用"捶"等精湛棋技，频频突破对方的设防棋子，不断将己方象牙棋子准确地弹入对方"蛟龙洞"内。

高长恭则苦于应对，在斛律光的凌厉攻势下，只有招架之功，渐无还手之力，阵势颓崩。不多时，他的"蛟龙洞"中已被对方的六枚棋子全部攻入，而自己只弹入对方洞中寥寥一子，只得无奈认输。

斛律光（爽朗大笑）：哈哈哈，长恭，怎么棋技退步啦？记得从前你尚能偶胜我一两局，如何近来却连连败北？

高长恭（神不守舍）：大将军，不瞒您说，我是真没心思弹这个棋。您命我来此当值，几天来却只管叫我陪您玩弹棋，真不知您葫芦里卖的什么药？

斛律光（并不正面回答，笑笑）：是吗？如此说来，高将军是尚不明了弹棋之真谛喽。昔日魏文帝曹丕甚好此道，在他的《弹棋赋》中感言："唯弹棋之嘉巧，邈超绝其无俦"，可见其之韵妙；又言："苞上智之弘略，允贯微而洞幽"，可见其之精髓；其既然是如此精妙之游戏，你我何不趁此难得闲暇而尽兴一番？

高长恭（心不在焉）：唔，我倒知道这是个好消遣的游戏。远的不说，本朝穆提婆大人不就是精于此道，常陪皇上弹玩而受宠吗？只是，眼下敌国大兵压境，我哪有心思玩这？大将军哪，本王奉劝，可不敢贪此玩意，大门不出二门不迈，深居署衙丧失斗志啊！

斛律光：嘀嘀，难得王爷忠言。不过别忘了，"本帅"不是已率我军主力南下了么？

高长恭若有所思……

8-11.（闪回）大将军署衙　夜　内

斛律光稳坐大堂面对金祚：金老将军，此次南下，你要打出我的号旗、骑乘我的坐骑，无论行军还是扎营，皆要大张旌旗、大造声威，完全装扮成我军主力的模样行动，明白吗？

堂下金祚拱手揖礼：末将明白，末将遵命！

8-12.（现实）大将军署衙　日　内

高长恭下意识地微微颔首。

斛律光：来，长恭，边鄙兵事咱先不理它，暂且只管尽兴如何？抓紧时间，你我再弹它一局，这回你可不许再输哈……

忽然（画外）"快马"长吆声高高响起：报——

斛律光（掷棋子于棋盘，抬头回顾堂下）：有何军情？

快马（入画，单膝跪于堂前禀启）：报大将军，北路周兵进犯至我秀容川地界时，天降秋雨，一连几日淋漓不止，道路淤淖、山洪暴涌，贼兵不堪其苦，人马湮毙无数，已锐气大挫，行速骤缓。

斛律光：知道了，再探。

快马：喏！（退下）

斛律光（转问高长恭）：怎么样？不消你我劳神远征，自有天公助我大齐吧？

高长恭：看来大将军早有预卜？

斛律光：河东自古春旱秋涝嘛，阴雨连绵，山坡峻滑，实乃行军之大忌也。此等季节，最宜以逸待劳地防守而不利攻伐。宇文邕自恃才高，逆天而行，此番伐我，难有作为呀。

高长恭：敌军人多势众，南北两路来犯。周主英威气盛，又有梁雄、达奚武等众多悍将，我们也不可"大意失荆州"啊。

斛律光：长恭放心。周主虽说雄有戎略，然人算不如天算，我夜观天文，见毕星躔于太阴之分，此月内必还有数场暴雨！常言道，和谁斗也别和天斗，连日大雨一来，足抵十万精兵，就让敌寇先同老天爷较量较量吧，好戏还在后头呢。

高长恭（听着，咧开了大嘴，主动捋袖操棋子布阵于盘）：哈，若如此，来来，大将军，那高某就再陪您玩上几盘！

8-13.北齐大道上　日（雨）　外

无数面"周"字军旗，半卷垂着，湿漉漉地淌着水，

周军大部队冒雨行进。

天色灰暗，大雨滂沱，电闪雷鸣，

不时有车乘陷入泥沼中，一些校尉忙着带领军士马拉肩扛，艰难跋涉。

宇文邕的銮驾夹杂在凌乱的行军队伍中，也没有了往日的气势。太监何泉及梁雄、宇文神举、尉迟迥等将策马环护帝銮左右，个个脸淌雨水，衣甲漉湿，形同落汤鸡。

一道闪电又划过蒙蒙雨空，紧接着"咔嚓嚓"的一串巨响，前边队伍中随即炸了营，哭爹喊娘，乱哄哄一片……梁雄一愣，正待打马前去查看究竟……

一参军面如灰土地跑来报称：将军，不好啦，炸雷崩死几十个弟兄，灼伤无数……

众人听说，悚然惊惧。

前后队伍里议论纷纷，颇有微词。

尉迟迥见状，凑近梁雄探问：大都督，雷电正急，可否传令三军暂避一时？

雨幕里，梁雄抬首看看毫无停意的雨空，咬牙：不可！刚刚接到细作密报，斛律光已中陛下调虎离山之计，亲率主力驰援平阳去了。我们必须尽快行军，乘虚攻占晋阳城，以期完成第一阶段的作战任务，继而挟得胜之威，挥师南下，与达奚武部形成夹击之势，合围斛律光匪众，聚歼这头猛虎于平阳地区……岂可失此良机！

护驾领军宇文神举赞同尉迟迥的提议：我看稍事将息一下，雨小点再行也未尝不可，不会影响整体行动的。连日征途劳顿，圣上也吃不消的……

梁雄：不行！！兵贵神速，不怕慢，只怕站！本督更担心，这一歇息，许多兵士就起不来了！

銮驾中传来宇文邕的咳嗽声及公鸭般的嗓音：众爱卿休要吵了……咳咳咳……

众人意识到惊了圣驾，忙回身面朝銮舆施礼：臣等罪该万死！

宇文邕自辇中哗啦地扯开銮窗，口谕飘出：卿等无罪，咳咳……方才朕都听见了，传旨下去，就地扎帐宿营，生火烘衣，埋锅造饭，咳咳……

雨幕中，周兵黑压压一片，山呼：万岁——

8-14.雨幕里北周中军大帐中　　日（雨）　内

光线昏暗，

帐外下大雨，帐内下小雨，"哗哗"有声。

宇文邕平躺在行军床榻上，不时悸动、咳嗽。随军太医（字幕：太医姚僧垣，字法卫）正为他脸上热敷着几块绢帕，谁也看不见他的脸，只剩两个鼻孔露在外面。看来圣体有感风寒，近侍太监、御厨则忙前忙后地煎药烹膳，侍疾不休。几名近臣大员恭聚帝旁嘘寒问暖。

宇文邕（情绪有些低落）：咳咳……唉，可惜卫元嵩不在身边……方才雷电劈死人，不晓得是何征兆？咳咳……你们，还有谁知道？

众人仍心惊肉跳，你看看我，我看看你，半晌无人敢应答。

卫蒿（进前支吾）：回禀……陛下，末将蒙伯父传授，略知卜筮，大概……总归，于我军不利吧……或必折损大员。

梁雄（剜了他一眼，不以为然）：祥瑞图谶，皆属虚妄之事。我是不信这些个的，只知两军相逢，勇者胜！

为了安慰皇上，卫蒿壮着胆子，又加了句自己也没有把握的话：陛下……多则三五天，少则三两天，我估摸着，雨必停……天必晴……

梁雄（嗤了他一鼻子）：哼，你这话等于没说！

"咔嚓嚓嚓……"

帐外又传来阵阵霹雳声。

闪电瞬间的光亮透过行军帐篷，映得众臣脸上青一块紫一块，阴森恐怖……

宇文邕（感觉有些恍惚，伸手把自己额头的绢帕往上推了推，又露出两条细眼缝）：哎，该死的秋雨，实在是天不助我也……这些个……虚妄事……不可全信，也不可不信……咳咳……爱妃……是吧……

人在困难中更加思亲。宇文邕嘴里念念叨叨着，昏暗中两只细目盯着穹庐顶，眼前朦朦胧胧地浮现出卫妍妃靓丽的玉容……

8-15.（宇文邕幻觉中）

卫妍妃面容（特写）：媚眼顾盼传神，风情万种，一会儿模糊……一会儿清楚，一会儿清楚……一会儿模糊……

8-16.（现实）北周皇宫　晨　内

（宇文邕幻觉中的）妍妃模糊面容渐渐清晰（定格），幻化成一面镜子中的面部特写：杏眼桃腮，唇红齿白，笑靥迷人……

（镜头拉后）卫妍妃本人端坐镜台前梳妆。她搔首弄姿地端详着铜镜中的自己，很是满意。

（画外）丝竹声声，舞乐轻曼。

（字幕：长安崇义宫，卫妍妃寝宫）

卫妍妃：惠惠——

一旁侍立的宫女：奴婢在。

卫妍妃（顺手从梳妆匣中拈出一颗珍珠赏给惠惠，吩咐）：你下去，叫小豆子来一下。

惠惠（收起珍珠）：谢娘娘，奴婢这就去。（鞠礼而退）

少顷，内侍小太监进来，叩拜：小奴才叩见娘娘。恭候娘娘差遣。

卫妍妃（扭过身来，递过一枚戒指于他）：本宫昨晚做了一夜的梦，小豆子，你去唤卫大人给我解解，记住了——迎来送往时多长个心眼。

小豆子（接过戒指，揣在怀里，诡谲）：谢娘娘恩赏，小奴才明白，请娘娘一百个放心。（叩拜而退）

卫妍妃（满意地看着太监的背影）：小机灵鬼！

她又面对着铜镜，

镜中：玉手纤纤，轻按云鬟，细描青黛……

8-17.（卫妍妃想象情景画面）同上

（铜镜中）妍妃玉容幻化为——一个男人的背影，正揽着她的腰肢款款向床榻走去……上床……帷幔缓缓放下……

8-18.（现实）北周皇宫　晨　内

（铜镜中复幻化回卫妍妃玉容）满含娇羞，幸福地闭上眼睛……俄而，长睫眨动，秀目微启……（坐在镜台前的她）忽见镜中自己丰腴的削肩上，突兀搭上来两只长满黑汗毛的男人大手！（梳妆台前的）她立即被吓得啊地尖叫一声，扭头回看时，已被卫元嵩紧紧地搂在怀里。

卫元嵩（狂吮着妍妃的脸颊）：小亲圪蛋，真美呀……想死我了……

卫妍妃（半推半就，窝在卫元嵩怀中"骂"他）：死鬼，也不传一声就闯进来……看你是色胆包天，不要命了。

卫元嵩（猥亵地）：你不色？干吗派人请我来？肯定是皇上出征，你耐不住了吧？

卫妍妃（捣了他一拳，媚眼中挤出几滴泪来）：他就是不出征，能天天陪我？就是天天陪着我又能咋样？你又不是不知道，皇上虽然也很喜欢漂亮女人，但这几年操劳过甚，体弱多病，心有余而力不足，占着茅坑拉不出屎，每次都是白忙活半天，搞得人火燎心急活遭罪……唉，可我，还这么年轻……这日子啥时是个头哇？

卫元嵩（抱起妍妃玉体，径往凤床放下）：我这不是来了吗？

卫妍妃：你？能靠上？吃一顿饭能饱一年？说得怪轻巧，你在外面三妻四妾可着劲地发泄，倒让姑奶奶在这深宫里受煎熬！

卫元嵩（开始剥她的衣服）：轻点、轻点，休叫外面人听见。

卫妍妃（急不可耐，拽过他长满黑毛的手放在自己雪白的脯子上）：死鬼，还有你怕的？放心吧，身边都是本宫的心腹下人，只管放开喽，好好侍候你姑奶奶……

卫妍妃说着，早已是双腮绯红，浑身酥软，顺手一把扯下床头帷幔，两个人就在锦罗帐内哼哼呀呀地忙活开来……

8-19.卫妍妃寝宫门口　日　外

太监小豆子肃立恭守。

内室连连飘出卫元嵩淫邪的嬉笑声和卫妍妃的浪语呢喃声。小豆子听着，咽了口唾沫，眯眼看看已升得老来高的太阳……伸手从怀里掏出主子刚刚赏赐的那枚金戒指，歪着嘴，龇牙一咬，旋捏在指尖细细端详起来，小脸上充满惬意。

8-20.空镜

"齐"字旌旆招展，

晋阳城楼轮廓。

8-21.北齐晋阳城大将军署　午　外/内

衙署门前，警卫森严。

（镜头切换至衙内大堂）

高长恭正聚精会神地陪斛律光弹棋。

随着潇洒的一个手势，"啪"的一声，高长恭终于将自己的最后一枚棋子率先弹入对方的"蛟龙洞"中。他兴奋地从座位上跳了起来。

高长恭：哈哈，怎么样，明月？本王总算也赢了你一盘，出了口气。这些天来，本王乃孔夫子搬家——净是书（输）！

斛律光（点头称赞）：有进步，大有进步，你总算发挥正常啦。

高长恭（意犹未尽、兴致大增，复入座重新布局）：来，再玩一把！

斛律光起身，瞥一眼廊几上的日晷。

（特写：日晷指示午时已过）

斛律光：罢了、罢了，下午再接着弹。时候不早了，你快快回家用午饭吧……

话音未落，忽然堂外传来哨马的吆呼声：报——

哨马（入画）跪禀：报大将军，西线我军于庞涓寨（今中阳县北七里）焚毁敌人东运军粮一万五千斛，歼敌无数！

报——

紧接另一快马疾入，堂下禀告：……岚城西北六十里乏马岭下，我军成功伏击周兵辎重一队，缴获颇丰！

高长恭（正准备离开，高兴地插嘴）：好、好，干得漂亮！

斛律光正待开言，又一哨马挟风入禀：报——大将军！南路进犯之敌达奚武、司马消难、宇文贤所部，攻城不能、北进无望，现正与我金祚将军部形成对峙胶着状态……

斛律光：双方对垒于何位置？

哨马：回大将军，我平阳城北高粱桥一线。

斛律光：传令金祚将军，再北退二十里，至洪洞戍一线下寨，务必严密监视并阻滞该敌！

（定格）

〔片尾曲起（略）〕

（第八集完）

第九集

〔片头曲（略）〕

9-1.空镜

"周"字锦旗飘飘，

长安城楼轮廓。

9-2.北周皇宫　日　内

锦罗帐内，卫元嵩、卫妍妃赤裸上身，很放松地躺在凤榻上。

（字幕：长安崇义宫，卫妍妃寝宫）

（特写）卫元嵩胸前挂着个琥珀护身符。随着他急促的呼吸，那枚精美的虫珀也在他胸毛发达的胸脯上上下起伏——内中包闭着一只螳螂，栩栩如生、双目炯炯，正举前臂似乎要扑逮什么。

卫元嵩（淫秽地坏笑着）：怎么样？"妍妃娘娘"，这下子可以轻松歇心了吧？

卫妍妃（脸上香汗未消，一弯雪白的手臂仍紧紧勾住卫元嵩的脖子发嗲）：干这活谁都不如你嘛，真离不开你呃。咱俩搭套得这么合适，这么爽，你非要把我献给那个半骡子皇帝佬儿守活寡，死鬼，恨死你了⋯⋯

卫元嵩：这还不都是为了实现咱们的谋划。

卫妍妃怨眼迷离。

卫妍妃：快别提你那个劳什子的计划了！你从小把我拐走，再卖到窑子里，也是为了实现你的谋划？

9-3.（妍妃回想以往情景画面，下同）蒙山开化寺后山梁　日　外

身穿僧衣（摘下并扔掉头套）的卫元嵩，抱着一个三四岁的小女孩，慌慌张张地遁出蒙山开化寺（出字幕），翻越后山梁，奔逃在山间小路上，不时还心虚地回头看看……

9-4.北周长安街肆　日　外

卫元嵩（已还俗，留发蓄髻）牵着小女孩（小悯）沿街要饭。

（字幕：长安城）

小悯啼哭：呜呜……我不要在这里，我要爹爹……呜呜……我要姐姐，我要看造大佛……呜呜……

卫元嵩举手扬起一只空破碗，恐吓：再哭，看我打死你个小毛逼！

小悯胆怯止声。

路人见到这破衣汉子领一小俊幼女乞讨，都觉怜悯、好奇、同情，围拢着，指指点点……

卫元嵩趁机连连作揖：老少爷们、大娘大婶们……可怜可怜孩子吧……可怜可怜孩子吧。

众人纷纷捐施饭食、铜钱或散碎银两。

9-5.烟花巷妓院　日　外/内

童年的小悯（八九岁），被卫元嵩（穿戴已较为齐楚）领进一条烟花巷，迈入翠春楼庭院……

翠春楼前堂，老鸨正收下啼哭抹泪的小悯：啐！模样怪俊的，有前程，叫啥名字？（付给卫元嵩两锭大银）

卫元嵩（卑躬接钱）：卫小悯。

9-6.翠春楼　日/夜　内/外

院子里、房间内，

卫小悯扫地、劈柴、生火、打水、洗衣服、帮厨等干杂活的场景。

9-7.翠春楼　日/夜　内

老鸨教习卫小悯等女孩识字、弹琴、唱曲、跳舞……场景。

9-8.同上

稍大些的卫小悯被迫接客，挣扎反抗……嫖客施虐……

9-9.同上

老鸨用鸡毛掸子浑身抽打卫小悯的场景……

9-10.同上

青春妙龄的卫小悯，从容接客，浪语调笑……应酬自如……

（妍妃卫小悯回忆以往情景画面结束）

9-11.（现实）长安皇宫崇义宫锦罗帐内床上　日　内

卫元嵩：多少年过去了，你还耿耿于怀呵？没有那段翠春楼的经历，你能有今天这般出人头地的本事？你能学会琴棋书画、歌舞伎艺？你会逢场作戏、左右逢源？

卫小悯：那还不是本人天赋高、悟性强，学什么一看就会，跟你有啥关系？即使是学艺，我也总不至于非要到窑子里去学吧？

卫元嵩：你看你，死抬杠。后来，我不是又把你赎出来了吗？

卫小悯：哼，把一个良家女娃推到火坑，还想让人家感恩戴德……赎出来还不是图你自个儿霸占？霸占就霸占吧，又把我当玩物似的频频送人，好为你往上爬当垫脚石！

卫元嵩：夫贵妻荣，我发达了还能没你的好处？

卫小悯（哂笑）：可也没见你发达呀？你费尽心机地巴结权贵，又把姑奶奶送到宫里，才捞了个沙门统当，还以为是多么了不起的官，原来不过是个管和尚的头儿……咯咯咯。我说么，就你这副模样，还想坐龙椅哩，简直是痴人说梦，笑话一个！

卫元嵩（下意识抬手摸一把自家嘴脸）：急什么？我这模样咋了？告诉你，人人都有帝王相，就是人多轮不上……坐龙椅，哪有那么容易呢？得孜孜以求，一步一步来。我这不正想找你，就是没有由头进入后宫……

卫小悯：找我干吗？你拈花惹草没人限制，心里还会有我？

卫元嵩：得得得，又来了，别七窍只迷了一窍嘛，人家找你，是有正经事与你商量的……

卫小悯：别和我商量，我不信你的疯话了。我出身寒门，天生福薄，就没有当皇后的命。我看你也登不了什么基，顶多是个嫪毐的才！

卫元嵩：那倒不一定。我就不信，只有他们的屁股能坐天下，咱的屁股就没他们长得圆？都是人生父母养的，凭啥咱就低三下四骨头贱？我韬光养晦了几十年，还不是为了有朝一日出人头地？不达此愿，我卫某人死不瞑目哇！

卫小悯：唉，真拿你没办法。你呀，不管能不能成大事，这股子锲而不舍的牛劲倒是挺男人的，女人喜欢！可是，当今皇上精明得很哪，不是那么好哄的。我担心，你折腾到最后反而做了刀下鬼，真落个嫪毐的下场，再把我贴上……

卫元嵩：不会不会，绝对不会。我走南闯北，懂天文识地理，心里有数。我已估算透了，本朝天子是个病秧子，别看他心高气傲，气数却长不了，咱们大有买卖可做哪！

卫小悯：就凭你？你有啥本钱？能做啥大买卖？

卫元嵩：首先，咱的有利条件很重要哇。你长得貌美绝伦，妲己转世、褒姒转生，石头人见了也会动心。我呢，不是自吹，才高八斗，司马懿转世、吕不韦再生，这就是咱们最大的本钱哪！你只要听我话好好配合，无论周国、齐国，咱先拿下它一个来，管保你当上皇后娘娘。什么他娘的贵妃、才人，名分太低啦，入不了青史……

9-12.（卫元嵩想象情景画面）金銮殿上　日　内

群臣蚁跪，

卫元嵩、卫小怜并排端坐御案后。

卫小怜着凤衣凤冠，千娇百媚，

卫元嵩着龙冕龙袍，咧嘴仰天狂笑，哈哈哈哈……

9-13.（现实）长安皇宫崇义宫锦罗帐内床上　日　内

卫小怜：那当然好啦，怕的是你心高手低遂不了愿，人家司马懿还有两个如狼似虎的儿子，你呢？连个子嗣也种不出来，天生绝户头一个！干大事，你连个帮衬的人也没有，能成？

卫元嵩：能成！有你这假侄女儿帮衬就足够，漫说还有我的侄儿卫寓哪！他文武双全，才能仅次于我，咱们正好可以利用他。

卫小怜：看把你自信的，可这事也太大、太难……

卫元嵩（光着膀子，愈加眉飞色舞）：毛猴上不了竿儿，多敲几下锣，事在人为嘛。说难也难，说不难也不难，他们的江山还不也是蹭了别人的，别人就不兴再撬他们？弄得好，我把狗日们全搞定，统统灭了他们，再来个大秦一统，天下全是我……哦不，全是咱俩的！我没有后代……驾崩后，江山留给你，你当女皇，怎么样？

卫小怜（看他说得兴起，唾沫星四溅，有些不耐烦，忙捂住他的臭嘴）：够啦够啦，别吹啦。一谈起这，你就来情绪，神经分分的，东山说话西山听，无边无际。

卫元嵩（意犹未尽，拽开她的手）：行，你不想听远的，咱就说眼下实际的。你要嫌宇文邕不能满足你，本统重新给你换一个皇上侍候，咋样？

卫小怜（杏眼圆睁）：你？真疯了？怎么净说癫话？皇上还能随便换？

卫元嵩：能！有办法，我上次出使齐国，齐帝……

卫小怜（打断他）：快闭嘴。别提这些做国君的了，三宫六院，精力分散不说，自己都还低能——男人若是那个家什不行，对女人来讲，光当皇上有甚的屁用！

卫元嵩：嗳，这你可说错了。人家齐国皇帝在这方面可还蛮行的。

卫小怜（打趣）：你咋知道？他跟你睡过？

卫元嵩：那倒没，看得出来呗。我这眼力！

卫小怜（嘿嘿一笑）：老鬼！别没正经啦，净操弄这些刀刃上跳舞的事，太悬！我也不信你有那本事。

卫元嵩：信不信由你。这事咱先撂一边，暂且不提。我再问你，你还记得曾经有个姐姐吧？

卫小怜：隐隐约约记得一些，小时候……

9-14.（卫妍妃回忆情景画面）北齐蒙山开化寺山门前　日　外

幼年的冯小怜、冯小悯小姐妹俩，天真无邪、活泼烂漫，正互相追逐玩耍，嬉戏于花丛草圃间。二人脖颈上戴着的珀坠，随着小主人的跑动，在她俩的小胸脯前左右摆动着……不远处，果园里锄草的继鸾住持、净昙师父及几名僧人停下手中的活计，一边擦着汗，一边欣慰地看着这俩小精灵……稍远处沟谷对面的山腰间，是已见雏形的蒙山大佛凿佛工地（画面背景）。

9-15.（现实）长安皇宫崇义宫锦罗帐内床上　日　内

卫元嵩：对，小时候的事应该还有些印象。

卫小怜：有印象，我姐好像叫冯小怜吧？

卫元嵩：是，你原来叫冯小悯。

卫小怜：这不用你说，姑奶奶记得！姑奶奶本来姓冯，都是你，非让随了你的破姓！

卫元嵩：我从小把你养大，你还不该姓我的卫？不这样，我怎好把你献进宫里呀?

卫小悯:说到底还不是为你自己?自私鬼!

卫元嵩:不说这啦。我问你,想不想见你姐一面呀?她可还在齐国,活得滋润着呢。

卫小悯:是吗?当然想见啦。我在这世上,除了你这个冤家,就剩这么一个至亲,还是血亲。

卫元嵩:那有机会的话,我让你们姐俩见上一面,再给你换个皇上用用……不过,你必须保证一切都听从本统的安排……

卫小悯:好吧,谁让老天把我的这辈子都绑在你身上呢?大事小事都听你老死鬼的就是。

卫元嵩:咱们丑话说在前头——你若有了新欢,可不许背叛本统!否则,你懂的,凭我的法力,小心叫你死无葬身之地!

卫小悯:哎哟,死鬼!不用你吓唬,我也知道你的道行,放心吧,啊,我哪敢背叛你,我还想好好多活几日呢。

卫元嵩:这还差不多!

卫小悯:我太想见我姐啦,你赶紧安排吧。

卫元嵩:着急啥?还不到火候。(面露隐晦)哼,买着贵卖着贱,我要让宇文邕亲自来求我……

卫小悯:又想耍什么歪招了?你个老死鬼,老谋深算!嗳,我姐,她还在蒙山?还在开化寺吗?早具足戒修绊乌尼了吧?

卫元嵩:到时候你就知道了。

卫小悯:我可不愿入那个行当,苦行僧……一辈子太难熬啦。

卫元嵩:谁说不是,身体发肤受之父母,爹妈给的天生尤物,在天地间走此一遭,理应好好受用一番……否则,像你这样的脸蛋,一辈子面对青灯黄卷,那才是最大的资源浪费。嘿嘿,多亏我老卫把你从寺庙那个人间天牢里解放出来吧?

卫小悯(揉了他脑门一指头):教唆犯,没正经。

卫元嵩:嘿嘿,嘿嘿……

卫小悯扭动着光身子往前靠了靠,紧紧依偎着卫元嵩的光膀子，一只手伸进合欢锦被抚弄着他的下身，一只手玩弄起他胸前的虫珀来。

卫小悯：死鬼，把人家的东西骗走老也不还。你不是说临时替我保管吗？现在我想把这个宝贝要回来自己玩，行不？

卫元嵩（一把揿住胸坠，差点跳起来）：不行、不行，这可不行。这件宝贝很重要的，讨吃要饭都没舍得卖掉，还是我给咱长期保管吧。

卫小悯：看看看，重财轻义，好像剜你心头肉似的，钱财乃身外物，别太当回事！你呀你，酒色财气占全了，一样也落不下！

卫元嵩：根本不是那回事。本人占过卜——正如传言，这虫珀一套三件，谁要是收集全喽，就能稳坐天下！

卫小悯：有那么神？

卫元嵩（点头）：嗯，你姐身上还有一件吧？

卫小悯（作回想状）：……好像是，里面，好像也有只虫子。

卫元嵩（贪婪地）：是蝉！另外一枚现在谁的手上？

卫小悯：你问我，我问谁？（哂笑他）呵呵，你肯定收不全。

卫元嵩：没那事，我一定能全搞到！

卫小悯（撒娇）：嗯嗯……把我的这个先还给我吧，我先玩着，等你找到那两个，我再给你，还不行？

卫元嵩：真的不行，皇上已知本统有这件宝贝，你戴上了让他看见，必定怀疑咱俩有一腿。

卫小悯：本来就有一腿，还怕人家怀疑？好汉做事好汉当么，刚才还气壮如牛，转眼就草鸡了？

卫元嵩：不、不，我的意思是，人家毕竟是皇上，事情闹开了，掉脑袋事小，咱费尽心思谋划的大事，岂不泡汤？

卫小悯（逗他）：你明明舍不得还我宝贝，还找什么冠冕堂皇的借口？他是皇上，你不也是皇上？还怕他个宇文邕？

卫元嵩：好我的姑奶奶哩，我这不，还没当上嘛。

卫小悯（咯咯笑起来，又耐不住了）：死鬼，不还也罢。那，我还要你的——活宝贝……再来一个回合么……

卫元嵩：好说、好说，这个好办，本统还就在这方面在行，只要"爱妃"你吃得消。

卫小悯（又蠕动着身子发起嗲）：吃得消，吃得消……人家是吃喝不够嘛……

卫元嵩：这个回合快着点，把本统累死了，世上再也找不到像我这样的活宝贝来侍候你，骚劲这么大。

卫小悯：嗯……嗯……啊……啊……

卫元嵩：时候也不早了，锣鼓长了没好戏。

卫元嵩边说边翻身压住卫小悯……卫小悯已顾不得说话，闭上杏眼，在他的身子底下小猫咪般地撒起了欢儿。

9-16.空镜

"齐"字旌旗招展，

晋阳城楼轮廓。

9-17.北齐晋阳城大将军署衙　下午　内

（画外）报——

随着画外音，一前方信使面容兴奋地于堂前跪拜：报大将军，我军石岭关大捷！（同时双手呈上写着"捷报"的信函）

大堂之上，（特写）"忠君卫疆"匾额，金字生辉。

大堂之下，斛律光、高长恭二人正埋头弹棋，二亲兵侧伫观战。

李柱儿接了捷报，转呈斛律光。

斛律光随手接过，放置一边，头未抬，继续专注地玩着。信使不由得也被二人的精彩对决吸引，竟忘了起身，继续半跪在一旁就势兴致勃勃地欣赏起来……许久，随着斛律光接连几个漂亮的抖腕动作，只听"啪""啪""啪"的一连串几声脆响，斛律光瞅准契机，竟将自己最后的几枚棋子，连珠炮似的干脆利落、准确无误地鱼贯弹入对方的"蛟龙洞"之中！

亲兵陈凯侧靠于旁，悚然惊叫出声：嚯！

李柱儿击掌并不住地张口感叹：哇——哇……

高长恭则无奈交棋认输，吼一句：算你狠！

信使也看呆了，跪于堂下悸动，作张口结舌状。

斛律光离开棋桌，上前双手扶起信使：哈，看你们，正应了曹丕《弹棋赋》中的那句"观者莫不虚心竦踊，或侧息而延伫，或雷口似大噱，或战悸而不能语"……有意思，哈哈哈。

斛律光说笑着，这才拿过捷报递予长恭，自己则悠闲地端起亲兵奉上的茶盏。

斛律光：读来听听。

高长恭接了信，启封念诵……

9-18.（追映画面）石岭关下　夜　外

坚关当道，

寒星满天。

（字幕：北齐雄关，晋阳屏障石岭关）

（高长恭读信画外音）

斛律大将军麾下，

猛自率领兵马，谨遵钧令而行，于是月丙申子时，敌前军中军至，偷关，放其过。翌日寅时，敌后军辎重兵至，我军依计出击，一举斩俘敌人万余，将其粮秣截获，军资尽皆焚毁！

特此报捷，

幸垂鉴示！

骠骑将军綦连猛揖拜

（随着高长恭画外音，同时展现以下情景）

綦连猛率齐军自关上奋勇冲杀而下，前截后堵，将周兵辎重分割为数段，团团围定，格杀聚歼。

齐兵扛抬粮秣上山。

周军车驾装备等运输资具尽被浇上麻油，燃焰烜烜，火光冲腾夜空，绵延数里……

9-19.（现实）晋阳城大将军署　下午　内

斛律光听高长恭念完捷报，呷了一口茶，安顿信使：你稍事歇息，后堂用饭去吧，回去转告綦连将军，这一仗打得不错！我要奏明圣上，为将士们请功！

9-20.晋阳城大将军署　入夜　内

亲兵李柱儿开始掌灯，

烛光煌煌。

兴许是高长恭的棋艺提高，二人"敌了手"，但见大堂之上，"滑石雾散，云布四垂"——斛律光、高长恭二位，棋战正酣、"弹"兴正浓，一盘"弹棋"争斗，已进入关键时刻。

流星探马挟一股风，登堂急禀：报——北路敌寇不顾疲顿，趁雨停止日夜兼程疾进，兵锋已至狼马涧（今阳曲东北三十六里黄寨一线），正往我晋阳蜂拥杀来！

斛律光（执定一颗棋子正要弹出，住了手，抬头）：敌军士气如何，尚有多少人马？

探马：报大将军，周兵大多衣甲不整，面有菜色；多日暴雨洪水，周兵饥寒疫病，已损十之有三；石岭关一役，更元气大伤；现还有人甲约七八万，贼势明显转颓。（言讫拜退）

斛律光（点头自语）：料彼如此，已是强弩之末矣。

遂出手推翻棋局，霍然起身走向堂案。

高长恭（瞅着斛律光背影，不满）：嗳嗳嗳，明月，怎么赢得起输不起？这盘棋眼看我好不容易快赢了，你怎么却搅了局！

斛律光（住步，回头笑问）：高将军棋艺见长，对战局却漠不关心了？

高长恭（也不好意思地憨厚一笑）：非也，战事自有大将军您运筹，我等恭听大将军驱遣便是。

斛律光正色：那好，弹棋到此为止，来日方长（说着已坐回堂案，抽出令箭一支，授予长恭）：高将军，命你即刻前往城北大营，点检五万精兵，二更造饭，三更行动，连夜随本帅开拔！

高长恭（转而喜形于色，也不问兵发何处，只欣然拱手）：得令！（转身欲去）

斛律光（作手势叫住他）：等一下，（叮嘱）晋阳城内，敌国奸细不少，今夜行动，务必隐秘，要求人衔枚、马裹蹄，连城中一只耗子也不要惊动！

高长恭：明白！

斛律光：出城后，先向南……另外，再安排人去度支署报领一批黑豆、高粱，连同辎重一并随队驮载备用。

高长恭：喏！（接过令箭出画面）

斛律光：陈凯——

亲兵陈凯：小的在，请大人吩咐！

斛律光：传令高延宗，自今夜子时起，晋阳城防务由他接手，一切均按预案实施！

9-21. 空镜

"周"字锦旗猎猎，

长安城楼轮廓。

9-22. 长安正武殿　夜　内

大司空韦孝宽端坐堂首，主持留守大员会商……

（字幕：北周长安，正武殿枢密堂）

韦孝宽：几位同僚，今夜把大家召集起来，研讨一下内外形势。总的来说十分不好，据快马奏报，圣上此次亲征出师不利，损失颇大，甚为被动……

宇文宪：皇上东伐心切，不听劝阻，作为臣子，我等也无可奈何。这下倒好，皇上听从梁雄、卫元嵩等人的妄语，纸上谈兵、损兵折将，自讨苦吃，唉！

王轨：车无完圆、人无完全嘛，咱们皇上虽然颇具帝王之才，但不一定还得是帅才……哼，那个狂汉梁雄，充其量也只能算是个将才，怎可把十数万王师交付于他？

杨坚：不是咱们的人无才，而是对手过于厉害……

韦孝宽：此等话咱都快别说了，事关陛下安危，我们还是商榷一下，看看有无补救措施？

杨坚：国内的机动兵力有限，偏偏蛮人又来凑热闹：信州地界传来消息，蛮渠冉祖喜、冉龙骧纠集数万人造反，贼势不小，近日已攻陷我三座县城……

宇文宪：前方战事不利，国内更须稳定！大司空，某愿领兵前去信州，剿灭内乱，巩固后方。

韦孝宽：好，同意！着开府赵訚与你同往，尽快削平之。至于齐国前线危局，我等鞭长莫及，也左右不了，目前已回天无力，我看这样吧……

（渐隐）

9-23.北齐晋阳城南门　夜　外

月黑星稀，

"晋阳"门额匾下，守门军兵擎戟悬刀，分列两边，行注目礼……

（字幕：晋阳城朱雀门）

黑黢黢的城门洞里，北齐大部队整装蓄势，昂然而出……

枪槊斧钺、戎装铠甲，

马军步军、弩兵弓兵，

一队队、一列列，静悄悄、齐刷刷……

斛律光、高长恭、莫多娄敬显、侯莫贵乐……一干人等披坚执锐策马其中，统率铁流浩浩荡荡地奔赴向前，渐次消失在远处的夜幕中……

9-24.北齐晋阳城下　拂晓　外

周军麇集，

布阵于野。

"天衡""地轴"垒兵，

"周"字绣旗招展。

阵中门旗下，近侍亲臣、几十员上将拥卫着帝辇（镜头依次摇过）：

（字幕：近侍太监，侍中何泉）

（字幕：总典机要，宗师中大夫，开府仪同三司宇文孝伯，字胡三）

（字幕：护军领军，骠骑将军，清河郡公宇文神举）

（字幕：中军先锋，领军将军，尚书左仆射尉迟迥，字薄居罗）

（字幕：前军先锋，征东将军，开府仪同三司宇文英）

（字幕：后军先锋，岐州刺史，陈惑王宇文纯，字堙智突）

（字幕：前军副先锋，骧威将军韩延）

（字幕：前军副先锋，镇远将军越勤世良）

（字幕：后军副先锋，抚军将军，仪同薛禹生）

（字幕：中军副先锋，平东将军，开府宗挺）

（字幕：中军副先锋，奉骑督尉卫巂，字炎钟）

……

两侧，上百员偏、裨、副将一字排开。

大都督梁雄紫盔紫甲横刀立马阵前，遥望晋阳城头……

9-25.晋阳城头　拂晓　外

（特写）城门额上，小篆"晋阳"二字遒劲雄犷。

（字幕：晋阳城苍龙门）

城下，吊桥高悬，城门紧闭。

箭楼上甲兵林立，旌帜翩翩。

阁台正中竖一面锦缎旗，旗上大书"齐·安德王"，旗下一人蟒袍金盔，气势不小。

（字幕：北齐并州刺史，安德王高延宗）

四下官佐环立（镜头依次）：

（字幕：并州大中正唐邕）

（字幕：尚书令沮山）

（字幕：沭阳王和阿于子）

（字幕：武卫将军綦连延长）

（字幕：武卫将军相里僧伽）

（字幕：征西将军韩骨胡）

（字幕：武卫将军兰芙蓉）

（字幕：开府侯莫陈洛州）

（字幕：左卫将军万俟扎达）

（字幕：右卫将军段畅）

……

众将居高俯瞰，同仇敌忾，强弓硬弩，严阵以待。

9-26.晋阳城下　日　外

战鼓齐鸣，

惊天动地。

梁雄挥舞帅旗，指挥周军不断变换着阵形，最终布成攻坚方列。

号角冲天，

梁雄掣起长柄乾坤日月大刀，杀气腾腾，刀尖直指晋阳城头，大呼：后退者斩，前进——

中军先锋尉迟迥双手使金瓜锤。副先锋卫嵩、宗挺高举开山大斧，冲在当先：杀啊——

其他将佐各执兵器随后：冲啊——

周军：杀——啊——

　　杀——

　　……

　　周兵喊声雷动，各执盾牌利刃、扛抬蔽橹、推拉辘轳、轩车等攻城器具，鼓噪而行。他们如黑云四合，似狂风肆虐，径往晋阳城蜂拥扑去！

　　爬越堑壕，

　　泅渡护城河，

　　虽死伤累累，仍前仆后继，直至城墙根下，架设云梯，蜂拥攀爬。只听城上一阵梆子响，霎时箭如飞蝗、矢如雨下……周军惨嘶哀号，叠尸城下，血流盈河……余众溃退……

　　（定格）

〔片尾曲（略）〕

　　（第九集完）

第十集

〔片头曲(略)〕

10-1.晋阳(苍龙门,下同)城头　日　外

齐军欢呼:敌人退了!敌人退了!

闻得周兵败退,安德王高延宗亲自抵近堞口观察——瞅准目标,顺手将一卷套马索抛掷而下……

10-2.晋阳城下　日　外

尉迟迥、卫篤等将腿快,转瞬逃过护城河。

落在后面的周将宗挺(字幕:北周中军副先锋,开府,平东将军宗挺)正欲过河,早被从天而降的套索圈住腰际,拖拽向后……宗挺竭力挣扎,终不得脱。

10-3.晋阳城头　日　外

安德王高延宗奋力提拉套马索,竟把周将宗挺吊上城头。

侯莫陈洛州、段畅、相里僧伽等齐将一起拥上前来,七手八脚地将宗挺活捉。

10-4.晋阳城下周军阵前　日　外

溃兵如蚁,

尉迟迥、卫篱等将弃甲脱械，偕败卒狂退不已……

"帅"字旗下，梁雄厉声大喝：给我站住——不得后退——

溃兵怔住。梁雄拍马挥刀，接连劈死了几个丧魂落魄收不住脚的兵将，怒极……回顾羽林拱卫的銮舆，听着纱帘半掩的辇窗中不时传出的咳嗽声，梁雄顿生感慨，杀气骤腾，奋刀纵马振臂大呼：为了陛下——跟我冲啊——

众将、众兵：冲啊——杀啊——

鼙鼓震天，

士气又振，

梁雄身先士卒，亲率众将，纵兵发起又一波攻击……

10-5.晋阳城门下　日　外

战鼓雷动，

杀声震耳。

梁雄麾军而至，冒矢跃马飞跨过护城河，回身高擎大刀自半空中劈下，"咣""咣"两声，吊桥铁链早被砍断，轰然一声落下，横亘河面。

众周兵喊声连天，争先恐后，蜂拥过桥。

梁雄挥鞭催赶众军攀爬城墙……又是一阵梆子响，城上万弩齐发，擂石滚木俱下，周兵鬼哭狼嚎，横尸遍地。梁雄恼极——屈身坚城下，有劲使不出，直憋得面如猪肝、双目喷火……他大吼一声，索性祖袒甲胄、赤膊上身，将一杆乾坤日月长刀舞得风车一般，密然无隙，屏挡住射来的飞箭，掣过云梯，狂呼着疾步向城头蹿攀而上……

10-6.晋阳城头　日　外

北齐安德王高延宗正亲自指挥弩兵放箭，忽见一敌酋竟爬上城垣，焦急大喊：快，快给我活捉此贼！

沭阳王和阿于子、平西将军韩骨胡、武卫将军兰芙蓉、綦连延长、右卫将军万俟扎达等闻声趋前，来取梁雄。

梁雄跳下堞口，挥舞大刀，力战数将，毫无惧色。

几个回合后，梁雄瞅个空当，手起一刀，先劈死了肥大多力的兰芙蓉，随后又乘势发威，砍翻了挺枪来刺的綦连延长。

剩下的齐将也不胆怯，继续持械同梁雄展开恶斗。

……

另一边，唐邕、沮山率硬弓手火箭齐发，周军梯、车、器具等尽皆焚毁。

随同梁雄爬城的兵将或被射杀，或被烧死，或坠落摔毙……其状惨烈。

……

梁雄只身被困城头，此时也杀红了眼，索性撇掉豁口的大刀，赤手空拳同齐军肉搏……

齐军见梁雄没了兵器，都松了口气，一个个放胆奔将过来捉他，争立头功。

梁雄且战且退，愈斗愈勇；卖个破绽，就势一把揪住率先冲过来的牛高马大的万俟扎达，拼足蛮力，举过头顶！他一旋身，原地转了几圈，大喝一声，将万俟扎达扔下城头！

和阿于子、韩骨胡等齐将全被吓退。

齐军见状，无不骇然。

安德王高延宗眼见梁雄顷刻连杀自己三员大将，恨入骨髓，"啊呀呀"，断吼连声，执剑指挥更多的兵将聚拢，大伙端戈挺戟朝梁雄围逼上去……

10-7.晋阳城下周军阵前　日　外

秋风萧瑟，人饥马疲。

中军门旗下，御辇不失威严。内侍、近臣、太医、侍卫环立前后左右，透过纱帘，隐约可见宇文邕正在辇窗内紧张地关注着城头战况……转而，帝手伸出窗外，急招手示意……

近侍太监何泉（连忙趋前躬身）：陛下，有何吩咐？

宇文邕咳嗽，焦急的公鸭嗓音自辇窗飘出：咳咳，速传谕，鸣金收兵。

10-8.晋阳城头　日　外

齐军围逼梁雄于一女墙下，梁雄犹作困兽之斗……是时，城下收兵钲声四起。梁雄虚晃几招后，扭头纵身跃下高峻的城墙，落脚于烟火烧燎的周兵死尸堆上，定定神，兜住一匹无缰无鞍嘶咴儿乱窜的惊马，骟骑而退……

10-9.晋阳城下周军阵前　日　外

梁雄归阵拜伏銮驾前：微臣无能，暂未破城，有负圣望，乞请陛下裁处！

宇文邕：爱卿毫发无损、全身而还，朕心甚慰。咳咳，有你这等忠臣勇将健在，寡人何愁天下不平？现在，我们大家还是商议一下，如何避免死战，看看有何良策可尽快克城！

宇文神举出奏：陛下，晋阳郭高如山，城坚似铁，天下无朋。齐人又恃险固守，坚壁不出，一时半会儿恐难攻下。我军远道而来，人饥马馁，后军辎重却又迟迟未到！时下军中粮断，士卒粒米未沾，如此下去，必生恐慌。

宇文邕：说的是，卫嵩——

卫嵩（上前）：微臣在！

宇文邕：命你领一军依循来路北返，接应粮秣辎重速至。

卫嵩正领旨欲去，忽一参军迅至，跪奏：启禀圣上，哨骑飞报，石岭关下我辎重遭劫，全军覆没。粮草都督慕容俊伟只身逃出。

言未毕，二甲士已押着浑身带伤、蓬头血面的粮草都督上前。

（字幕：伐齐粮草都督，扬威将军慕容俊伟，字赤爽）

慕容俊伟（匍匐御前下跪，哭丧音腔欲似申辩）：陛下……

宇文邕在辇窗内一瞥，急火攻心，又连连咳嗽起来，勃然：汝误我军机,罪在不赦,立斩!咳咳咳咳……

梁雄恨得咬牙,闻听圣谕,立即拔佩刀亲手刃之——鲜血四溅,尸身抽搐。(甲士拖走)

10-10.同上

梁雄(抚刀归鞘,拜伏启奏):陛下容禀,我军缺粮,利在急战,刻不容缓!晋阳城历来乃齐人屯戍积谷重镇,秣足粮丰。臣请提兵再战,力克此城,夺其粮草,以应亟需!

宇文邕正踌躇间,一哨探前来禀报:启奏圣上,蒙山脚下开化沟口,一拨秃头和尚正赶着大批牲口往山里运粮。

宇文神举(饥肠辘辘,跨前一步再奏):陛下,恕臣直言,敌帅斛律明月通晓兵机,其南下之前想必已将守城方略筹划周全,我军难以轻易占到便宜。退一步说,即便不是如此,就以目前我之兵势而言,我军饥寒疲惫,想要撼动晋阳坚城,客观来讲,难于登天。(他睥睨了梁雄一眼,继续)万不可头脑发热,蚍蜉撼树,以卵击石。

宇文邕:卿的意思?

宇文神举:以臣之愚见,不如灵活一点,调整一下原来的计划,另作他图。

宇文邕:咳咳,具体奏来,下一步究竟如何行动?

宇文神举:陛下,不妨先直接进军蒙山,追杀了那些秃头和尚,夺了粮食,先填饱弟兄们的肚皮再说,以免发生兵变。

卫嵩(立即随声附和):神举所言甚是。蒙山庙堂道场繁博,粟藏盈沛、富可敌国,目前正可取之军用,以解我王师燃眉之急。

辇窗纱帘内,宇文邕隐隐点头:夺粮可行,夺命不必!

卫嵩(继续):臣观此处乾象风水,晋阳地区确实王气正盛——盖源自蒙山上空瑞气蒸腾!我们先图晋阳,不啻舍本求末之举,不如先斫蒙山龙脉,隳其佛光灵气……晋阳失其依庇,定可一鼓而下!

宇文邕(于銮舆内):梁爱卿,你意如何?

梁雄:回禀陛下,愚臣对星象风水不甚了解,事到如今,也别无好法子，唯王命是从！

宇文邕：如是，众将听令——

众人各自归位，肃然而立。

宇文邕：重整旗鼓，恢复行军阵形。左军变后军，右军作前军，撤围晋阳，调转兵锋，进击蒙山！何泉——咳咳咳……

近侍何泉侧身面对辇窗，俯首：臣在！

宇文邕：宣旨——

何泉（转而面对镜头）高声宣喝：圣旨下，众将听宣——

诏命中军副先锋卫雟擢任前军先锋；

中军先锋尉迟迥接任前军副先锋；（尉迟迥斜睨了卫雟一眼，面露妒恨）

宇文孝伯兼领总理粮草官；

兵马大都督梁雄自领中军；

即刻传谕三军，掉转兵锋，进击蒙山！

10-11.晋阳城下 日 外

金鼓阵阵，

号角呜呜。

周兵军阵，阵形顿变，

人马饥馑，余威再振，

大军井然调动。

10-12.晋阳至蒙山大道 日 外

周兵一列列方队，刀剑如林；

御辇居中，节钺严整；

浩荡迤逦，杀奔蒙山……

10-13.蒙山开化沟口 日 外

卫雟、尉迟迥督率大队马、步前军至蒙山开化沟口，远处隐隐约约可见北齐僧众运粮队。

卫嵩纵马驱兵紧咬不放,执鞭前指:快给我追!

10-14.蒙山开化沟内　日　外

沟深坡陡,

山道蜿蜒。

一行僧人赶着一群牲口,驮着麻袋,逍遥自在地循山路徜徉而上。

一名似为领队的和尚,骑在一匹毛驴背上,手拈佛珠、双目微闭,口中念念有词……好像并未觉察身后有大股追兵。

10-15.开化沟内土地坡口　日　外

周军人马饥疲交加,形态又显蹒跚,行速也越来越迟缓。

前方一条岔路,直通一面梁坡,曲曲弯弯上延而幽……

(字幕:土地坡口)

僧人们不紧不慢地走到土地坡口,停了下来,分别坐到路边坡坎上,自背囊中掏出一些美味粮果,津津有味地吃开来。

周兵远远瞥见,直咽馋唾,更是饥饿难耐。

卫嵩不断呵斥催促着:快快,赶上前去,弟兄们就有吃的啦!

士卒们强打精神,加快了追击速度。

僧人们见追兵将至,起身,吆喝牲口,复行。

周军紧紧跟随,眼看就要追上,转过一弯山峭后,竟又拉开了距离——和尚们赶着牲畜,又远远地走在了前面。

尉迟迥气喘吁吁地骂开了:他娘的,这些刁和尚,咱慢他也慢,咱快他也快。

卫嵩气急(手执开山大斧朝牙将一挥):传令轻甲铁骑包抄上去,休叫一个秃驴走脱!

"嘚嘚、嘚嘚……",黄尘扬起,马蹄声疾。

一队马军精锐,在卫嵩率领下,奋力趋前……

10-16.开化沟内寺底村前　日　外

丛林郁郁,

涧流湍急。

正悠闲自得行进的运粮僧众听到身后急促的马蹄声,回身看时,周兵已经马到近前。

那名领队和尚合掌:阿弥陀佛……善哉,善哉。(其脸部特写:高长恭装扮)随即撒手丢掉佛珠,手指插入嘴中,一声"嗯哨"……

众"僧"顿时"惊慌失措",纷纷丢弃麻包粮袋,牵拉着牲口四处逃散,转瞬消失在山路两旁茂密的林间。

10-17.同上

周兵下马,看着满山坡大包小袋的给养,甚为欢欣,也顾不得去追赶逃走的"僧"众,一拥而上,忙着晃抬收拢。

一周兵急不可耐,偷偷抢先解开一只袋口,抓一把"豆粒儿"就往嘴里填……只听口中"咯嘣咯嘣"的一阵响,该兵一脸苦楚,张嘴呕出一摊带血异物——原来吃进去的是一把小石头子儿,牙齿也被硌掉。

卫寯困惑,见状上前扇了该兵两巴掌,执斧砍开另一只大麻包——

"哗……"

众人登时傻眼,麻包内簌簌流出的,却是黄澄澄的沙粒,哪是什么粮食!

尉迟迥又接连砍开几只口袋,无一例外,里面装的全是汾河豆沙!

卫寯气急败坏,指着四周山上大大小小的庙宇,声嘶力竭:可恶秃驴,竟敢戏弄王师,给我冲上去,血洗蒙山!

10-18.蒙山御驾桥前　日　外

两山逼仄,崖峰陡峭;

红叶烂漫,层林尽染。

周兵中军,浩浩荡荡,威武而至。

随着御辇轻微颠颤,垂着纱帘的辇窗中晃动着宇文邕模糊的头影——他在观察两旁的山势。

宇文邕(感叹):仙山福地,仙山福地哪,真是一处险峻而秀丽的佳地!梁爱卿——

御辇旁策马随行的梁雄:臣在!

宇文邕:我军诸将都怕与齐帅斛律明月交战,大司空韦孝宽更称其为"兵圣",今朝看来,实在过于夸大。

梁雄:谁说不是!臣深以为然,从不把他斛律光放在眼里!

宇文邕:嗯。你瞧,如此山川地势,倘若彼在此处设下一支伏兵,岂不把我君臣送上不归之路?

梁雄(仰首环顾一圈诸峻峰):吾皇英明!魔高一尺道高一丈,可惜斛律光已中了陛下您的调虎离山之计,眼下还远在平阳!一俟我大军隳毁蒙山、攻克晋阳、回头挥师南下,与达奚武再造南北夹击之势,必将于平阳之地,降伏斛律光这只恶虎!

宇文邕(龙颜大悦):如卿所言,朕心甚慰,嘀嘀嘀。

梁雄:陛下只管放心,斛律光末日近矣!哈哈哈……

何泉、宇文孝伯、宇文神举等亲随、诸将、臣子,皆附和着开心大乐起来:

——哈哈哈……

——哈哈哈哈……

10-19.寺底村前及蒙山沟谷间　日　外

山道上越积越多的周兵,在前军正副先锋卫嵩、尉迟迥的指挥下,又顺着山谷蔓延开来。他们各持兵器,厉声呼号,爬沟涉涧,攀岩越坎,向着一座座寺庙塔像扑去。

(画外音,低沉苍凉地)悠久的中华历史上,曾出现几次由皇帝发动的大规模灭佛事件,使佛教在中国的发展遭受巨大挫折。南北朝末期，励精图治、雄心勃勃的北周武帝宇文邕，出于统一战争的需要及当时的政治经济策略，在位期间于中国北方拉开了灭佛序幕，这是自北魏太武帝拓跋焘首次灭佛以来，中国佛教史上的第二次"法难"。

（伴随着画外音，悲怆佛乐起）

10-20.蒙山梵境　日　外/内

（悲怆佛乐中，下同）

一队周兵在几名偏将的率领下，砸开了一座庙门。

（特写）山门匾额"甘泉寺"。

周兵一拥而入，将正在做法事的和尚们驱赶至佛殿角落，然后开始抢吃供桌上的供品……

10-21.同上

周将尉迟迥引领一群周兵正在砸一座尼庵的山门，未果。

（特写）门额上书"妙胜庵"。

兵将们转而用军械毁捣山墙，未几，墙崩塌，周兵冒着飞尘涌入，众尼惊号，四下逃散。

尉迟迥指引周兵翻箱倒柜，寻找粮食、财物……

10-22.蒙山梵境　日　外

（字幕：塔林）

一群周兵在塔林中敲砖揭瓦，肆意捣隳浮屠……

10-23.蒙山梵境　日　外/内

一队周兵在寺底村挨家挨户搜刮钱粮……

10-24.同上

一群周兵正在观音堂内拆毁钟楼、鼓楼、经堂，和尚们都未曾见过这等阵势，缩作一团，瑟瑟发抖……供案倒地、香炉倾覆、幢幡四散，一片狼藉……

10-25. 开化寺堂院　日　外

另一队周兵舁抬着一根横木，正朝一尊佛像撞去。

（镜头闪现"开化寺"匾额）

"嗵"的一声闷响，该佛殿八角须弥坛上的金身佛像顿时分崩离析——肢体断折飞散，佛头滚落坠地，（特写）滚、滚……一直滚出了正殿，继续滚、滚……直到滚到大殿前院中央，被一大树根顶住，方才止住不动。

（镜头自树根缓缓上摇至树冠）

这是一株高大苍劲的古柏，树杈上正吊着一位年高老僧，

（特写）正是继鸾方丈！

继鸾方丈面色苍白，神情淡定……

柏树下，站着暴跳如雷的卫寯及几名亲随将校。

其他僧众有的被周兵捆绑殴打，鼻青脸肿；有的合掌祷告（内有净昙法师），跪地为老方丈求情……

10-26. 蒙山北峰山巅齐军指挥部　日　外

（全景）远眺，重峦叠嶂绵延。

（镜头拉至山巅一峁梁上）近处，大树参天，灌木葱茏。

一棵巨大的白皮老松枝叶繁茂，树冠间由圆木搭成一方平台，既隐蔽，又视野广阔。大将军斛律光锦衣绣袍，同兰陵王高长恭站立其上，正用手拨开密密的树枝，从枝叶缝隙间向下观察着（镜头依循他们的视线扫瞄）：山径、涧流、竹林、水泊、寺刹、村落以及漫山遍野的敌人……方圆十数里内蒙山沟谷间景物尽收眼底。指挥部右手一箭地开外便是泰然耸立的镇国释尊巨像——蒙山大佛，二者等高比肩，互为毗邻，佛首肉髻之纹络依稀可辨……

高长恭（身上的僧装都未来得及换，兴冲冲）：怪不得这个地方俗称"马蹄窝"，俯看此处地势，果如其名哇！敌人进来，形同入

瓮，真是个打伏击的绝妙口袋阵!

斛律光（压低嗓音）：那梁雄也是熟读兵法，善用军阵哪。

高长恭：是呀，可而今你把他引入此瓮，怕是他什么阵法也使不出来啦，（忘情大笑）哈哈哈，逃都没地逃!

斛律光瞪了他一眼，高长恭连忙捂住嘴。

树下，圆木围栅，副将、参军、亲兵环立，甲士拱卫。

斛律光（气定神闲，一边专注地朝山下瞭望，一边询问下面的人）：敌军各部行进位置如何？

一参军（仰首作揖）：禀大将军，步哨来报，敌中军已过御驾桥，后军始至石马坡。

高长恭（看着斛律光，轻声探询）：下令进攻吧？

斛律光脚踏木梯走下瞭望台，来回踱着步子，没有理他。

10-27. 开化寺堂院内　日　外

卫寓（朝树上吼）：早听说开化寺里有稀世珍宝，老秃驴，你把佛财和粮食都藏到哪里了？说！不说出来，明年的今天就是你的忌日！

继鸾方丈一息尚存，气若游丝：佛身可灭，佛心难泯……阿弥——陀佛……

卫寓举鞭正欲抽打，一小校惊恐地闯入山门。

小校：禀……禀大人……

卫寓举鞭之手停于半空：嗯？何事快讲！

小校：我等遵大人钧命，斧镬相加，倾力刨掘，虽虎口震裂，只闻金声玉振之音，却不曾损伤那蒙山大佛分毫！弟兄们惶恐战栗，不敢再下手造次，怕是那大佛有灵。

卫寓：荒唐！沙砾岩石之胎体，何来甚的鸟灵气？我却不信，神鬼怕恶人，下死力砍便是！

卫寓从亲随手中掣过自己的开山大斧，引领众军校风风火火地冲出寺门，亲自去了。

10-28. 蒙山北峰山巅齐军指挥部　日　外

斛律光来回踱着步子，

高长恭及众军将期待地望着他。

"咔！咔！……"右手方向传来连续不断的巨大而沉重的斧凿声。

众人纳闷，竖耳倾听。

斛律光健步飞身再上瞭望台，拨开树枝，循声探看……

10-29. 蒙山大佛肩胛　日　外

卫寯已手抓藤条爬在上面，正手执长柄开山巨斧，丧心病狂地猛砍大佛脖颈，大佛金星迸射、石屑飞溅……

10-30. 蒙山北峰山巅齐军指挥部　日　外

斛律光见状，压低嗓音切齿而骂：狗东西！

斛律光（继而回顾山下）远远望去，

寺底村前打谷场上，多了一乘黄盖銮驾御辇和诸多仪仗。一面"帅"字绣旗下，一名悍将紫盔紫甲，正舞动着长柄大刀，指挥更多的周兵，潮水般扑上山来。

（画外）报——

一步哨径入指挥部，左手反挂"探"字旗单腿跪禀：大将军，敌人后军已过御驾桥，全部进入我埋伏圈内！

斛律光：好！

语音未落，斛律光早已取弓搭箭在手，（自望台上）选一合适位置，循着斧头砍斫声往大佛方向劲发一箭……

10-31. 蒙山大佛肩胛上／脚下　日　外

卫寯挥动大斧正砍得起劲，忽听脑侧一声弓弦响，一支飞箭唿哨而至……他未及明白怎么回事，已被射中一侧太阳穴（从另一侧穿出），"啊"的一声，往后一仰，撒手丢了大斧，骤然跌下佛身……

"嗵"的一声，卫寓似麻袋般摔于大佛脚下，立时嘴歪鼻斜，眼珠迸出，污血四溅……他脱手的那柄开山大斧，随后更从天而坠，不偏不倚，斧刃朝下，"噗"的一声也正劈在他自己的门面上！好一颗头颅，登时竟被一劈两片。

（特写）一半脑袋，插着箭首箭镞；另一半脑袋，插着箭尾箭羽，血肉模糊，脑浆迸涌，白花花地淌涂一地。

大佛（面容特写）慈悲、端庄、安详地看着面前发生的一切。

10-32.蒙山北峰山巅齐军指挥部　日　外

斛律光收弓入韔，盯住高长恭，大手一挥，厉声：全线出击！

高长恭（转身面对一参军）：全线出击！

参军（转身面对栅门外）：全线出击！

栅门外，不断有喊声一递一传：全线出击！

——全线出击！

——全线出击！

……

10-33.蒙山大佛周边沟谷　日　外

"轰！""轰！""轰！"

三声炮响，震耳欲聋，山川撼动。

霎时，大小巅峰峦岭，"齐"字军旗突现，锦旆招展，伏兵四起，如同地下冒出一般。（全景）

（激昂的晋阳锣鼓《快流水》曲牌伴奏中）

（以下为全景）

齐军铺天盖地、杀声连天；刀枪蔽空、刃如雪霜；恰似狂飙天落、猛虎下山……

向正在吃力爬山的周兵卷压下去，

向正在各处庙宇毁砸的周兵猛扑过去……

10-34.蒙山山坡上　日　外

（画外音）瑰丽山川、佛门胜景……转瞬变为烽烟战场……

（背景音乐转为《慢流水》鼓点）

（入画）异石嶙峋，坡面广阔，景观独特。

周兵自下蜂拥艰难上攀，

一齐将（字幕：北齐宁远将军王显）率兵于坡顶截阻，指挥齐军搬起满山坡的石块，甩臂掼下……

众周兵被乱如雨下的飞石砸得头破血流，惨叫连连，悉数抱头滚下山坡。

10-35.蒙山树林中　日　外

（背景音乐：鼓点再转《快流水》）

一队齐军居高临下追击至此，被追周兵纷纷遭斫击毙。

一齐军牙将冲入周兵余众中，断喝：投降免死！

周兵余众非但不听，反将该将围上杀死……又被急迫追奔，争相攀爬上树躲命……

其他齐军奔过来，在树下齐站一排，连弩高举……

另一齐军将领（字幕：北齐龙骧将军韩贵孙）挥臂：放！

排排弩矢似流星，"唰唰唰"，飞上树头，周兵如猴子般纷纷被射落下来。

（特写）其中一个周兵并未中箭，却吓得脚下滑空下坠，被树杈上几根细软的枝条缠住脖颈……双腿悬空"手舞足蹈"一阵后，两眼翻白、长舌吐出——吊死了。

10-36.蒙山半山腰　日　外

一名周偏将从山上逃奔下来，慌不择路，一头扑向一棵雷击劈折了的老槐树——只听"噗嗤"一声，尖利的树杈从他前心穿过后心，其内脏俱被挑出，肠子高高地挂在了树杈尖……

10-37.蒙山尼姑庵　　日　外/内

山门额匾书"妙胜庵",

高长恭领兵将其包围。

军士们冲进去,逐殿搜索,砍杀了顽抗的周兵,余众缴械。

(背景音乐转换为较活泼欢快的佛曲《莲师心咒》)

一周将(特写:尉迟迥)提着一小袋粮食,从后殿潜出,四下张望了一下,趔身钻入后院墙下一砖房(墙上书"女厕")藏身。

一比丘尼正躲在厕所内发抖,见尉迟迥进来,愈加惊恐不已,张嘴欲喊,被尉迟迥一把掐住脖颈,挣扎几下,气绝身亡。

尉迟迥匆匆扒下死尼的衣帽,穿戴在自己身上,溜出厕门,慌忙翻过后墙……正要钻入林内,被骑马巡过来的高长恭叫住。

高长恭:站住!什么人?

尉迟迥一惊,张口"咿咿呀呀"连声……

高长恭:哦,是个哑尼姑。(挥手放行)

尉迟迥朝高长恭假笑,扣粮袋于肘弯作包袱状,并合掌顶礼致谢而走……缓行几步,转过一弯后,急忙潜入树丛中消失了。

少顷,一名齐军副将也翻墙追出来,见到高长恭,细述其情(比画,默声)。高长恭眼望着尉迟迥消失的密林,扼腕叹息不止……

10-38.蒙山灌木丛　　日　外

(背景鼓乐:哑点连奏)

一群周兵被撵逃奔至灌木林,情急之下潜入藏匿。

齐追兵至,使枪刀戈戟朝灌木丛中狠扎猛捅一番。随着声声哀号,碧绿葱茏之中,股股鲜血喷射而出,染红了枝叶。

几名未死的周兵仓皇奔出欲再逃,却被藤蔓缠身,挣扎不得脱。齐兵赶上,砍杀之……

10-39.蒙山开化寺堂院　　日　外

(背景音乐:哀伤佛乐)

继鸾方丈已被人从古柏树上救下，头枕在斛律光的臂弯内，面色苍白，呼吸微弱。

斛律光接过净昙维那递来的钵盂，慢慢给大师喂着水。

继鸾方丈缓缓睁开了眼睛。

齐将（字幕：领军将军莫多娄敬显）前来禀报：报大将军，发现一股人马翻越后山而来，又悄悄向这边山下摸去，着我军号衣，但行动诡谲……不知是否奉您军令？

斛律光：没有，命你速率步军前往查甄。

莫多娄敬显：遵命！

10-40. 蒙山塔林前一处断崖　日　外

一拨正在捣砸塔林的周军，被从两侧夹击而下的齐兵追赶……狂逃末路，收不住脚，一个接一个地惨叫着摔下去。

其中一名周将（面孔特写：领头砸塔林的）身体倾斜着，上身已探出断崖悬空，两只脚仍蹬在崖头上，被吓傻了，双臂抡着圈儿啊啊地惊叫着不想跌下去……

一齐将（字幕：北齐平西将军呼延族）追过来，照他撅起的屁股上踹了一脚，该周将哀号着倒栽坠入悬崖。

10-41. 蒙山遍山腰　日　外

（背景音乐：晋阳锣鼓《风搅雪》起奏）

（全景）到处是刀光剑影，到处是血肉横飞。

满山死尸，遍野伤兵……

在齐军居高临下的凌厉攻势下，周军猝不及防，全线溃败。

（定格）

〔片尾曲（略）〕

（第十集完）

第十一集

〔片头曲(略)〕

11-1.蒙山寺底村口打谷场　日　外
正指挥周兵反扑上山的梁雄,被退下来的乱兵裹挟,奈何不得,胯下坐骑"咴儿、咴儿"惊恐地长嘶不停,围着御辇打转……

辇中宇文邕情况不明,慌乱不已,咳声连连……

11-2.蒙山大佛下沟谷里　日　外
残余的周兵像退潮的海水般顺山势溃泄而下,很快,数万之众便被挤压至狭长的沟谷底……在有限的空间里,人喊马嘶,相互践踏,哭爹叫娘,乱如煮粥。

11-3.蒙山寺底村口打谷场　日　外
周军败兵从四面八方纷乱拥挤而至。

为防乱军惊扰圣驾,大都督梁雄绰刀左劈右撩,接连砍下几颗溃兵人头,随即他将銮驾安置于打谷场边的一棵大榆树下,并组织羽林铁骑、亲随近臣围作一圈人墙,将銮驾拱卫其中,暂时避开了难以控制的乱哄哄局面。

御辇中,宇文邕不由得病情加重,咳声大作传出辇窗:咳咳……众爱卿哪,此等局面,如何是好……咳咳咳……

众臣面容惊惧,你一言,我一语:
——敌人早有准备,我们恐难取胜……
——齐兵占尽地利,我军回天无力。
——误入绝地,处境险恶,唯突围上策……
……

梁雄(强打精神):圣上勿忧,臣立即整顿兵马,正好与齐军决战,定能挽回颓势,转败……

宇文神举(打断他):眼下之首要,乃圣上龙体安危……

其音未落,山上又雷石滚木轰隆隆俱下,溃军应声一片片倒毙。一排锦衣羽林亦被砸中,霎时人仰马翻,仆地而亡。

辇窗再传出宇文邕无奈之腔:咳咳,此次出征……朕的身子骨委实不争气也……咱们留得青山在,不怕没柴烧,梁爱卿……前军变后军,后军作前军,传令……撤兵……吧,咳咳咳咳……

11-4.开化寺山门前峁梁上　日　外

斛律光站立观战,睃望山下敌兵异动后,回顾身后众将亲随……

斛律光:敌人要跑,侯莫贵乐——

一将趋前揖礼。

(字幕:驸马都尉侯莫贵乐)

侯莫贵乐:末将在!

斛律光:黑豆、高粱准备了么?

侯莫贵乐:回大将军,奉兰陵王高大人之命,早已备好待用。

斛律光:拣敌军人马密集位置,自高处撒将下去!

侯莫贵乐:喏!

11-5.寺底村口打谷场/周边谷底　临近黄昏　外

天色渐暗,日影曚昽。

梁雄等将策马提刀整顿队伍,正待集中所剩骑兵打前,突围下山,忽然四周崖壁上"哗哗、哗哗……"的响声连续,不知何物被大量倾倒而下。众人心怵不已,皆循声往视……

猛然间,梁雄坐下的战马倏地一激灵,首先来了精神,喷着响鼻,不顾一切,低头狂嚼起来……好家伙!原来竟是香喷喷的高粱、黑豆粒儿,已铺满一地。

一时间,所有周军坐骑,无论主人怎样狂踢猛抽,它们死不听命前行,只顾俯首抢吃。更有不少周兵,竟也耐不住诱惑,下马蹲身掬而生食之。周军人马,连日征战,腹中空空,这顿粟豆大餐,对于它(他)们来说,无异于天堂美宴!

刚刚整顿好的队伍,顷刻间又大乱特乱。

梁雄歇斯底里地呵斥、呼喊,一切终归无济于事。

11-6.开化寺山门前峁梁上　临近黄昏　外

斛律光:李柱儿——

亲兵李柱儿:小的在!

斛律光:传令高长恭,速率百保鲜卑预备营精骑,俯冲下去穿插、分割敌人;命令各部将佐,即刻统领各自部众,围攻消灭瓮中之敌,力求全歼!

李柱儿:遵命!(持令旗而去)

斛律光:陈凯——

亲兵陈凯:喏!

斛律光:取我披挂来!

11-7.蒙山山腰　临近黄昏　外

(背景音乐:古乐《兰陵王入阵曲》起)

兰陵王高长恭率领北齐百保鲜卑重装骑兵,分多路俯冲而下,排山倒海、风卷残云、势不可当!

11-8.蒙山大佛沟谷底　黄昏　外

(背景音乐同上)

高长恭挥舞雌雄双剑奋勇当先,率领铁骑左冲右突,迂回驰骋于敌群之中,如入无人之境。

(背景音乐:转晋阳锣鼓《旋风(一)》曲牌)

周军乱阵被冲击得分割成数块,紧接着,又被北齐开府元景安(马上亮相,字幕:北齐右卫将军元景安)、张默言(马上亮相,字幕:北齐卫将军张默言)、鲜于世荣(马上亮相,字幕:北齐领军将军鲜于世荣)等齐将麾兵分别包围、歼杀……

11-9.空镜　黄昏　外

烽烟弥漫的蒙山山谷间,

如血的残阳,迷蒙的天空。

(画外)

刀、剑、斧、钺的搏击碰撞声……

马匹的嘶鸣声、马蹄的践踏声……

凄厉的悲叫声……

此起彼伏的喊杀声……

……

混合成一曲惨烈的战争交响乐,回荡在山谷,萦绕在苍穹……

11-10.寺底村口打谷场前山坡　黄昏　外

天色朦胧,

(背景音乐转为主题插曲《敕勒歌》乐音)

一声炮响!

一标人马,乘风挟电,冲下山坡。为首的一面绛色绣旗上,大书"大将军斛律光"。

旗下,斛律光银盔银甲,全身披挂,骑一匹高头大马,绰一杆宿铁长槊,直趋周军中枢而来。亲兵陈凯及一队精骑侍卫紧随其后……

11-11.寺底村口打谷场黄昏外

打谷场边榆树下,梁雄站在御辇旁正同自己贪吃的坐骑较劲,他一手拽着它的嚼头,一手举鞭抽它,使得它不停地"咴儿咴儿"叫喊并原地打转……梁雄猛然听见一阵马蹄声由远及近,抬头看时,吃惊不小,失声而出:斛律明月!

周人听说,个个大惊失色,无不胆寒!

一些将校、臣子吓得纷纷丢掉武器,趁暮色悄然开溜或躲避:

(字幕:北周岐州刺史,陈惑王宇文纯,字堙智突)

(字幕:北周抚军将军,仪同薛禹生)

(字幕:北周护军领军,清河郡公宇文神举)

何泉、宇文孝伯、姚太医则不顾一切钻入御辇(不知是去护驾还是躲命)。

梁雄稳住神,本能地举弓搭箭,用沙哑的声音急令羽林:放箭顶住,保护圣上——快快给我顶住!

11-12.同上

两军精锐,狭路相逢。

这边,齐军人马也几乎同时张满强弓……

"嗖嗖嗖……"

"嗖嗖嗖……"

(特写)半空中,来自不同方向的两排利矢呼啸着于当空交叉相遇后,又挟着风声分别飞向不同的方向。

"嗖嗖嗖……"

"嗖嗖嗖……"

"嗖嗖嗖……"

……

好一阵对射……

两军阵前,人马纷纷中矢倒地。

11-13.同上

　　失去人墙屏障的周武帝銮驾，车帮上已中无数箭矢，太仆（驾车者）倒毙，御马亦被射中，拖着御辇歪歪扭扭地颠簸几步后，栽倒在一旁涧沟里，辇中之人安危不明。

　　斛律光马快，躲过周军飞矢，眨眼已冲至敌手近前，挺槊直取梁雄，身后还有陈凯一人跟随。

　　一对冤家碰了头，梁雄乍然吃惊，情急之下，蛮力顿生，顺手抓起大榆树边一碾场的石碌碡，力举过顶，闪身藏于树后……

　　斛律光过来，不见梁雄，拍马绰槊直趋涧沟中的銮驾……

　　梁雄看得真切，趁机自树后转出，闪到斛律光身后，高举碌碡，径往斛律光的后脑狠力砸将下去！

　　斛律光只觉脑后一袭凉风，忙回头，只见陈凯急用刀背猛砍自己坐骑的马臀并挺身护住自己……斛律光的坐骑（臀部被击）往前一冲，躲过一劫，手中兵器却被甩飞……

　　"嗵"的一声闷响，亲兵陈凯反被碌碡砸成肉饼！

　　梁雄见未砸中死对头，大恼，蛮力大发，一把掣过战马、大刀，滚鞍而上，直趋斛律光！

　　斛律光夹马闪避……

　　梁雄拍马死追……

11-14.寺底村口打谷场边涧沟里　　入夜　　内

　　（画外）：陛下——

　　陛下——

　　（入画）御辇内，何泉、宇文孝伯、姚太医拥挤在半躺的宇文邕周围，压低嗓音继续呼唤着。倾斜的有限空间里，昏昏暗暗，只有辇窗透着蒙蒙的光亮。

　　宇文邕不知是睡了还是昏了过去，众人好一会儿才将他唤醒，他眼皮动了动，无语……甚是凄然。光线昏暗，近臣们谁也看不清圣上的脸。

忽然，辇窗外一个黑影闪现，继而伸进来一只黑手，从外面拽开窗上纱帘，探头向里，并低声急切叫唤：陛下……陛下……

众臣都吓了一跳，紧张得瑟瑟发抖。

宇文邕（轻声颤颤惊问）：谁……？什、什么人？

窗外黑影：微臣是杨坚……陛下莫惊……

大家纳闷，面面相觑。

宇文邕（熟识其声，挺身坐起，欣喜异常）：是、是杨爱卿？

黑影：是我，陛下。

宇文邕：你、你如何在这里？怎么来的？

窗外杨坚（压低嗓门）：韦司空遣臣引军接应圣上，不想兵进蒙山后即被齐将莫多娄敬显打散，只得只身前来救驾。

黑暗中，宇文邕顿时泪如雨下，掩面失声：……如此甚好，爱卿快救寡人……唉，悔恨当初不听卿等忠言，以致中了斛律光的圈套，落得如此……呜呜……朕实在对不住韦司空也。

杨坚：陛下，长话短说，恳请速速出辇，从小路逃离此地！

众人闻言，亦无不伤感，现绝处逢生，忙不迭地争相启门欲出……无奈辇门变形，力不能开，只得一个接一个地自辇窗中爬出……

11-15. 蒙山涧河沟内周武帝銮舆外辇窗下　　入夜　　外

杨坚灰头土脸，身着"齐"字兵卒号衣，自辇窗下接了圣驾，背在自己背上。

宇文邕（咳嗽着哽咽着）：……杨爱卿，今如得脱……周之江山……他日与卿同享……咳咳咳……

宇文孝伯形体肥胖，最后一个挤出窗来，刚走几步，辇辕下死去的御马又绊了他一个大跟头。

杨坚腾出左手扶了他一把：孝伯，你走前面，我居中。

宇文孝伯（爬起来，揉揉屁股）：你从前曾随令尊杨老将军（杨忠）多次征战于蒙山、晋阳一带，一定路熟得很……还是你打前吧，以防走岔。

杨坚：也好。

由是，杨坚背着宇文邕走在前面，其他几人断后，君臣一行跌跌撞撞，摸着黑翻山越岭而去。

他们身后的蒙山谷间，仍旧烟火连天；

喊杀声却渐渐稀疏下来。

11-16.蒙山寺底村后坟地　入夜　外

冢茔凌乱，雨后泥泞。

有几处坍塌的墓穴，朝天张着黑洞洞大口，似乎还准备吞噬什么……

（画外）马蹄声疾……

（入画）斛律光伏鞍，翻丘过沟而至。

梁雄策马于后，紧咬不放。

二人二马一前一后，径自在坟场里兜兜打转……

眼看快要追上，梁雄恨之入骨，自马上张弓搭箭，往斛律光后脑而射，恨不能立时置其于死地！

斛律光听见弓弦响音，及时低头、伸手……其箭早被他夹持在手（特写：悄然将来箭收入自己的箭囊中），头盔上的褐马鸡翎却已被梁雄射落。

梁雄见又没有取了对方性命，大恼，蛮力愈奋，怒不可遏地又打马急追……只片刻，梁雄的刀尖已及斛律光的马尾，他遂咬牙切齿地举刀而劈……不提防，前面斛律光冷不丁地折返回身，于马上朝后一记劲射……

梁雄赶忙将头向左一偏，伸手抓住来箭，细看，却是一支秸秆（特写：梁雄手指轻轻一捏即折为两截）。

前面的斛律光接着又是一记劲射……

梁雄将头向右一偏，伸手抓住，又是一支秸秆！

斛律光探囊取矢，挽弓再一记劲射……

梁雄再低头躲过,执住,一看,还是一支秸秆!

梁雄禁不住勒缰大乐:哈哈哈哈,你小子怎么光射秸秆?黔驴技穷,没箭了吧!本督惜你之才,今天不杀你了!我要活捉了你——献予我家天子!

言毕,他拍马趋前,来捉斛律光,却只听前面隐隐又是一声弦响——这下,梁雄未及伸手抓箭,只觉得额头一凉,眼前一黑,什么都不知道了……"扑通"一声闷响,重重栽下马来!

这次可是一支真箭,不偏不倚,正中其脑门!

(特写)脑颅洞穿的梁雄从马上跌下后,头上扎着自己曾射向别人的那支利箭,依照惯性滚了几滚,不偏不倚,一头扎进了一个坍陷的墓坑中……双腿抽搐了几下,蹬塌了洞壁的一堆黄土,将自己埋了……

墓坑里一条受惊的金花大蟒蛇,摆动着马勺大的蛇头,吐着血红的信子,簌簌地爬出坑口,蜿蜒消失在暗夜中。

11-17.蒙山大佛下沟底　夜　外

主题插曲(草原风格古曲)《敕勒歌》起,(男中音,只哼调不吟词)

……

在雄浑的乐音中,齐军将士(莫多娄敬显、李柱儿、王显等)押解一队队周军俘虏,鱼贯走出山谷。

马匹、甲仗等军资器械缴获无数。

俘虏群中,一行周将淌血带伤、高举双手,形象狼狈、神情沮丧。(镜头依次)

(字幕:北周征东将军,开府仪同三司宇文英)

(字幕:北周骧威将军韩延)

(字幕:北周镇远将军越勤世良)

……

远处的蒙山大佛,依旧那么端庄安详,在夜色中泛出灵光……

11-18. 空镜

"周"字旌旗遍插，

长安城楼轮廓。

11-19. 北周长安　日　内

宇文邕仰卧病榻，

沉寂片刻。

（字幕：长安皇宫紫极殿偏殿，宇文邕寝殿）

御榻纱帐垂围，只正面钩掀起两个角，呈"人"字状，隐约可见卫妍妃于帐内正温柔地为皇上按摩周身。

（镜头拉后）

韦孝宽、杨坚、宇文宪、王轨、宇文神举等臣恭立堂前探视。

太医姚僧垣于殿内侍疾，一边给前来探视的大臣们介绍着皇上的病情。

姚太医：诸位大人放心，陛下好多啦，咳嗽止了，只是还有些虚弱，略微发烧，心绪欠佳。

宇文邕（公鸭嗓音传出纱帐外）：……唉，可惜呀！我大周第一猛将，就这样给斛律明月毁了！

纱帏外，众臣小心翼翼，鲜少有人敢接茬。

宇文邕：这个达奚武，气杀朕也！诱敌失败，进军受阻，致使全盘计划落空不说，一听北线我军失利，他比兔子跑得都快！朕，非治他罪不可！

韦孝宽：陛下息怒，依老臣看，本次征东，达奚武非但无罪，反而有功。

宇文邕（不高兴）：嗯？你，怎么讲这话？

杨坚接茬：韦司空说得对。陛下，若不是达奚武将军指挥果断，撤退及时，等斛律光蒙山得手后返身麾师南下——那，我南路大军也早被他吃掉啦！

宇文邕（躺着，静思……默认）：哎，这个斛律明月，真是我大周克星，实在太厉害了……韦老将军哪，你的锦囊妙计究竟怎样了，不是说可以事半功倍吗？如何还不见效哇？

韦孝宽：这个……

宇文孝伯进殿，走近韦孝宽，轻声：大司空，齐国线人转来密信一封，嘱咐立即面呈于您。

韦孝宽接信，信皮书"周，韦大司空亲启"。

韦孝宽抽出信瓤，快速过目，然后双手呈给纱幔内的宇文邕。

宇文邕满脸冷敷着绢帕，仅露出的两条细眼缝扫视着密信：

（特写，信中书）

昏君耳根软，

最听妇人言。

我等已无措，

速请另施策。

宇文邕御览毕，泄气，捏信的手指一松，密信飘落帐外，韦孝宽赶紧拾起，揉作一团，揣入袖中。

宇文邕（紧盯韦孝宽）：实在打不过人家，朕派人求和算啦，也省得白白耗费钱粮、消损国力！

韦孝宽（面有惭色）：这个……陛下……

近侍何公公趋近御前。

何泉奏禀：陛下，沙门统卫元嵩大人进宫向您请安，正在寝殿外候旨。

宇文邕（帏榻内）：快，宣他进来，（朝纱帐外诸臣扬扬手）尔等都先下去吧。

众人：臣遵旨，告退。（肃穆顿首，鱼贯而出）

何公公：（朝殿外吆喝）沙门统卫元嵩上殿——

（画面转黑）

11-20.空镜

"齐"字彩旗飘飘，

晋阳城楼轮廓。

11-21.北齐别都晋阳城　日　内

胡笳高奏,

胡琴悠扬。

觱篥劲吹,

筝篌鸣响。

（字幕：晋阳宫仁寿殿）

一队鲜卑族装束的美丽舞女,正在优雅而奔放的胡乐声中应节起舞（塞北游牧民族风格）,翡翠色的服饰,如同大草原一样的颜色,充满青春的生命力……

正中一名领舞,火一样红的舞裙,犹如盛开在绿色草原上一朵夺目的鲜花。其秀骨仙风的婀娜舞步,更显矫健豪放……随着乐声节奏渐渐由急趋缓,再由缓而急,她的舞姿也转而轻盈、柔曼……继而原地翩跹旋转……旋转……最后,舞曲戛然而止,红裙舞者的飞旋亦骤停,亮相——

（特写）淑妃冯小怜艳丽的娇容！

舞池边两厢里,正襟危坐观而瞻之的王侯将相、文武群臣,全为冯小怜的精湛舞技所倾倒,啧啧赞叹声不绝于耳。

御座上,高纬甚为欢愉,带头鼓掌。

文臣座上,穆提婆、高阿那肱……以及一些外邦使节等一一露面。

武将席中,斛律光、高长恭、高延宗、金祚、綦连猛、莫多娄敬显、侯莫贵乐等,逐一露面。

高纬：哈哈,爱妃才气横溢嘞,好给寡人长脸哦！寡人最爱听你唱山歌了,你再给他们亮上一嗓,如何？

冯小怜：只要陛下高兴,臣妾也愿奉旨为功臣祗献小曲。

（言毕,无限深情地望了一眼武将席）

11-22.同上

（字幕出，曲乐起，晋阳民歌调。镜头由殿内、晋阳城头、田野……慢慢切换至蒙山峡谷、寺底村、开化寺、蒙山大佛……顺着谷间鸟瞰再到滔滔汾水、晋阳城头……）

冯小怜唱主题插曲《蒙山情》：

蒙山（那个）高高哎
——蒙山青青，
蒙山（那个）沟沟里是我的亲人。
汾水（那个）长长哎
——汾水清清，
汾水（那个）岸边边有我的心心。

（镜头切换回大殿内）
高纬、穆提婆等仰头傻乐，
高长恭等将拊掌颔首，
斛律光表情难测。

〔曲乐间奏，同时（闪回）追映冯小怜和斛律光蒙山相遇的情景，她为他揉脚、山洞熬夜，他们一起唱《敕勒歌》、一同瞻仰蒙山大佛、一同辞别老方丈、一同祭拜她父母坟冢，以及他送她下山、沿汾水河畔进晋阳城等短画面〕

冯小怜（继续唱）：

蒙山（那个）高高哎
——蒙山青青，
蒙山哎就是我心中的神神；
汾水（那个）长长哎
——汾水清清，
汾水（那个）清清……流走了，我的魂魂。

句句仙韵、字字珠玑，一曲歌毕，冯小怜已是热泪盈眶……

四下里欢声雷动，整个宴会气氛骤然活跃起来，群臣欢快举觞饮宴。

斛律光垂头缄默。

高纬看着淑妃玉面，诧异：咦？这般欢乐，爱妃何故伤心？

冯小怜赶忙以手抹面：没，陛下，王师大捷……臣妾这是，喜极而泣。

高纬（略一思忖）：嗯，也是，也是。邓长颙——宣朕旨谕！

11-23. 同上

侍中邓长颙公公出现在舞池前，高声宣：前不久，我军蒙山大捷，威震四海，圣上降旨——

大将军斛律光袭第一领民酋长，别封武德郡公，赏千金，增邑万户；

兰陵王高长恭，别封乐平郡公，迁定州刺史，赏五百金；

安德王高延宗，擢司徒，赐帛千匹；

龙骧将军金祚，擢华州刺史加开府仪同三司，别封临济县子；

骠骑将军綦连猛，加开府，擢东秦州刺史；

……

其余有功将士军兵人等各有升赏，禄饷酌增！

斛律光率众将伏地叩首：谢主隆恩！吾皇万岁！

高纬：免礼，平身。

斛律光：启禀陛下，下臣手头还有些紧急军务亟须处理……故请旨先行告退，乞请我主恩允。

高纬：行行，准奏。大将军自便，不必拘礼。

斛律光：谢陛下！（揖退）

邓公公（继续宣呼）：今天，靺鞨、百济、大莫娄等国使臣前来别都朝贡，恰逢圣上偕淑妃娘娘回幸晋阳，陛下圣谕，外宾内臣，与君同乐，共为庆贺！钦此！

众人纷纷：

——谢陛下！

——谢大齐皇帝！

穆提婆（离座起身）：诸位，我大齐皇帝乃当今天下最崇尚艺术、最崇信佛教、最有才气之明君圣主，今日龙颜大悦！为尽圣意，陛下还要亲自为大家展演！

众人欢呼……

11-24.同上

太乐署的袖珍艺人们，身着小僧装，悉数出场排列于舞池一隅，各司立鼓、大鼓、边鼓、小鼓、钹、铙、锣等，组成一支独特的"晋阳锣鼓"演奏团队。其队列前，是他们娇小玲珑的袖珍女指挥（秀秀，着尼装），手执红、绿小指挥旗各一面，两手高举作预备状。

舞池边上，穆提婆抬手示意……

这厢，鼓队女指挥会意，手中号旗舞动：顷刻，颇具地域特色、饶有表现力的"晋阳锣鼓"乐声铿锵大作，回响在金碧辉煌的大殿。

（特写特技）A：袖珍女指挥的指挥动作、形体技艺展示，优美、豪放、雅致，具有一种玲珑之美。

（特写特技）B：袖珍男鼓手（甲）站立于大鼓上，双脚飞快踢踏鼓面而奏，代替了鼓槌，别致、滑稽、独创。

11-25.同上

曲牌《旋风（二）》的鼓点中，一青面獠牙的魔鬼踩着节奏，蹦跳着窜进舞池，形象丑恶、猥亵、恐怖……其在舞池正中辗转腾挪、张牙舞爪，歇斯底里地表演了一段《疯魔狂舞》后，又念起魔咒，运足邪气，绕着舞池周边开始表演起《口喷烈火》的魔术来。他嘴里连连吐出一串串炽热火苗，烈焰升腾，火势灼灼……两厢众人无不咋舌……

11-26.同上

（袖珍鼓队换曲，转奏聒中有静、噪中有雅的佛曲《十番锣鼓》）

（冯小怜饰扮的）观音菩萨盈盈上场，臂持宝珠净瓶，瓶插杨柳翠枝，左有木叉行者（袖珍艺人扮），右有善财龙女（袖珍艺人扮）。三人翩跹而舞《观音下凡》舞蹈……

舞毕，正遇魔头趑至近前，血盆大口仍吐火不止，魔头见到菩萨等，不意收敛，反愈狂虐，火舌直舔尊身。

观音不慌不忙，口中默念咒语，取杨柳枝，于净瓶中蘸了些许甘露水往火焰洒去……

魔头口中之火即刻熄散，无论其再噘嘴鼓腮，疯念魔咒，魔法黯然失灵，口中再无火生……观音接着持柳枝径往魔身轻轻一挥，念动真言——那妖魔立时周身寒战、龇牙咧嘴作痛苦状，跟跟跄跄站立不稳，随即跟头连连，跌出舞池，最后竟顺势一头栽倒在御座上……待爬起，坐定，摘下面具——原来这吐火魔头正是齐帝高纬所扮！

两厢里，外使番朋、群臣百僚皆为欢笑，唏嘘感叹，惊呼不已：

——吾皇神功！

——陛下万岁！万岁！万万岁！

——娘娘千岁！千岁！千千岁！

……

太医邓宣文驾前恳切乞奏：陛下，娘娘贵体不宜劳累……

高纬（猛拍自己脑门）：啊呀呀，今儿过于高兴，忘了这事，快快，爱妃呀，你辛苦了，快下殿去吧。

冯小怜：没事的，臣妾还能跳！

高纬：别说傻话。爱妃总不至于想把腹中的龙种甩掉吧？快歇息去吧，啊？宝贝！

秀秀陪淑妃遵旨而退，

另一队歌舞伎也翩然上场。

鼓乐停止，

胡乐再奏。

（定格）

〔片尾曲（略）〕

（第十一集完）

🌀 第十二集 🌀

〔片头曲（略）〕

12-1.晋阳城晋阳宫仁寿殿　日　内

一门禁太监出现在殿堂，轻手轻脚地走至穆提婆的座前，呈上一文书。穆提婆接了，看看封皮（同时抬手，舞乐俱止），转手递予右丞相高阿那肱，并以眼神示之……

高阿那肱赶忙捧了上书"周国国牒"的信件，转呈给邓公公。

高阿那肱：启禀陛下，周国使臣求见，并携厚礼进贡。

高纬累了，斜趴在龙案上品酒：还是上次……那家伙吧？

高阿那肱：不是，这次来的是司乐中大夫斛斯征。

高纬（神经质地怫然作色）：什么狗脚大夫，叫他滚！

高纬不屑一顾，随手将文牒推下御案，并朝近侍邓长颙嘟囔了几句。

邓公公转身复诵而宣：陛下圣谕，战败之国，不予接见！贡品留下，来使逐出宫门，钦此！

高阿那肱返身退下，经过穆提婆的座前时，双手一摊作无奈状。

歌舞、乐声复起。

12-2.同上

穆提婆只得亲自趋步御前，长跪不起，再禀：启奏陛下……启奏陛下……陛下容禀……

高纬（放下酒盏）：准奏。

穆提婆：谢陛下。陛下，微臣以为，自古两国交恶，不拒来使。彼国新败，其主宇文邕遣使来朝，必无恶念。我国不妨以礼待之，方显我强国风范、大国气度，更有利于天下归心。

高纬（打起精神，接过穆提婆又递上来的文牒，瞥了瞥）：言之有理，有劳爱卿念于朕听。

穆提婆：遵旨（开封启信，为高纬诵念）……

大齐皇帝陛下钧鉴：

周齐两国，山川相连，江河共源。社稷之基，又同出拓跋魏祚。本该和睦为邻，旷日交恶，兹属至憾。敝国痛定思之，幡然醒悟……为使两国永免兵燹之苦，百姓得以生息，今矢愿臣服，隶为藩属。望贵国捐弃前嫌，摒弃旧怨，戢罢干戈。

如蒙应允，吾愿割让大河以东定阳、玉璧、白亭、姚襄及柏谷等五城为礼，以示诚意，并拟于翌年四月初八浴佛节圣日，亲偕贵妃重臣等前往贵国蒙山礼佛庆贺，具体履行上述五城之正式交割事宜。届时乞望上国帝妃屈驾同往，共结万世盟好，永修两国福祉。此乃天下幸甚，黎民幸甚！

高纬（听毕，哈哈直乐，龙心大悦）：原来是宇文邕奉表献地求和，真是天大的爽事呀！非爱卿等力谏，朕险些误之。这老小子看来是被我们彻底打服了……这下子，周国的问题算是解决啦，我西陲无忧矣。只剩一个"南陈"，回头咱再收拾它，哈哈！

穆提婆：皇上识度宏远，那周信所提之事？

高纬：朕完全同意！到时爱卿会同高阿那肱丞相办理即可。

穆提婆：微臣遵旨！陛下，周国还表示，到时还将孝敬淑妃娘娘凤辇一乘、凤袍一袭，至于盛大庆典所需其他各项物品、度支，也一并由他们承担！部分周国百姓亦将同来参与各种庆祝活动……您看这？

高纬：那更好哇，人家愿意花钱，多多益善哉！

穆提婆（忙点头）：是的，是的。微臣告退，这就去回复来使。（转身欲下）

高纬（招手叫住他）：慢，我大齐乃礼仪之邦，传谕下去，今晚于宣德殿另设国宴，为周使接风！

穆提婆：吾皇圣明！

高纬：来人是什么官职来着？

穆提婆：回禀陛下，斛斯征——乃周司乐中大夫是也。

高纬：尚好，他一定很懂吕律，寡人顺便与他切磋切磋。

穆提婆：皇上好雅致！皇上吉祥！（退下）

舞乐大作，

声震殿穹。

12-3.晋阳宫仁寿殿外　　下午　　外

天空飘起了雪花，

殿宇楼阁、亭台径榭，白茫茫一片。

殿内传出的歌舞声，依旧一阵高似一阵，搅和着初冬的风雪声，弥漫在整个晋阳城上空。

12-4.蒙山　　日（冬）　　外

晋阳城上空的飘飘雪花转换为千山万壑间的鹅毛飞雪。

大佛、梵寺、村落、莽林……穿银披素；

涧流、池沼、瀑布、甘泉……凝冰结玉；

蒙山，又到隆冬季节。

12-5.蒙山　　日（春）　　外

蒙山的早春，

涧冰消融，溪水潺湲；

大地回暖，万物复苏。

12-6.蒙山　日（暮春、辰时）　外

煦风和畅，天朗气清；

草长莺飞，百鸟啁啾。

（镜头切入）蒙山大佛及周边沟谷间，

远处，青山滴翠；

近处，树绿花红；

……

蓦然，（画外）佛乐《鸣钟和鼓》奏响。

（字幕：暮春初夏，四月初八浴佛节）

（入画）漫山遍谷，人山人海，熙熙攘攘……

十方信士朝礼，

万千百姓瞻睹。

12-7.蒙山大佛周边　日　外

（背景音乐：梵音《鸣钟和鼓》，下同）

巍巍的蒙山大佛沐浴在金色晨光中，愈显其庄严神圣。〔佛肩胛搭挽着一叠郁多罗僧（七条衣），隐隐泛耀着熠熠的珠光宝气〕

（镜头扫瞰）

大佛东侧，沿山腰一条礼佛御道，路面平坦宽阔，可并行两乘车马；西侧，原有的石径被扩展为平缓的拜佛小道，车驾亦可平稳上下。

佛下正中，一百六十级宽阔的礼佛玉墀（台阶），犹如天梯，陡斜地"悬挂"在大佛脚下的墀台与墀台下面的埠场之间。玉墀两侧的栏楯上，饰满曼陀罗、波头摩等彩花。

墀台净地正中，正对下面埠场，新筑一浴佛方坛。坛上立着一尊特制青铜大鼎，（特写）鼎上铸有"钟鼎文"二行：

香汤宝鼎重七千七百七十七斤

周皇室祗奉

香汤巨鼎之后便是大香案，上置香炉、烛台、木鱼、金盆、木勺

等浴佛法器。

埒台东西两侧（分别直通礼佛大道、小道），周、齐两国皇家御驾车马、内侍近臣、羽林护卫各自分列……

西侧正中，北齐后主高纬銮驾及冯淑妃凤辇。左右有：宦者侍中邓长颙、录尚书事城阳王穆提婆、右丞相高阿那肱、大将军斛律光、兰陵王高长恭、羽林领军刘桃枝、并州大中正唐邕、右卫将军段畅、尚书令沮山、龙骧将军韩贵孙、宁远将军王显、武卫将军相里僧伽（分别出字幕）……仪仗虎贲等拱立环卫，绣旌飘飘。

东侧正中：北周武帝宇文邕御驾及卫妍妃凤辇。左右有：宦者侍中何泉、沙门统卫元嵩、柱国大将军杨坚、宗师中大夫宇文孝伯、骠骑将军宇文神举、领军将军尉迟迥、荥阳公司马消难、司乐中大夫斛斯征、常山郡公镇南将军于翼、申国公武卫将军李穆、广化公平北将军丘崇、广宁侯镇远将军薛回（分别出字幕）……羽林、仪仗等环卫拱立，锦旗招展。

12-8.同上

（镜头扫瞰）

埒台下面埒场里，华鬘遍饰。香案上法器庄严，供奉着释佛诞生之悉达多太子像。继鸾方丈身披大红袈裟居前，净昙维那居后。再后，乐器排列，乐僧林立，佛门弟子云集。四周则围满了等待浴佛、承沐"浴佛圣水"以求福消灾的信众百姓及异邦信士。

埒场两跨里、玉埒东西两边，还各筑一条自谷底礼佛牌楼两旁沿山势蜿蜒盘砌而上的石磴阶梯，好像两条弯曲的玉色"巨龙"，静卧守护在大佛脚下两厢里。是时，"巨龙"周身遍插各色彩旆，鲜艳夺目。

12-9.同上

大佛左右山体上各垂挂一幅巨大等高条幅，分别大书：

纪念佛祖诞辰，沐浴众生心灵；

佛光普照齐周，福慧华山蒙山。

大佛周围山梁上、崖壁间，也高高悬挂着无数五色什锦幡幢，其上分别绣书：

诸佛欢喜，龙天同庆；

喜结睦邻，共修净土；

载戢干戈，同心念佛；

佛法久往，三界和平；

众善奉行，诸恶莫作；

……

12-10.蒙山大佛下堰台浴佛坛上　日　外

（堰台边上一架漏刻及日晷入画）

（字幕：巳时三刻）

佛乐《鸣钟和鼓》停奏，

北齐录尚书事穆提婆、北周沙门统卫元嵩均身披僧伽梨，各自手执圣宝如意，道貌岸然、一左一右地同时出现在堰台浴佛坛前。

穆提婆将手中如意举起。

穆提婆面南高声宣呼：丁酉年浴佛节暨齐周两国永结盟好大典开——始——！

霎时，鼓乐高奏，爆竹冲天。

少顷，安静下来，卫元嵩手执圣宝如意随后呼宣：首先，周朝君臣代表本国子民，为蒙山大佛奉披绛锦袈裟一袭！

12-11.蒙山大佛下　日　外

立于大佛侧后的两名比丘共同牵动一根绳索……

12-12.蒙山大佛像/周边　日　外

一袭华丽无比、镶缀着无数珍珠、宝石的巨大袈裟自佛肩飘然垂落而下，徐徐披于大佛周身——蒙山大佛顿时虹云裹绕，金光四射，愈显华贵雍容，灵秀万千……

鼓乐、鞭炮再次鸣响连天。

道俗众人虔诚瞻仰，无不欢呼，嗟叹唏嘘不已。

12-13.大佛下墀台／浴佛坛下埠场　日　外

鞭炮声渐息，梵呗声再起。

佛乐声中，卫元嵩拖着长腔继续宣呼：依佛家"佛七"仪规，周国进贡采撷自华山之茯苓、贵老、枳谷、当归、杞根、甘草、肉桂等七香草药，各七十七斤七两七钱！

埠场上，七十七名周国礼官各自双手捧篚，恭恭敬敬地沿着正中玉墀拾级而上，上至墀台礼佛后，依次将篚中七种香料倾入浴佛坛香汤鼎内（返身循原路归位）。

穆提婆看一眼手中圣宝如意，再宣：两国共推修行有素的比丘、沙弥七百七十七名，各持净瓶承取甘露净水！

七百七十七名僧人随即依序出列，皆双手高举净瓶过顶，分别沿两侧石磴阶梯，一溜鱼贯下山而去……

12-14.蒙山滴水岩　日　外

僧人们双手高举一路小跑，各持净瓶到此，排着队，逐一双手高举净瓶庄重接水。

12-15.蒙山大佛脚下　日　外

接满甘露水的僧人们，一路高举净瓶过顶，又沿大佛下面的两侧石磴拾级而上，上至墀台礼佛后，又依次将净瓶中的甘露净水倾入浴佛坛香汤巨鼎内，随后再鱼贯下山取水……如此往复。

场面蔚为壮观。

12-16.蒙山晓月旁　日　外

一湾碧水湉湉，游鱼翩翩。

岸边围满提笼扛罐的修士、信众。这里正举行"放生"仪式……

一法僧合十打坐蒲团，正率众唱偈：自皈依佛，当愿众生，体解大道，发无上心；自皈依法，当愿众生，深入经藏，智慧如海；自皈依僧，当愿众生，统理大众，一切无碍。

众人诵毕经文，面朝上方远处身披袈裟的蒙山大佛顶礼三拜，然后将各自所携罐中青鲢、红鲤以及笼中翠鸟、飞鸽尽皆放生。

（特写）鱼游池底，

困鸟投林……

12-17.甘泉寺斋膳房　日　外

几名火头僧汗流满面，

有拉风箱的，有往灶间添柴的，有盥洗涮淘的，

僧厨们正忙着烹煮"结缘豆"。

12-18.甘泉寺堂院　日　外

一法师自簋中取出煮熟的五香黄豆、青豆等，分发给等候的僧俗大众。

善男信女们合掌拜佛，喜食"结缘豆"。

12-19.开化寺铁佛殿　日　内

殿门大开，

（字幕：铁佛殿）

一老僧正在讲经说法，

信徒、居士进进出出，参拜礼佛，供养僧众。

12-20.开化寺山门外庙会　日　外

张施宝盖；

布花结彩；

商幡招摇。

赶庙会的百姓人头攒动。

临时搭就的戏台上,

两个三花脸扮相的伎人谢幕。(下场)

齐宫太乐署的一班袖珍艺人上场,集体表演矮子舞《歌舞升平》……

戏台下,

民间鼓乐铙吹伴奏;

观众如潮,其乐融融;

商户栉比,生意火爆。

这边,挑担的小贩连声吆卖:冰糖葫芦嘞,不甜不收钱!

那边,卖碗托(晋阳小吃)的摊主高声揽客:荞麦灌肠咪,老陈醋调和!

捏糖人的;

爆苞米花的;

卖切糕的;

吹棉花糖的;

……

晋阳城的小吃,应有尽有。

食客如云,啧啧称赞。

12-21. 大佛脚下墕台上　日　外

几百号比丘、沙弥顶着太阳,继续一路小跑上下往来,于滴水岩承取甘露,井然有序地依次往香汤鼎内注水……

其他人众皆双手合十,垂首虔诚默念。

(特写)巨鼎内盛水渐次升高。

12-22. 寺底村口打谷场上　日　外

各种社火精彩展现:

踩高跷(片段);

驾旱船（片段）；

晋阳皮影（片段）；

祁太秧歌（片段）；

晋阳（清徐）架火（片段）；

大榆树下，一群人围成圆圈，一位壮汉正在表演徒手武舞（拳术前身），身后的兵器架上插满刀枪剑戟、斧钺锤矛，其姿势圆活、功架舒展，正在演练《形兽舞》套路十二形中的龙形、马形、鹞形、燕形……其动作敏捷利索、刚柔相济，意到气到、气到力到……围观者不时鼓掌叫好。

一拨赤脚俊后生踩着花鼓点，分别肩扛铁棍架，棍架上绑立着由大姑娘、小媳妇等塑造的各种人物造型，演绎着拜神、祭祀、祈祷等行为和情节，沿打谷场周遭山径巡回欢舞。（《晋阳背棍》）

12-23.甘泉沟龙王庙　日　外

红火连天，

（字幕：龙王庙）

舞龙：两条竹篾扎架、绢帛连体的巨大苍龙，伴着唢呐与锣鼓的合奏，正在庙前驰骋翻飞。在持龙珠者的引导下，两条龙不断变化出龙摆尾、龙卷风、龙腾云、龙盘柱及游龙、卧龙、滚龙等多种姿态，表演着"飞龙搅珠""二龙戏珠"等龙舞。它们时而翻滚，时而俯冲，穿梭于天地间，翱翔于云雾中，挟风掣电，气吞山河！

狮子舞。（群狮滚绣球片段）

观众如织，个个欢呼雀跃。

12-24.寺底村一农家破院落　日　外

（背景音乐：梵乐《释章谈句》）

一尊柱礅般大小的铁质四面佛像，三名后生挪之不动，不料一杂技伎人轻松将之端起，旋身置于自己头顶上，然后双臂伸展，微微甩首：每甩一下，佛像即以其头顶为轴心，作四十五度旋转。而每转一下，佛像分别以喜、怒、哀、乐四个颜面面对观众。伎人随后甩首加快，佛像即在其头顶飞速旋转起来，骤停；再飞转、再骤停……随后再分别向左右前后四个方向作倾倒状，角度很大，甚悬！然佛像终不掉落，像粘在伎人的头顶一般……最后（佛容均以笑颜面对正面观者），伎人抬起一只脚，伸腿搭于另一腿膝盖之上，单腿下蹲并双手合十，行顶佛膜拜大礼，引得围观信徒们随之纷纷向四面铁佛像顶礼膜拜……

12-25.蒙山大佛下墠台　　日　外

背景佛乐（同上）中，受膜拜的四面铁佛像幻化为蒙山大佛释尊像。

浴佛坛边，一排僧人双手高擎净瓶过顶，鱼贯而至，次第将净水倒入香汤巨鼎。

（特写）一只比丘的手，握净瓶倾甘露水入鼎……鼎中琼液渐满。

12-26.浴佛坛前　　日　外

（梵呗《初起咒》声中）

卫元嵩持圣宝如意拖腔高宣：焚——燃——檀——香——木！煎——煮——七——香——汤——！

（两名侍僧入镜）一僧双手持长勺伸入鼎内匀匀搅拌。另一僧持火种（火把）引燃了堆积于鼎下三足间之薪柴……

（特写）鼎下火苗熇熇，

鼎上热气渐腾。

卫元嵩面南再宣：恭——迎——佛——像——！

穆提婆随后：主法大师护持——登——坛——！

12-27.玉墠下埠场里及玉墠上　　日　外

警磬鸣，山川万籁俱寂；

敲钟打板声响，四野众目齐瞩；

僧众居士等搭衣持具，按序恭立；

净昙维那率众向上顶礼三拜。

梵呗《香赞》奏鸣中，净昙维那敲击巨型木鱼，率众同唱迎佛赞：稽首皈依大觉尊，无上能仁，观见众生受苦辛。下兜率天宫，皇宫降迹，雪岭修因。鹊巢顶，三层垒，六年苦行。若人皈依大觉尊，不堕沉沦。若人皈依大觉尊，不堕沉沦……

唱毕，二僧托香花盘立于主法（主持重大法事活动的高僧）继鸾方丈侧旁。

主法继鸾方丈举步至香案前拈香，侍僧为其展具。主法顶礼九拜后，请出悉达多太子像。

僧执、悦众二人，以引磬引路于前，主法继鸾方丈托太子像居中，净昙维那紧跟，侍僧及执事六人随后，一行沿玉墀稳步而上。

其余僧俗大众（包括四夷来朝觐者）亦循序拾级上行，恭送至墀台前止步，渐次列满礼佛玉墀，按序排开，等候一一浴佛。

12-28.墀台浴佛坛　日　外

主法继鸾方丈等上至坛前，

（与卫元嵩打了照面。四目以对时，卫元嵩的目光流露出春风得意之色，继鸾方丈淡定如常）

卫元嵩晃了晃手中的圣宝如意，面南再宣：佛——像——安——坐——

梵乐《钟声》奏起。

净昙维那驻足坛前合十口诵：三界导师释迦牟尼佛，南无本师释迦牟尼佛……

主法继鸾方丈在梵乐与佛号声中，双手将悉达多太子像安放于香案金盆内。

净昙维那独趋香案前，揖请主法继鸾方丈散花、上香、九拜，再礼佛毕。

主法继鸾方丈，庄严宣诵疏文：

十方佛子护法善信：

三界导师释尊诞生之时，"九龙喷香雨沐浴佛身"……依此，为怀念佛祖泽被，隆重举行万人浴佛感恩大法会，纪念这一殊胜吉日！

浴佛，除缅怀佛陀之外，就是要用佛的法水，借外在的佛来洗涤吾等内在的尘垢和恶念；就是要吾等净心，以浴佛的功德，度脱人间一切劫怨，使法界六道众生出离苦海、远离厄难、共登极乐！

今年之浴佛盛典更不同于以往：欣逢我齐周两国载戢干戈、同心念佛，喜结睦邻、共修净土，堪乃四生慈父佛陀之无量功德！祈愿以此为始、乾坤朗朗，佛法久住、天下谐和！南无本师释迦牟尼佛……

（佛曲《钟声》住，《鼓声》又起）……

净昙维那接腔，率众俯首念偈：南无娑婆世界，三界导师四生慈父，人天教主三类化身本师释迦牟尼佛，南无本师释迦牟尼佛。

（紧接又唱佛宝赞）佛宝赞无穷，功成无量劫中。巍巍丈六紫金容，觉道雪山峰。眉际玉毫光灿烂，照开六道昏蒙。龙华三会愿相逢，演说法真宗；龙华三会愿相逢，演说法真宗……

山上山下、十方丛林，帝王将相、万千信众，莫不同声高唪。宏大法音，回荡于蒙山仙天佛地间，蔽空震野！

12-29.墠台浴佛坛上坛下　日　外

（特写）香汤鼎下，薪火煊煊；

鼎内渐沸，馨香四溢。

穆提婆面南而宣：七香汤煮炼已成，恭敬——浴佛——！

梵乐《鼓声》住，《钟鼓同声》奏响……

一执事僧持瓢舀汤，盛满阏伽桶置于香案上（待凉）。

净昙维那猛敲木鱼，举腔高唱浴佛赞：菩萨下云中，降生净梵王宫，摩耶右胁娩金童，天乐奏长空。目顾四方周七步，指天指地尊雄。九龙吐水沐慈容，万法得正宗。九龙吐水沐慈容，万法得正宗……

（再唱赞佛偈）天上天下无如佛，十方世界亦无比。世上所有我尽见，一切无有如佛者……唵底沙底沙僧伽娑婆阿……

佛号声中，主法继鸾方丈首先持木勺，自阏伽桶中，舀七香汤三勺，徐徐灌沐悉达多太子金身像……

埠场、墀台上下，僧众居士屏息静气；

山间谷间，庶民百姓跷脚仰脖，无不争相观睹。

主法继鸾方丈沐浴太子金身像毕，虔诚诵念浴佛偈：我今灌浴诸如来，净智庄严功德海。五浊众生离尘垢，同证如来净法身。（一边念，一边用勺自金盆中盛起沐过悉达多太子金身的圣水，泼向早已等候在墀台下、玉墀上的僧俗大众……）

众人欢呼雀跃，虔诚地双手高举，争相把洒下来的水滴、水珠掬住，疯狂地涂抹到自己头上、身上、脸上……

（特写）信众甲边涂抹边闭目叨念：荡昏沉业……生清静心……

（特写）信众乙干脆以嘴接住直接吮咽下肚，然后合掌挚念：吉祥永驻……灾难远离……

12-30.浴佛坛上／两侧／坛下周边　日　外

穆提婆、卫元嵩同声高宣：叩请齐、周两国国君同心浴佛——

梵呗打住，宫廷御乐大作。

大佛东西两侧皇家队列里，两乘御辇同时开启——穆提婆、卫元嵩分别亲趋御驾前，叩拜后，各自搀扶各主（高纬、宇文邕），出辇登上浴佛坛。

遐迩，各处僧俗大众高呼：

——万岁！万岁！万万岁！

——万岁！万岁！万万岁！

（远景）身披紫罗袈裟、戴僧帽的两国君主同至香案拈香、顶礼三拜，然后相向揖手互拜。

宇文邕弯腰俯首作九十度大鞠躬；

高纬趾高气扬，欠了欠身。

礼毕，二帝一同持勺舀七香汤浴佛。

浴毕，御乐声中，主法继鸾方丈恭立一旁，领二帝同诵浴佛偈：我（朕）今灌浴诸如来，净智庄严功德海。五浊众生离尘垢，同证如来净法身。（一边念，一边持勺自盆中舀起沐过悉达多太子金身的圣水，依旧洒向恭候的人群……）

众人雀跃欢呼，争相抢接圣水，疯狂地涂抹到自己身上、头上、脸上……再接，再涂……乐此不疲……

（特写）有人托钵，一接再接，总能接到；

有人端盘，前推后搡，总接不着；

……

山下沟、谷各处，僧俗大众开始渐次向蒙山大佛的脚下聚拢过来，礼佛牌楼下排起的长队越来越长，人越聚越多……

12-31. 同上

卫元嵩、穆提婆二人于坛前同声再宣：恭请两国贵妃娘娘欢喜浴佛——

御乐打住，轻悠柔和的佛乐《莲台现瑞》奏起……

两侧里，两乘形制色彩完全一样的凤辇开启，齐周两国之冯淑妃、卫妍妃身披相同霓裳，头戴縠纱款移莲步分别走出：两位玉美人犹如复制的一般，貌同形似，难辨难分，光彩照人！

坛下僧、俗万民，不停地顿首欢呼：

——千岁！千岁！千千岁！

——千岁！千岁！千千岁！

……

12-32. 浴佛坛上　日　外

香汤宝鼎下，薪火正燃；

鼎内大沸，香气逼人，蒸汽氤氲。

（特写）卫元嵩走近，以脚尖拨动着鼎足间的薪柴……

12-33.浴佛坛上香案前　日　外

二贵妃在各自侍女的搀扶下，盈盈而至，珠光宝气，华贵无比……她们同时相向走近主法继鸾方丈。

耄耋皓首的老方丈直揉眼睛，不敢相信眼前的一切！六目以对、同显惊异，三人思绪联翩，感触万千，不约而同，低而唤之：女儿！

——妹妹！

——姐姐！

此刻，三双手紧紧地牵在了一起……

卫元嵩一把夺过净昙维那手中的木鱼槌，奔过来分开三人，剜了他们一眼，遂狠狠地敲击木鱼，提腔复宣：周、齐两国贵妃娘娘欢喜浴佛！

三人警醒。在梵乐与欢呼声中，老方丈又引导二妃执木勺舀香汤开始浴佛……

（定格）

〔片尾曲（略）〕

（第十二集完）

第十三集

〔片头曲（略）〕

13-1.北齐蒙山大佛前浴佛坛下　日　外

等待承沐圣水的僧俗大众托钵举碗，涌动着，巴望着坛上……

13-2.墀台东西两侧　日　外

两班朝臣、羽林虎贲各自恭立注目（浴佛坛）。

御驾居中，甲仗严整，旌旗翩翩。

13-3.浴佛坛上　日　外

（特写）香汤宝鼎下，薪火未熄。

似有一丝奇怪的"嗤嗤"声，似有似无地响着……

13-4.空镜

蔚蓝的天空，

（放大了的）"嗤嗤"声连续响着（掩盖了一切）……

13-5.浴佛坛上　日　外

美妙绝伦的梵乐《莲台现瑞》奏鸣声重新响亮起来。

香汤鼎前，净县维那手持木鱼槌有节奏地敲击着，口中念叨着偈文：唵底沙底沙僧伽娑婆阿……

香案前，在梵乐声中，两位美艳绝伦的贵妃跟着主法继鸾方丈同声诵念浴佛偈：我今灌浴诸如来，净智庄严功德海。五浊众生离尘垢，同证如来……

"嗵"，突然一声巨大闷响发出，

香汤鼎足下烟火喷射而出，随即向空腾起一团巨大烟柱，巨鼎瞬间被掀离地面……

鼎前净昙维那被碰击而倒，口吐鲜血，扑地而亡。鼎内洒溢出的七香汤浇在他的尸身上，噬噬作响，直冒蒸汽。

（特写）一只硕大木鱼被摔在地板上，发出"嘎嘎"脆响，滚出老远。

13-6.堰台西侧齐国列队　日　外

御辇窗口，高纬惊慌地探出头：怎、怎么回事？

穆提婆近前支吾应对：陛……陛下……

13-7.堰台东侧周国列队　日　外

黄罗盖伞下，御辇窗中，透过纱帘，隐约可见周武帝宇文邕正在惊颤发抖……

13-8.浴佛坛上　日　外

现场早已是一片混乱。

主法继鸾方丈亦被震跌在地，满脸血污，颤动手指着奔过来的卫元嵩：你、你……（遂昏厥过去）

二妃惊悸失声尖叫，同时向继鸾方丈扑去：父亲——

卫元嵩（抢入画）从斜刺里窜出来，不屑他顾，拉起一位贵妃，揭开其面纱看看，放下……又拽起另一位，再揭开面纱，一看，拽起就跑：大事不好，娘娘快走！

13-9.堰台东西两侧里及浴佛坛上　日　外

两国列队中辕马战骑嘶鸣。近侍亲臣警觉地护卫帝辇，羽林虎贲同时剑拔弩张、虎视着对方……

谁也不明白究竟发生了什么事。

西侧，斛律光不顾一切，带领几名军士下马出列冲上浴佛坛，救起继鸾方丈等，同时亲自侍护淑妃归列返回凤辇……

13-10.浴佛坛上　日　外

离地而起的香汤巨鼎失去平衡，"咣啷"一声栽下浴佛坛，鼎内沸腾的七香汤冒着蒸腾的热气，径直泼泻玉墀……

13-11.礼佛玉墀上　日　外

上面，

挤满台阶、笃诚等待承沐圣水的人们，还未明白圣水为何来得这般汹涌，就被从天而降的滚烫七香汤劈头盖脸地浇将下来，顷刻个个被烫得血头烂额，满脸大泡、浑身燎包，人人哀号着，抱头乱钻，拼命往下逃窜……

下边，

不明就里的人们反而更往上涌。

（特写）一名僧侣抢着仰接了半钵香汤，顺势从自己头顶倒沐而下，立刻被"圣水"烧得怪叫着跳将起来，锃亮的秃头上顿时大泡隆满。

（特写）一名跌爬在地的虔诚信徒（高鼻浓髭西域人装束），手持碰碎的半个破碗，就着台阶接了流淌而下的香汤，大喜过望，仰脖吞灌下肚，霎时被烫得嘴眼抽搐，浑身哆嗦。他捂着肚子滚下台阶……一时间，人挤人、人踩人、人抢水、水烫人……一片狼藉，乱作一团。

13-12.同上

玉墀两侧栏楯上的曼陀罗、波头摩等鲜花彩饰，亦被践踏成残枝败瓣,四处飘零、糜烂如泥……

13-13.堰台东侧　日　外

卫元嵩拉着惊慌懵懂、晕头转向的卫妍妃退回列队前,众人接应了,扶侍卫妍妃入凤辇。

卫元嵩回转身,上马,从一军将手中接过一支弓箭,向空射去。飞矢到处,一具绣书"众善奉行,诸恶莫作"的大锦幡从悬挂的山梁坠落而下。

"嗖嗖嗖……"宇文神举、尉迟迥、于翼、李穆、司马消难等周国诸将随后举弓一排齐射……

大佛左右的巨大条幅"佛光普照齐周,福慧蒙山华山",以及周边那些书有"喜结睦邻共修净土""载戢干戈同心念佛"……的五彩幡幢,纷纷被射落而坠,堕入山涧……

13-14.堰台西侧　日　外

御辇中传出高纬的惊呼:中计了,众卿家快快救朕!

斛律光蹙眉瞪了对面的卫元嵩一眼,恨之切齿。

众人惊慌失措……

斛律光大喝:不要慌!

他绰槊指挥护驾禁军、李柱儿等,保护御驾、凤辇、文臣、僧侣,依序顺礼佛小道朝山下退去,自己夹马挺槊率余众杀向周阵,先取卫元嵩……

13-15.堰台东侧　日　外

卫元嵩举长柄开山大斧指向齐阵:报仇的时候到啦,周国勇士们,杀啊——

喊完后,卫元嵩遂驱喝驭手、侍卫、将佐等调转銮驾,自己则亲自押护着凤辇,一同沿礼佛御道夺路下山。

杨坚率众将及余下军兵,打马迎战齐人……

13-16.礼佛玉墀及下面埠场上　日　外

（背景音乐《莲台现瑞》）

栽下浴佛坛、鼎内沸水已泼泻一空的香汤巨鼎，在墀台边沿打了个转后，顺势径直滚下玉墀……

刚被浇烫得惨不忍睹、苦不堪言的人们，又骤临灭顶之灾——巨大的青铜鼎蹦跳着，发出沉闷的轰鸣，以雷霆万钧之势，从蚁群似的人群身上碾过，顺阶而下……最后撞断几节汉白玉栏楯，冲出玉墀顺着斜崖滚入埠场……又依着巨大惯性，像碾场的碌碡般，环绕埠场几周后，这才滚下埠场往谷底栽去……所经之处，法器、乐器、饰器皆成齑粉；僧俗大众血肉如泥，残肢断体白骨白现，哭爹喊娘，一片号啕……

13-17.谷底礼佛牌楼下　日　外

（背景音乐：佛曲《莲台现瑞》）

从四面八方聚拢来，依次等待浴佛、等待承沐圣水的信徒们，眼睁睁地看着飞来横祸，却避之不及。巨鼎瞬时带着呼啸砸栽下来——顷刻间，高大、华丽、庄严的玉石礼佛牌楼也被砸中，稀里哗啦地坍塌，随同巨鼎一起又砸向下面的人群……善良的民众再遭劫难，霎时皮开肉绽，凄厉呻吟，死伤一片……

"作孽"多端、象征和平、福祉的这尊香汤巨鼎，最终三足朝天（特写：足为中空，有火药烧灼痕迹，还挂有一截残留的药捻），倒扣在谷底死尸堆上……鼎口沿下尚露出一个一息仅存、仍微微晃动着抽搐的比丘脑袋（身体被扣在鼎中），长舌吐出……

13-18.蒙山大佛下墀台上　日　外

（画外）激越的"晋阳锣鼓"《风搅雪（二）》乐声，

（入画）相向冲击的齐、周两军于墀台中央兵刃交接……

戈、戟、斧、钺清脆的"铮铮"碰撞声响彻一片；

高长恭（齐）迎对尉迟迥（周）；

司马消难（周）敌住唐邕（齐）；

王显（齐）力拼于翼（周）；

这边的羽林奋战那方的虎贲。

……

斛律光拨马朝卫元嵩及周国帝妃銮驾追去，杨坚跃马绰枪迎上截住，来战斛律光……

13-19.开化寺山门外庙会上　日　外

远远看到大佛下的焰火喷闪、烟柱腾起，巨响传来，

戏台下的看客拔出了短刀；

部分商户推倒摊子，亮出枪、铜；

卖山柴的从柴捆中抽出了棍、棒、杵、杖（分发给同伙）；

一"小贩"甩掉木杆头上插满糖葫芦的稻草把，露出锋利的长矛尖。

……

乔装的周兵都撕去伪装，露出前胸后背皆缀有"周"字的号衣，各持刃械，开始打砸毁烧、制造混乱、冲击寺庙……

台上台下的演员、赶庙会的庶民百姓则失声惊叫，四散躲避。

13-20.同上

开化寺铁佛殿内正讲经说法的那名"老僧"冲了出来，跃下山门，脱下并扔掉身上的袈裟、僧帽，露出戎装（原来是齐将金祚所扮），手一招……

戏台下伴奏的铙钹队员立时锣鼓家什、军械并用。

化装成食客、香客、商人、僧侣的众齐兵，也个个露出"齐"字号衣，掣出家伙，与周军血腥接战……

13-21.同上

一齐军"鼓手"执一对偌大鼓槌，双手鼓点般猛擂一周兵脑

壳——该周兵脑袋一歪,口吐白沫。

13-22.同上

一大个儿周兵追赶一名爬下戏台逃脱不及的袖珍艺人,眼看就要追上,机灵的袖珍艺人突然折身,从大个儿周兵裤裆下钻过逃走。笨拙的周兵好半天才反应过来,返身又追,眼看又要追上,袖珍人二次折返从他裆下逃脱……等再追上,袖珍艺人又要钻其裤裆时,大个儿周兵这才有了防备,凶恶地猛下双手从裆下抓起袖珍艺人,举过头顶,扔向天空……袖珍艺人自半空掉下时,刚好摔在戏台下一面大鼓上,鼓面砰地被戳破,袖珍艺人下半身没入鼓面下,只剩上半身露出……袖珍艺人怔怔大叫,双臂挣扎,扑打不止,残破的鼓面发出阵阵零乱怪异的"嘣嘣"声响。

一齐兵"镲手"见状赶来,救出该者……那名傻大个周兵又向"镲手"扑来……

"镲手"持镲作了几个漂亮的"挽花"动作后,就势上前,来了一招"顺风贯耳"——执大镲双手扣击对方头颅,直拍得该周兵两耳出血、眼冒金星,而后仰面倒地。

13-23.甘泉沟龙王庙前　日　外

(唢呐、双管、排笙、板笛等山西民族器乐主奏,晋阳锣鼓配奏)

舞龙、狮舞队各自舞兴正浓,舞闹正酣。

(远处蒙山大佛方向爆炸响声传来、狼烟升起)

舞狮队首先发难,在持绣球者(领队)的引导下,随着舞姿逐渐离开自家场地,侵入舞龙队"地界",舞蹈动作亦变为挑衅,进而攻击——群狮群起,扑龙、截龙、咬龙、撕龙……龙体残损、龙"鳞"满天飞。

两条"巨龙"也毫不示弱,潇洒应对——张舞龙爪,抓得"母狮""公狮""皮"开"肉绽",劲甩龙尾,抽得众幼狮满地打滚。

一场龙狮恶斗,愈演愈烈……

舞狮队持绣球者和舞龙队持龙珠者都红了眼，同时直扑对方，交手扭打、翻滚于地：忽而持绣球者（亮相，字幕：周将尉迟勤）将对方压于身下，以绣球猛击对方；忽而持龙珠者（亮相，字幕：齐将侯莫贵乐）又占上风骑在对方身上，用彩珠锤砸向对手……

两队众舞者见头领们"亲密"接触、撕滚一处，遂各自卸下道具，自"龙体""狮身"中掣出兵器，对阵开杀……

13-24.开化寺山门外庙会上　日　外

一卖"晋阳切糕"的齐兵，自厨案上抓起一团粘糕，甩到正挺枪向他撅来的一名周兵脸上。该兵五官全被糊住看不见目标，连连甩头却怎么也甩不掉粘糕，只好傻愣着嚅动嘴巴吃了起来……

卖糕的操起切刀，朝其大肚子捅了进去——贪吃的周兵嘴中连血带糕喷吐而出，立即丧命。

13-25.同上

一群周兵正在围打、戏弄和侮辱几名袖珍伎人……

爆苞米花的齐兵看到，奔来相救……他端起爆锅，锅口略微抬高，对准这群周兵头部砰地开了一锅。

炙烫的爆米花"霰弹"连同强大的灼热气流径直喷向周兵！

周兵们吓坏了，弄不清对方是啥新式兵器，一个个抱住脑袋哎呀地乱叫着，落荒而逃。

他们胯下矮小的袖珍艺人们，却毫无损伤，看着屁滚尿流逃开的周兵，一起拍起小手，舞扭着短小的四肢，憨态大乐……

13-26.同上

老将金祚同一名周牙将对砍，

军刀砍豁，双方都扔了刀，徒手摔跤。

一场疯狂角力……

最后，金祚使一招"过肩摔"把周将掼倒于脚下，顺手抓起地上几根散落的大糖葫芦，朝其嘴里及两个鼻孔内狠力各插捅一根——该周将面孔朝天，三窍喷血……

13-27.寺底村口打谷场上　日　外

正在人圈中表演"形兽舞"的壮汉，警觉地听到来自大佛那边的巨响（接着烽烟腾起），同时发现四周有人蠢蠢欲动……遂收起拳脚，以一个漂亮的"三体式"收势动作亮相（齐将莫多娄敬显）。

莫多娄敬显招呼踩高跷、驾旱船、背铁棍的青年：弟兄们——操家伙！（先自兵器架上掣过一杆蛇镰枪）。

那名练头顶功的杂技力士刚好也从寺底村跑出来，甩掉表演行头，露出铮铮甲胄（原来是齐将綦连猛）！

莫多娄敬显远远地向他扔过去一柄牛角叉。

綦连猛伸掌，稳稳地接叉在手，就势耍了几个漂亮的舞叉动作后，伙同莫多娄敬显，率齐兵冲向敌群。

13-28.空镜

蓝天白云，

（画外）杀声喧天。

13-29.寺底村口打谷场上　日　外

尘烟飞漫，

血雨腥风。

刀光剑影，

人影绰绰……

齐周两军在这里又展开一场短兵相接的鏖战！

（以上背景锣鼓乐：哑点连奏）

13-30.蒙山大佛下墡台上　日　外

兵对兵；

将对将；

搏杀正酣。

（背景音乐：晋阳锣鼓《牛斗虎》曲牌）

杨坚骑一匹灰青马，执一杆透甲枪，力战斛律光……

斛律光久经战阵，威猛如虎，越战越强；

杨坚年富力强，勇似壮牛，奋力抗衡！

（定格）

（画外音）杨坚，北周名将，追随周武帝南征北战、东讨西伐，功勋卓著，晋升柱国大将军，袭父爵，封隋国公。

（解定）

二人大战数十回合，杨坚渐渐气力不支，李穆、丘崇、薛回等见状，连忙招呼一群偏、裨、副将一同兜头上来相救，把斛律光团团围在中间，死死纠缠并厮杀。

（特写）十几杆大刀长戟同时向斛律光砍斫下来，斛律光举槊架住，眼角余光睃了一眼卫元嵩等逃走的方向……

13-31.礼佛大道下山拐弯处　　日　外

周皇室銮辇及护卫、仪仗、卫元嵩、何泉、宇文神举等，渐次拐过急弯，消失不见……

13-32.蒙山大佛下墕台上　　日　外

斛律光大吼一声，双臂发力举推，把一众对手掼甩得踉跄后退……随即骤马上前接连搠死几名周将，冲出围堵，迅即拨马往山下追去。

余下的周将都吓得畏葸不前，

只有杨坚掉转马头……

13-33.礼佛大道山腰急弯处/下面大道上　　日　外

斛律光纵马急追而下，刚拐过急弯，突见路中央隐约横着一条绊马索……连忙勒缰,已来不及,骤然间马失前蹄,跌落下山道。斛律光就势来了几个前滚翻后,收脚挺身单跪而立,毫发未损。他俯视盘回曲绕、呈多个"之"字形的大道下面,周人正惶恐豕奔,遂盘臂弯弓,居高临下瞄准宇文邕的御辇一通猛射。

几支利矢穿辇而过,辇中传出"啊啊"的惨叫声,辇下滴淌出血迹……

斛律光张弓搭箭,瞄准凤辇……

13-34. "之"字形御道　日　外

卫元嵩、宇文神举等围侍着凤辇奔逃……

几员偏将又被斛律光射翻在地。

"嗖",又一支利矢飞来,正中卫元嵩的左目,其即刻血流如注。(众人救护)

卫元嵩等跌跌撞撞,狼狈逃出斛律光的视线。

13-35. "之"字形礼佛御道陡坡上　日　外

斛律光离开大道,徒步从陡坡抄近路往山底追撵去……

13-36. 礼佛大御道山腰急弯处　日　外

杨坚随后赶来,看了看绷断的绊马索,窃喜……路边砾石丛中一个器物反射着日辉闪闪发光,杨坚好奇,下马上前捡起器物细瞅,又是一喜。

(特写)一枚硕大的漂亮腰佩——蒙山大佛(微缩版)形制的稀世虫珀(内中包闭一只栩栩如生的小黄雀)!

杨坚看着斛律光远去的背影,再瞅瞅手中的宝贝,微微颔首(明白乃斛律光坠马时所遗落),禁不住欣然自语:天赐我也,却之不恭……(随手系在自家腰间)遂循斛律光的下坡踪迹,拨开杂草丛,尾追……

13-37.蒙山大佛下埠台上　日　外

高长恭、王显、唐邕等也越战越勇，周人愈渐势寡力薄。尉迟迥、司马消难等已无心恋战，胡乱抵挡几下，带着几名亲随将佐抽身调转马头也往山下退却……

高长恭等继续同残余周军厮杀，

埠台上死尸遍陈……

13-38."之"字形礼佛御道　日　外

斛律光正徒步抄近路往坡下赶撵，忽然觉察身后有响动，急闪身藏于一块大石头后面……

杨坚追近，正寻视目标，斛律光已从其眼皮前蹿起，双掌缩收于胸前，转而塌肩弓背，又猛然呼啸扑出（虎形），似猎豹猛虎掠食般，立即将杨坚扑倒。

杨坚挣扎着刚爬起，斛律光紧接着又一扑击，杨坚站立不稳，复跌，滚下陡坡，直至下面大道上，方才爬起……斛律光也撺跳下来，挥拳猛击！杨坚落脚平地，调整重心立稳，勇力增添，支招应战，连连反击！两名英豪，就在这"之"字形梵道与上下陡坡间，拳来脚往，大施身手……

杨坚瞅了个机会，一个扫堂腿——将斛律光摔出大路，跌倒在下面陡坡上……

13-39.陡坡上

斛律光头朝下仰落陡坡，身下是松软的槁草枯叶。他凭借坡势，作"S"形摆动身躯，穿行于杂树间……杨坚追到，提脚狠踹斛律光的"七寸"之处……脚未落时，斛律光扭身一个"青蛇打挺"动作，甩首立起，以"蛇形"招式展开攻击……杨坚未曾见识过，心虚发怵、抵敌不住、频频后退。斛律光就势左右开弓，接连几个"进步崩拳"，最后转身三百六十度飞起一记"旋风脚"，将杨坚踢到了下面的一株大树杈间……

杨坚被击得懵懵懂懂，刚刚在树杈间爬起站稳，斛律光又变换猴形拳脚捯攀上树……二人遂在树杈、枝干、叶蔓间，腿来胯挡、肘来掌往，各显神通……

轮番角逐、互有闪失后，斛律光终将杨坚逼到一根稍细的树干尽头，杨坚失去回旋余地，正发茶间，斛律光大喝一声，朝树干根处跺脚发力猛一踹，"咔嚓"一声脆响，树干裂断，杨坚攀抓不及，堕下树干，骨碌碌地再次滚下陡坡，摔落于更下边路面上……这回，杨坚老半天都没再爬起来。

13-40.路面上

（画外）"嘚、嘚、嘚、嘚、嘚……"

随着零乱的马蹄声，最后退下来的几名周将——于翼、李穆、丘崇等（分别出字幕）勒马收缰围拢在杨坚身边，下马扶起他……众人瞅着他们这位衣甲不整、鼻青脸肿的隋国公，嚷嚷着，欲寻斛律光报仇——

——这小子太狂啦……

——咱一起去收拾他！

……

杨坚拍了拍浑身泥土，定定神，扭头望一眼沟谷对面的山腰间礼佛小道上……

13-41.一沟之隔的（蒙山大佛西侧）礼佛小道　日　外

下山的齐国皇家车马，

御辇微颤；

凤辇堂皇；

文臣武将恭卫。

甲仗节钺威风……

13-42.礼佛（大）御道上　日　外

杨坚嘴角掠过一丝隐晦表情，他伸手摸摸自家腰间，（特写）那枚捡来的腰佩护身符还牢牢挂着。

杨坚回过头来，无限感慨，制止大家：算了吧……明月将军勇冠天下，身手了得，非凡人也！我等武力未易可当，速退为上。

于翼等将张口结舌，面面相觑……

众人遂攀鞍上马，一同沿大道追赶自家队伍而去。

13-43.山谷间礼佛大道／小道交汇点（三岔口）不远处　日　外

城阳王穆提婆已脱去僧服，着朝袍、戴头盔，不伦不类地站在路边一块大石上作壁上观……

退下坡来的周国御驾车马，在开化寺、打谷场等处撤下来的周军掩护下，迅疾通过三岔路口。

追撵而下的各路齐兵，吼喊着，不时放着冷箭。目标明显且周遭中箭的宇文邕座驾，又中矢无数，像一只肚皮下淌血的大刺猬，被裹挟在溃退的队伍中，颠簸落荒而去……

齐军欢呼雷动：周天子死了！

——周天子死了！

……

13-44.同上

高阿那肱来到穆提婆面前：穆大人，周天子……死了。

穆提婆：我，知道了。

高阿那肱（瞥一眼颤巍巍而来、悠悠颠晃着的高纬銮驾）：是否禀奏我主？

穆提婆：圣上昨夜宴饮过晚，现已憩眠。

13-45.同上

穆提婆凑至高纬銮驾前，

（背景音乐骤停，四野瞬时寂静）

穆提婆低唤：陛下……陛下……

（《无愁曲》乐音轻起）

（特写）辇窗内，随着辇身的微颤，高纬斜倚在靠背上，脑袋微晃着，打起了鼾……没有任何反应。

穆提婆返身紧走几步，赶上右丞相高阿肱，咬耳叮嘱……

13-46.三岔路口　日　外

齐军各队正在整理队伍，人喊马嘶，呼喝喧天……

斛律光提槊徒步从梵道上赶下来。

各部齐将向斛律光聚拢，参拜禀报……（默声）

斛律光点检兵马，合为一处。

亲兵李柱儿又牵来一匹高大战马，递过缰绳来。斛律光接了，纵身一跃，上马，奋槊指敌，正欲麾军继续追杀。

高阿肱右丞相近前颁旨：大将军听宣——圣上口谕，穷寇勿追！御前侍卫损失过半，斛律光护驾下山回宫，钦此！

13-47.御驾桥　日（酉时）　外

斛律光策马勒兵，亲自护卫着帝妃御驾銮辇辚辚通过。

沿途两边，逃过一劫的僧俗百姓焚香遮道，箪食壶浆一路犒送。

13-48.蒙山开化沟口　日（酉时）　外

斛律光策马率兵，亲自护卫着帝妃御驾銮辇出山。

前面官道平缓而曲弯，两旁绿草葳蕤，牧坡连绵……

主题曲《敕勒歌》乐音轻起。

13-49.晋阳城外吊桥　酉时　外

（背景音乐同上）

斛律光策马领兵，亲自护卫着帝妃御驾銮辇过吊桥的背影。

13-50.晋阳城楼　酉时　外

（背景音乐同上）

城墙阁台，遍插"齐字"纛旗。

（字幕：晋阳城白虎门）

斛律光策马挈兵，亲自护卫着帝妃御驾銮辇入城。

一抹夕阳余晖照映在高大雄伟的城楼上……血色如虹。

（定格）

〔片尾曲（略）〕

（第十三集完）

第十四集

〔片头曲（略）〕

14-1.空镜

"周"字绣旗招展，

长安城楼轮廓……

14-2.北周皇宫御花园　黄昏　外

面积不大，朴实无华而清香幽雅。

（字幕：长安道会苑）

（画外）陛下驾到——

园门下，何泉公公手提宫灯，侍引圣上入园。穿过水上回廊，二人来到孤悬湖心的亭榭前。

几名宫女慌忙出迎叩拜：奴婢恭迎圣驾！

（背对镜头的）宇文邕在石桌前就座，看着满桌的鲜果佳馔，打量着端坐对面、纹丝不动的"卫妍妃"：怎么样？娘娘可曾用膳？

宫女惠惠（跪奏）：回禀陛下，娘娘旅途归来后不知何故，整日滴水不进。娘娘见了奴婢等下人，就像不认识似的，懒于搭理。

宇文邕（若有所悟）：噢……你们没事了，都下去吧。（宫女们退下）

宇文邕（对何泉）：你也下去吧。（何公公揖退）

宇文邕正欲再开口，对面的"妍妃"忽地拔下云鬓上的碧玉簪，起身向他的咽喉刺来。宇文邕大惊，偏头躲过，同时抬手一挡，那柄玉簪嗖地飞出亭去，落入湖中。

远处回栏上一禁军见状跑过来，一看，以为帝妃戏谑，正尴尬间，宇文邕朝湖中一努下巴。

忠诚的禁军会意，一头扎入水中，捞起那枚碧玉簪（双手跪呈，退下）。

宇文邕（接过玉簪，双手捧还其主人）：冯——淑——妃——，寡人久仰！想不到你还挺刁蛮的，竟敢行刺于朕？

冯小怜：你不刁蛮？怎么知道找个替身让别人代你去死？

宇文邕（大笑）：哈哈哈……堂堂大周一国之君，那么容易就让人杀掉不成？

冯小怜（又起身执簪）：有啥不容易？我要不是女儿身，今天你不就……

宇文邕（连连摆手）：别别，你应该也知道了，咱们是亲戚——朕还是你的妹夫哪！

冯小怜：什么亲戚！你是夺我齐国土地、戮我人民、毁我寺庙的元凶！你们真枪明剑打不过我们，只会耍阴谋诡计、玩鸡鸣狗盗的把戏。

宇文邕：鸡鸣狗盗？

冯小怜：你们，都是贼，休想和我套近乎。

宇文邕：贼？笑话，朕堂堂大周天子，岂能和贼扯上边？

冯小怜：别装蒜，我一枚家传的琥珀项坠，上你们的轿辇前还戴得好好的，下辇就不见了……哼，你们周国上上下下就没好人！

宇文邕：打击面太广了吧？这个呀，寡人确实不知，待朕派人查找，不会丢的！

冯小怜：直说吧，将我掳来意欲何为？做人质？

宇文邕：哎哎，好姐姐哩，别把话说得那么难听，好不好？朕岂能掳你？听臣子们说，都是那日浴佛节不幸出事，混乱之中搞错了嘛！谁叫你姐俩是孪生，长得如此之像哪。

冯小怜：好一个搞错了！我前思后想，这事太过蹊跷，分明是你们精心策划的圈套！唉，都怪那个无道昏君不听忠言……

宇文邕（拍手）：好，这下咱们算是有了共识——姐姐也承认你那个"无愁天子"是昏君吧？

冯小怜：昏君怎么了？即便他昏庸，总还是齐国之君；而你，就算是明君，终归是我们的敌人！

宇文邕（正色）：佞佛役民、暴殄天物，骄淫奢侈、荼毒生灵，这样的帝王，恐怕才是全天下百姓真正的敌人！不瞒你说，寡人志在平齐，四海同宇，人心归一！到那时，咱们就不是敌人了，而是真正的亲戚。

冯小怜：既然是亲戚，那就劳请陛下派人快快将我送回齐国。

宇文邕：你想回晋阳宫？

冯小怜：不，回蒙山。

宇文邕：不管回哪里，现在还不行，那会坏了朕的事。放心，适当时候，朕会亲自送姐姐回齐地的。

冯小怜（无奈）：哼，肯定又在耍什么阴招……你们男人总是争斗不休，挑动战争、破坏安定，可怜百姓又要遭殃了……

宇文邕：自古有道伐无道，此乃天命，以一时之痛，换得长治久安；以少数人的不幸，换取多数人之福祉——你们姊妹俩都是聪慧之人，这个浅显道理应该明白。可悲的是，世事沧桑，奸佞之臣或许得以善终；而忠勇之士，往往难逃殉葬命运……

冯小怜：你说的或许有些道理。看来正如齐国百姓传言，你虽是个坏敌人，确实也算个好皇帝。妹妹比我有福气！她现在哪里？我很想见她，请陛下允我一见！我们，十几年不曾谋面的。

宇文邕：刚说过，搞错了嘛，她已被高纬当成了你，带回了晋阳城。这会儿没准正在晋阳宫里同高纬享乐哩。而你，干吗反倒要作践自己？饿坏了身子，咋办？还能见着你妹妹、父亲及其他亲人吗？

冯小怜若有所思，开始吃起东西了。

宇文邕：这就对啦。你看看你，天姿国色的，虽说一脸的风尘倦容，也把朕的满园子鲜花羞得蔫菱塌塌……听朕话，吃好喝好，待会儿洗漱一下，今晚寡人召你侍寝。

冯小怜（吃惊，停下嘴）：这可不行！好女不事二夫，况且，你刚才自称是我妹夫！虽说你是皇帝，可也不能乱伦。这样，我会小看你的！

宇文邕（也吃惊，盯着她）：哦，你跟你妹，真有不一样的感觉……好吧，我不强迫你。不过，给你撂句话——你小瞧朕也罢，高看朕也罢，最终，寡人不仅要征服全天下，也要征服你的心！让你心甘情愿地侍奉朕，相信会有这一天的！

冯小怜：那么自信？人心，哪有那么好征服？也许陛下可以征服齐国、征服南陈、征服突厥、征服吐谷浑……但是，未必就能征服我冯小怜！

宇文邕（离座站起，着急地咳嗽了几下，高声）：朕发誓，一定要征服你！不信咱们走着瞧，不信咱们打个赌！

宇文邕朝她伸出了一只手。

看着这位激动异常的大周天子，冯小怜终于破颜一笑，也伸出一只手回应他：打赌就打赌！赌什么？

宇文邕：江山！

冯小怜：怎么个赌法？

宇文邕：若不能征服姐姐的芳心，朕的江山，宁可改归他姓！

（特写）冯小怜用异样的眼神看着他……

（特写）两只手（一男一女）啪地拍在了一起。

少顷，

宇文邕（朝园门外）：来人——

何泉及几个宫女应声而至。

宇文邕（面对宫女）：安排冯……呃不，安排卫妍妃娘娘于静娴殿歇息。

众宫女：是，陛下。

宇文邕（对何泉）：咱们走，摆驾大德殿。

何泉公公疑惑地分别瞅了瞅两位主子，挑灯于前：奴才遵旨！

（渐隐）

14-3.空镜

晋阳城楼轮廓，

"齐"字锦旗飒飒。

14-4.晋阳城晋阳宫　夜　内

红烛熠晕，

锦罗帐头的流苏有节奏地颤动着。

（画外）"淑妃冯小怜"〔实为妍妃卫小悯（即冯小悯），下同〕哼哼呀呀的呻吟声交织着高纬急促的喘息声……

（字幕：晋阳宫隆基堂冯淑妃寝殿）

（锦罗帐内）一番"凤翥龙翔"后，二人都灵魂出窍，恢复了平静。"淑妃"乖巧地依偎在高纬的臂弯里。

"冯淑妃"：陛下好棒啊……这几次承欢，臣妾真的好爽、好享受哟！陛下不愧是真龙天子，功夫越来越厉害……

高纬（蛮有成就感）：是吗？近来朕每每临幸爱妃，也有与以前不一样的感觉哩。

"淑妃"（发着嗲）：这世上就我一个冯淑妃，有啥不一样嘛……

高纬：朕觉得你最近温情浪漫多了，技巧也见长……朕也越来越离不了爱妃。

"冯淑妃"：噢，这呀，很正常的，臣妾领沐君王的雨露情……久而久之，就越来越欢悦和谐嘛。再说，侍奉好陛下，也是臣妾的职责呀。

高纬（听着舒心，点着头，翻身又骑爬到"淑妃"身上，双手把住她娇美面颊）：爱妃的脸蛋蛋真是永远也看不够……咦？朕好像记得这颗美人痣长在右脸蛋来着，啥时跑到左脸蛋上啦？

"淑妃"（怔了一下，随之咯咯一笑，两只嫩手攀住高纬脖颈，撒娇）：人家原本就长在左脸的么，陛下贵人多忘事，记错了吧……

高纬：记错了？噢……是、是、是记错了，记错了。敢情越是明显的标记，就越容易被忽略了，是朕记错了。爱妃，怎么咱的开府蒙蒙好像情绪欠佳呀，朕方才进门时也没听到它的问安……

14-5.隆基堂门口　夜　内

廊柱上方，鹦鹉蒙蒙一动不动地栖卧在纯金栖架上，双目微闭无神，不吃不喝。下方的廊架上，还放着一只纯金打造的精致鸟笼，笼门开启着。

14-6.隆基堂锦罗帐里　夜　内

"淑妃"：噢，陛下是说那只鹦鹉吧？也许是好吃的喂多了，消化不了生病了吧，赶明儿臣妾唤太医给它瞧瞧……

高纬：咱们的皇儿长胖了没？上次庆功国宴上让你受累，伤了胎气导致你不足月分娩，都怪朕……皇儿务须好生抚养，爱妃近来去看了吗？

"淑妃"：没有，最近忙着编排陛下亲自谱曲的《观音菩萨降妖魔》乐舞剧，没顾上去——有奶娘呢，臣妾很放心的。嗳，陛下，前几天不是答应臣妾帮你参理政事吗？什么时候带臣妾去上朝呀？

高纬（哈哈一乐）：好我的爱妃哩，朕自从得到你，如鱼得水，自己都很久不上朝了，你还用得着去吗？军国大事交给穆爱卿他们办理即可。爱妃陪朕天天莺歌燕舞、吃喝玩乐、享受人生，不更省心、更好吗？

"淑妃"（莞尔一笑，百媚顿生）：好是好。可是，臣妾听说蒙山逍遥宫新修了个玩项，叫什么旱河龙舟、百步穿杨……很新鲜刺激嘞，陛下怎么舍不得带臣妾去高兴高兴？

高纬：看爱妃你说的，有啥舍不得的？它刚修好不久，前一段不都忙着浴佛节的事嘛。爱妃想去那还不容易？告诉你，那玩项还是朕发明的——不是百步穿杨，而是"百步穿花"！明天，咱们起驾前往便是。

"淑妃"（兴奋地拍起雪白玉手）：好好，太好了！陛下，眼下正是牡丹盛开季节，咱们去赏花喽。

高纬：好哇，不过，去那里玩可有个规矩，也是朕钦定的，谁都不能违反，否则要杀头的！

"淑妃"：哟！啥规矩这般厉害？神秘兮兮的，还要杀头？

高纬（一本正经）：无论是谁，都不许穿衣服，朕也一样。

"淑妃"：咯咯咯咯……

随着一串金珠银珠落玉盘似的笑声，"淑妃"仰起小嘴，又给了高纬一个深深的香吻。

14-7.蒙山开化沟口逍遥宫门前　日　外

（特写）"逍遥宫"大牌匾，

威武年轻的门禁。

右丞相高阿那肱峨冠博带，正抬腿迈进奢华的宫门。

门卫持械致礼。随之，（画外）飘来阵阵男男女女的嬉戏调笑声……

14-8.蒙山逍遥宫内　日　外

高阿那肱走过几段雕梁画栋的长廊，穿过几重院门，（画外）调笑嬉闹声渐次升高。

一座玲珑剔透的月亮门显现于前，门头雕书"趣苑"，两名太监一左一右恭立门边。

太监行礼，

高阿那肱点头还礼，抬脚登阶入门进苑，绕过照壁，苑里景象映入他的眼帘……

14-9.蒙山逍遥宫趣苑内　日　外

（背景音乐：龟兹佛乐曲《泛龙舟》乐音轻起）

（镜头扫视）

几座假山俊秀，数拱石桥瑰美；

一条小河曲曲弯弯地环绕假山潺湲。

河两岸及假山上，到处是盛开的牡丹花（逐株出字幕）：姚黄、赵粉、金玉章、朱砂垒、似荷莲、胜丹炉、赤龙焕彩、菱花晓翠、青龙卧墨池……品种齐全，争奇斗艳。

河中却没有流水，而是黄澄澄、滑溜溜的黍子，顺河道蜿蜒起伏铺满，亦似细波碎浪，阳光照映，宛若一条金河，闪闪发光！

河湾里，浮着一艘华丽的龙舟楼舫。

龙舟上，植幡立槊，张彩结锦；

龙舟下，一大群宫女嫔娥手握纤绳，左右前后扭着身体，肢姿绰约地费力拉纤于前，她们个个青春妙龄且赤身裸体，只在身前身后各以丝线吊挂几朵牡丹花遮住沟、羞等处……嬉戏调笑声正是这些莺莺燕燕发出的。

龙舟楼舫被光身子的美女们牵挽着，在黍河中缓缓滑行。

舟中御案上，排满醽醁、玉盏、珍馐、美馔。

御案前，高纬也光着身子。不同的是，羞处挡挂着几片牡丹叶子。

"冯淑妃"陪伴君侧，披一袭薄如蝉翼的白縠纱，隐露酥体，更显天姿国色，赛胜牡丹……

穆提婆、邓长颙、刘桃枝等近宠亲臣环侍帝妃左右，其装束与主子高纬无二。

大家一边谈笑着，一边观赏旱河两岸姹紫嫣红的鲜花美景。

高纬兴致极高，乐颠颠地移步舟舷，举起一张宝雕弓，拈一支金钿箭，拔去箭头，搭于弦上，开始瞄准旱河中龙舟前光身拉纤者的沟、羞处，大展其"百步穿花"的功夫……

14-10.蒙山逍遥宫趣苑内旱河中　日　外

"嗖"的一声,(特写)一名殿脚(拉纤宫女,下同)下身吊挂的一朵牡丹花被高纬来箭射落,她大吃一惊,"嗖"的一声,再被射落一朵,同伴们嬉笑声起……紧接着"嗖"的一声,高纬又一支神箭飞来,这名殿脚下身仅剩的最后一朵牡丹花也被皇上射落,她羞涩忸怩万分……同伴们嬉笑声复起,同时引得龙舟上的"淑妃"娘娘和君臣们哄堂大笑……

(以下背景音乐,无注明的,则以龟兹佛乐曲《泛龙舟》《长乐花》《玉女行觞》《善善摩花》《婆伽儿》《斗鹳子》《疏勒盐》及《无愁曲等》分别交替轻奏)

14-11.旱河龙舟上　日　外

轮到御前领军刘桃枝射了。

刘桃枝站立舟舳,也拈起一支箭,拔去箭镞,张弓拉满……

14-12.蒙山逍遥宫趣苑旱河中　日　外

"嗖!"

另一名殿脚屁股后吊的牡丹花应声落入黍河,她下意识回身,又"嗖"的一声,其下身羞处的牡丹花紧接着又被射落……龙舟上更大的哄笑声又一阵阵地传来。

(特写)落入黍河中的美丽花朵,顷刻被众多杂沓的玉腿赤足踏碎、淹没……

14-13.趣苑旱河　日　外

龙舟上,

接下来,该穆提婆射了。

穆提婆亦张弓搭箭,瞄准,运足气力,放箭……

14-14.蒙山逍遥宫趣苑旱河殿脚群中　日　外

一支箭再次嗖地飞来,却连个花瓣也未射落,而是重重击中了另一名殿脚的臀部，只听她啊地尖叫，一屁股坐下，"哎哟"声不断……众殿脚嘻嘻哈哈，都围拢过来帮她揉起屁股蛋儿……

14-15.趣苑旱河　日　外

龙舟上，

（背景《无愁曲》音乐中）君臣们大乐不止。

"淑妃娘娘冯小怜"更是抿着樱唇，笑得前俯后合。

高纬（举起一觚美酒，对穆提婆）：穆爱卿"百步穿花"没有射中，按律当罚酒一觚！

穆提婆（双手接住，满嘴淋漓捧饮而尽，一抹口）：应该应该，多谢陛下，臣再自罚一觚。（又饮）

……

轮到侍中邓公公射了。

邓长颙拿起弓箭，走向舟舷，瞄向拉纤的殿脚……

14-16.逍遥宫趣苑苑门照壁　日　外

照壁旁，

颇为见过世面的高阿那肱看呆了，正发茶间，旱河里龙舟上又一弓弦响声传来……一支飞矢射中他后掉在地上。

高阿那肱感觉腿上麻了一下，吓了一跳，弯腰拾起，（特写）原来是一支无头金铍箭。抬头望去，不远处龙舟上的高纬持弓仰首狂笑。

高纬：哈哈……右丞相不想活啦？

高阿那肱恍然大悟，惊出一身冷汗，慌忙脱去全身衣物……

14-17.趣苑旱河龙舟上　日　外

已和他人同样装束的高阿那肱御前三拜九叩。

高阿那肱：罪臣见驾，罪臣冒犯圣规，和衣进苑，罪该万死，祈请陛下裁处。

高纬（和颜悦色）：没事、没事，脱光就罢了。朕今天高兴，恕你无罪。

高阿那肱：谢陛下不罪之恩！

高纬：平身吧，爱卿匆匆而来，有何急事要奏？

高阿那肱（睇一眼穆提婆，二人会意）：是的，陛下，臣有事要奏。接细作密报，据可靠消息，周天子宇文邕并没有驾崩——先前被斛律光射死的，只是一个替身而已。

高纬（愣怔片刻，蓦地将手中酒樽拍到案上）：什么、什么？这个病秧子好狡猾呀，让朕白白高兴了一回！他娘的，朕刚因此功为斛律光加官晋爵，诏封左丞相，这……

高阿那肱（及时抢白）：我看斛律光有冒功邀赏之嫌！

高纬没有吱声。

穆提婆（趁着酒劲凑上来）：何止是冒功邀赏？简直就是和敌人沆瀣一气，欺诳陛下！

高纬：估计他也不知情吧。

穆提婆：既然不知情，上次蒙山大战宇文邕亲自来了，斛律光为何放他跑了？而这次宇文邕派了替身来，斛律光怎么就能轻而易举地射杀了这个替死鬼？联系起来看，这不能不令人生疑哪，里面可能大有文章……

高纬听着有些拗口、纳闷，有点糊涂了。

穆提婆（进一步）：陛下，微臣怀疑，此次浴佛节"假会盟"事件，乃斛律光勾结周人，周密策划的一个重大阴谋。

高纬：上山会盟之前，大将军倒是曾不止一次谏阻寡人的……

高阿那肱（睇一眼穆提婆，趋前帮腔）：陛下，这也不难理解哟，自古以来，许多奸佞之辈常常行此障眼手法，既能以忠臣面目取信于君王，又可开脱自身干系嘛！

14-18.趣苑旱河　日　外

龙舟上，

高阿那肱说完，也走向舟舷，朝前方殿脚们发出几箭，却都射飞了。(引来阵阵笑声)他自觉按照规矩,自斟自罚自饮起来。

"冯淑妃"、刘桃枝等,见皇上与衡轴大臣研商枢密,都不便主动插嘴,只是时而竖耳听听,一边继续宴射,取乐不疲……

14-19.同上

穆提婆(凑近高纬):陛下,微臣分析,种种迹象表明,斛律光早就有不臣之心,并和敌国私通,妄图借助外部势力,以行不轨。

高纬(于案上抓起半只烤羊腿,一边思忖,一边咬吃起来):何以见得?

穆提婆(趁着酒兴大放厥词):陛下,您想啊,周国大量甲士借浴佛节之机混入蒙山,无独有偶,斛律光也在各寺乔装埋伏了一批军队,他们做法如出一辙,难道是巧合吗?分明是早已合谋,相互配合、共同举事!只是因为吾皇圣明、蒙山大佛保佑,我大齐王气稳固,其目的终难得逞!他们才不得已,牺牲些替死鬼,虚与委蛇一番,以转换手法,另图他举……陛下可得加倍警惕哟。

高纬(仍疑疑惑惑,转问邓公公):长颠,你看呢?

邓长颠(环视二位同僚,有不同意见):不至于吧?我觉得大将军预伏兵马只是暗中防范以备不测而已。事实证明,这个措施也用上了。

高阿那肱:既然他心里没鬼,为啥不奏明圣上?吾皇旷世贤达,他斛律光完全没有必要僭越行事、私自调动军队嘛。就凭这一点,就是死罪!

高纬(停下嘴,一只手举着羊腿指向穆提婆):你说他还要转换手法另图他举,是指什么?

穆提婆:以退为进、骗取信任、逐步夺权呀!陛下,斛律光兵权在手久矣,现今又冒功骗升左丞相,事实上已掌控我朝军政大权了!其羽翼已丰,下一步就该伺机而动,谋篡夺位了。

高阿那肱:听说他最近又以监修长城为名,巡视了边关……我推测,八成是为异动作准备。

高纬：巡修边关长城这件事，朕清楚，是寡人的旨意。

穆提婆：但是陛下，据说斛律光以巡视边关、修葺长城为由，却频频接见、串联同样掌握重兵的宗室兄弟及其他亲信将佐，还组织校阅军队……这，您就不一定清楚了吧？

高纬（霍然从龙椅上站起）：有这事？

穆提婆、高阿那肱点头，不语。

高纬双眼瞪圆，将手中吃剩的羊腿，狠狠甩向河下殿脚群……

14-20.旱河里殿脚群中　日　外

一名宫娥冷不丁地被高纬甩过来的羊腿狠狠砸中后脑勺，一个趔趄扑倒在滑滑的黍河上，向前溜出老远……

舟上舟下又爆起一片哄笑。

14-21.龙舟上　日　外

高纬这回没有笑，眼神游离地逐一扫视着臣下，最后怅惘地落在邓长颙菊花般的老脸上，脑子里浮现出一幅幅往日景象……

14-22.（高纬回忆情景画面，下同）晋阳城市井街巷　日　外

邓长颙老脸幻化为一张稚嫩小儿脸。

（镜头推开）

几名小儿正在反复吟唱一首儿歌：

百升飞上墙，明月照晋阳。

百升飞上墙，明月照晋阳。

……

14-23.蒙山碧水潭边　日　外

一张小儿脸幻化为一个女扮男装的"小和尚"清秀脸庞；

"小和尚"正饲喂一群褐马鸡。

高纬张弓搭箭射向"小和尚"后心，

斛律光劲发一箭将高纬的箭击落,救下"小和尚"。

"小和尚"感激的面容……

14-24.晋阳城晋阳宫仁寿殿　日　外

"小和尚"清秀的脸庞又幻化为穆提婆扭曲的柿饼子脸。

穆提婆(对着镜头)谗谮:……陛下啊,城北大将军府一带上空,有天子云气……

(高纬回忆情景画面结束)

14-25.(现实)蒙山逍遥宫趣苑旱河　日　外

龙舟上,

穆提婆扭曲的柿饼子脸幻化回邓公公的菊花老脸。

邓长颙(也看着高纬,小心翼翼):陛下,陛下——

高纬(仍发痴,一激灵,神情方回到现实):哦,你,你有事吗?

邓长颙:陛下请容老奴禀奏。陛下,为社稷计,方才二位大人所谏也有道理……不过,老奴认为,凡事总得以证据为凭,不能全靠猜想、听说……斛律光毕竟世为元辅、屡建殊勋,对皇上一向忠心耿耿,又深得军心民心,如若轻率怀疑、处置,恐为天下不服、社稷震动……再者,那宇文邕不是还健在吗?此君抱负颇大!其不死,亡我之心就不死,说不准哪天这个克星又来侵扰犯边。我们,还得依靠斛律光这些人去打仗哪……

高纬听着邓长颙的话,不置可否,心中很是矛盾。他越是拿不定主意,就越烦躁。他离座走至舟舷,背起手,来回踱开步子……忽然,他发觉坐舟不知何时停下不动了,像抛了锚一般,再一看舟前的殿脚们,个个汗流粉面、懒懒散散的,未得旨意竟敢歇缓下来……

高纬(不禁勃然大怒,手发抖地指着她们):大胆!谁叫你们停下来?嗯?快给朕拉!快拉!拉!!

14-26. 逍遥宫趣苑　日　外

旱河中，

殿脚们听见皇上吃喝，只得气喘吁吁地弯腰前行，无奈体力已不支，虽吃力牵挽，龙舟却难以启动。

背后又传来高纬的高声斥责：你们这群笨母猪！朕，白养活你们，叫你们再——偷懒！

14-27. 龙舟上　日　外

（画外）叫你们——再偷懒！

……

（入画）高纬叫骂着，大发龙威，随手掣过弓箭，往河面乱射起来……

14-28. 逍遥宫趣苑　日　外

旱河中，

殿脚们吓得只顾埋头拉纤，听见身后的弓弦响也没敢躲闪。（反正是无头箭，射中了亦无大碍）

"嗖嗖嗖！"

几支羽箭瞬间接踵而至……

"噗噗噗……"

几名宫女应声倒在血泊中！飞矢插在她们的玉体上，微微颤悠着。

（特写）这次皇上射来的却是支支利镞。

（特写）河湾里金黄的黍子，被年轻殿脚们的血液洇得鲜红鲜红……

14-29. 同上

余下的宫女们都吓傻了，闭住眼睛个个失失惶惶地下死力牵挽。无奈，她们脚下太滑，发力不齐，走一步退两步，无论再怎么卖劲，龙舟依然难以航行,只在原地挪崴着。

14-30.龙舟上　日　外

高纬见状,脾气更暴,手持弓箭,冲着船上的众臣大发雷霆:愣着干什么啊?你们,通通下河去充当殿脚!

众人顿首:微臣(奴才)遵旨。

近侍亲臣哆哆嗦嗦,一个个撅起光屁股蛋儿,赤身退下龙舟。

(特写)穆提婆临下船时悄悄给"淑妃"使了个眼色。

(特写)"冯淑妃"暗自会意……

14-31.旱河中　日　外

穆提婆、高阿那肱、邓长颙、刘桃枝等光着身撅着腚,顶着日头,不停地抹着脸上的水珠,夹杂在众宫娥之间,吃力拉纤,汗滴河中黍……

14-32.蒙山逍遥宫趣苑旱河中　日　外

龙舟重新缓缓行驶起来。

龙舟上,

发泄一通后,高纬平静了些,见甲板上被自己撵得没人了,便信步向船楼中踅去……

(定格)

〔片尾曲(略)〕

(第十四集完)

第十五集

〔片头曲（略）〕

15-1.蒙山逍遥宫旱河龙舟船楼中　日　内

高纬掀起锦帘入内。

"冯淑妃"身裹轻纱款款迎上前。

高纬：你怎么在这里？

"淑妃"：臣妾笑累了，进来歇歇。

"淑妃"（应着，挽挽高纬坐下，于几上满斟一盏红酒，递到高纬嘴边）：玩得好好的，陛下干吗发火？看伤了龙体。

高纬（呷一口琼液）：都是那两个讨厌鬼，偏偏这个时候叨念烦心事，扫兴！现在好了，爱妃，朕把他们都赶下去啦！一看见你，朕就火消气散了。

"淑妃"（整整周身白縠纱，扭动腰肢，搂住高纬的颈项）：那敢情好，臣妾就做皇上下火的御药得了。

高纬（把"冯淑妃"抱在腿上，朝她白嫩的脸上啃了一口）：朕就把你吃下肚，永远不再生气上火。

"淑妃"（回吻一口高纬，咯咯地乐着，又为他斟满一盏酒，话题入正）：陛下，说正经的，臣妾倒是觉得，刚才穆尚书、高阿丞相所言很有道理，斛律光这个人，您还是防着点为好，免得尾大不掉、祸生肘腋……

高纬（盯住"冯娘娘"左脸颊上的美人痣，有些吃惊）：咦？爱妃一向护着斛律光，为他着想，替他说好话，今日为何……

　　"淑妃"（不等高纬说完，怪嗔）：为他着想？臣妾从来都是为陛下着想，亏你，还当皇上呢，一点都不理解人家的心！

　　高纬（看"冯娘娘"噘起小嘴满脸不高兴，急忙哄哄）：爱妃，爱妃，朕错怪你了，朕错怪你了……

　　"淑妃"（眼含晶莹）：我说他好，为的是江山社稷；说他坏，也是为了社稷江山，从未掺杂半点私心杂念……

　　高纬：是吗？那以爱妃之见，斛律光有可能造反吗？

　　"淑妃"：从此人的本质来看，很有可能。常言道："人心隔肚皮，里外两不知"，做人主的不可太相信武将，使其权力过大……穆大人的分析入情入理，"日久见人心"，臣妾越来越觉得，穆大人才是齐国真正的第一忠臣！根据穆大人所讲的种种迹象，臣妾也赞同他的推断——斛律光近期很有可能造反。

　　高纬（点着头，打了个冷战）：唔……有可能……如果再有确凿的证据，就好了。长颙说得也对，斛律光毕竟是有用之臣、社稷唯寄，对寡人也一向忠贞不贰……

　　"淑妃"（又灌高纬一盅美酒）：哼，皇上，您以为斛律光对您忠贞不贰，我看不一定吧？

　　高纬（不解）：为什么？空口无凭，爱妃说这话有证据吗？

　　"淑妃"：有。

　　高纬：证据在哪？

　　"淑妃"：就在陛下眼前。

　　高纬（更加不解）：什么证据？拿出来看看？

　　"淑妃"：妾身就是证据！

　　高纬（疑惑）：此话怎讲？

　　"淑妃"欲言又止状。

　　高纬：此话怎讲，快快说与朕听！

　　"淑妃"（伏身叩首）：陛下……臣妾有罪……

高纬（诧异）：怎么回事？

"淑妃"：臣妾……臣妾有罪啊，陛下……

高纬：到底怎么回事，从实讲来，寡人恕你无罪！

"淑妃"（眼露晶莹）：陛下啊……为了咱大齐的江山社稷，臣妾宁可一死，也要对陛下说出实情……

高纬（急不可耐）：爱妃，快从实讲来！

"淑妃"（泪眼汪汪）：陛下啊……斛律光他——他——他曾染指妾身……

高纬（惊讶，立身）：什么、什么，这怎么可能？！

"淑妃"：是真的，陛下。臣妾……总不会无中生有，自己作践自己吧……

高纬：什么时候发生的？即便他有此贼胆，也没有这个机会呀？

"淑妃"（哽咽着）：是，在我……入宫之前……

高纬（颓然跌坐，略一思索）：朕明白了，一定是在蒙山围猎那日，朕命他前去寻你……找到你后，斛律光趁山高林密下手行奸……是吧？

"冯淑妃"噙泪颔首。

高纬（愤怒）：你，一共和他做了几次？

"淑妃"（泪眼涟涟）：就一次，陛下。当时臣妾极力反抗，无奈人家是天下第一英雄，力如饿虎，而我是一弱女子似同雏鸡……轻易，就被他玷污了。

高纬：留下孽种了吗？

"淑妃"（摇摇头）：不知道，也许留下了，也许没有……

高纬：那咱们太子，究竟是斛律光的种，还是朕的？

"淑妃"（可怜巴巴）：拿不准，陛下。你俩前后就差一两天的事，不好掐算，也许是陛下的，也许是斛律光的，很难说……

高纬：啊呀呀呀，气死朕了！

高纬面部肌肉抽搐起来，眼前发黑……

15-2.（高纬幻觉）晋阳宫太子寝殿　日　内

褓褓中的小龙种，身穿绣着一条小龙的黄肚兜，（幻化中）一圈圈快速长大，渐成三四岁小儿模样，下地，玩耍，煞是可爱……高纬喜欢，上前欲抱……

小儿瞅瞅高纬，奶声奶气：你，你不是我父皇……别碰我！

一衮衣龙袍的伟岸男子昂首走了过来，面相模糊……

高纬觉得面熟，揉揉眼眶，定睛一看，画面转而清晰——原来是斛律光！

那小儿蹒跚跑上前去，手牵斛律光的衣襟：这才是我父皇，父皇，这个坏蛋想抱我……

斛律光：别理他，他是个神经病！哈哈哈哈。

斛律光抱起小儿，亲了一口，仰天大笑……

15-3.（现实）蒙山逍遥宫趣苑旱河龙舟上　日　内/外

高纬双手捂住耳朵，一声怪叫：啊——

"冯淑妃"伏地仰面，可怜兮兮地巴望着高纬：陛下……

高纬跳起，怒不可遏，抽出宝剑，高举在手。

"淑妃"惊悸万分，伏地连连叩首。

高纬看着如花似玉、瑟瑟发抖的"淑妃"，却没有砍下去，而是提剑扭头跑出舫楼，窜到舟舷，挥动利刃，将一根根绷直的纤绳恶狠狠地悉数砍断！

15-4.趣苑旱河中　日　外

正赤身裸体卖力拉纤的一众男女殿脚们，瞬间个个挽着大半根被高纬砍断的纤绳，失去重心，像一团团白肉球，向前栽滚着，"噼里啪啦"，横七竖八地叠摞在一起。

（特写）高阿那肱趴在一名宫女的屁股上；

（特写）一女殿脚胯下夹住了穆提婆的粗脖子，憋得他面红耳赤；

(特写）几只女人的光脚蹬踩着刘桃枝的脑袋，他被迫吞吃几口黍子，呛得鼻涕串串、咳声连连、"喷金吐玉"不止……

（特写）邓公公则被几名嫔婢的白大腿压住，怎么也挣扎不起。

"嘻嘻哈哈"的笑声大起……

15-5.旱河龙舟上　日　外

（背景音乐《无愁曲》乐音复起）

看着船下的西洋景，正在气头上的高纬亦被逗乐了，憋不住也哈哈大笑起来，气倒消了大半。

15-6.船楼中　日　内

"冯淑妃"不哭了，窃笑微微，在舷窗旁偷窥着外面……

看着高纬又掀帘进来，"淑妃"赶紧继续跪下，抹泪叩首：……臣妾有罪，罪该万死！臣妾死不足惜，只要能叫陛下真正认清一个人，以免用人失察祸及国家，妾身就算死也瞑目了……

瞅着"淑妃"泪眼婆婆的样子，更加楚楚动人，高纬火气全无。

高纬：罢罢罢，爱妃平身吧，朕还舍不得你死哩，再说也不是爱妃你的错呀，都怪这个大奸若忠的斛律光！哼，朕可是饶他不得！！

"淑妃"：多谢陛下明鉴！陛下万岁！（鞭然起身）

高纬扭头朝舷窗外：来人——

好一阵，邓长颙才爬上龙舟进了舱：老奴聆旨。

高纬：你速回晋阳宫，将东宫太子……呃不，速将窃居东宫的那个小孽种给朕活活摔死！

邓公公（吃惊）：陛下……？

高纬：快去！照朕旨意立刻去办，不得有误！

邓公公（惊恐）：奴才遵旨，奴才告退！（慌张退去）

高纬（转向"淑妃"）：怎么样？这样处置你同意否？

"淑妃"（呱呱拍手）：同意、同意，臣妾谨遵圣裁。

高纬：这还差不多，像朕的爱妃。哼，寡人有的是精气神儿，大不了,咱再生一个呗!

"淑妃":皇上英明!皇上万岁万万岁!

高纬又朝舷窗外:来人哪,都上来吧——

15-7.蒙山逍遥宫趣苑旱河中　日　外

还在殿脚群中滚肉蛋蛋的穆提婆、高阿那肱、刘桃枝等,闻听皇上的召唤,忙不迭地挣扎折腾一番,好不容易才从女人堆里爬出来,整整下身遮羞的牡丹叶子,接踵扶舷梯攀爬上船。

15-8.龙舟船楼中　日　内

穆提婆、高阿那肱、刘桃枝垂手恭立帝妃面前,同声:臣等——聆旨!

高纬看着几位宠臣灰头土脸的狼狈相:诸位爱卿,咱们来谋划一下……

(渐隐)

(背景音乐:主题曲《敕勒歌》乐音轻起)

15-9.晋阳城内斛律光府宅门口　某日(下午)　外

(镜头掠过)繁华的街巷、热闹的市面……

一座简约朴实的宅院大门前。

(字幕:晋阳城大将军斛律光府宅)

一顶官轿沿街面翩颠而来,停下;

后面是驺从马队。

轿卒:落轿——

　　　压轿——

驺从们下马,

高阿那肱身着朝服,出轿。

在几名驺从的簇拥下,高阿那肱拾级而上。

15-10.斛律光府宅庭院里　下午　外

斛律光紧衣束带，足穿登云靴，正在院中大树下耐心示范、指导几名亲兵习练"形兽舞"中的鸡形、鹰形、鼍形……

门官报：禀将军，高阿那肱右丞相大人到。

言未落，高阿那肱已到近前：圣旨下，斛律光听宣——

斛律光收住拳脚，略一顿，趋前整衣而跪：臣聆旨。

高阿那肱展开并宣读圣旨：奉旨宣谕，皇帝诏曰：今我大齐国运昌盛，四方来朝；斛律光世载醇谨，著勋王室；兹将吐谷浑国进贡之"青海骢"宝马一匹敕赐，以兹褒励。钦此！

斛律光：臣接旨谢恩！

高阿那肱朝身后呼喝：牵马来——

一随从应声牵来一匹良马。

（特写）该马喷着响鼻，甩头摇尾……其身高八尺、四肢修长，头窄颈高、形体壮硕，浑身青白色毛皮亮泽异常，如同绸缎一般。

（字幕）"青海骢"，系吐谷浑当地优良种马与波斯马杂交培育的名贵战马，其行走奔跑体态优雅、气质高贵，甚通人性、耐力无穷，可日行千里而不疲！

斛律光向来爱马，见如此良骥，喜不自禁，面朝御赐宝马纳头又拜：谢主隆恩！下臣愧受！

斛律光接过缰绳，爱抚宝驹，抬腿正欲上马试骑，

高阿那肱：大将军且慢，下午皇上陪吐谷浑贵宾前往蒙山礼佛，夜来拟驻跸蒙山开化寺。为安全起见，皇上另有圣谕，着斛律大将军即刻骑乘此马，只身赶赴蒙山协助护驾，明早一同陪外宾围猎……

斛律光俯伏再叩首：此乃本分，臣遵谕谢恩！

15-11.晋阳城五龙门　下午（酉时）　外

高阿那肱引领于前，斛律光于后，二人骑马出城。

15-12.通往蒙山官道　下午（酉时）　外

高阿那肱引领于前，斛律光随后，行进。

天色不早，

斛律光抬头西望，一大片乌云正向头顶弥漫过来……

斛律光夹马扬鞭，

二骑沿官道径往蒙山驰奔而去。

15-13.蒙山开化沟口　戌时　外

（画外）马蹄声"笃笃……"；

（入画）斛律光、高阿那肱策马入山。

15-14.蒙山御驾桥　戌时　外

（画外）马蹄声疾……

（入画）斛律光、高阿那肱二骑驰奔过桥。

15-15.寺底村口　戌时　外

斛律光、高阿那肱二骑缓辔而过。

15-16.蒙山大佛下谷底佛前瀑布旁　戌时　外

斛律光、高阿那肱二人下马，拴马。

（字幕：佛前瀑布）

斛律光走到佛前瀑布边，双手掬一捧清冽甘甜的泉水，喝几口后，饮御赐"青海骢"宝马……再掬一捧，饮高阿那肱坐骑。

二马引颈仰天长嘶……

山谷间传来一串串空旷回音……

天色朦胧。

高阿那肱手指礼佛牌楼下的阶梯：嘿嘿，斛律大人，请吧……

斛律光：皇上呢？

高阿那肱指着头顶上的蒙山大佛像：陪同吐谷浑人礼佛呀，嘿嘿嘿……

15-17.蒙山大佛下谷底礼佛牌楼下　黄昏　外

高阿那肱指引着斛律光穿过礼佛牌楼，蹬玉墀，拾级而上……

四下寂静无声，只听见二人的脚步声。

15-18.蒙山大佛下礼佛玉墀上　黄昏　外

斛律光于前，高阿那肱随后。

攀爬过半腰，四周仍没有任何动静。

斛律光狐疑，问：至尊在何处？

没人回应。

斛律光向后瞧——高阿那肱已不见了踪影……

刘桃枝却不知从何处摸转上来，手指墀台上：那不是，皇上正在礼佛。

斛律光回首伸颈朝墀台望去。

"咔嚓"一声，刘桃枝手起刀落，自后砍而杀之……

眨眼间，斛律光身首异处，人头喷溅着鲜血骨碌碌地坠下玉墀……

一道闪电划破混沌的天光……

"嘎啦啦啦……！"

一串炸雷轰响，

顷刻大雨如注！

（特写）蒙山大佛在暴雨中垂首；

（特写）玉墀上，雨水、血水横流……

（整个镜头画面逐渐被血红色弥漫）

主题曲《敕勒歌》乐音（低八度）骤起……

15-19.空镜

长安城楼轮廓；

"周"字绣旗招展……

15—20.北周长安城　日　内

简朴的宫室，

（字幕：长安皇宫大德殿东偏殿）

宇文邕高居议事堂首（皇冠上晃动的玉旒遮掩了其大半张脸），嗓音不高却很坚毅：……有关国内治政，就研讨至此吧。根据大家的意见，朕将其归纳为四条：一、为政欲静，静在宁民；为治欲安，安在息役；轻徭薄赋，与民休养。二、赦免官私奴隶、杂户为平民，消除种姓隔阂，诸族相融。三、严明律法、惩治贪贿、打击不法豪强。四、全面禁废佛教，销毁一切经像、勒令僧侣还俗；凡儒家典籍中未曾记载的祭祀活动一律止绝！寡人决定：明日早朝于正武殿先向全体大臣公布新政，然后着即颁行天下实施。众卿以为如何？

宇文邕环顾自己的文武衡轴爱臣……

（字幕：上柱国大将军，大司空，郧国公韦孝宽）

（字幕：柱国大将军，隋国公杨坚）

（字幕：雍州牧，齐炀公宇文宪，字毗贺突）

（字幕：内史中大夫，开府仪同三司王轨）

（字幕：东宫左宫正，开府仪同三司宇文孝伯，字胡三）

（字幕：护军领军，清河郡公宇文神举）

（字幕：露门博士，开府仪同三司沈重，字德厚）

（字幕：吏部中大夫令狐熙，字长熙）

（字幕：司乐中大夫，开府斛斯征，字士亮）

……

众人异口同声：吾皇果断明决，臣等完全拥护！

宇文邕满意地点点头，离座走向后壁，侍臣拉开帷幔，露出巨幅军用"周齐态势图"。

宇文邕：好，那就这样定了。现在，咱们再议一下兵事……

话音未落，近侍太监、侍中何泉进殿，御前禀奏：陛下，卫元嵩求见。

宇文邕：宣。

何泉（冲殿门外）：沙门统卫元嵩觐——见——！

卫元嵩匆匆进殿（特写：已成独眼龙，左目绷缚着一只黑眼罩，仍掩不住满脸喜色），堂下整衣而跪：陛下——

宇文邕抚慰：卫爱卿为国致残，理当静心疗养，朝中之事可暂免牵挂。

卫元嵩：陛下，大喜事！齐国内线差人报信——斛律光已被高纬诛杀，裸葬荒野！

君臣上下唰地从座位弹起，偏殿内沉寂片刻……

俄顷，大家又陡然落座，个个欣喜若狂、相觑而乐，一片欢呼……

宇文邕：哈哈，高纬小子自毁樊篱！消息可靠吗？

卫元嵩从怀里掏出一封密件：绝对可靠！齐国上下军丁百姓，莫不叹惋悼惜……

韦孝宽上前接过密信，看了看，转呈御前。（归位）

宇文邕仔细阅览后，心情复杂。他将密信拍于案头：唉，可叹齐国一代忠臣良将，却落得如此下场……不过这下好了，斛律明月一除，平齐大业完成大半！

众臣：陛下殚精竭虑，功高盖世！

宇文邕：不！此一胜利，卫爱卿元嵩当推首勋。朕诏敕，卫元嵩赐爵蜀郡公！

卫元嵩：微臣叩谢我主隆恩！恭祝我主万寿无疆！万寿无疆！万寿无疆！！

宇文邕：其余诸位皆劳苦功高，待灭齐之后，一并赏封！

韦孝宽趋前急奏：陛下容禀，大举伐齐，时机已到！老臣请旨挂帅出征，直捣东庼！

杨坚、宇文宪出列同禀：机不可失，千载难逢！

诸将群臣齐声：机不可失，千载难逢！！

卫元嵩又跪：上报天恩、下报家仇，微臣也请旨再战！

宇文邕感动：卿等所言甚是，何泉——

何公公：奴才在，奴才承旨。

宇文邕：传谕，速备酒宴来！

何泉：陛下……太医早有叮嘱，圣上龙体不宜饮酒呀……

诸臣：且免，皇上龙体为要！

宇文邕：今日破例，朕要与众爱卿痛饮一回！明日早朝，同时颁布伐齐诏书，并大赦天下！

众臣：吾皇万岁！大周朝万岁！！

15-21.空镜

一古城轮廓；

城头树"齐"字军旗；

城门额镌"幽州"。

15-22.北齐幽州　日　内

幽州城里，

一座官衙内。

（字幕：北齐幽州行台署）

穆提婆高托圣旨，贺拔伏恩（字幕：中领军贺拔伏恩）及一干驺从趾高气扬地登堂入署。

一武将跪而聆旨。

（字幕：斛律光弟，安西将军，都督幽、安、平、南、北营、东燕六州诸军事，幽州刺史斛律丰乐）

穆提婆展旨宣呼：圣上降旨——斛律光一门欺君罔上，久蓄异志；里勾外连，图谋篡逆；罪在不赦，诛灭九族！钦此！

斛律丰乐被戴上死囚枷，拘押牵出。

15-23.北周长安城门　日　外

城门额上"长安"二字（特写）。

一支精骑纵辔而出，

当先一员骁将，身后将旗大书"伐齐前军总管，齐炀王宇文宪"；

其后一员上将，绣旗书"前军左先锋，常山郡公于翼"；

次后一将，绣旗书"前军右先锋广宁侯薛回"；

再后一将，绣旗书"前军副先锋，乌氏公尹升"；

随后将佐林立，兵强马壮。

军队蜿蜒而出城门洞，前不见首，后不见尾；

"周"字旌旗蔽日，刀剑如林，尘烟滚滚……

15-24.北齐别都晋阳　午　外

晋阳城轮廓（鸟瞰）

（字幕：北齐晋阳）

（随镜头下摇）城墙东北角，现一城墙角楼，巍峨俊逸，楹额书"视汾楼"。

楼外，大河依城南流。

（字幕：北齐汾河）

河中，樯帆点点、水花鱼影……美景如画。

城墙内，视汾楼下街市口，兵丁密布、刀剑寒锋、一派肃杀。

（字幕：刑场）

一死刑犯被五花大绑于行刑柱上，其后背所插亡命牌上书"谋逆反贼斛律丰乐"。

（字幕：斛律光弟斛律丰乐）

（特写）围观百姓皆唏嘘涕泣，惋惜同情而不敢言……

穆提婆监斩。

穆提婆抬头看天，

一刑吏高呼：午时三刻已到——

穆提婆遂于台案抽出"斩讫"令箭一支，掷于地。

刽子手执鬼头大刀走向行刑柱，拔去斛律丰乐身后的亡命牌，挥刀砍下……

（镜头画面全赤）

15-25. 北周玉璧城门　日　外

城门额上，"玉璧"二字（特写）。

（字幕：北周玉璧城）

一员老将蟒袍银盔，麾率周师出城伐齐，身后一面帅旗，大书"征房大元帅，郧国公韦孝宽"。马后，随征上将依次而行，绣旗上分别书：

"右一军总管，越野王宇文盛"；

"右二军总管，杞国公宇文亮"；

"左一军总管，谯孝王宇文俭"；

"左二军总管，武当公窦恭"；

"左三军总管，广化公丘崇"。

再后，先锋将官无数，校尉偏裨如云。

羯鼓咆咆；

战马啸啸。

大军蜿蜒而出城门洞，前不见首，后不见尾。

"周"字旌旗蔽日，刀剑如林，尘烟滚滚……

15-26. 北齐别都　午　外

灵净庙刹，门楣书"三级佛寺"；

寺前幡杆下，置鼐，鼐中沸油翻腾……

（字幕：晋阳城刑场）

高阿那肱一个手势——两排军丁架起两名"人犯"，高擎横举而行，至鼐前，投入其中……

（字幕：北齐朔州刺史南安王高思好、行台左丞王尚之遭烹）

15-27. 北周渭河上　日　外

大河滉漾。

（字幕：北周渭水）

舻艎比肩；

艨艟齐舷。

旗舰船楼上，宇文邕金盔龙袍，豪气冲天，挥手向前！一顶黄罗盖伞遮住了他的半张脸。迎风翩翩的锦纛，上书篆体"周"字。

一员虎将伫立君侧，身后一面旌旗，大书"水军都督兼领右三军总管，隋国公杨坚"；

再后众将环立，绣旗飘飘，分别书：

"中军总管，蜀郡公卫元嵩"；

"中军左先锋，宁蜀公尉迟迥"；

"中军右先锋，荥阳公司马消难"；

"中军副先锋，虎威将军尉迟勤"。

金鼓咚咚，

号角呜咽。

舰船齐发，舳舻百里，浩浩荡荡沿渭河而下，直趋齐境！

（字幕，配画外音）公元576年，周武帝宇文邕乘北齐后主冤杀斛律光等忠臣良将、国防架构坍塌解体之机，审时度势，发精兵良将十五万，水旱多路并进，再次亲征东伐。与此同时，齐帝高纬却仍旧在国内屠戮功臣、宗室……

15-28.北齐定州　日　内

一处大宅，

（字幕：北齐定州刺史，兰陵王高长恭府）

高阿那肱及一班驺从径入。

高长恭跪地，

高阿那肱宣旨。（默声）

驺从徐之范（字幕：徐之范）托盘端一毒酒上前，

高长恭含泪接过"鹤顶红"，饮鸩而薨。

15-29.北周华谷城门　日　外

城门额上"华谷"二字。（特写）

（字幕：北周华谷城）

一勇将擐甲执兵而出，身后旌旗书"伐齐后军总管赵僭王宇文招"；

其后一上将，绣旗书"后军先锋，申国公李穆"；

次后一将，绣旗书"后军副先锋，周昌公侯莫陈琼"；

再后将广兵精，士气高昂。

劲旅蜿蜒而出城门洞，前不见首，后不见尾。

"周"字旌旗蔽日，刀剑如林，尘烟滚滚，

直扑北齐汾州诸城……

15-30.北齐汾河边　日　外

青山下，

旷原上，河水奔腾不息……

（字幕：晋阳汾水河畔）

河边，几名军将挥刀于马上，正在指挥大批羽林铁骑包围戕戮一部齐军官兵……腥风血雨，哀鸿遍野，死尸盈河，染红汾水。

（字幕：领军刘桃枝、厍狄士文等奉旨虐杀所谓"谋反"军士两千余人）

15-31.北齐别都街肆口　午　外

（背景音乐：凄哀佛乐）

（字幕：晋阳城刑场）

（入画）一长串"人犯"——男、女、老、幼、青、壮、孕……蓬头垢面，四肢重镣，步态踉跄（内有斛律光部下将佐及亲兵李柱儿），在两排持刀剑子手的监押下，走向行刑台……

穆提婆、高阿那肱在一旁奸笑。

15-32.北齐别都晋阳　日　内

（背景音乐转《无愁曲》乐音）

（画外）"淑妃冯小怜"和高纬的浪语调笑声。

（入画）廊柱上，蒙蒙（鹦鹉）在金鸟架上栖卧着，翕动倒钩尖喙，发出有气无力、似人非人的调门：穆、提、婆，又来啦……

（字幕：晋阳宫隆基堂）

穆提婆进殿，朝蒙蒙点头哈腰：给开府大人请安。

蒙蒙朝穆提婆眨巴眨巴眼，没再理他。

邓长颙公公走过来，拦住穆提婆，朝龙凤榻努了努嘴：皇上同"淑妃娘娘"正在……不便打扰吧。

穆提婆瞥一眼锦罗帐顶有节律颤抖的流苏，道：没关系的，我有国事奏禀圣上。

邓长颙正欲再说什么，高纬于帐内喘着粗气接腔：谁……呀……？

穆提婆（帐外整衣而跪）：微臣惊扰圣驾，罪该万死！

高纬（帐内，下同）：哦，穆爱卿哪。嗨，寡人正在马上……你来得真不是时候！有啥事你就奏吧……朕就，不下地啦……

穆提婆：微臣遵旨。微臣恭喜陛下、贺喜陛下！

高纬：嗯？你，什么意思？寡人，喜从何来？

穆提婆：陛下，微臣已奉谕将反贼斛律光一门及其奸党尽悉诛戮伏法！陛下，铲除了这些乱臣贼子，我大齐再无内忧，社稷已成泰山之固！吾皇尽可宽心愉悦，尽享人生……

高纬：嗯……嗯……如此，甚好，如此甚好……穆爱卿，你，劳苦功高，劳苦功高哇……

锦帐内，又传出"冯淑妃"断断续续的娇声：皇上……这么大的喜事，咱们应该，好好庆贺……一下才是……

高纬：对、对，应该庆贺。

"淑妃"：还要……再猎一回嘛……

高纬：好、好，都依爱妃就是……穆……爱卿——

穆提婆（帐外）：臣聆旨！

高纬：娘娘的意思你听见了吧？传谕下去，近日内，朕要在蒙山避暑宫大摆国宴，还要围猎，文武百官、高僧大德、名流贤达，一应参加！寡人，要与大家同贺、同乐、同享……你就，去安排吧……

穆提婆：皇上放心，微臣这就去办！（退下）

邓长颙（躬身上前）：陛下……

高纬：你，还有何事？

邓长颙：风闻周国又发大兵东侵……陛下，老奴斗胆进言……

高纬（打断他）：那又怎样？前年周人伐我，败了；去年伐我，再败了；今年他们若来，又能不败吗？长颙啊，不怕！有蒙山大佛庇荫，王气在我！不必担心，围猎宴贺照办不误……你，下去吧！

……看着龙凤床榻越来越剧烈的颤动，听着锦罗帐里飘出越来越大的浪声浪语，邓长颙面无表情，颤巍巍地，躬身而退。

（定格）

〔片尾曲（略）〕

（第十五集完）

第十六集

〔片头曲（略）〕

16-1.黄河渡口　日　外

鼙鼓震天；

号角呜咽。

（字幕：黄河蒲津渡）

北周水师舟楫舰船迤逦驶来，靠岸；

（远景）黄罗盖伞及"周"字旗下，宇文邕、杨坚、卫元嵩、尉迟迥等大驱士马，指挥军队下船，登岸，汹涌杀进……

16-2.北齐某城池下　日　外

炮火连天；

硝烟弥漫。

"帅"字旗下，

北周名将韦孝宽宝刀不老，督率周师攻城略地……

16-3.北齐坚关险隘　夜　外

月黑风高。

（周）字纛旗下，

"伐齐前军总管"宇文宪，身先士卒，夺关拔寨……

16-4.空镜

夜幕下的蒙山、蒙山大佛及蒙山避暑宫轮廓。

16-5.北齐避暑宫　夜　内

蒙山,

北峰东南,山腰间,富丽建筑一片,"避暑宫"竖匾高悬。

避暑宫内,一座堂皇殿宇,门头横匾书"无愁殿"。

大殿上下,

焚沉香、摆奇卉;

张锦彩、铺旃毯;

挂鸟笼、拴鹰犬;

肉山酒海、灯火通明。

(字幕:北齐蒙山避暑宫无愁殿)

大殿中央,也建有敞亮辉煌的舞台。

上首正北面南,设龙椅御案,高纬正畅饮,近侍亲宠环卫。

下首,群臣百僚、佛界阇梨、巨豪商绅、外藩使臣皆正襟危坐,盛装出席。

两侧,乐伎乐僧分队而列,各持笙、笛、排箫、阮咸、五弦、筚篥、铜钹、答腊鼓、竖箜篌、曲项琵琶等乐器。

"淑妃冯小怜"(实为妖妃冯小怜,下同)高髻罗衫、红靴玉带踏筵而出,于舞台中央站定,亮相……

霎时,弦管同奏,鼓钹齐鸣:龟兹佛乐曲《万岁》恢宏而起。

随着梵呗乐音,"淑妃"双脚交叉、手形变幻、扭腰推胯起舞(西域风格《龟兹舞》)。

众人眼球均被吸引过去。

16-6.蒙山避暑宫门口　夜　外

(画外)"嘚、嘚、嘚、嘚……"马蹄声急。

一驿马(传令驿卒)疾驰而至,滚鞍而下,将一封(特写)书有

"军情"字样的奏折，递予门卫官……

16-7.蒙山避暑宫　夜　内

无愁殿（出字幕）内，

未曾有人注意到，门官手捧"军情"奏折匆匆而入，呈予高阿那肱。

高阿那肱展开折子看了看，做了个手势示意门官退下。

高阿那肱（转身，将奏折转递穆提婆，并附其耳）：周国大举进攻了，韦孝宽已克我四城；宇文宪进占雀鼠谷；韩明克我齐子岭；宇文纯犯千里径；达奚震已占统军川；宇文盛正攻汾水关……周军继而进攻介休、太谷，二城守将韩建业、那卢安生分别举城叛降。另一路周兵攻陷洪洞、永安后直逼我平阳城下……形势严峻哪，是否禀奏圣上？

穆提婆接过奏折，漫不经心：两国交兵，本是寻常，不是什么大不了的，何劳圣驾闻知？（遂将折子揣入袖筒）

16-8.避暑宫无愁殿　夜　内

舞台上，

"淑妃冯小怜"艳舞正酣——和着齐朝龟兹乐节奏，或踊或跃，乍动乍息；手腕脚腕的响铃，亦随其身姿律动，"哗哗""哗哗"，悦响不已……

16-9.避暑宫门口　夜　外

"嘚、嘚、嘚、嘚……"

又一驿马飞驰而至，门官迎上前……驿马拔下后背插的"火急"号旗，一挥，推开门官，高擎着径直入门……

16-10.避暑宫无愁殿里　夜　内

驿马直接跪禀高阿那肱：大人，不好了！我平阳城已陷敌手，刺史崔景嵩、行台左丞侯之钦出降，海昌王尉相贵并甲士八千被俘⋯⋯

另报，周帝宇文邕亲率精兵，突然出现在晋阳城下⋯⋯

16-11.（随着驿马话音追映情景画面，下同）北齐平阳城下　日　外

城门额"平阳"二字（特写）。

周军铁骑下，崔景嵩（字幕：北齐晋州刺史崔景嵩）、侯之钦（字幕：北齐晋州行台左丞侯之钦）双双跪地、肉袒献降；

尉相贵（字幕：北齐平阳城主，海昌王尉相贵）及大批士卒被俘⋯⋯

16-12.北齐晋阳城下　夜　外

城门额"晋阳"二字（特写）。

城下，一顶黄罗盖伞下，宇文邕（背影）擐甲挥臂剑指晋阳城头，亲自麾兵展开一波波猛攻⋯⋯

（追映画面完）

16-13.（现实）蒙山避暑宫无愁殿里　夜　内

驿马跪地哭丧音继续：⋯⋯周军勇不可当，攻势凌厉⋯⋯安德王高延宗大人顶不住了，十万火急！

驿马的声音在龟兹梵曲《万岁》的奏鸣中显得那么微弱。

高阿那肱（不耐烦）：大家正在玩乐，何急奏报？扫兴，还不退下！

驿马大睁惊愕的双目，跟跄而退⋯⋯

16-14.避暑宫无愁殿舞台上　夜　内

"淑妃冯小怜"舞蹈进入高潮。

她搔首弄目，跷脚弹指，时而拧身撅臀，时而拧头侧身，整个身体几乎呈"S"状，有急有缓，旋转自如——绰约风姿，飘逸而矫健！

满堂喝彩声，此起彼伏⋯⋯

一曲终了,"淑妃"酥胸微喘微颤,在众人的鼓掌声中,盈盈下场,投入高纬的怀抱。

御座上,高纬一手端酒瓿,嘴对嘴地喂"冯小怜"一口美酒,另一手撩开"小怜"罗纱上衣轻抚:爱妃太有才啦,真正给朕长脸!看把你累的,小宝贝,快歇歇,快歇歇。

"冯小怜"(咽下酒,香汗丝丝,娇嗲):……皇上,人家不甚累嘛,就是有些热嘛……

高纬:热?拿扇子来——

穆提婆、邓长颙、刘桃枝、侍婢等一干人忙不迭地找扇子,一时竟未找着。

穆提婆(怕皇上开罪,转而伸手跷拇指谄谀):淑妃娘娘真乃瑶池仙女下界,天下无二,貌艺双绝,恭喜陛下,贺喜陛下!

高纬(听得舒坦,仰脖灌下一口美酒,似醉非醉):什么什么?貌艺双绝?岂止!来来来,宝贝,你不是嫌热吗?索性脱光了凉凉,今天也好叫他们一起见识见识你的身材,开开眼界!(一边动手剥"冯小怜"衣)

"冯小怜"(晃头撇脑,半推半就,假装扭捏):嗯……

高纬剥去"冯小怜"周身罗纱,将她摆平,横置于御案之上。

"冯小怜"裸体,无遮无拦,全方位展示——洁白无瑕,如玉如脂、美轮美奂……

全场人无不瞠目结舌!

高纬:哈哈哈,怎么样?看看这线条、这皮肤,真正柔若无骨、吹弹可破……众爱卿还没见过此等尤物吧?今日寡人高兴,请尔等一同欣赏,哈哈哈哈。

輥然平躺、一丝不挂的"冯小怜"搔首弄姿,更得其乐……

众臣子、宾客瞠目结舌,如醉如痴。

穆提婆、高阿那肱双眼发直,嘴巴大张。

邓公公想扭过脸,又不敢抗旨,偷睨着,尴尬万分。

只有继鸾方丈等僧师以袈裟长袖捂住脸,暗自摇头叹息。

（特写）"冯小怜"玉体由清晰渐趋模糊朦胧……

16-15.（"冯小怜"朦胧裸体叠映画面）晋阳城东阳门　夜　外

周军攻城，

（字幕：晋阳城东阳门）

"咚！咚！咚！"

三通鼓响。

宇文邕（背影）、杨坚、卫元嵩、尉迟迥、尉迟勤等大驱士马，指挥周军泅渡护城河、冲过吊桥、奋勇爬上城头。

晋阳城门也被撞车撞开，后续周军呐喊着蜂拥而入。

街肆里，无数齐兵齐将被砍杀，抛尸血泊。

"安德王高延宗"军旗及"齐"字纛旗被扔下城楼，踩踏在周兵脚下……

16-16.（现实）蒙山避暑宫无愁殿　夜　内

"冯小怜"（朦胧裸体叠映画面隐退）模糊玉体转而又渐显清晰。

（定格）

（字幕及画外音）北齐后主高纬骄奢昏聩，贪乐迷色，荒淫误国！后人无不感伤这段历史……唐代著名诗人李商隐有感于此，曾作诗叹曰：

一笑相倾国便亡，

何劳荆棘始堪伤。

小怜玉体横陈夜，

已报周师入晋阳。

……

这便是成语"玉体横陈"之典故。

16-17.晋阳城城楼上　夜　外

炮声轰鸣，火光冲天。

（字幕：晋阳城）

"周"字绣旗，遍插城头。

宇文邕戎装仗剑（背对镜头），稳坐城门箭楼上，豪气满怀！他手指蒙蒙西天蒙山一线，面对着眼前斗志昂扬的诸将领，逐一发布谕令（默声）……

杨坚得令拱手而去；

卫元嵩得令拱手而去；

尉迟迥得令拱手而去；

司马消难得令拱手而去；

尉迟勤得令拱手而去；

……

16—18. 蒙山避暑宫无愁殿　　夜　内

（背景音乐《无愁曲》音乐中）

高纬余兴未消，手抚"冯小怜"玉腿，面向群臣：淑妃色、艺、德、才……俱佳，完美无缺，朕心欣悦无比！这才是最大的功劳，有如此大功，足堪母仪天下！朕要立即擢封冯淑妃为左皇后！长颤——

邓公公（趋前）：陛下，老奴在。

高纬：你速回晋阳宫取皇后绶节服饰来，侍奉冯皇后着用！

邓公公：老奴遵旨，这就去取！（退下）

"冯小怜"（欠身又送高纬一个香吻）：多谢皇上恩宠！

宾客百僚齐声呼贺：

——皇上万岁！

——左皇后娘娘千岁！

……

（特写）又一门官疾入，将又一封"急报"直接呈予穆提婆，挥泪而退。

高纬（挽起"冯小怜"玉体，正要回吻，见状，问左右）：有事吗？

穆提婆（不得已，嗫嚅）：陛、陛下，有一股周军……偷袭了我晋阳……

高纬：没事吧？

穆提婆（支吾）：……和阿于子、皮子信、段畅、唐邕等投敌，高延宗被俘……晋阳城丢了……敌人，已转而袭奔蒙山而来……

高纬（一惊，放下"冯小怜"的玉体，清醒了许多）：啊？如、如何是好？

穆提婆：没事的，陛下，可差高阿那肱丞相督率全部羽林军、宿卫军扼住进山要隘，于开化沟口设伏，定可一举围歼之。

高纬（呼出一口气，又抱住"冯小怜"）：好……就依爱卿，速速派高阿那肱丞相……率兵御敌……

"小怜"（就势伸过雪白的臂膊挽住高纬的脖颈）：皇上……臣妾还未尽兴，想在蒙山猎一回……

高纬（转忧为乐）：好、好，等明日吧，现在天还没亮呀，宝贝。

"冯小怜"努着小嘴：那，臣妾还要再舞一回嘛……

高纬：依你依你，再舞一回！舞什么呀，宝贝？

"冯小怜"：嗯……臣妾想和皇上一起舞嘛！就，再舞那个面具戏吧——咱们把《观音菩萨降妖魔》从头到尾舞一遍，好吗，陛下？

高纬（把她揽在怀里，连连亲着）：好、好、好，都依着宝贝儿就是！

16-19.蒙山开化沟口　夜　外

无数面"周"字牙旗在夜风中招展。

周中军总管卫元嵩、中军左先锋尉迟迥、中军右先锋司马消难、中军副先锋尉迟勤等擐甲提兵，雄赳赳地通过山口栅门。

高阿那肱高举白旗于前，封辅相（字幕：宿卫官封辅相）、慕容钟葵（字幕：宿卫官慕容钟葵）随其左右，率大批齐军羽林宿卫让开大道，跪降于路两边。

卫元嵩、尉迟迥等趾高气扬,下马接受齐军跪降……

16-20.蒙山避暑宫无愁殿舞台上　夜　内

画面阴暗,

(飘字幕)北齐时,兴面具舞,无论民间、皇家,每有庆事或祀事,辄戴木雕面具乐舞之。乐舞剧《观音菩萨降妖魔》,表现的是这样一段佛教故事:

佛曲《太平年》轻起,

画面渐明朗。

(舞台布景)美丽的田园阡陌,近处是炊烟袅袅的村庄,远处是蜿蜒的河流、俊秀的青山。

一队头戴面具的男女袖珍演员,滑稽地走着矮子步,跳着《欢快劳动》《喜庆丰收》等表现愉快劳作场景的集体舞……

(飘字幕)第一幕"欢乐人间":勤劳善良的众生,日出而作,日落而息,过着男狝女牧、男耕女织的祥和生活……

16-21.蒙山谷间　夜　外

周军大队人马,在齐国降臣高阿那肱的引领下,行进在山道上……

16-22.蒙山避暑宫无愁殿舞台上　夜　内

音乐转恐怖,

画面转暗。

天空阴云密布……深山幽洞中,一只魔瓶里飘出一缕青烟,怪响着盘旋几周,遂幻化为一个面目狰狞的妖魔(高纬戴面具饰),手舞足蹈、呼啸出洞,跳《妖魔出山》《疯魔狂舞》等独舞……他捉住几个百姓生吃活吞后,又张牙舞爪地大施妖术,鼻喷烈焰、口吐洪水……村庄、稼禾、树林尽在烈火中燃烧;田园、牲畜、房屋皆被浊浪吞没;富足、善良的众生顿时衣衫褴褛、流离失所、饥寒交迫,饿殍遍野……

（飘字幕）第二幕"妖魔转世"：一个魔头转生来到人间，草菅人命、暴殄天物、荼毒生灵、无恶不作，众生陷入水深火热之中……

16-23.蒙山谷间甘泉沟口　夜　外

沟口木栅，栅门额上书"甘泉沟"三字，沟前有一间土地庙。

周军前队至此。

守栅齐兵盘问：什么人？

月影下，高阿那肱上前应声：是我，自己人。

守栅齐兵：哦，是右丞相大人。（忙躬身施礼）

两名周兵趋前，趁势砍翻齐兵。

卫元嵩朝沟内挥臂——司马消难分兵一支，高阿那肱引领进沟。

卫元嵩、尉迟迥、尉迟勤督率大队经过土地庙，络绎继进。

16-24.蒙山避暑宫无愁殿舞台上　夜　内

劫后余生的百姓跪倒一片，虔诚祈求世祖保佑（蒙山大佛缩小像拟人而动）。

世祖从南海普陀山召来观世音，面授佛旨……

观世音菩萨（假冯小怜饰，实为冯小悯），左有木叉行者（袖珍男艺人甲饰），右有善财龙女（女婢秀秀饰），同驾祥云仙行，跳《观音下凡》三人舞。

（飘字幕）第三幕"观音下凡"：世祖遣观世音菩萨下界，解救众生。

16-25.蒙山谷间石马坡口　夜　外

周军至，

坡口守兵欲逃，被尉迟迥一箭射死。

卫元嵩一挥手——裨将分兵一支进入石马坡……

周军大队继续疾进。

16-26.蒙山避暑宫无愁殿舞台上　夜　内

袅袅仙乐中，观音嫣然含笑，衣带轻拂，环佩叮咚，宛若彩蝶自空中飘逸而下，来到人间，正遇妖魔肆虐……

二人对舞，跳《观音斗魔》双人舞，以舞斗法。

观音持杨柳枝、宝珠净瓶、婀娜蹁跹；

魔头癫狂跋扈、尥足奋臂。

一善一恶，一美一丑。

一柔一犷，一正一邪。

各施身手，大展法术……

16-27.蒙山谷间御驾桥上　夜　外

周军大队浩浩荡荡而过……

16-28.蒙山避暑宫无愁殿舞台上　夜　内

一曲将终，观音趁魔头不备，伸出杨柳枝照妖魔头颅一点，口念咒语……魔头正癫狂忘形，不及招架，痛苦挣扎一阵后，浑身痉挛不止，一个倒栽葱，向后跌了下去……

16-29.蒙山谷间寺底村前岔路口　夜　外

霄空深邃，星汉满天。

（特写）路标指示——箭头东向书"避暑宫"；

箭头西北向书"开化寺"；

箭头东北向书"礼佛御道"；

周军开到。

正下山去取左皇后衣饰绶节的邓长颙同两个小太监遭遇周军，被俘。

周军分兵：卫元嵩自领一军向西北，扑向开化寺。

尉迟迥、尉迟勤率军东向，上山攻打避暑宫……

16-30.蒙山避暑宫无愁殿舞台上　夜　内

魔头跌入了阿鼻地狱！

观音以杨柳枝蘸净瓶中的甘露水洒向天际,

乾坤复转晴朗。

村庄、田园、山川、河流……一切又恢复了原貌。

百姓喜洋洋地重新开始劳作生活,跳《歌舞升平》《欢喜拜佛》等集体舞。

（飘字幕）第四幕"天下谐和"：人间又恢复了安定和谐、歌舞升平。众生一同称颂世祖及观音之无量功德。

16-31.避暑宫门／宫后墙外　夜　外

尉迟迥及一偏将自暗中潜出,摸近门禁,尉迟迥手起锤落,砸杀之,麾兵涌入。

尉迟勤同时督率大批周兵翻越后宫墙而入。

16-32.避暑宫无愁殿　夜　内

佛曲《太平年》音乐中,

舞台上,众袖珍演员（饰众百姓）卸下面具,诙谐谢幕。

大殿上下,观者无不兴奋激昂。

（特写）穆提婆趁机溜出殿门……

16-33.蒙山避暑宫内　夜　外

尉迟迥、尉迟勤合兵一处,穿越二门、回廊,正寻觅间,恰巧碰上溜出无愁殿的穆提婆。

穆提婆随手自腰间亮出一块腰牌,尉迟迥见状,也亮出同样一块,二人会意地相互点头。

穆提婆引领尉迟迥等迂回绕行,至无愁殿前。

门官看到动静,惊恐大叫……

尉迟勤张弓搭箭射去,

一门官倚殿门倒地而亡；

另一门官中箭受伤，边逃边叫，跑入殿门……

16-34.蒙山避暑宫无愁殿　夜　内

（背景音乐：《无愁曲》音乐）

舞台上，高纬正卸下面具，偕脱下戏装、轻纱绕身的左皇后"冯小怜"亮相。

群臣宾客：

——吾皇万岁万万岁！

——娘娘千岁千千岁！

全场人员，欢呼雷动……

突然，殿门"嘭"的一声被撞开，受伤的门官后背负箭失魂落魄地闯入，大叫：不好啦，不好啦！周兵打进来啦……（音未落，后脑又中一箭，扑地而亡）

（背景音乐转《晋阳锣鼓》之哑点连奏，下同）

大队周兵已汹涌而入，砍杀开来……

无愁殿上下，顷刻大乱……

刀剑声铿锵，嘶喊声发聩。

一些人反抗，更多的人手无寸铁，乱窜逃奔。

拴在廊柱间的"仪同猎犬""郡主猎鹰"们，也被这"热闹"气氛感染，有的狂吠不停，有的振翅扑腾，掀起阵阵飞尘……只有开府蒙蒙胆子较小，孤零零地蜷卧于吊在殿梁上的金栖架上，居高临下地惊恐观望着这一切……

16-35.蒙山避暑宫门外　夜　外

侥幸逃出来的齐人，有的被追出的周兵杀死；有的躲避无路，坠崖身亡；有的崩溃，跳崖自尽。

继鸾方丈亦为乱兵所伤，头破腿残。另一中年僧执搀着他逃出宫门。

继鸾方丈（上气不接下气）：……不要管我，开化寺，乃我净土宗……祖庭……道场……你速速先回，组织徒众保护庙院要紧……我，随后……

继鸾方丈将中年僧执一推，自己钻入树林，挣扎爬行在草丛间……

16-36.蒙山避暑宫无愁殿　夜　内

左皇后"冯小怜"未曾见过此等混乱场面，不知如何是好，躲在高纬身后，匆匆接过侍婢秀秀递来的白纱绢，胡乱裹住粉头，兀自发抖……

混乱中，高纬（失声连叫）：甲士何在？甲士何在？

羽林领军刘桃枝（正与一圈周兵搏击，护卫着高纬）：陛、陛下，羽林护军奉谕……全被高阿丞相带走了……

高纬（绝望）：穆爱卿何在？穆爱卿！穆——提婆——！

刘桃枝（边搏击边答）：穆大人……已……不知去向……

高纬（哀号一声）：王……王八蛋！坏透咧！

高纬慌慌张张地又拿魔头面具罩住脑袋，一手扯了"冯小怜"，钻入御案下面躲避……

刘桃枝（身高力蛮，单刀独人斩杀无数后，从御案下扶出高纬）：陛下，快，快随臣来……

刘桃枝又伸手，想再拉左皇后"冯小怜"一起逃走，周将尉迟迥已循声杀至近前，飞起一脚踢掉了高纬的面具（仍吊在脖颈上），再举锤，直朝高纬颜面砸下来……刘桃枝眼疾手快力蛮，抢刀挑开对方金瓜锤，搀起高纬，顾不上其他，仓皇夺路破窗而出……

尉迟迥（正欲追杀，见御案下面还有个白团直颤抖，定睛一瞅，喜上眉梢，遂朝赶过来的尉迟勤一努嘴，一甩头）：你，追上去，捉活的！

尉迟勤领兵越窗追出。

大殿上，死的死、降的降，逃的逃、散的散，齐国人众所剩无几。

尉迟迥（大声命令部众）：把俘虏都押出去，拒降者格杀勿论！

又是一阵砍杀（穿插映现秀秀及袖珍伎人们被虐杀场面），就连高纬的猎鹰猎犬也未能幸免……枭鸣狗吠人叫，霎时又响作一片。

（定格）

〔片尾曲（略）〕

（第十六集完）

第十七集

〔片头曲(略)〕

17-1.蒙山开化寺　夜　外/内

(背景音乐转为悲哀佛曲,下同)

同继鸾方丈分手后的那名中年僧执,协同一班和尚手握各式法器、扫把等,正守卫在山门前。

伐齐中军总管卫元嵩驱军杀到,不由分说,率周兵挥刃三下五除二,将比丘们悉数撅翻。

卫元嵩领众闯入山门,登堂入殿。

卫元嵩督兵见佛像就砸、遇僧人就杀。

卫元嵩撕幢掀龛,翻箱倒柜。

卫元嵩执斧砍开一暗室门,内躲藏的一老僧瘫地合十求饶……

卫元嵩(一把揪住老僧袈裟领口,提起,厉问):秃驴!琥珀腰佩藏在哪里,说出来饶你老命!

老僧丈二和尚摸不着头脑状,战栗摇头……吓昏过去。

卫元嵩手起斧落,

僧头滚地……

一御林校尉(上前揖礼提醒卫元嵩):大人,皇上谕命在先,不可滥杀无辜……

卫元嵩（独目立竖）：将在外，君命有所不受，留这些秃驴何用？杀！

……

刀剑飞舞，惨叫连连……

17-2.蒙山礼佛御道上　夜　外

月光下，刘桃枝架护着高纬，颠踬着，逃向蒙山大佛……

路旁草丛中，艰难爬行的继鸾方丈望着他们的狼狈背影，无奈而叹：……声色犬马……置民倒悬，唉……纵使佛陀，终不可佑也……

17-3.避暑宫无愁殿　夜　内

大殿上下，沉寂了，

除了死尸，再无活物。

尉迟迥奸笑着，"嘿嘿嘿"，朝御案下伸进手，一把拽出了"冯左皇后"，粗鲁撕去她遮体的白纱。

"冯小怜"啊地尖叫一声：什么人？你，是谁？！

尉迟迥来不及答复，抱起赤条条的"冯小怜"就撺倒在御案上……

"冯小怜"扭动着雪白玉体挣扎：放肆！你，知道我是谁？！

尉迟迥骑在"冯小怜"身上，急急地扒掉自己的衣甲：嘿嘿，老爷不管你是谁，只知道，你是个天生尤物！

一丝不挂的"冯小怜"挣动着四肢反抗：你，找死！放，开我！

尉迟迥下手乱摸：嘻嘻……早听说高纬有个绝世美人儿，这下，该爷爷享用……

半空中传来人声：大——坏——蛋；大——坏——蛋。

尉迟迥一怔，抬头看去，见是一只鹦鹉。

尉迟迥：他娘的！

他骂着，把白纱绢撕成条条，将"冯小怜"捆绑固定在御案上，又往她嘴里塞了一团……跳下御案，从死尸上挈起一柄锤，往半空中疯狂乱砸……

金鸟架被砸得七零八落，吊在梁下荡起了"秋千"，蒙蒙得脱，掉落几根羽毛，在尉迟迥的头上盘旋几圈，屙下一团鸟粪，（特写）正甩在尉迟迥的脸上。尉迟迥恼极，愈发凶蛮……蒙蒙扑腾几下翅膀，飞出殿窗而去……

远远传来鸟语：大——坏——蛋！……坏——蛋！

17-4.蒙山大佛下墠台上　夜　外

蒙山大佛四周，燃油万盆——洞烛山川、辉映晋阳、光照宫殿……夜景璀璨。

墠台香案下，高纬伏地于前，刘桃枝在后，慌慌张张地顶礼膜拜、语无伦次地嘟囔祷告……尉迟勤领兵杀到，四下包抄，团团围住了他们。

刘桃枝挥刀，一手架护着高纬，一手同尉迟勤等力拼……十几回合下来，刘桃枝力乏，被尉迟勤等人乱戟刺倒。

高纬瘫摔在大佛下墠台上的香案前，浑身战栗不能语……尉迟勤与部众上前将其生擒，押下山去（其脖颈上仍吊挂的魔头面具，左右晃荡着）。

17-5.同上

沉寂，

一阵夜风刮来，吹灭了大部分油灯。

（特写）受重伤昏死过去的刘桃枝被冷风吹得苏醒过来，他爬起来，捂着伤口，趔趔趄趄地藏匿于大佛后岩缝中，又昏死过去……

17-6.避暑宫无愁殿　夜　内

"左皇后冯小怜"在御案上蠕动着雪白的裸体挣扎，粉头极力摆动。

尉迟迥在她上面光着身子，瘆人地淫笑着，扑压上去……

（画面转暗）

"啊呜——！"（画外）传来一声从女人喉咙深处发出的凄厉嘶鸣。

17-7.蒙山大佛下拜佛小道口　拂晓　外

东方泛露微曦，

继鸾方丈艰难地爬向开化寺，身后遗下滴滴血迹……他渐渐看清了，不远处的开化寺，已横遭洗劫：殿倒阁倾、断垣残壁、一片狼藉……继而，一行马队从破落的寺门而出，驰来，前面几个还举着火把。（特写）为首的是卫元嵩！

继鸾方丈急忙又钻入草丛中。

周军御林兵队擎锄、镢、镐、钯来到大佛下，下马。卫元嵩飞起一脚，将旁边一个未燃尽的油盆踢到大佛身下，引燃了大佛身上的巨大袈裟，随之领头以火把于大佛袈裟上四处点火……火光直冲霄汉。

草丛中的继鸾方丈看到这一幕，痛苦地闭上眼睛：罪过……阿弥陀佛……罪过呀……（忽地，他又睁开眼睛）

继鸾方丈也不知哪来的一股力量，猛然跃起，冲出草丛，几步窜到卫元嵩的跟前，揪住他的脖领拉到崖边，咬着牙根，一头将卫元嵩顶了下去！

四下的周兵都愣住了。

回过神的一群周军羽林赶过来，举起家什，在继鸾方丈身上乱戳乱刨！

继鸾方丈嘴角淌血，挂着莫名的笑，看着滚下陡崖的卫元嵩，用尽最后力气，呢喃：离经叛道……不可救药……阿弥……陀佛……

继鸾方丈安详地闭上了眼睛。

17-8.蒙山避暑宫无愁殿　拂晓　内

尉迟迥完事，爬下了御案，披衣抽身欲出，才走几步，停下，眼珠子一转，回想……

17-9.（闪回：尉迟迥想起画面）避暑宫无愁殿　夜　内

御案上，"冯小怜"赤条条扭动着四肢挣扎：你，知道我是谁？！找死……

17-10.（现实）避暑宫无愁殿　拂晓　内

尉迟迥脸上闪过一丝阴险，返身又回，从殿柱上摘下几具灯盏，拔去灯捻，将灯油泼洒到御案上、大殿窗棂上……又拿过一支烛火凑近……

（特写）被绑在御案上惨遭其蹂躏浑身瘫软的"左皇后冯小怜"意识到自身结局，惊恐的双眼圆瞪，喉咙里发出绝望的呜咽……

（特写）尉迟迥持烛火的手向前一扔，"轰"的一声，火苗骤起，吞没了御案及四周，直蹿殿穹……

17-11.避暑宫门外　拂晓　外

尉迟迥抽身而出，回望燃起大火的避暑宫，露出奸邪的笑。

17-12.蒙山大佛下谷间　拂晓　外

宇文邕戎装擐甲（背影，下同）穿过礼佛牌楼，稳健举步，尉迟迥迎接、陪同。何泉、宇文神举等宦官、将佐紧随其后。玉墀两边护栏，锦衣羽林持戈执戟三步一立，直达墀顶。

经过烈火炼狱的蒙山大佛，更加雄伟、庄严、安详（留有被烟火熏黑的痕迹）。

山间渐趋静谧。

一些军士开始清理战场。

东南山腰间仍旧升腾着烟火……

尉迟迥仰望大佛，啧啧：陛下，够气派呀。

宇文邕注视着远方，没有回头：你，觉得气派吗？哦，那边，仍在着火的是什么地方？

尉迟迥忐忑：回陛下……那里是……高纬的避暑宫。

宇文邕：怎么居然放火？朕有谕在先，凡齐地华绮宫阙一律拆除，有用物料分赐贫民，一把火烧掉，多可惜呀，谁干的？

尉迟迥支吾：全……全是卫元嵩……卫大人干的。

宇文邕没回头，亦未发火。

侧后隐约传来"哼哼呀呀"的呻吟声……

宇文邕驻足，凝听：什么声音？好像有伤者？

一侍卫官返身循声查视，俄而回报：禀陛下，是卫元嵩大人，像是从崖上摔下来的，伤势不轻……

17-13.谷底"净池"旁　拂晓　外

一池泉水，清波湉湉，池周绿草芄芄。

（字幕：净池）

（画外音）凡僧俗大众礼佛前，皆在此净口、净手、净脸，以示虔心。

卫元嵩浑身肮脏，蜷曲净池边，几乎掉入。

他独目紧闭，气若游丝，呻吟不已……（已摔成严重内伤）

17-14.净池旁不远处玉墀上　拂晓　外

何泉、宇文神举回转身，传呼近前几名侍卫：走，快去救卫大人！

宇文邕仍未回头，抬起一臂作制止状：烧杀太过，有负朕意。

何泉等驻足，面面相觑。

尉迟迥（领会圣意）立即返身，拨开树丛，瞄准卫元嵩，张弓搭箭……

17-15.谷间净池边　拂晓　外

卫元嵩听到树枝、脚步的响动声，燃起一线求生希望——头微仰、臂微举、独目微睁：……救……我……

"嗖"的一声飞矢而来，正中其独目！

卫元嵩啊地惨叫一声，头一歪，"扑通"，跌下净池，激起一片水花——（特写）还是那条金花大蟒蛇，正藏匿此处水下，被惊扰，蜿蜒向半死的卫元嵩潜游过去……

双眼瞎的卫元嵩四肢扑棱棱地挣扎至池边，攀住池壁欲上。大蟒游来露头出水，衔住其臂，拽下水……卫元嵩惨叫连连，更挣扎上攀，马勺大的蟒头再咬住其身拖拽，卫元嵩复挣扎，上衣被撕脱，袒露出上身：（特写）其胸毛间赫然吊挂着两枚（蒙山大佛微缩版形制的）稀世虫珀——一枚螳螂珀胸坠，一枚蝉珀项坠！

17-16.净池旁不远　黎明　外

尉迟迥幸灾乐祸地望着池中，当他看到卫元嵩上身挂着的两个绝世珍宝时，立刻贪婪地瞪大眼珠，目不转睛……

17-17.净池中　黎明　外

蟒蛇衔住卫元嵩的腿……卫元嵩再次被拖下水，其复挣扎上攀……撩得大蟒发威，扭动半截身子露出水面，张开血盆大口，将卫元嵩从头到脚一口吞了，潜没水下。

水面，一丝波纹逶迤而去……

17-18.净池旁　黎明　外

尉迟迥飞快跑近池边，自靴腰拔出一柄牛耳尖刀，咬在嘴里，又张弓搭箭，瞄准水下……

17-19.蒙山大佛下墀台上/周边　晨　外

一轮新日喷薄而出，映红东方天际；

漫山遍野，"周"字锦旗猎猎。

宇文邕（背对镜头，下同）端坐于大佛前的香案后面，群臣列将恭立案下。

礼佛御道上，一乘凤辇自东南方向徐徐驶近……

两员大将一前一后，信马提缰，缓辔护卫。

韦孝宽：身后帅旗飘飘，上书"征房大元帅，郧国公韦孝宽"。

杨坚：身后将旗招展，上书"水军都督兼领右三军总管，隋国公杨坚"。

甲兵随后，

圣乐大作。

17-20.大佛后崖缝中　晨　内

一缕晨光泻入，

外面雄壮的圣乐传进来，受伤昏死过去的刘桃枝抽动了几下……

17-21.蒙山大佛下堰台上　晨　外

（背景音乐：梵呗祝延《皇帝万岁万万岁》）

韦孝宽御前拱手：臣恭请圣安！

群臣朝贺：吾皇万岁万岁万万岁！

韦孝宽：启禀陛下，我各路大军进展顺利，捷报频传。齐军主力已就歼，齐主高纬以下王侯将相数十人被生擒，正解往长安。高氏朝廷，土崩瓦解！

宇文邕龙心欣悦，颔首连连：甚好，甚好。韦爱卿，传谕各军主将，勇追穷寇，荡涤残敌。高氏一族，毋使一人漏网！同时严申军纪，敢有扰民者，杀无赦。

韦孝宽：老臣遵旨！（领命退下）

杨坚于堰台东口亲自打开銮轿，

侍婢惠惠搀挽出假卫妍妃——真正的淑妃、左皇后冯小怜（亮相）：右脸颊一颗美人痣（特写）。

在杨坚的护卫下，冯小怜款款而行，移步驾前，坐下。

众人退避至远侧。

（背景音乐：主题曲《僧装难裹女儿身》乐音轻起）

宇文邕（居高临下的背影）：我们又见面了。

冯小怜（不卑不亢）：嗯。

宇文邕：朕没有食言，送你回来了。

冯小怜：多谢。

宇文邕：迩来心境如何？

冯小怜：老样，有劳陛下惦念。

宇文邕（起身，走下香案，走近冯小怜）：朕让你考虑的事……怎么样？

冯小怜：不怎样。

宇文邕：你是说……

冯小怜：当然啦，你贵为君主。你的意志无人敢违抗。但我的意志，还望陛下能给予尊重。

宇文邕（背着手，背对镜头）：唔，朕明白了。放心吧，朕永远不会强迫任何女人的，除非她心甘情愿……

宇文邕的好心情有所降低。晨光中，他极目远望，蒙山胜景如诗如画，瑰丽无比；山下川间，宏伟沧桑的晋阳城尽收眼底……面前这一切，连同这个曾经强大的辽阔国度，如今已在他的股掌之中……

宇文邕（感慨）：江山易得，人心难得哪……唉，只有你，才是完美无瑕的稀世珍宝；而你妹冯小悯，同你比起来只能算一块色彩斑斓的石头！可惜啊，明珠暗投……真不明白，难道朕，还不如那个暴虐昏庸的亡国之君吗？

17-22.大佛后岩缝中　　晨　内

昏死过去的刘桃枝渐渐苏醒，听着外面人语声声，拽过屠刀，扶着石壁慢慢爬起，趔趔趄趄地悄悄摸出去……

17-23.蒙山大佛下墠台上　　晨　外

冯小怜：你虽是位明君，皇帝当得很成功，但是你毕竟发动战争，使我失去了家国、失去了亲人、失去了……心、心上人……因此我恨你，不会依顺于你。

宇文邕：吞灭几个朝纲糜烂、民不聊生的分裂政权，还天下黎民一个政清人和、安居乐业、一统江山的大国度，难道不好吗？用你们佛家的话来说，这也是善举，是修功德的呀。

冯小怜：陛下的意思，莫非还让我们感谢你不成？诚然，后人也许会评价你很有作为，建立了丰功伟业……但现实不可否认，是烧杀、毁灭，是死亡、流血，是无休无止的冤冤相报……

17-24.大佛后/堼台上/玉堼上　晨　外

浑身是血，恶鬼一样的刘桃枝摸出石缝，双手握屠刀，摇摇晃晃地冲下堼台，径向宇文邕的后脑扑砍而去……

宇文邕不觉，

冯小怜看见，"啊啊"，尖叫起来。

杨坚机敏，自侧面飞奔而至，一把拉过宇文邕……

刘桃枝扑空，依惯性，跌跌撞撞地冲出堼台，一头栽下玉堼，滚了几滚后，趴下不能再动，两手仍攥着刀把不放……

宇文邕（吃惊，望着下面玉堼半空苟延残喘的刘桃枝）：嗯？什么人？还真是个亡命之徒！

杨坚：此人就是刘桃枝，乃高纬鹰犬，嗜杀成性！齐国许多忠臣良将，包括斛律光，皆死于他的毒手。说起来，他也还算有"功"于我大周哩！

宇文邕（嗤鼻）：哼，这样的"功臣"，朕不欣赏！

杨坚跟下去，劈胸揪住刘桃枝，提起，见其还有半条命，遂掰开刘桃枝的手腕，夺下他的屠刀，将其耷拉胸前的脑瓜以刀尖挑仰，继而反手抽刀向后，拉而杀之！

（特写）刘桃枝的脑袋瓜喷着污血，在台阶上蹦跳着，滚向谷底……

（画外）隐隐约约的《敕勒歌》乐音轻起，断断续续……

17-25.蒙山大佛下堼台上　晨　外

宇文邕（背影）：看见了吧？你不杀他，他就要杀你。朕并不认

为这是冤冤相报。对坏人来说，不是不报，而是时候未到。

冯小怜：也许吧，你是正确的，看来你这个皇帝蛮有正义感，心眼还不错。

宇文邕：本来么，朕还准备满足你的愿望，叫你姐妹俩团聚。可是，朕不得不告诉你，小怋她也已不在人世……没办法，这就是战争，很遗憾。

冯小怜：你也很喜欢我妹妹，为何又要舍弃她？再将她送上不归路？！

宇文邕：对朕来讲，平齐伟业大于天，其他都是次要的。有了江山什么都可以有，失了江山什么都会丢！

冯小怜（木然）：作为男人，你好可怕……

宇文邕：其实要你依顺于朕，并非只为朕自己，更多的还是为了你的名声。

冯小怜（瞪眼看着宇文邕，纳闷）：我的名声？

宇文邕：由于你们姐妹俩的特殊经历及历史原因，天下人只知道有冯小怜，而无人知晓冯小怋！因此，你将背上一个黑锅，即你就是妖惑齐君的祸水，是齐国灭亡的罪魁，是现今的妲己、褒姒，永受世人唾弃、不齿！

冯小怜：但这不是事实。事实是，你们为达到政治目的，玩弄了一个阴谋……而我们姐妹俩，是被利用者，同时也都是受害者。

宇文邕：不错，你确实很聪明。正是由于政治的需要，一些史实才会湮没在史海中。只要你肯回心转意，犹未为晚。朕将昭告天下，阐明真相，为你正名。否则，你将背负万世骂名……

冯小怜：那样，我妹岂不又将永背骂名？同我，有何两样？如今我已失去一切——家、国、亲人……什么都没有了，名声对于我而言，又有何意义？

宇文邕：岂止名声？看看这朗朗乾坤，大好山河，你这么年轻、漂亮，又有一颗金子般的内心，足堪母仪天下……还望三思之。

冯小怜（轻咬樱唇，摇头）：这些，我都不感兴趣。我内心是钦佩你的。然而，身体绝不会屈从于你，请陛下自重，就死了这条心吧。

宇文邕（仍不死心）：我们曾打过赌的。任何事情，朕都不甘于认输，尤其是我唯一敬重的女人……难道朕在这件事上会输不成？！

冯小怜：陛下若真高看于我，只请您答应我一件事情。

宇文邕：这好像不难吧，只管奏来。

冯小怜：我想见见我亲人们的遗体，亲自安葬他们。

宇文邕：继鸾方丈圆寂，甚为惋惜！朕已命人妥善安葬了大师肉身，这你放心。至于你妹冯小悯，可惜她已在烈火中化为灰烬，香消玉殒、灰飞烟灭、在这个世上没有留下任何痕迹……

冯小怜：……还有……那个斛律光，一边称死敌，一边曰叛逆。他一生忠心事君，哪头都不落好。哪像有些人，卖主求荣，八面玲珑……还望陛下开恩，赐他一副薄板，妥善改葬……

宇文邕：朕理解你，就这？

冯小怜：嗯。

宇文邕：对于你为之守贞的皇夫高纬，就没什么有求于朕？

冯小怜：那——是你们帝王间的事，小怜自不当管。

宇文邕：真不理解！（侧头，高声）何泉——！

何公公（急趋驾前，躬身）：奴才听旨。

宇文邕：制诏——追授斛律光为大周上柱国、封崇国公，以我国王礼厚厚迁葬之！钦此。

何公公：陛下容禀，予敌方酋首赠位封爵，亘古无先例也……妥否？

宇文邕：有何不妥？光若在，朕焉可破齐！

何公公：老奴明白，老奴承旨！（退去）

（特写）冯小怜感激，杏眼润湿……

17-26. 同上

远远地，一队队周兵持镢、铫，执镐、钯，从各处山道慢慢向蒙山大佛下的玉墀底聚拢过来。

冯小怜看一眼山谷间，各处寺庙均已被捣隳坍塌、香火断绝、一片瓦砾。

冯小怜：敢问陛下，真准备毁了这尊佛祖造像？您看他举世无双，就像您的化身一样……多雄伟呀！

宇文邕：哈，别给朕戴高帽，咱可是个又黑又瘦、小低个子男人。它，倒是雄伟，可雄伟的背后，是民脂民膏、百姓血泪！

冯小怜：既已造就，有必要再行毁掉吗？

宇文邕：只有毁掉它，方显朕富国强兵之决心！（顿了顿，改口）朕知道这大佛在你心中的分量……这样吧，咱俩都妥协一下，你回心，朕也转意，为了你，朕可以留下它……

宇文邕半举一只手臂，一抟——山间，所有走动的周兵，齐刷刷地原地驻足，待命……

（背景音乐：主题插曲《蒙山情》歌声轻起）

冯小怜仰首，望着这尊父辈们为之献身的释迦牟尼大石佛像，酸甜苦辣齐涌心头……眼含晶莹的面容上，分别（闪回）叠映着几个画面：

炎夏，陡峭的崖壁、错落的脚手架上，冯小怜父亲冯晋宝同无数衣衫褴褛的丁匠们一起挥汗雕凿劳作着；

寒冬，脚手架上冰凌满布，冯晋宝失足摔落，命丧崖下；

滴水岩下，冯小怜母亲刘氏雪天抬水滑下石阶，早产生下一双女儿，却命丧黄泉……挂满雪晶冰柱的滴水岩，似泪线滴滴……

凿佛工地旁，厨棚里的厨工们一边洗菜做饭，一边甜甜地照看着箩筐里的一对双胞胎女婴；

开化寺山门前，继鸾住持慈祥地接过民夫们托付收养的小姐妹俩；

蒙山大佛前，冯小怜与她单恋着的斛律光一同进香，跪拜礼佛……

（歌声住，叠映画面完）

17-27.（现实）蒙山大佛下墠台上　　晨　外

冯小怜噙泪凝视大佛，耳畔（画外）回响宇文邕（变调）音腔：……你回心，朕也转意——为了你，朕可以留下它……

冯小怜收回目光，面对宇文邕轻轻摇首：……这，是两码事，不可混为一谈的……您，是伟大的君王，小怜，不想影响你的帝业……

（特写）皇冠上的玉旒串儿纹丝不动——宇文邕戴着齐天冕的后脑勺，渐渐放大，充斥了整个画面。

17-28.蒙山大佛下墠台上　　日　外

东方天际，红日冉冉而升。

山间一派生机，

密林百鸟争啼；

一只鹦鹉自树梢翩翔飞下来，至冯小怜头顶，缓缓盘旋不走……

冯小怜盯着它：是蒙蒙吗？……是，是蒙蒙！

冯小怜向空中伸出双手，蒙蒙落下，（特写）一只鸟腿还拴着半条金锁链……

冯小怜爱怜地抚摸着鹦鹉翛翛翎羽：让你……受惊了……

蒙蒙喉咙里咕咕响着，像是在回答。

冯小怜小心翼翼地摘去鸟腿上的金链子，扔掉：……好蒙蒙，你已长大……自己，讨生活去吧……（遂举双手过顶，捧着鹦鹉，抛送于空）

蒙蒙扑腾着双翅，翱翔飞向蓝天。

宇文邕（背对镜头——自始至终未露真容）也仰首望天，下意识呢喃：它，真正自由了……

冯小怜猛回身，俯首撞向蒙山大佛！

又是杨坚，飞快奔至，拦住了她。

宇文邕什么也没觉察到，仍颇有感触地遥望天空……

冯小怜竟又躲脱了杨坚的阻拦，返身小跑几步，从宇文邕面前闪过,一头栽下陡崖……

宇文邕愣怔片刻,上前追奔几步,探身看着崖下(背对镜头),失声大叫:快去救她——!!!

谷间反馈阵阵颤音:

快——去——救——她——!

——快——去——!

——快——!

……

(哀婉佛乐起)

17-29.空镜

(佛乐奏鸣中)

天际,

仙云缭绕;

斜阳西垂。

17-30.(尾声)金銮殿上(长安)/蒙山大佛 日(暮) 内/外

(背景梵乐转低)

(随着"咔、咔、咔、咔……"的键击声,逐字弹出字幕)

公元577年(北齐承光元年、北周建德六年),北齐亡于北周。

次年,原北齐君、臣、王、公……高纬、穆提婆及以下数十人,以谋逆罪尽皆被斩于长安。

北周宣政元年六月丁西,周武帝宇文邕因病驾崩于征伐突厥途中。

北周大象二年(580),隋国公杨坚被晋封为隋王,主周政。

尉迟迥起兵造反,兵败自杀,家资籍没……

(字幕隐去,浮现画面)

长安,皇宫大德殿,杨坚头戴十二旒王冠端坐于龙案上(身后是尚在母亲怀中玩耍的八岁周静帝)。

侍中何泉(太监何公公)捧盏上殿,献上盏中宝物。

杨坚接过,(特写)两枚蒙山大佛形制(微缩版)的虫珀护身符——一枚"蝉珀"项坠、一枚"螳螂珀"胸坠。

杨坚自腰间摸出另一枚同样形制的"黄雀珀"腰坠,龙心愉悦,一起把玩着三件宝贝……

(键击字幕再出)

公元581年,北周大定元年(北齐灭亡后四年),杨坚废周静帝称帝,自立隋朝,这就是赫赫有名的隋文帝!

(字幕隐去)杨坚手中精美的蒙山大佛形制(黄雀珀)腰佩渐次放大,最终幻化为晋阳蒙山秀峰岩崖间的蒙山大佛雄姿!

(随着"咔咔咔"声复响,键击字幕叠映复现)

不灭的,是蒙山大佛……

蒙山大佛近景渐渐变为远景;

"咚——咚——咚——"

暮鼓声声中……

〔片尾曲起(略)〕

……

画面渐黑,

推出字幕:

——剧终——

出演职员表……

(全文完)

参考文献

[1] 李百药.北齐书[M].北京：中华书局，1972.

[2] 令狐德棻，等.周书[M].北京：中华书局，1971.

[3] 李延寿.北史[M].北京：中华书局，1974.

[4] 吕思勉.两晋南北朝史[M].北京：中国友谊出版公司，2009.

[5] 范文澜.中国通史简编[M].北京：人民出版社，1964.

[6] 刘精诚.两晋南北朝史话[M].北京：中国国际广播出版社，2009.

[7] 若木.回味南北朝[M].北京：中国三峡出版社，2008.

[8] 曾志华.北朝史解读[M].潘定武.刘宁.何如月，等，译.北京：华龄出版社，2008.

[9] 张德一，贾莉莉.太原史话[M].太原：山西人民出版社，2000.

[10] 苑士军.中华名将[M].北京：中国经济出版社，1997.

[11] 田彩凤.山西舞蹈史话[M].太原：北岳文艺出版社，2004.

[12] 李正觉.佛教图文百科[M].西安：陕西师范大学出版社，2007.

[13] 李绿野.道教图文百科[M].西安：陕西师范大学出版社，2009.

[14] 白云居士.民俗实用老黄历[M].郑州：中州古籍出版社，2011.